천국에서

천국에서

김사과 장편소설

차례

1부 • 007

2부 • 089

3부 • 217

4부 • 319

발문 | 박가분 — 343

1 부

1

케이가 말한다.
"밤에 공연이 있대. 친구가 그랬어. 기획자가 아는 사람이라고. 페이스북으로 공연 포스터를 보여줬어. 근데 별로 끌리지가 않더라구. 고민하다 일단 뭘 좀 먹기로 했어. 먹고 산책을 했어. 그리고 벤치에 앉아서 친구가 담배 피우는 걸 구경하다가…… 말했어. 가자. 어딜? 공연 말이야. 공짜라며. 딱히 할 일도 없고. 공연장에 도착했는데 줄이 꽤 길더라. 친구가 기획자한테 전화를 했어. 그랬더니 들어오래. 자기 이름 대고 그냥 들어오라고. 줄 서지 말고. 그래서 들어갔지. 리허설을 하고 있었어. 구경을 좀 하다가 가방을 맡겨놓으려고 라커 룸으로 갔어. 근데 동전이 없는 거야. 어떡하지, 고민하는데 어떤 남자가 들어왔어. 낯이 익더라. 누구지, 아는 사람인가, 생각하는데 남자가 물었어. 무슨 문제 있어요? 동전이 없다고, 그랬더니 자기한테 있대. 주머니에서 동전을 몇개 꺼내줬어. 친구가 고맙다고, 공연 끝나고 돌려드리겠다고, 끝나고 여기 라커 룸 앞에서 볼까요, 그랬더니 남자가 웃는다? 자기 오늘 여기서 공연하는 밴드 중 하나래. 그래서 내가 아, 어쩐지 낯이 익네요, 했더니 또 씩 웃는 거야. 그러고는 그럼 이따 뒤풀이에서 보자더니 나가더라.

우리는 라커 룸에서 나와서 공연장을 둘러봤어. 공연장으로 바뀌고 나서 처음 가본 거였거든. 거긴 원래 서점이었어. 내가 아주 좋아하는 서점이었어. 다른 데서 찾기 힘든 특이한 책이랑 잡지 같은 게 잔뜩 있었거든. 그래서 꽤 유명했는데, 갑자기 문을 닫았어. 세가 올라서 그렇대. 그 근처가 아주 번화가가 됐거든.

그리고 드디어 공연이 시작됐어. 아까 그 라커 룸에서 봤던 남자가 진짜로 무대에 있더라. 친구가 나 저 사람 본 적이 있대. 누구? 아까 라커 룸? 아니, 저 보컬 말이야. 어디서? 인터넷에서. 아, 그래? 인터넷에서 유명하대. 왜? 블로그에다가 맨날 이상한 글을 쓴대. 그리고 악플 다는 애들하고 싸운대. 왜? 몰라, 심심한가봐. 왜? 글쎄, 인기가 없어서? 저렇게 노래가 별론데 인기가 있겠냐? 나는 무심코 그렇게 말한 다음 당황해서 보컬을 쳐다봤어. 우리가 맨 앞줄에서 공연을 보고 있었거든. 그 사람이 들으면 어떡해.

그 남자는 열심히 노래를 불렀어. 근데 음치인가봐. 정말로 열심히 노래를 못 불렀지. 당연히 반응이 안 좋았지. 그래도 앙꼬르 곡을 두개나 했어. 마지막 노래 할 때는 신이 났는지 뛰어다니다가 무대 아래로 뛰어내리기도 했어. 그것도 내 머리 위로. 깜짝 놀라서 피했는데 다행히 옆에 있던 남자가 받아줬어. 근데 다시 무대로 올라가더니 인상을 쓰면서 죽을 뻔했다는 거야. 아무도 자길 안 받아줘서. 어쩌라고."

 케이가 말을 멈추고 손을 뻗어 탁자 위를 더듬었다. 탁자에는 아이스커피가 담긴 투명한 플라스틱 컵이 놓여 있었다. 케이가 한 손에 컵을 쥐고 빨대를 물었다. 하늘엔 구름도 바람도 없었다. 강렬한 햇살이 온 도시의 표면에 동일한 세기로 내리꽂히고 있었다. 케이의 옆에 누운 여자는 썬글라스에 덮인 얼굴을 하늘로 향한 채 움직이지 않았다.

 "무슨 생각 해? 자?"
 "아니, 듣고 있어. 그래서, 어떻게 됐어?"
 "그러고 나서, 다음 밴드가 나왔지. 연주가 시작되었어. 그리고…… 그러니까…… 있지, 그런 경험은 처음이었어, 태어나서. 어, 처음이었는데, 어쩌면 그게 마지막이었을지도 몰라."

 케이가 컵을 바닥에 내려놓고 말을 이었다.
 "나는 그 밴드의 이름을 몰랐어. 그 기타 치는 남자도, 그게 무슨 노랜지도 몰랐어. 몇곡을 했는지 시간이 얼마나 흘러갔는지도 몰랐어. 아니, 공연이 시작되고 나서 몇분 정도는 기억이 나. 근데 언젠가부터 기억이 없어. 그냥 그 느낌만 남아 있어. 아, 한가지 기억나는 게 있어. 기타를 치는 남자가 웃었어. 맞아, 웃었어.

 난 생각했어. 우와, 이런 게 존재해? 진짜? 근데 난 왜 몰랐지? 물론 전에도 좋은 공연을 보고 감동한 적이 있어. 하지만 이건 그런 거랑은 완전히 다른 차원이었어. 뭐랄까, 내 몸이, 내 머리가 완전히 사라져버리는 느낌이었어. 근데 진짜 근사했던 게 뭔지 알아? 그걸 거기 있는 모든 사람들이 느끼고 있었다는 거야. 모두가 똑같은 걸 느끼고 있었다고. 그리고 모두가 똑같은 걸 느끼고 있다는 걸 우리 모두가 느끼고 있었어. 그러니까 말은 필요하지도 않았어. 오직 음악이 있었어. 어, 거긴 소리로 가득 차 있었는데 동시에 완전히 조용했어. 신기하지 않아? 음악이 내 몸을 가득 채우고 있었는데 그 순간만큼 내가 고요했던 적이 없어. 나는 압도되었는데 동시에 너무 자유로웠어. 구름을 밟고 있는 느낌이었는데 그 구름을 만드는 게 우리들이었다니까! 거기 있는 사람들 모두 다 함께 말이야. 그리고 그 기타를 치는 사람이 웃었어. 난 더이상 구름을 밟고 있지도 않았어. 날아오르고 있었어. 모든 게. 동시에. 다. 사람들이. 음악이. 전부 다. 그 공연장이. 천천히, 천천히. 모든 게 떠오르기 시작했어. 내 머릿속에 더이상 말 같은 건 없었어. 나는 오직 느꼈어. 아니, 봤어. 아주 부드럽고 거대한 에너지 덩어리 같은 게 공연장을 꽉 채우고 있는 걸. 그건 넓이도, 무게도, 시간도 없는 거였어. 하지만 분명히 거기 있었어. 그리고 그건 진짜 아름다웠어……

아, 지금 내가 늘어놓는 말들이 너무 뻔하게 느껴져. 근데 어쩔 수 없어. 사실이니까. 그 순간은 진짜로 존재했어. 그리고 나는 그걸 경험했어. 어, 그랬어.

공연이 끝나고 친구랑 밖으로 나왔지. 한참을 정신을 놓고 헤매다녔어. 그러다 가방을 놓고 왔다는 걸 깨닫고 되돌아갔어. 가방을 찾아서 나오다가 기획자를 마주쳤어. 뒤풀이를 하러 간대. 괜찮으면 너희들도 오라는 거야. 우린 당연히 좋다고 했지. 뒤풀이는 근처의 한국식당에서 있었는데 운 좋게도 우리는 그 밴드랑 같은 자리에 앉을 수 있었어. 진짜 꿈을 꾸는 것 같았어! 나랑 친구, 그리고 그 밴드는 마주 보고 앉아 있었어. 근데 난 좀 이상하다는 느낌을 받았어. 돼지고기를 굽고 있었거든. 돼지고기라니. 물론 이해해. 배가 고프겠지. 어쩌면 한국의 전통 같은 건지도 몰라. 아니, 여기서도 밴드들이 공연을 끝내면 스테이크 같은 걸 먹으러 가니? 어쨌든 이건 좀 아니라는 생각이 드는 거야. 이런 굉장한 공연을 하고 나서 고작 동네 식당에 모여가지고 돼지고기를 구워 먹다니. 하지만 이미 우린 거기 있었고, 고기가 익어가는 냄새가 끝내주게 좋았어. 앞에는 그 기타 치던 남자가 앉아 있고. 아, 돼지고기는 너무 맛있고. 친구는 넋이 나간 채 맥주만 마셔댔어.

 그렇게 넋이 빠진 채 꾸역꾸역 고기를 삼키는 동안 시간이 흘러갔어. 갑자기 그 밴드 사람들이 일어나는 거야. 가야 된다고. 나랑 친구는 허둥지둥 쫓아나갔지. 싸인을 받았어. 공연이 너무 좋았다고, 미쳤다고, 어떻게 그럴 수 있냐고. 진짜 횡설수설했지. 고맙다고, 평생 안 잊을 거라고. 절대. 그 말을 몇번이나 반복했어.

 그리고 그들은 떠났어. 우리도 식당을 나왔지. 편의점으로 가서 맥주를 샀어. 맥주를 마시면서 거리를 헤매다녔어. 소리를 지르고, 노래를 부르고…… 주말이라 거리는 우리만큼 미친 사람들로 가득했어. 시간은 순식간에 흘러갔고, 날이 밝아오기 시작했어. 햇살 아래 드러난 거리엔 빈 술병, 쓰레기와 냄새나는 사람들뿐이었어. 마지막 남은 맥주 한모금을 마시는데 정말 행복하다는 생각이 들더라. 거의 울고 싶을 정도였어…… 그러다 그런 생각을 했어. 변하고 싶다고. 완전히. 지금까지랑은 완전히 다른 사람이 되고 싶다고. 어, 완전히 다른 사람이 돼서 진짜 근사한 삶을 살고 싶다고. 아니, 그럴 수 있다는 생각이 들었어."

어느새 한 톤 높아진 목소리로 케이가 꿈꾸듯 말했다.

"그러고 나서 난 정말로 달라진 거 같아. 진짜로 말이야. 신기하지 않아?"

케이가 옆에 누운 여자를 향해 고개를 돌렸다. 짙은 갈색 썬글라스 너머 희미하게 비치는 그녀의 두 눈은 반쯤 뜨인 채였고, 몽롱한 표정이었다. 물에 떠 있는 사람 같다고, 케이는 생각하며 바닥에 놓아둔 커피를 집어들었다. 어느새 얼음이 모두 녹아버린 커피는 흐리멍텅한 빛깔을 띠고 있었다. 케이는 빨대를 입에 물고 빛깔만큼이나 흐리멍텅해진 커피의 맛을 느끼며 하늘을 올려다보았다. 햇살은 여전히 강렬했고, 피할 수 있는 방법은 없어 보였다.

"써머, 자?"

그녀는 여전히 반응이 없었다. 케이는 약간 풀 죽은 표정으로 자리에서 일어났다. 숨을 깊게 들이마신 뒤 그녀는 눈을 감고 옥상 입구를 향해 걷기 시작했다. 맨발에 닿는 이슬을 머금은 잔디의 감촉이 근사했다. 다시 눈을 떴을 때, 그녀의 앞에는 청동으로 된 커다란 부처의 머리가 놓여 있었다. 부처의 얼굴엔 희미한 미소가 떠올라 있었다. 케이는 한참 동안 멍하니 그것을 들여다보았다. 다시 돌아섰을 때, 써머는 여전히 썬탠용 의자에 늘어져 있었다. 케이는 난간에 팔을 얹은 채 빨대를 빨며 겹겹이 쌓인 다운타운의 빌딩들을 바라보기 시작했다.

그곳은 맨해튼의 로어이스트사이드에 있는 오층짜리 아파트의 옥상으로, 건물 전체가 써머 아버지의 소유였다. 일년 전 그가 재혼하여 마이애미로 떠난 뒤 옥상이 딸린 꼭대기층 전체를 써머가 쓰고 있었다. 난간 아래 내려다보이는 거리는 평일 한낮부터 사람들로 붐비고 있었다. 모퉁이에 있는 까페가 특히 그랬다. 아파트 앞을 지나치던 관광버스가 신호에 걸려 멈춰 섰다. 버스 이층의 야외석은 절반도 차지 않았고, 그나마도 더위에 지친 표정을 짓고 있었다. 케이가 커피를 든 손을 난간 너머로 뻗었다. 이대로 커피를 놓으면 버스 위의 저 여자가 쓴 밀짚모자 위로 떨어질 수 있을까 그녀가 생각하는 사이, 다시 신호가 바뀌고 버스가 출발했다.

탁자에 놓인 써머의 전화기가 울리기 시작했다. 하지만 써머는 여전히 죽은 듯 움직이지 않았다. 한참 동안 울리던 벨소리가 멈춘 뒤에야 비로소 그녀는 몸을 일으켰다. 느릿느릿 자리에서 일어난 그녀는 기지개를 켜며 탁자로 다가가 핸드폰을 집었다. 그리고 핸드폰 화면을 들여다보며 뭔가 빠르게 중얼거렸다.

"뭐라고?"

"꿈을 꿨는데, 아, 머리 아파. 커피 남은 거 없어? 꿈에서 아빠한테 전화가 왔거든. 마이애미로 오라는 거야. 너 뉴욕에서 아무것도 안하면서 돈만 쓰고 있지 않냐면서. 그래서 내가 왜 거기에 가냐고, 내 친구들이 다 여기에 있는데, 엄마도 여기에 있는데, 그랬더니 그럼 당장 내 집에서 나가라는 거야."

"그래서 뭐라고 했어?"

"아빠가 나한테 그러면 안된다고 했지. 아빠가 분명히 내가 여기

사는 거 허락했잖아. 그리고 내가 놀려고 여기 있는 것도 아니잖아. 생활비도 내가 벌고 있다고. 근데 마이애미에 가면? 거기서 난 뭘 하지? 써핑 강사?"

"음."

"그렇게 막 소리치다 잠에서 깼는데, 이것 봐, 진짜로 아빠한테 전화가 와 있네? 이게 뭐지? 좋은 징조야, 나쁜 징조야?"

"근데 그럼 너 내가 하는 얘기 안 들은 거야?"

"아냐, 듣고 있었어. 분명히 듣고 있었어. 그 밴드 한다는 남자가 동전 빌려준 거까지. 그거 그 남자가 너한테 수작 부린 거지?"

"몰라, 알 게 뭐야. 그리고 그건 하나도 안 중요한 부분이었어."

"미안해, 케이. 정말 미안해. 너무 피곤해서 그랬어. 나중에 다시 얘기해줘. 그땐 정말 잘 들을게. 근데 아빠가 왜 전화를 했지? 내가 다시 전화해야 할까?"

"아냐, 됐어. 괜찮아. 근데, 써머."

"응?"

"너는 잠잘 때 눈 뜨고 자니?"

써머가 대답 대신 머리를 흔들며 천천히 옥상 입구로 향했다. 케이가 그런 써머를 물끄러미 바라보았다. 어깨를 축 늘어뜨린 채 걷는 써머의 뒷모습은 유난히 야위어 보였다. 헝클어진 금발 머리는 갈색과 핑크색이 섞여 있었고, 짧은 티셔츠 위로 드러난 왼팔은 장난으로 한 낙서 같은 타투로 빼곡했다. 형광 보라색 플립플롭을 질질 끌며 걷는 야윈 발목에도 타투가 몇개 보였다. 입구에 도착한 써머는 핸드폰에서 눈을 떼지 않은 채 한 발로 살짝 문을 밀었다.

천국에서 15

그리고 열린 문틈으로 조심스럽게 몸을 밀어넣은 뒤 곧 어둠 속으로 사라졌다.

집으로 들어서자 에어컨의 싸늘한 냉기가 케이의 몸을 휘감았다. 살짝 열린 욕실에서 가늘게 물소리가 들려왔다. 케이는 거실 소파에 앉아 텔레비전을 켰다. 두 남자가 마리화나 합법화에 대해서 찬반 토론을 벌이고 있었다. '마리화나 합법화를 지지하는 씨애틀인의 모임'의 대표라는 백인 남자가 금주법의 실패를 예로 들며 마리화나를 불법화하는 것은 난센스라고 말했다. 그러자 연방경찰 마약단속국에 있는 멕시코계 남자가 마리화나 합법화를 통해 마리화나 판매로 수익을 올리는 갱을 분쇄한다는 발상이 훨씬 더 말도 안된다고 받아쳤다. 백인 남자는 마리화나 금지는 아무 효과가 없었다고 주장했고, 경찰은 효과가 있었다며 각종 통계 수치를 제시했다. 지루하게 이어지던 논쟁은 사회자의 개입으로 중단되었다. 사회자는 노련하게 둘의 말을 끊으며 광고가 끝나고 다시 토론을 재개하겠다고 말했다. 케이는 채널을 돌렸다. 지역방송국의 광고가 나오고 있었다. 수면의 질을 다섯배로 높여준다는 베개에 관한 광고였다. 잠옷을 입은 남녀 진행자가 침대에 걸터앉은 채로 서로가 안고 있는 베개를 가리키며 온갖 찬사를 늘어놓고 있었다. 케이는 다시 채널을 돌렸다. 그러자 잘 차려입은 여자 둘이 서로의 길고 윤기나는 머리카락을 움켜잡고 싸우는 장면이 나왔다. 비슷하게 잘 차려입은 여자들이 두 여자를 둘러싼 채 소리를 질러대고 있었다. 케이는 리모컨을 내려놓고 허리를 곧게 편 다음 텔레비전을 뚫어져라 바라보며 스트레칭을 하기 시작했다. 천천히 목과 어깨, 등과 양팔, 그리고 다리를 거슬러 내려가며 스트레칭을 하는 동안 장면이 바뀌어 방금 전까지 싸우던 여자 중 하나가 시내의 고급 상점을 돌며 쇼핑을 하는 장면이 나왔다. 그녀는 리본 장식이 달린 구두를 살 때는 신중해야 한다고 말했다.

    케이는 자리에서 일어나 부엌으로 향했다. 뭔가 먹을 것을 기대하고 냉장고를 열었지만 마늘 맛 후무스와 아기배추, 그리고 먹다 남긴 오렌지 스무디가 다였다. 잠시 고민하던 케이는 오렌지 스무디를 꺼낸 뒤 냉장고를 닫았다. 그리고 주방 탁자에 앉아 스무디를 마시기 시작했다. 이유식처럼 곱게 갈린 오렌지를 천천히 식도에 밀어넣고 있자니 졸음이 밀려왔다. 케이는 자신이 몇시간이나 깨어 있었는지 셈을 해보다가 결국 포기했다. 자야 한다고, 머리 한 구석에서 희미하게 경고음이 울리고 있었다. 하지만 주말의 번화가처럼 소란스러운 케이의 머릿속에서 그것은 힘없이 묻히고 말았다. 케이는 피곤한 표정으로 창밖을 바라보았다. 구름 한점 없이 깨끗한 하늘이 펼쳐져 있었다. 그건 케이의 머릿속과 정반대의 풍경이었고, 그래서 케이는 그것이 몹시 부러웠다.

2

게일 콜린스는 1963년 보스턴 근교의 작은 마을에서 태어났다. 콜린스 가는 19세기 중반 감자 대기근 때 허기를 면하기 위해 미국으로 건너온 아일랜드 이민자의 후손으로, 죽도록 열심히 일하고 편집증적으로 절약을 강조하며, 말을 듣지 않으면 일단 따귀를 때리고 보던 집안 분위기 덕분에 게일의 아버지 대에 미국 동북부 소시민의 세계에 들어설 수 있었다. 하지만 예상할 수 있다시피, 게일은 그 세계가 싫었다. 언제나 이웃들의 눈치를 살피며 세탁제 광고 속 이상적인 미국의 가족상에 도달하기 위해 끝없이 노력하는 소시민적 삶의 양식이 숨이 막혔다. 그래서 뉴욕에 있는 대학에 진학하기를 고집했고, 대학 합격 통지서를 받자마자 도망치듯이 뉴욕으로 왔다. 그 시기 뉴욕은 오일쇼크 이후 이어지던 불황의 정점에 있었다. 게일과 비슷한 이유로 뉴욕으로 도망쳐온 젊은이들, 자유주의자들, 지식인들, 예술가들을 패닉에 빠뜨린 레이건 시기였다. 그는 집세를 절약한다는 평계로 학교와 정반대인 로어이스트사이드에 있는 친구의 아파트에 얹혀살았다. 쥐와 바퀴벌레가 떼를 지어 몰려다니고, 한겨울에도 뜨거운 물은 기대도 할 수 없는, 영어보다 스페인어나 중국어가 들려오는 것이 더 자연스러운 곳이었지만 게일은 젊었고, 그 어떤 것도 지루한 것보다는 낫다고 생각했다. 그리고 그곳의 삶은 결코 단 한순간도 지루할 수가 없었다. 그는 학교는 뒷전으로 미뤄둔 채 또래들과 몰려다니며 자유를 만끽했다. 그러던 그가 그곳의 삶을 청산하게 된 것은 첫째, 더이상 아파트의 쥐 떼를 견딜 수 없었기 때문이고, 둘째는 대학에서 제적당할 위기에 처했기 때문이다. 그리고 마지막이자 결정적인 이유는 룸메이트가 대낮에 집 앞에서 총에 맞아 한쪽 다리를 절게 되었기 때문이다. 그는 갑자기 모든 게 지겨워졌다. 아니, 정확히 말해 두려워졌다.

어느 무더운 토요일 밤 그는 여자친구의 집에 있었다. 그곳은 쎈트럴파크 남쪽에 있는 고급 맨션이었다. 그는 집 근처 펑크 공연장에서 여자친구를 만났다. 알고 보니 그와 같은 학교 학생이었고 똑같이 제적 위기에 처해 있었다. 하지만 그것만 빼면 둘은 모든 면에서 달랐다. 그녀의 아버지는 유명 로펌의 대표였고, 대체로 롱아일랜드에 있는 별장에서 지내는 어머니는 두통이 심해질 때마다 고가구를 사들였다. 그녀는 미국 공화당 창당에 큰 역할을 한 상류층 집안 출신이었으며, 아버지의 집안 또한 그에는 못 미치지만 흠 잡을 데 없었다. 그는 게일을 딱 한번 만난 적이 있는데 그가 아일랜드 출신인 것을 알고 싸늘해진 표정을 감추지도 않았다. 사실 출신 외에도 게일의 모든 것이 그의 마음에 들지 않았다. 촌스러운 취향부터 태도, 옷차림, 말투, 생김새, 무엇보다도 그의 건달 같은 생활방식이 마음에 들지 않았다. 물론 그걸 게일도 알았다. 하지만 무슨 상관인가. 어차피 나도 네 딸과 결혼할 생각 따위 없다. 네 딸은 멋지지만 너무 값이 많이 나가는 넥타이 같은 여자다. 난 그냥 지금 네 딸이 좋고 그녀도 나를 좋아한다. 그래서 우리는 만나고 있을 뿐이다. 여기 무슨 미래가 필요한가. 그녀는 아름다웠다. 곧고 우아한 자세로, 빳빳한 식탁보가 깔린 탁자 위로 몸을 기울인 채, 날씬한 팔을 뻗어 코카인을 들이마시는 그녀는 정말이지 아름다웠다. 고개를 든 그녀의 얼굴은 약 기운으로 환하게 빛나고 있었다. 그녀가 그를 향해 걸어와 무릎을 꿇고 앉더니 양손으로 자신의 가슴을 쥔 채 바닥에 머리를 박고 신음하기 시작했다. 게일은 손을 뻗어 그녀의 어깨에 올려놓았다. 그녀의 살은 부드러웠다. 순간 구역질이 치밀었다. 그는 화장실로 뛰어들어갔다. 엷은 회색 대리석으로 된 화장실은 그가 사는 방의 세배는 되어 보였다. 쥐도 없었고 좋은 냄새가 났다. 반대편 벽에 걸린 파울 클레의 그림이 거울에 비치고 있었다. 그의 눈에 그것은 아주 흉해 보였다. 그는 변기를 껴안고 토하기 시작했다.

토하면서 그는 생각했다. 나는 지금 뭘 하고 있나. 여자친구는 앞으로 어떤 삶을 살게 될까. 확실한 것은 자신과 그녀의 앞에 펼쳐진 삶이 아주 다를 거라는 것이었다. 그는 갑자기 지금 자신이 인생 전체에서 극히 예외적인 순간을 살고 있다는 것을 깨달았다. 그러니까 이 모든 것은 곧 끝나게 될 거라고. 자신의 삶은 아주 평범하며, 평범했으며, 앞으로도 그럴 것이라고. 그리고 사실 나는 그 평범함이 좋다고. 그렇게 생각하자 갑자기 모든 게 명확해졌다. 그는 물을 틀어 입을 헹구고 세면대 거울에 비친 자신의 얼굴을 들여다보며 중얼거렸다. 명확하다, 명확해진다, 명확하다. 한참을 그렇게 넋을 놓고 있다 정신을 차려보니 옆에 여자친구가 서 있었다. 그녀는 여전히 기분이 좋아 보였다. 그는 그녀의 얼굴을 감싸쥐고 키스했다. 천천히, 그녀가 바닥으로 기울어지기 시작했다.

짧고 사무적이었던 여자친구와의 이별, 룸메이트와의 사소한 다툼, 아버지와의 쓸데없이 긴 전화통화를 거쳐 그는 마침내 제자리로 돌아왔다. 모든 것이 생각 이상으로 간단했다. 그는 학교 근처에 집을 구하고 장학금을 신청했다. 그가 대학을 졸업할 무렵, 뉴욕은 70년대에 시작된 금융업 황금기의 한복판에 있었다. 그는 따르던 교수의 추천으로 월스트리트에 있는 투자회사에 취직했다. 그는 기대 이상으로 유능했고, 곧 성과 이상의 돈을 벌어들이기 시작했다. 하지만 그는 끝내 금융계 특유의 공격적인 분위기에 적응하지 못하고 일을 그만두었다. 몇년 만에 제대로 된 휴가를 얻게 된 그는 당분간 느긋하게 지내며 미래를 계획하기로 했다. 그는 하와이로 갔다. 낮에는 써핑을 하고 저녁에는 맥주를 마셨다. 일에 파묻혀 지낸 몇년간 간절히 꿈꾸던 이상적인 휴가였다. 그러던 어느 주말, 그는 해변가 술집에서 크리스틴을 만났다. 둘은 처음부터 잘 맞았다. 중서부 소도시 출신인 그녀는 그와 마찬가지로 대학 입학과 동시에 뉴욕으로 갔다. 그리고 한동안 반문화에 심취해서 브루클린에서 공동체 생활을 하기도 했고, 쌘프란시스코에 머물며 그림을 그리기도 했다. 하지만 곧 정신을 차리고 대학을 졸업한 뒤 지금은 부동산 회사에서 일하고 있었다. 하와이는 업무상의 방문이었다. 둘은 밤새 하와이 사람들의 이해할 수 없는 스팸 사랑에 대해서, 소도시의 지루한 어린 시절에 대해서, 무엇보다 뉴욕에 대해서 이야기하며 친해졌다. 하지만 아쉽게도 크리스틴은 곧 뉴욕으로 돌아가야 했다. 그녀를 놓치고 싶지 않았던 게일은 계획보다 일찍 뉴욕으로 돌아왔다. 곧 둘은 사귀기 시작했다. 그 시기 그들이 나눈 대화의 대부분은 게일의 미래에 관한 것이었다. 그녀는 게일에게 조언과 격려를 아끼지 않았고, 필요하다고 생각되는 사람들을 소개해주었다. 결국 그는 뉴욕의 한 부동산 업체에서 재무 담당으로 일하게 되었다. 일은 그에게 잘 맞았다. 익숙한 분야이면서 전에 하던 일보다 업무량과 스트레스는 적었다. 그에 비례하여 수입 또한 낮아졌지만, 그는 만족했다. 크리스틴과 만난 지 일년째 되던 날, 그는 그녀에게 청혼했다.

결혼과 함께 둘은 뉴저지의 교외주택단지로 집을 옮겼다. 얼마 뒤 건강한 딸이 태어났고, 한동안 시간은 평온하게 흘러갔다. 그러던 그들의 삶이 바뀐 것은 90년대 후반이었다. 호황기가 이어지고 있었다. 불안 속에서 도시를 떠났던 사람들이 되돌아오기 시작했고 자연스럽게 집값이 들썩이기 시작했다. 적당한 시기에 투자의 기회가 찾아왔다. 맨해튼의 로어이스트사이드에 있는 오래된 아파트였다. 신뢰할 만한 정보였지만, 게일은 아무래도 내키지가 않았다. 로어이스트사이드라니 그 집단 쥐 서식지 말인가. 하지만 크리스틴의 설득에 그는 시간을 내어 공동투자자들과 함께 아파트를 보러 갔다. 아파트는 한때 그가 살던 곳에서 두 블록 떨어져 있었다. 근처를 둘러보던 그는 문득 추억에 잠겼다. 감상에 젖은 채 근처의 이민자 박물관을 둘러보던 그는 즉흥적으로 초창기 그 동네의 풍경이 그려진 냉장고용 자석을 샀다. 집에 돌아온 그는 냉장고에 붙여놓은 자석을 들여다보며 고민에 빠졌다. 확실히 최근 들어 그 동네가 눈에 띄게 붐비고 있었다. 무엇보다 공동투자라서 위험 부담이 적다는 사실이 그의 마음을 움직였다. 결국 그는 투자를 결심했고, 그것은 옳은 선택이었다.

도시가 9·11테러의 악몽에서 벗어나고 전과 같은 상승세가 다시 이어지기 시작했을 때, 게일과 공동투자자들은 좋은 조건을 제시한 한 부동산 업체에 아파트를 넘겼다. 그는 자신의 몫으로 떨어진 지분에 대출금을 보태 같은 거리의 끝에 있는 오층짜리 아파트를 샀다. 그리고 거금을 들여 빌딩 전체를 수리한 다음 말도 안되는 가격에 세를 놓았다. 걱정할 새도 없이 순식간에 세가 나갔다. 집값이 끝없이 상승하고 있었다. 끊임없이 몰려드는 사람들은 더 많은 돈을 지불할 용의가 있어 보였다. 2008년의 금융위기 때 잠깐 힘든 시기가 있었지만 그 덕에 뉴잉글랜드의 고풍스러운 저택을 헐값에 사들일 수가 있었다. 온 나라가 암울한 뉴스로 뒤덮였지만, 이제 막 그가 속하게 된 계급의 사람들에게 그건 먼 나라의 이야기였다. 그는 직장을 그만두고 아내와 함께 부동산 컨설팅 회사를 차렸다. 그리고 이참에 소란스러운 뉴욕을 완전히 떠나기로 결심했다.

이상의 게일 콜린스의 삶을 살펴보면 그가 착실하게 미국 주류 사회의 핵심부로 나아가고 있었다는 것을 알 수 있다. 하지만 여전히 마이너리티 출신 특유의 초조함을 간직한 채 주류사회에 대한 적대감을 버리지 못하고 있는 것도 사실이었다. 그는 그 적대감을 로어이스트사이드에 있는 자신의 아파트에 처박혀 삼 달러짜리 중국식 국수를 먹으며 미식축구를 보는 것으로 풀었다. 그의 아내 또한 상류계급 삶의 양식에 위화감이 있었다. 그것을 해소하기 위해 그녀는 브루클린의 갤러리를 돌아다니며 그림을 사들였다. 자신의 젊은 시절이 떠오르게 하는 그림이라면 뭐든 좋았다. 하지만 결국 손에 쥘 수 있게 된 상류층의 삶의 양식을 완전히 거부하지도 않았다. 그녀는 햄튼에 여름용 별장을 구입하고, 씨즌별로 부띠끄에서 칵테일파티용 드레스를 주문했다. 하지만 가끔 늦은 밤에 택시를 타고 다운타운을 가로지를 때면 거리를 가득 채운 젊은이들을 바라보며 생각했다. 저들은 젊은 시절의 자신과 친구들에 비하면 너무 상업적이며, 단지 소비자일 뿐이라고. 그리고 그런 요즘 젊은이의 전형적인 표본이 그녀의 딸 써머였다.

써머는 어려서는 뉴저지에 있는 대안학교에 다니며 급진적인 자연주의 교육의 세례를 받았다. 언뜻 보면 복잡하고 그럴듯해 보이는 설립이념을 자랑하는 그 학교는 하지만 사실상 학생들에게 아무것도 가르치지 않았다. 그저 백치처럼 머리를 비우고 강아지처럼 잘 뛰어놀면 그만이었다. 써머는 학교에서 권장하는 대로 과도하게 긍정적이며 누구보다 예쁜 미소를 지을 줄 알지만 어딘가 넋이 나가 보이는 청소년으로 성장해나갔다. 문제는 그녀의 가족이 뉴잉글랜드로 이사를 간 뒤였다. 그녀는 집에서 한시간가량 떨어진 사립학교로 전학을 가게 되었는데 거기는 완전히 다른 세상이었다. 잘 다림질된 단정한 교복을 입은 부잣집 애들이 세상에서 가장 순진한 표정을 지으며 주머니에서 코카인을 꺼내드는 세계였다. 행복한 미소를 지으며 느릿느릿 말하는 애는 모자란 애로 취급되어 무시당하거나, 이용당하거나, 이용당한 뒤 다시 무시당하거나 셋 중 하나였다. 첫해 써머는 학교에 적응하지 못했고, 스트레스로 몸무게가 줄었다. 약간 통통한 체격에 누구보다 해맑은 미소를 지을 줄 알았던 써머는 일년 만에 마르고 예민한 인상의 십대 여자애가 되어 있었다. 놀랍게도 그런 외모의 변화가 일부 여학생들의 호감을 샀다. 특히 매일 밤 잠들기 전 컵케이크를 잔뜩 입에 쑤셔넣으면서도 한편으로는 살 빠지는 약에 용돈을 쏟아붓는 여자애들이 써머를 좋아했다. 하지만 써머는 그 여자애들을, 아니 학교 대부분의 아이들을 전염성 세균이라도 되는 양 피해 다녔다. 그녀는 물 위에 뜬 기름처럼 누구와도 섞이지 않은 채 그저 닥치는 대로 책을 읽었다. 특히 프랑스 문학에 매혹되었는데, 도서관에 틀어박혀 암울한 전후 빠리의 거리를 헤매고 다니다가 정신을 차리면 노트북에 머리를 박고 쇼핑 리스트를 업데이트하거나 끝없이 이어지는 텍스트 메시지와 이미지에 홀린 듯 사로잡힌 아이들이 보였다. 그녀는 그들을 혐오하기 위해 온갖 노력을 기울였지만 끝내 실패하고 말았다. 그들이 지닌 사춘기적 불안을 그녀도 알았기 때문이다. 왜냐하면 그녀 또한 같은 불안 속에 있었기 때문이다. 단지 좀더 고풍스러운 방식으로 그 불안에 맞섰을 뿐이었다. 물론 그 전략은 성공적이지 못했다. 어떤 책도 그녀의 불안을 해결해주지 못했다. 결국 써머는 포기했다. 그녀가 기숙사 방 가득 쌓여 있던 책을 변두리 헌책방에 헐값에 팔아치운 것은 아주 근사한 날씨의 이른 여름, 금요일 저녁이었다. 책을 팔아 받은 돈으로 싸구려 식당에 가서 더럽게 맛이 없는 애플파이를 꾸역꾸역 삼키다 문득 써머는 뭔가 달라졌다는 것을 깨달았다. 아니, 죽어버렸다는 걸. 그게 뭔지는 모르겠지만.

그러고 나서 써머는 다운타운 맨해튼을 기웃거리기 시작했다. 주말이면 아버지의 아파트에 틀어박혀 마리화나를 피우거나 내키는 대로 사람들을 불러들여 파티를 했다. 물론 파티가 끝나면 아파트는 난장판이 되었고, 써머는 그걸 그대로 둔 채 학교로 돌아갔기 때문에 아버지가 알게 되는 건 시간문제였다. 그는 화를 내는 대신 CCTV를 설치하여 녹화 내용을 어머니에게 보여주겠다고 했다. 써머는 누구보다 어머니를 무서워했고, 그래서 자연스럽게 그 짧았던 소란은 끝이 났다. 써머는 좀더 평범한 것, 그러니까 연애로 흥미를 옮겼다. 써머의 첫 연애 상대는 같은 학교에 다니는 잘생긴 부잣집 망나니였다. 매달 여자친구를 갈아치우던 그는 문득 찍어낸 듯 똑같은 바비인형들이 지겨워졌는데, 그러자 운명같이 써머가 눈에 들어왔다. 권태에 빠진 그에게 이미 세상을 다 안다는 표정을 짓고 헝클어진 머리로 느릿느릿 걸어다니는 써머는 대단히 신선하게 느껴졌다. 써머의 심드렁한 태도가 그의 열정을 더욱 불태웠다. 그는 한달 가까이 써머를 쫓아다녔는데, 그의 노력에 감탄했는지 아니면 그의 집안의 재력에 감탄했는지(그는 써머를 코네티컷에 있는 할아버지의 집에 초대했다) 결국 써머는 그와 잤다.

그리고 짧지만 화려한 나날이 시작되었다. 단지 그와 사귄다는 이유로 써머는 학교 안에서 유명인사가 되었다. 평소 써머를 투명한 상자 취급했던 잘나가는 여자애들이 다가와 친구가 되어달라고 애원했다. 물론 행운은 오래가지 않았다. 그 부잣집 망나니는 곧 써머에게 싫증을 냈고, 육개월 전 잠깐 만났다 헤어진, 학교에서 제일 잘나가는 바비인형에게 다시 관심을 갖기 시작했다.

그리고 이어진 몇번의 시시한 연애와 하찮은 사건들을 뒤로하고 지긋지긋했던 학창 시절이 끝이 났다. 써머는 자신의 부모가 그랬듯 뉴욕 시내 한 대학의 입학 허가서를 받아들고 뉴욕으로 도망쳤다. 하지만 그녀는 한 학기를 채 견디지 못하고 학교를 그만두었다. 그리고 나서 닥치는 대로 아르바이트를 하며 아는 사람들의 집을 전전하던 그녀는 아버지가 마이애미로 떠난 뒤 그의 집을 차지하고 미래를 계획하기 시작했다.

그녀는 먼저 미술가가 될까 생각했다. 왜냐하면 어릴 적 미술에 재능이 있다는 평을 들은 적이 있기 때문이다. 그녀는 영감이 떠오르기를 기다리며 시내의 유명 미술관을 헤매고 다니기 시작했다. 그러던 어느날 휘트니 미술관에서 다다와 초현실주의를 주제로 열린 흑백사진전에 감명을 받아 사진작가가 되기로 결심했다. 그녀는 아버지에게서 생일 선물로 받은 빈티지 라이카 카메라를 들고 다니며 사진을 찍기 시작했다. 필름이 오십개쯤 쌓였을 때 그녀는 맘에 드는 사진을 열장 골라서 A4 싸이즈로 프린트한 다음 라이언 맥긴리의 스튜디오에 보냈다. 하지만 아무리 기다려도 소식이 오지 않았다. 기다리는 동안 그녀는 뉴요커 지에 딱 한번 단편소설을 기고한 적이 있는 이류 작가와 사귀기 시작했다. 그녀는 금세 사진을 잊고 소설가가 되기로 했다. 그리고 소설을 쓴다는 핑계로 고가의 빈티지 타이프라이터를 샀다. 사실 그녀는 원래부터 글을 쓰는 것을 좋아했다. 열세살에 시작한 블로그를 중간에 계정을 몇번 옮기긴 했지만 끊기지 않고 계속하고 있었다. 최근에는 텀블러를 페이스북에 연동시켜놓고 그때그때 떠오른 감상을 직접 찍은 사진이나 낙서와 함께 올렸는데 친구들 사이에서 꽤 인기가 높았다. 그녀가 새로 산 타이프라이터의 사진을 페이스북에 올리고 소설가가 되기로 했다는 결심을 알렸을 때 그녀는 144개의 '좋아요'를 받았다. 그녀는 단숨에 첫번째 단편소설을 완성했다. 중서부의 소도시에서 살던 주인공은 고등학교를 졸업한 뒤 뉴욕으로 온다. 그녀는 동네 베이글 가게에서 일을 하며 틈틈이 자신의 꿈인 타투이스트가 되기 위해서 노력한다. 그러던 어느날 이름 모를 남자의 손에 이끌려 업타운에서 열린 비밀 파티에 가게 되는데, 거기서 그녀는 익명의 파티 한가운데에서 드러나는 부자들의 추악한 면을 보고 충격을 받는다. 설상가상으로 자신을 데려온 남자의 정체를 알게 된 그녀는, 그 남자를 피해 도망치다가 창밖으로 떨어진다. 마침 그곳을 지나가던 관광버스에 타고 있던 관광객의 카메라에 추락 장면이 찍힌다. 주인공은 즉사하지만, 관광객이 찍은 사진은 그녀를 죽게 만든 남자에게 은밀하게 팔리고, 그는 그 사진을 자신의 대저택에 있는 비밀 방에 걸어놓는다. 그녀의 사진 옆에는 비슷한 사진들이 잔뜩 걸려 있다.

써머는 완성한 소설을 뉴요커 지에 보냈다. 그리고 소식을 기다리며 남자친구에게 소설을 보여줬다.

"결말은 훌륭해. 극적인 장면으로 사회에 대한 비판의식을 형상화한 점이 마음에 들어. 하지만 도입부가……"

"도입부가 왜?"

"하지만 첫번째 소설치고는 굉장히 훌륭해. 너는 재능이 있어. 그러니까 좀더 노력하면 곧 데뷔할 수 있을 거야."

"정말?"

남자가 확신에 찬 표정으로 고개를 끄덕였다. 하지만 그걸 어떻게 믿는단 말인가. 얼마 뒤 써머는 같은 소설을 뉴요커 지보다 덜 유명한 좌파 계열 문학잡지에 보냈다. 하지만 역시 답이 없었다. 단편소설을 하나 썼을 뿐이지만 곧 써머는 소설 쓰기가 지겨워졌다. 남자친구도 지겨워졌다. 모든 게, 특히 뉴욕이 지겨웠다. 울적해진 써머는 즉흥적으로 런던행 비행기표를 샀다. 다음 날 아침 출발하는 비행기였다.

런던에는 써머의 오래된 페이스북 친구이자 디제이인 피터가 살고 있었다. 그를 통해서 써머는 런던의 언더그라운드 파티 세계에 눈을 뜨게 되었다. 한동안 피터의 집에서 지내며 런던을 탐험하던 써머는 그를 따라 베를린까지 가게 된다. 거기에서도 끝없이 파티가 이어졌다. 그러나 곧 써머는 뉴욕이 그리워졌다. 그녀는 피터의 컴퓨터에서 복사한 백 기가바이트의 음악과 함께 뉴욕으로 돌아왔다. 돌아오자마자 그녀는 노트북에 음악 쏘프트웨어를 설치하고 이런저런 싸운드 효과나 짧은 리듬을 만들어보며 즐거워했다. 하지만 음악을 만드는 것보다 음악을 틀어놓고 노는 것이 훨씬 더 쉽고 재미있었다. 그 시기 써머는 클럽과 파티를 전전하며 다양한 종류의 마약에 손을 댔다. 전형적인 파티 마약인 MDMA와 코카인에서 머시룸과 LSD 등의 여름용 환각제를 거쳐, DMT와 케타민을 통해 삶의 본질을 깨달았고, PCP와 처방약을 거쳐, 급기야 메스암페타민에 손을 대기 시작했다. 정신을 차려보니 그녀는 뉴저지에 있는 리해브(재활원)에 있었다. 어딘가 모르게 낯이 익고 정겨운 장소였는데, 알고 보니 어려서 다니던 대안학교와 설립자가 같았다. 그곳에서 그녀는 채식과 요가를 시작했다.

그뒤로 써머는 마약에서 손을 뗐다. 물론 주말이면 기분을 내기 위해 MDMA에 손을 대거나 가끔 벤조 계열의 안정제를 지나치게 많이 집어먹기는 했지만 걱정할 만한 수준은 아니었다. 그리고 마침내 그녀는 자신에게 맞는 직업을 찾았다. 그것은 티셔츠 디자이너였다. 어느날 옷장을 정리하던 써머는 입지 않는 티셔츠를 발견하고 그 위에 장난삼아 그림을 그려서 입고 나갔는데, 술집에서 한 여자가 티셔츠가 마음에 든다며 말을 걸어왔다. 윌리엄스버그에서 작은 갤러리 겸 부띠끄를 경영하고 있는 여자였다. 그녀는 써머에게 티셔츠에 그림을 그려 팔 생각이 없느냐고 물었다. 써머는 호기심에 그녀의 제안을 승낙했고 얼마 뒤 티셔츠 몇장을 여자에게 넘겼다. 놀랍게도 그 티셔츠들은 금세 팔려나갔다. 같은 일이 몇 번 더 반복되자 자신감이 생긴 써머는 홈페이지를 만들어 직접 온라인으로 티셔츠를 주문받기 시작했다. 그건 써머에게 꽤 좋은 용돈 벌이가 되어주었다.

한편 최근 써머가 관심을 갖게 된 분야는 정치였다. 그것은 물론 월가 점거운동 때문이었다. 그녀는 슬라보예 지젝의 책을 찾아 읽거나 윌리엄스버그에서 열리는 소규모 좌파 세미나에 참석하기도 하는 한편 프루동이나 바쿠닌이 했다는 말을 티셔츠에 써넣어 비싼 값에 팔아먹었다. 물론 써머도 자신의 이런 행동들이 별 의미가 없으며 꽤 재수없다는 걸 잘 알고 있었다. 하지만 그건 다른 사람들도 마찬가지 아닌가. 특히 그녀의 윗세대, 그러니까 그녀의 부모가 바로 그런 삶을 살고 있지 않는가. 앞뒤가 맞지 않는 삶을 살아온 건 그들이 먼저 아닌가? 위선적이고 부패한 상류층을 비난하지만 사실 어머니나 아버지가 원하는 게 바로 그런 사람들이 되는 게 아니었나? 결국 그렇게 되지 않았나? 그리고 그 결과가 내가 아닌가? 그렇다. 나는 결과일 뿐이다. 내 탓이 아니라고. 써머 또한 이런 분노를 갖고 있었다. 하지만 그것을 단 한번도 제대로 표현해본 적은 없었다. 왜냐하면, 그건, 너무 촌스러우니까. 가끔 참을 수 없이 화가 날 때 써머는 고등학교 시절 책을 팔아 받은 돈으로 애플파이를 사 먹었던 그 싸구려 식당의 풍경을 떠올렸다. 창백하게 질린 듯한 플라스틱 의자들과 말을 잃은 사람들, 입을 가득 채운 차가운 애플파이의 감촉, 어두운 창밖 텅 빈 쇼핑 카트를 끌며 주차장을 가로지르던 어떤 여자. 어, 죽어버렸다. 그날 뭔가 중요한 것이. 분노를 포함해서 미처 생각해보지 못한 어떤 가능성도. 그걸 후회하나? 왜? 어차피 끝나버린 일인데.

 그렇게 생각이 꼬리를 물고 이어지는 동안 분노는 차갑게 식어 흔적 없이 사라져버렸다. 하지만 사실 그것들은 여전히 그녀의 안에 있었다. 단지 숨겨져 있을 뿐이다. 언젠가부터 써머는 그것을 냉소라는 형식을 통해 표출하기 시작했다. 한없이 가볍고 얄팍하며, 세련된 제스처를 통해서. 써머는 그렇게 누구보다 세련된 요즘 여자애가 되어 있었다.

3

"깼어?"

썸머의 말에 케이는 자신이 잠들었던 것을 깨달았다. 케이는 고개를 들고 하품을 하면서 뺨을 문질렀다. 차가운 대리석 탁자에 오랫동안 얼굴을 박고 있어서인지 뺨이 얼얼했다.

"응, 조금." 케이가 대답하며 썸머를 보았다. 그녀는 소파에 앉아 뭔가를 먹고 있었다.

"한시간은 잔 것 같은데."

"진짜?"

"그 자세로 잠이 와?"

"어, 학교 다닐 때 이러고 많이 잤거든."

"학교 다닐 때? 왜?"

"책상 베고 많이 잤어, 교실에서. 넌 그런 적 없어?"

써머가 고개를 저었다.

"너도 한국에서 학교를 다녀보면 이해하게 될 거야."

"됐어. 학교 얘기는 하지도 마."

"근데 너 뭐 먹어? 집에 먹을 게 있었어?"

"아니, 배달시켰어. 너도 먹을래?"

써머가 바닥에 놓인 종이상자들을 가리켰다. 거실로 온 케이는 상자를 하나 집어들고 써머 옆에 앉았다. 텔레비전에서는 요란하게 차려입은 여자애들이 케이크를 앞에 놓고 깍깍거리고 있었다.

"쟤네들 좀 봐." 써머가 말했다.

"뭔데?"

"부잣집 여자애들 나오는 리얼리티 쇼. 생일 파티 하러 하와이 가는데 제트기를 타고 가. 쟤 아빠 거래."

"우와."

"엄마 별장이 싸우스햄튼에 있잖아. 거기 가면 저런 애들 많아. 많이 봤어."

"너 다니던 학교에도 많았다며."

"맞아. 머리가 텅 빈 부잣집 아가씨들. 저렇게 공주처럼 차려입고 내숭 떨다가 비슷한 남자 만나서 결혼하고는 애 낳아서 자기랑 똑같이 키우겠지. 그게 쟤들 인생이야. 저런 애들 정말 많이 봤어. 난 절대 그렇게는 안 살 거야."

써머가 남은 국수를 마저 입에 넣고 빈 상자를 바닥에 내려놓았다.

"물론, 어쩌면 약간은 비슷할지도 몰라."

"뭐가?"

"쟤들이랑 나 말이야. 운이 좋은 인생이라고 생각해. 물론 난 저 정도는 아니지만." 써머가 멍하니 화면을 들여다보며 말했다. "하지만 나는 쟤들처럼 그 운을 낭비하지는 않을 거야."

케이는 대답 대신 멍한 얼굴로 스프링롤을 한입 베어물었다.

"케이." 써머가 말했다. "내가 지금 내 운을 낭비하고 있다고 생각해?"

"글쎄." 케이가 써머를 보며 생각에 잠겼다. "근데 그건 네가 제일 잘 알고 있지 않을까?"

"네 말이 맞아. 근데 솔직히 모르겠어. 가끔은 내 인생이 망했다는 생각이 들어. 넌 안 그래? 그런 생각 안 들어?"

"글쎄, 근데 원래 우리 나이 때는 별생각이 다 드는 법이래."

"그럼 엄마도 그랬을까? 내 나이 때? 아빠도?"

"음, 내 부모님은 안 그랬을 거 같아."

"그래?"

"응, 내 부모님은 나랑 달라. 자수성가한 한국인들이거든."

"그건 내 부모님도 마찬가진데."

"에이, 다르지. 너희 부모님은 어려서는 많이 놀았잖아."

"네 부모님은 안 놀았어?"

"글쎄, 물어본 적 없는데. 근데 안 그랬을 거 같아. 놀 줄을 모르시거든. 진짜 성실해. 그래서 좋은데, 또 그래서 답답해. 물론 나한테도 자기네들처럼 살라고 하지는 않는데 그래도 그런 거 있잖아.

말이 안 통하는 거. 무슨 말인지 알겠어?"

써머가 안됐다는 표정을 지었다.

"에이, 괜찮아. 어차피 말이 통하는 경험 같은 거 해본 적 별로 없어. 내가 특별해서가 아니라, 한국은 너무너무 빠르게 변한 나라라서 한두살만 차이가 나도 전혀 말이 안 통하거든. 그러니까 평범한 상태인 거야, 말이 안 통하는 게. 그래서 사람들은 그런 게 문제라고 생각하지도 않아. 이상하지? 근데 안 이상해. 말 같은 거 안 통해도 그럭저럭 살아갈 수가 있어. 그래서 오히려, 말이 통하는 상황이 어색해. 진짜로, 막, 어색하다니까."

케이가 어색한 표정을 지어 보이더니, 정말로 어색해졌는지 웃었다. 하지만 써머는 진지한 표정이었다.

"네 이야기 들으니까 할머니랑 할아버지가 생각나. 아주 좋으신 분들인데, 근데 진짜 말이 하나도 안 통해. 그분들도 안 노셨대. 하긴 가난해서 놀고 싶어도 놀 수 없었을 거야. 대신 아주 열심히 일했대. 그리고 매사에 아주 진지했대. 아니, 지금도 그래."

"그래?"

"아빠가 젊어서 이 동네에서 지낼 때 찾아온 적이 있으셨어. 태어나서 뉴욕에 한번도 와본 적 없는, 맨해튼이 어디 붙었는지도 모르는 두 촌사람이 아들을 찾아온 거야. 물어물어 겨우 아빠가 지내는 곳을 알아내서 찾아갔는데 완전 거지 같은 거지. 어디선가 쥐들이 우다다다 달려가는 소리가 들리고, 그러고 나면 천장에 달린 등이 흔들리고. 물론 할머니 할아버지는 하나도 안 놀라셨대. 왜냐면 젊어서 그런 데서 살아본 적이 있으니까. 정말 가난하던 시절에. 그래서 더 화가 나셨던 거야. 그런 데서 벗어나려고 죽도록 노력을 하셨을 테니까. 그리고 나서 애지중지 키운 자식을 뉴욕에 있다는 유명한 대학에 보내놨더니 도로 그런 데로 기어들어간 거잖아. 머리끝까지 화가 난 할아버지가 초인종 누르는 것도 잊고 문을 걷어찼대. 마침 아빠가 팬티만 입은 채로 소파에 누워 있었는데, 아마 술이나 뭐에 취해 있었겠지. 할아버지랑 할머니를 보고 일어나지도 않고 웃기만 하더래. 그래서 할아버지가 아버지를 일으켜세워서 다짜고짜 뺨을 때렸대. 그러니까 아빠가 펄쩍 뛰면서 왜 때리냐고, 나도 이제 다 컸다고, 내 마음대로 살 거라고. 원래 아빠가 할아버지를 진짜 무서워해서 아무 말도 못했었는데 갑자기 어디서 용기가 났는지 그랬다는 거야. 아, 맞아, 같이 사는 친구 부모님이 찾아온 적이 있었는데 그런 식으로 굴었더니 잘되었대. 친구가 막 화를 냈더니 말없이 고개를 흔드시더니 돌아가셨대. 그분들은 그러셨대. 근데 할아버지는 달랐던 거야. 바지에서 혁대를 뽑아서 그걸 휘두르면서 아빠한테 달려들었대. 아빠는 비명을 지르면서 부엌으로 도망가고…… 할머니는 두 손을 모은 채로 큰 소리로 기도를 하고…… 히히. 상상해봐. 웃기지 않아?"

"그래서, 아빠가 정신을 차렸어?"

"아니, 그러고도 몇달인가 더 거기 있었대."

"아아."

"아, 댄한테 연락 왔는데, 세시에 머틀 역에서 만나기로 했어."

"그래? 그럼 곧 나가야겠네." 케이가 시간을 확인했다. "나 그럼 씻을게."

써머가 고개를 끄덕이고 다시 텔레비전으로 시선을 돌렸다. 케이는 욕실로 들어가 문을 닫았다. 맨몸으로 따뜻한 물을 맞고 서 있자니 나른해지면서 밀쳐두었던 생각들이 스멀스멀 밀려왔다. 그녀는 얼굴을 찡그린 채 샴푸를 짜서 머리에 바르고 문지르기 시작했다. 시끄러워, 조용히 좀 해봐. 난 지금 머리를 감아야 된단 말이야. 생각할 시간이 필요하다는 걸 그녀도 알고 있었다. 하지만 지금은 안돼. 할 일이 많다구. 댄을 만나야 하고 집에 가야 하고 짐을 싸야 하고 그리고, 그러고 나서…… 한국으로 돌아가야 한다. 돌아가는 것에 대해서 생각하자 울적해졌다. 케이는 울적해진 채로 머리카락을 비벼 거품을 냈다. 부풀어오른 거품이 사방으로 흩날렸고, 하지만 곧 물에 씻겨 사라졌다.

욕실에서 나왔을 때 써머는 여전히 소파에 앉아 텔레비전을 보고 있었다. 케이는 젖은 타월을 바닥에 펼쳐놓고 그 위에 주저앉아 알 수 없는 소리를 내며 머리를 비벼댔다. 써머가 그런 케이를 힐끗 본 뒤 말했다.

"그렇게 하면 바닥이 젖는데."

"아, 미안."

케이가 몸을 일으키곤 욕실로 들어가 머리를 말리기 시작했다.

"커피를 마실래." 써머가 말했다.

"뭐라고?"

"커피를 마셔야겠어! 얼른 나가자!"

"그래, 나 머리 말리고."

"커피! 커피!"

써머가 벌떡 일어나 달리듯 부엌으로 갔다. 그리고 찬장에서 쓰레기봉투를 꺼내 집에 널려 있는 쓰레기를 쓸어담기 시작했다. 그러는 동안에도 써머는 계속해서 커피, 커피, 씨발, 커피, 중얼거렸다. 그건 곧 더러워, 더러워, 씨발, 더러워로 바뀌었고 케이는 약간 불안해졌다. 언젠가 써머가 가벼운 조울병 증세로 치료를 받은 적이 있다고 말한 적이 있었다. 미국에서는 뭐든지 병이라고 하지. 아무 문제가 없는 사람이라도 정신과에 가면 환자가 될 수 있어. 비싼 델수록 좋아. 비싼 델수록 근사하고 복잡한 이름의 병을 붙여주고 약도 아끼지 않고 듬뿍 처방해주거든. 하지만 써머는 가끔 정말로 미친 것처럼 보일 때가 있었다. 그게 정신병 때문이건, 마약을 너무 많이 해서 그렇건, 아니면 진짜 미국 때문이건. 그럴 때 제일 좋은 방법은 위드(weed, 마리화나를 뜻하는 속어)를 주는 거지. 써머와 제일 친한 친구인 제시는 그렇게 말했다. 그런데 문제는 지금 우리한테 그게 없다는 거. 그러니까 어서 댄을 만나야 한다. 그러기 전까지는 무조건 써머가 원하는 걸 해줘야 한다. 어, 커피를 마시게 해야 한다. 케이는 채 마르지 않은 머리로 서둘러 욕실을 빠져나왔다.

문을 열고 거리로 나오자마자 한낮의 열기에 덜 마른 머리가 뜨겁게 데워지기 시작했다. 하루 중 가장 더운 시간이었다. 겨우 두 블록을 걷는 동안 써머는 덥다는 말을 스무번쯤 늘어놓았다. 커피집에 들어선 써머는 더워서 땅바닥에 눌어붙을 뻔했다는 둥 죽는 소리를 늘어놓으며 커피를 주문했다. 그리고 주문한 커피가 나오자 주인 남자와 함께 담배를 피우러 밖으로 나갔다. 그녀는 담배를 피우며 계속해서 미친 날씨에 대한 푸념을 늘어놓았다. 그러는 사이 새로운 손님이 왔고, 주인 남자가 느릿느릿 담배를 끄고 가게로 돌아왔다. 혼자 남은 써머가 온몸을 비비 꼬며 거리를 바라보기 시작했다.

"나왔어?" 어느새 가게에서 나온 케이를 발견한 써머가 미소 지었다.

"응, 진짜 덥다."

"저기 새 옷가게가 생겼어." 써머가 맞은편 건물을 가리키며 말했다. "원래 와인바였는데."

"그래?"

"저기 내 티셔츠 가져가면 사줄까?"

"글쎄? 가서 말해봐." 케이가 어깨를 으쓱했다.

"글쎄?" 써머가 케이를 따라 어깨를 으쓱했다. 케이는 웃으며 써머의 기분이 좀 나아졌나보다 생각했다. 기분이 좋은 써머는 아주 매력적인 여자애였다. 문제는 그녀의 기분은 뉴욕의 날씨보다도 변덕스럽고, 기분이 나빠진 그녀는 순수한 악에 가깝다는 것이었다.

케이는 룸메이트인 레나의 생일 파티에서 써머를 만났다. 파티는 집 근처에 있는 오래된 폴란드 술집의 지하에서 있었다. 새벽 세시쯤 한 무리의 사람들 속에 섞여서 써머가 계단을 내려왔다. 그녀는 엄청나게 빠른 말투로 택시 기사를 험담하고 있었다. 험담이 끝나자 그녀는 탁자에 놓인 보드카를 병째로 마시며 소리치기 시작했다. 아이 원트 위드. 아이, 니드, 위드. 깁미 썸 위드. 플리즈. 플리즈, 플리이이이…… 그리고 춤을 추기 시작했다. 스피커에서는 싸구려 전자음악이 흘러나오고 있었고, 벽에는 일본산 흑백 애니메이션이 비치고 있었다. 남자애들이 우르르 화장실로 몰려갔다. 케이는 구석에 앉은 채, 그저 달기만 한 샴페인을 마시며, 눈앞에 펼쳐진 광경을 멍하니 바라보았다. 문득 정신을 차리니 써머가 옆에 앉아 그녀의 어깨를 두드리고 있었다.

"안녕, 난 써머라고 해. 무슨 기분 나쁜 일이 있어?"

"아니야. 잠깐 멍하니 있었어."

"왜? 파티가 재미가 없어?"

케이가 고개를 흔들었다.

"그런데 넌 이름이 뭐야? 난 써머라고 해."

"아, 나는 케이야. 한국에서 왔어."

"한국? 우와, 어느 한국에서 왔는데?"

"남한."

"아, 그래? 어제 또 북한이 미사일을 날렸다는 뉴스를 봤어. 그게 정말이야?"

"알 게 뭐야."

"알 게 뭐냐니. 관심을 가져야지. 너희 나라 문제잖아."

"글쎄, 그 문제라면 미국이 제일 잘 알걸. CIA라든가."

써머가 웃었다. "야, 너 재밌다. 근데 이름이 뭐라고?"

써머는 알면 알수록 매력적인 여자애였다. 좀 종잡을 수 없는 면이 있긴 했지만. 아니, 그 점이 써머를 더 매력적으로 만들어주었다. 왜냐하면 그녀와 함께 있으면 절대 심심할 일이 없었기 때문이다. 그리고 바로 그걸 케이는 원하고 있었다. 흥미진진한 뭔가를. 삶의 모든 지루함을 날려버려줄. 그런 걸 얻을 수 있다면 뭐든 하겠다. 어떤 위험이든 상관하지 않겠다. 물론 그건 스스로에 대한 과대평가였다. 케이가 원하는 건 그저 사람들이 우와, 하고 부러워할 만한 것들, 근사해 보이는 사람들 틈에 끼어서 보란 듯이 젊음을 과시하는 것이었다. 모험에 대해서 케이는 멋진 썬글라스를 쓰고 카메라를 향해 가운뎃손가락을 치켜드는 장면을 상상했다. 아메리칸 어패럴의 광고나 테리 리처드슨의 사진에서 볼 수 있는 그런 장면. 패션 잡지용으로 잘 다듬어진 불온함. 물론 그것에도 약간의 용기는 필요했다. 가끔 늦은 새벽 혼자서 불 꺼진 거리를 가로질러야 했고, 파티에서 만난 모르는 사람이 준 뭔가를 삼켜야 하기도 했다. 하지만 뭐 어때, 어차피 잠깐이잖아. 결국은 돌아가야 할 테니까. 그리고, 그리고 나면,

다시는 써머 같은 애를 만나지 못할 거다.

어쩌면 이게 내가 가진 운의 전부다.

이런 생각이 케이를 용감하게 했고, 한편으로 우울하게 했다. 우울함은 귀국 날짜가 다가오면서 커졌다. 그리고 이제 서른여섯시간 후면 떠나야 한다. 케이는 이 우울한 사실을 가능한 한 밀쳐둔 채 눈앞에 펼쳐진 근사한 것들에 집중하기 위해 애썼다. 그렇게 하면, 어쩌면, 이 근사한 여름이 영원히 계속될지도 모른다는 듯이.

*

 택시가 윌리엄스버그 다리를 건너는 동안 남부 맨해튼이 빠르게 뒤로 밀려갔다. 곧 풍경은 낮고, 느리며, 한산해졌다. 창 너머 사람들의 발걸음도 한결 여유로웠다. 써머는 팔짱을 낀 채 택시 천장을 바라보고 있었다. 신호가 바뀌고 차가 멈춰 섰다. 케이는 횡단보도를 건너는 한 무리의 전통복장을 한 유대인들을 멍하니 바라보았다.
 "저녁에는 누굴 부를 거야?" 써머가 물었다.
 "그냥 아는 사람들 다 불렀어. 어차피 얼마 되지도 않는데."
 "음."
 "왜, 싫은 사람 있어?"
 "어디에 가지?"
 "루이에 갈까?"
 "루이?"
 신호가 바뀌고, 다시 출발한 택시가 빠르게 서쪽으로 나아갔다. 거리의 풍경이 좀더 낡고 험악해졌다. 목적지인 머틀 역 앞에 도착했을 때, 케이는 조금 긴장한 채 조심스럽게 택시를 빠져나왔다.
 "여기야?" 케이가 물으며 주위를 둘러봤다. 거리는 이층 높이의 전철 철로에 가려 대낮인데도 어두컴컴했다.
 "응, 근데 너무 빨리 왔네. 잠깐 어디 들어가서 기다리자." 써머가 핸드폰을 확인한 뒤 말했다.

"그래, 어디 갈까?"

써머가 길 끝에 있는 타코집을 가리켰다.

"저기 어때? 나 배고파."

그곳은 한쪽에 바와 세개의 탁자가 놓인 작은 타코집이었다. 에어컨이 돌아가고는 있었지만 효과는 거의 없었다. 라디오에서는 스페인어가 흘러나왔고, 가게 안의 사람들도 모두 스페인어를 썼다. 써머와 케이가 탁자에 앉자 길고 검은 머리를 질끈 묶은 커다란 몸집의 여자가 메뉴판을 들고 왔다. 그리고 둘이 메뉴판을 들여다보는 내내 곁에 선 채로, 바에 앉은 남자들의 대화에 끼어들었다. 써머는 쌀과 붉은 콩이 든 타코에 치즈를 추가한 다음 다이어트 콜라를 시켰다. 케이는 닭고기를 넣은 타코에 스프라이트를 주문했다. 라디오에서 스페인어로 된 힙합 음악이 흘러나오기 시작했다. 써머가 콜라에 빨대를 꽂으며 노래에 맞춰 몸을 흔들기 시작했다.

"한국에서도 타코를 팔아?" 써머가 물었다.

"응, 타코벨이 있어."

"타코벨! 그건 미국산 쓰레기지!" 주방 입구에 기댄 채로 라디오를 듣고 있던 주인 여자가 말했다. "그건 진짜 타코가 아니야!"

"나도 그렇게 생각해." 써머가 진지한 표정으로 고개를 끄덕였다.

"나도 여기 와서야 제대로 된 타코를 먹어봤다고." 케이가 말했다.

"그럼 아직 한국에는 제대로 된 타코가 없단 얘기네."

"그럴 수도."

"그럼 네가 돌아가서 만들어 팔면 되겠다."

"난 타코 만들 줄 모르는데?"

"배우면 되지!"

"언제? 나 내일 떠나는데?"

"오늘 배우면 되지!"

"타코 만들 줄 알아?"

"당연하지! 내가 알려줄게! 오늘 저녁은 타코로 하자. 내가 무시무시하게 맛있는 타코를 만들어줄게!"

그때 써머의 핸드폰이 울렸다. 써머가 핸드폰을 들여다보며 들뜬 목소리로 말했다. "댄이야. 도착했나봐."

주인 여자가 타코 두접시를 탁자에 내려놓았다.

"뭐? 그럼 언제 오는데?" 전화를 받은 써머의 얼굴이 금세 울상이 되었다. 한편 케이는 기대 속에서 타코를 한입 베어물었다. 하지만 그것은 곧 실망으로 바뀌었다. 자신감 넘쳐 보이던 여자의 태도에도 불구하고, 한국의 타코벨에 비해서 별로 나은 솜씨가 아니었던 것이다. 그녀는 슬픈 표정으로 손에 들린 타코를 골똘히 바라보았다.

"댄이 늦는대." 전화를 끊은 써머가 짜증 섞인 목소리로 말했다.

"얼마나?"

"음…… 삼십분쯤?"

"여기서 기다리지 뭐."

"짜증나. 제시간에 오는 일이 없어. 어떻게 생각해?"

"뭘?"

"내가 댄이랑 만나는 거. 계속 만나도 될까?"

"왜? 마음에 안 들어?"

"얼마 전에 진짜 이상한 일이 있었어. 댄네 집에서 잤는데, 갑자기 자다 말고 나를 흔들어 깨우는 거야. 그래서 내가 왜 그러냐고 물었더니, 우유를 달라는 거야."

"뭐, 우유?"

"응, 이상하지? 그래서 냉장고 열어보라고, 나한테 찾지 말고, 그랬더니, 냉장고에 없대. 그럼 나가서 사오든가, 그랬더니 묻는 거야. 우유를 어디서 사지?"

"우유를 어디서 사냐고? 슈퍼마켓에서 사지?"

"그러니까! 우유를 어디서 사겠어! 근데 나한테 물어봤다니까. 우유를 어디서 사지?"

"그건 좀 이상하네."

"그렇지? 이상하지?"

"그래서 어떻게 했어?"

"그냥 다시 잠들었어. 이상하지? 근데 더 이상한 건 뭔지 알아? 다음 날 깼는데 기억을 못하더라고."

"그냥 잠꼬대한 거 아니야? 사람들 가끔 그러잖아."

"아니야, 걘 한번도 그런 적 없대."

"그냥 자기가 기억 못하는 걸지도 몰라. 원래 그런 건 잘 기억 안 나잖아."

"그런가?"

고개를 갸우뚱거리던 써머는 그제야 탁자에 놓인 타코를 발견하고 허겁지겁 먹기 시작했다. 한참을 먹는 데 집중하던 써머가 고개를 들고 물었다.

"근데 너는 만나는 사람 없어?"

"응? 아, 없는데."

"한국에도? 미국 와서도?"

"없어."

"왜? 괜찮은 애가 없었나?"

"한국에서 사귀는 애가 있었는데 여기 오기 전에 헤어졌어. 그리고 미국 와서는 없네?"

"왜? 꽤 오래 있었잖아?"

"글쎄, 별로 막 관심이 가는 애가 없더라."

"너한테 관심을 갖는 애들은 없었어?"

"없는 건 아닌데, 대체로 그냥 자고 싶어하는 애들."

"일단 자보고, 아니면 말고, 그럼 안되나?"

"저번에 친구네 집에 갔다가 걔 옆방 남자애랑 잔 적은 있는데. 근데 그냥 자고 말았네?"

"왜?"

"그냥, 별로."

케이가 한 손에 스프라이트를 든 채로 어깨를 으쓱했다. 써머가 웃음을 터뜨렸다.

"왜 웃어?"

"너 말투가 웃겨서. 너 가끔 보면 되게 웃긴다? 그거 알아?"

케이가 전혀 모르겠다는 표정을 지었다.

"그래서, 지금까지 미국에서 지낸 느낌은 어때? 재밌었어? 뉴욕은 어때?"

"좋았지! 근데 뭐랄까…… 너무 많은 일이 한꺼번에 일어나서 뭐가 뭔지 모르겠다는 느낌이 들기도 해. 그러니까……"

"무슨 말인지 알아. 내가 베를린에 갔을 때 딱 그런 기분이었거든."

"베를린에 간 적이 있어?"

"런던에 갔다가 룸메이트가 베를린에 간다길래 따라갔어. 근데 문제는 우리가 돈이 정말로 정말로 없었다는 거야. 중간에 빠리에 들렀는데, 내가 가고 싶다고 고집을 부려서. 호스텔에다가 짐을 놓고 에펠탑을 보러 갔어. 밤에는 호스텔에서 만난 영국 애들이랑 클럽에 갔지. 아침에 호스텔로 돌아와서 잤고. 다시 밤이 와서 놀러 나갔어. 그런 식으로 며칠 지내다가 깨달았어. 돈이 진짜 다 떨어졌다는 걸. 그럼 베를린까지 어떻게 가지? 피터가, 내 룸메이트 이름이 피터였어, 걸어가자는 거야. 미쳤어? 어떻게 걸어가? 걔가 노트북을 열더니 구글 맵으로 길 찾기를 했어. 출발지에 빠리를 찍고 도착지에 베를린을 찍어. 그랬더니 세가지 길이 떴어. 제일 짧은 길을 보니까 구백팔십칠 킬로미터래. 그러면 몇 마일인 거지? 아무튼 그 길로 팔일 열한시간 동안 걸으면 베를린에 도착한대. 쉬지 않고? 어, 쉬지 않고. 가장 긴 길은 얼만데? 팔일하고 열두시간.

피터가 화면을 가리켰어. 거기 이렇게 쓰여 있어.

1. 리볼리 거리에서 르나르 거리를 향해 서쪽으로.

2. 쌩마르땡 거리를 향해 우회전.

3. 랑뷔또 거리를 향해 좌회전.

4. 쌩마르땡 거리를 향해 우회전.

5. 르네 불랑제 거리를 향해 좌회전.

이런 식으로 팔백칠십일번까지 있어. 그러면 베를린에 도착할 수 있대.

농담해? 그래, 농담이면 좋았겠지. 하지만 피터의 표정은 진지했어. 빠리에서 베를린까지 팔일 동안 쉬지 않고 걸어가자고? 그래, 넌 그렇게 해, 난 뉴욕에 돌아갈래, 그랬더니 그제야 피터가 일이 어떻게 돌아가고 있는지를 깨달았지. 우리는 일단 지하철을 타고 빠리에서 제일 북쪽에 있는 역으로 가기로 했어. 거기서 히치하이킹을 시도했지. 거의 세시간 동안 서 있었는데 허탕을 쳤어. 나는 아무래도 뉴욕으로 돌아가야겠다고 생각을 했어. 근데 그러려면 다시 런던으로 가야 되잖아. 비행기가 런던행 왕복 티켓이었거든. 어떡하지. 아아, 완전 패닉에 빠져 있는데 다행히 쌍리스에 간다는 부부를 발견했어. 차에 탔는데, 아, 자동차 시트가 너무 부드러운 거야. 난 울음을 터뜨렸어. 그러고는 거짓말을 늘어놓기 시작했어. 나는 시카고 출신으로 아빠의 학대를 피해서 런던으로 도망쳤다. 미국 안에서는 어디로 가든 아빠가 쫓아올 거기 때문에 어쩔 수 없었다. 런던에서 트라팔가 광장 근처에 있는 식당에서 일을 했는데 거기서 피터를 만났다. 우리는 곧 사랑에 빠졌다. 우리는 베를린에 있는 피터의 형을 만나러 가는 길이었다. 가는 길에 빠리를 들렀다. 내가 어려서부터 빠리를 너무 와보고 싶었다. 그런데 소매치기를 당했다. 잃어버린 손가방에 기차표랑 현금카드랑 돈이 다 들어 있었다. 다행히 여권은 잃어버리지 않았는데 돈이 전혀 없다.

그래서 무작정 히치하이킹을 시도하고 있었다…… 처음에는 피터가 끼어들어 말리려고도 했는데, 내가 너무 뻔뻔하게 거짓말을 하니까 질렸는지 그냥 듣고만 있었어. 내가 그렇게 미친 사람처럼 지껄이는 동안 우리는 부부의 집에 도착했지. 아주머니께서 자고 가라고, 일단 하룻밤 묵고 형한테 연락을 취해보자고 하셨거든. 어찌겠어, 그렇게 했지. 그런데 계속 거짓말을 해야 되니까 조금씩 당황되기 시작했어. 아주머니가 형한테 전화를 해보라고 피터한테 전화기를 빌려줬는데, 피터는 어쩔 줄 몰라하다가 베를린에 있는 친구한테 전화를 걸어서 소매치기를 당해서 돈을 잃어버렸다고, 지금 쌍리스에 있다고 말했어. 그랬더니 친구가 엄청 걱정하면서 차비를 부쳐주겠다고 했대. 전화를 끊고 나서 나는 또 울기 시작했지. 도대체 이게 뭔가, 안도가 되기도 하고, 거짓말이 들통이 나버리면 어쩌지, 완전히 혼란 속에서 잠에 들었어. 다음 날 일어나서 아침을 먹으면서도 나는 계속해서 거짓말을 늘어놓았어. 엄마는 내가 아주 어렸을 때 돌아가셨다. 집을 나와서 처음에는 스트립 댄서가 될까도 생각했다. 그러다가 어떤 남자의 꾐에 빠져서 라스베이거스에 가게 되었는데…… 그때쯤에는 거짓말을 너무 오래 해서 나 스스로도 내 거짓말을 믿기 시작했어. 진짜로 내가 스스로 만들어낸 가상의 인물처럼 느껴지더라니까."

써머는 거기서 말을 멈추었다. 어느새 가게 안의 모든 사람들이 써머의 말에 귀를 기울이고 있었다. 써머에게는 그런 재능이 있었다. 무슨 말을 늘어놓아도 사람들이 귀를 기울이고 듣게 하는. 사람들은 그런 써머에게 쉽게 호감을 느끼며 다가오고 써머는 그들과 가리지 않고 친구가 되었다. 하지만 그게 대부분 꾸며낸 거짓말이거나, 얼핏 보면 근사하지만 내용 없는 포장지에 불과하다는 걸 알아차리는 데는 많은 시간이 걸리지 않았다. 그러면 사람들은 질리거나 실망한 채로 떠나가지만 언제나 떠난 만큼 새로운 사람들이 다가왔기 때문에 써머는 신경 쓰지 않았다. 물론 이런 상황이 언제까지나 계속될 거라고 믿을 정도로 순진한 것은 아니었다. 단지 그렇지 않은 상황이 전혀 상상이 되지 않는 것이다.

"그래서 어떻게 됐어?"

케이가 참지 못하고 물었다.

"잠깐만. 말을 너무 많이 했더니 목이 아파. 커피를 주문할래. 근데 댄은 언제 오는 거야?"

써머가 댄에게 메시지를 보냈다. 그리고 주문한 커피가 도착하기를 기다려 다시 이야기를 시작했다.

"우여곡절 끝에 우리는 쌍리스를 떠나 베를린으로 향했어. 가는 동안 지나친 숲과 작은 마을, 밀밭의 풍경이 너무 아름다웠어. 뿌옇게 안개가 서린 밤, 버스가 빽빽한 검은 숲을 통과해서 달리던 그 풍경을 잊을 수가 없어. 마침내 베를린에 도착했을 때, 거긴 도시 변두리에 있는 회색빛의 구질구질한 버스 터미널이었는데, 그것조차 근사해 보였어. 우리는 지하철을 타고 피터 친구의 아파트로 갔어. 거기서 짐을 풀고 피터는 베를린에 있는 다른 친구들에게 연락을 하고 나는 오랜만에 길게 목욕을 한 다음 밀린 잠을 잤어. 그리고 밤이 되어 피터 친구가 디제잉을 한다는 파티에 놀러 나갔어.

파티는 스프리 강 근처에 있는 공터에서 열렸어. 구석에는 다 쓰러져가는 오래된 교회가 있었고 주위에는 캐러밴이 늘어서 있었어. 그 앞에서는 모닥불이 타오르고 있었고 프리크 쇼를 하고 있었어. 그건 좀 지루했지. 하지만 곧 피터 친구가 음악을 틀기 시작했어. 나랑 피터는 엑스터시를 먹고 춤을 추기 시작했어. 한참 춤을 추다가 사람들이 우르르 교회로 들어가길래 따라 들어갔더니 케타민을 하고 있더라고. 그날 처음 케타민을 해봤는데, 되게 흥미로운 경험이었어. 근데 사실 진짜 흥미로운 일은 그다음에 일어났어.

 케타민을 하고 한시간쯤 지났을까? 약 기운이 조금 가라앉은 다음에 피터랑 조인트를 나누어 피우고 밖으로 나왔어. 기분 전환을 하려고 강가로 산책을 갔어. 몇시쯤 됐을까 모르겠어. 날이 희미하게 밝아오고 있었어. 스프리 강에는 안개가 잔뜩 끼어 있었고. 안개 너머로 흐릿하게 모습을 드러낸 건물들은 낙서로 가득했어. 우리는 시원한 강바람을 맞으며 한동안 말없이 서 있었어. 아주 근사했지. 그때였어. 안개 속에서 작은 배 한척이 모습을 드러냈어. 중세시대 기사 차림을 한 남자가 노를 젓고 있었어. 배의 한가운데에는 귀부인처럼 차려입은 여자가 서 있었는데, 허리까지 닿는 금발머리를 풀어헤친 채로, 한 손에는 다 해진 민트색 우산을 들고 있었어. 아주 천천히, 배가 우리 쪽으로 다가왔어. 오직 노 젓는 소리만이 또렷했어. 그리고 배 위의 여자와 눈이 마주쳤어. 여자의 눈은 타오르는 것처럼 짙은 초록색이었어. 아무것도 떠올라 있지 않은, 순수한 초록색. 타오르는 초록색 돌 같은 눈이었어. 난 완전히 굳어버렸지. 배는 천천히 반대편을 향해, 안개 속으로 사라졌어. 배가 완전히 사라졌을 때, 나는 온몸에 힘이 풀려 바닥에 주저앉고 말았어.

　그러고 나서, 그러고 나서…… 어떻게 집으로 돌아갔는지 모르겠어. 눈을 떴을 때 나는 거기가 어딘지 몰랐어. 내가 누군지, 뭘 하고 있는지, 아무것도 알 수 없었어. 모든 게 완전히 지워져버린 백지 같은 기분이었어. 하지만 서서히 정신이 돌아왔고 깨달았지. 나는 써머 콜린스고 여긴 크로이츠베르크에 있는 피터 친구의 방이다. 창에는 얇은 흰색 커튼이 쳐져 있었어. 열린 창틈으로 바람이 불어올 때마다 커튼이 흔들렸어. 그러다가 갑자기 구름이 걷히면서 밝은 햇살이 쏟아져들어왔는데, 그 햇살이 너무 아름다워서 숨이 멎을 것만 같았어. 창밖에 늘어선 나무가 일제히 흔들리기 시작했어. 나는 울기 시작했어. 너무 아름다워서. 너무. 모든 게 다. 난 생각했어. 이대로 지금 죽어버린다고 해도 아무것도 후회되는 것도 억울한 것도 없다……"

　써머가 몽롱한 표정으로 이야기를 멈추었다. 하지만 유럽의 히치하이킹으로 시작되어 짜릿한 마약 체험기로 끝이 난 그녀의 이야기에 사람들은 더이상 관심이 없었다. 그런 식의 마약 체험기라면 흔하디흔한 것이니까. 주말 아무 클럽에나 들어가 케타민의 케이만 발음해도 자기가 그걸 처음 하고 나서 해방을 경험했던 이야기를 들려주려고 안달이 난 사람들이 잔뜩 몰려올 테니까.

　더이상 사람들이 자신의 이야기에 관심이 없다는 것을 깨달은 써머가 시무룩해진 표정으로 탁자 위에 올려놓은 두 손을 까딱거리기 시작했을 때 다행히 때맞춰 문이 열리고 한 남자가 들어왔다. 댄이었다.

"미안. 오는데 자전거가 펑크가 나서 집에 두고 지하철을 타고 오느라고 늦었어."

"됐어. 얼른 가자."

"아냐, 안 가도 돼. 내가 들러서 받아가지고 왔어."

그가 메고 있는 메신저 백을 가리켰다. 순식간에 써머의 표정이 생기로 가득해졌다.

"어디, 봐봐."

"여기서 꺼내라고?" 댄이 장난기 어린 표정으로 써머를 보며 말했다.

"뭐 어때. 다들 맛도 없는 타코를 먹는 데 정신이 팔려 있잖아." 그렇게 말한 써머가 슬쩍 주인 여자를 살폈다. 그녀는 스페인어로 주방을 향해 소리치고 있었다.

"농담이야. 아무튼, 나가자."

"나 타코 먹고 가면 안되나?"

댄이 써머의 눈치를 살피며 말했다. 써머와 있으면 누구나 써머의 눈치를 보게 되는군. 케이는 생각했다. 그러자 왠지 모르게 마음이 편안해졌다. 케이는 남은 타코 부스러기를 긁어모아 입에 털어 넣었다.

"그래, 좋아." 써머가 고개를 끄덕이고 핸드폰을 들여다보았다. 댄이 그런 써머의 어깨를 살며시 끌어안고 메뉴판을 들여다보기 시작했다.

"그래서, 케이, 내일 돌아간다고?" 댄이 케이에게 물었다.

케이가 고개를 끄덕였다.

"기분이 어때?"

"가기 싫지 뭐."

"그래? 너 뉴욕이 좋구나."

"당연하지. 근데 너는 수염이 저번보다 더 많이 길었네?"

"어, 기르고 있어."

"멋있다. 잘 어울려."

"한번 보면 멋있지. 하지만 계속 보면 확 밀어버리고 싶어져." 써머가 말했다.

"수염은 안돼." 댄이 말했다.

"수염은 안돼." 써머가 놀리듯 그 말을 따라했다.

4

댄은 브루클린에서 태어나 자랐으며 지금도 브루클린에서 살고 있다. 아버지는 유대인으로 뉴욕시립대 교수였고, 어머니는 독일계 미국인으로 이십년 넘게 이민국에서 일하고 있다. 둘은 서로의 혈통에 대한 사람들의 편견을 지성과 교양으로 극복할 수 있다고 주장하며 보란 듯 결혼했지만 댄이 태어나고 얼마 되지 않아 이혼했다. 댄의 아버지가 시오니스트가 되어 이스라엘로 이주하기로 결심했기 때문이다. 우여곡절 끝에 그는 홀로 이스라엘로 떠났고, 댄은 어머니와 브루클린에 남았다. 그리고 삼년 뒤, 댄의 아버지는 텔아비브 시내에서 벌어진 폭탄 테러에 의해 세상을 떠났다. 댄이 초등학교에 입학할 무렵 어머니는 그에게 아버지의 죽음에 대해 들려주었다. 댄은 충격을 받았는데, 극적이라기보다는 반대로 지나치게 진부한 이야기였기 때문이다. 너무나도 전형적이라서 구원 따위 존재하지 않는 꽉 막힌. 그런 이야기의 주인공이 자신의 아버지라는 것에 대해서 댄은 자주 생각했고 그것은 이후 그의 성격 형성에 큰 영향을 끼쳤다.

  댄은 어려서부터 언어에 재능이 있었다. 어머니 덕에 독일어에 익숙했고 아버지에 대해 알게 된 다음에는 독학으로 히브리어를 배우기 시작했다. 고등학교에 들어가서는 같은 동네에 사는 동갑내기 멕시코계 여자애한테 잘 보이려고 스페인어를 배웠다. 결국 그 여자애와 사귀는 데는 실패했지만 대신 뛰어난 스페인어 실력을 얻게 되었다. 고등학교를 졸업한 댄은 학비가 저렴한, 한때 아버지가 교수로 있었던 뉴욕시립대에 진학했다. 그는 시 쓰기와 추상회화, 그러니까 돈이 안되는 한물간 것들에 관심이 많았다. 그리고 지나치게 진지한 성격 때문인지 자주 혼란에 빠졌다. 그 혼란이 임계치를 넘었던 때가 열여섯살 생일을 한달 앞둔 어느날이었다. 그는 심심풀이 삼아 스페인어로 된 짧은 소설을 쓰고 있었다. 진지한 표정으로 자판을 두드리던 그가 멈춘 것은 주인공이 자동차 사고를 목격하는 두번째 장면의 도입부에서였다. 갑자기 스페인어가 전혀 떠오르지 않았다. 영어도 마찬가지였다. 독일어도, 히브리어도 떠오르지 않았다. 그는 하얗게 질린 얼굴로 컴퓨터 화면을 바라보았다. 화면에는 그가 쓴 스페인어로 된 문장이 가득 차 있었다. 그리고 그는 그것을 전혀 이해할 수가 없었다. 언어가 완전히 사라진 그 삼십분 남짓 그는 인간이 얼마나 위태로운 존재인지를 분명하게 깨달았다. 언어가 사라진 정신은 존재할 수 없었고, 정신을 잃은 그는 정말이지 무능한, 그저 하나의 거대한 살덩어리에 불과했다. 한참이 지나 그가 겨우 뱉어낸 말은 영어 단어 cup이었다. 순간 어린 시절의 한 장면이 머리에 떠올랐다. 할머니가 컵을 집어던지는 한 장면이었다. 어머니가 할머니와 싸우고 있었다. 그들은 영어로 소리치고 있었다. 그리고 그는 그들의 말을 이해할 수 없었다. 공포에 사로잡힌 그는 방을 뛰쳐나가 계단에 몸을 던졌다. 거실에 있던 댄의 어머니가 뛰어왔다. 댄은 일층 바닥에 널브러진 채로 죽은 듯 움직이지 않고 있었다.

다행히 그는 크게 다치지 않았다. 대신 정신과에서 초기 정신분열증과 우울증 진단을 받았다. 그는 한달간 병원에 머물렀고 그후로 삼년간 할로페리돌을 복용했다.

댄과 써머는 그해 초 부시윅에서 열린 파티에서 처음 만났다. 그때 댄은 수염을 기르기 시작한 지 얼마 안되어 듬성듬성 난 수염에 덮인 얼굴이 조금 가엾게 보였다. 또한 낯을 좀 가렸고 말을 재미있게 하지도 못했지만 특유의 분위기 때문인지 우스꽝스러울 정도로 과도한 진지함 때문인지 쉽게 사람들의 호감을 샀다. 써머도 마찬가지였다. 비쩍 마른 몸에 스키니 진을 걸치고 예민함을 가장하는 남자애들 사이에서 그는 뭐랄까, 진짜처럼 보였다. 그리고 친해지면서 알게 된 그의 가정사, 정신병력, 뛰어난 외국어 실력, 까다로운 독서 취향까지 모든 게 근사하게 느껴졌다. 그러던 어느날 그가 부끄러워하며 시를 쓴다고 털어놓았을 때, 그건 또래의 다른 남자애들이 수작을 부리려고 늘어놓는 허세 섞인 말하고는 전혀 다르게 생각되었다. 그는 써머에게 히브리어와 독일어를 섞어 쓴 시 한편을 보여주었다. 써머는 그걸 전혀 이해하지 못했지만 아무튼 굉장하다고 생각했다. 그날 써머와 댄은 엄청나게 많은 맥주를 마셨고, 잤다.

둘이 사귀기 시작한 지 얼마 안되어 써머가 말했다.

"우리 베를린 안 갈래?"

"아니."

"왜?"

"어차피 뻔할 거 아냐."

"뭐가 뻔해?"

"바보 같겠지. 여기랑 똑같이."

"여기가 어디야?"

"뉴욕 말이야."

"뉴욕이 왜?"

"너는 뉴욕이 끔찍하지 않아?"

"뭐 가끔은. 하지만 그건 어디나 마찬가지잖아."

"그래, 그러니까. 아는 걸 굳이 확인하러 가야 돼?"

써머가 이해가 안 간다는 표정으로 댄을 봤다. "근데 뭐가 그렇게 바보 같다는 거야?"

"주말에 베드포드 길을 따라 걷다보면 내 말이 무슨 뜻인지 알 거야."

"나 주말에 거기 자주 가는데, 무슨 말인지 모르겠어."

"죄다 얄팍한 싸구려 가짜들뿐이잖아."

"그러니까 베를린에 가자니까. 거기는……"

"어차피 마찬가지라며."

"꼭 뭐가 달라야 돼?"

"그럼 왜 굳이 거기 가야 되는데?"

"그냥 가고 싶단 말이야!" 써머가 소리쳤다. "댄, 너는 매사에 너무 부정적인 것 같아. 나도 알아, 네가 무슨 말 하고 싶어하는지. 근데, 그래서? 그냥 단순하게 생각하면 안돼? 나는 베를린에 가고 싶어. 너랑 같이. 그게 다야. 끝."

"미안. 화나게 하려는 건 아니었어. 그냥 난 네가 내 말을 이해하지 못하는 것 같아서."

"내가 니 말을 이해 못한다고? 너 또 나를 바보 취급하는 거지?"

댄과 써머의 대화는 자주 이런 식으로 흘러갔다. 댄은 모든 것을 지나치게 심각하게 생각했고, 그러면 써머는 지나치게 모든 것에 아무렇지도 않다는 식으로 대응했다. 하지만 그것만 빼면, 모든 시작되는 연인들이 그렇듯이 둘의 사이는 대체로 좋았다.

*

타코집에서 나온 케이와 써머, 그리고 댄은 천천히 브로드웨이 길을 따라 걸었다. 여전히 해는 높이 걸려 있었고, 거리는 열기로 녹아내리는 듯했다. 땀에 흠뻑 젖어 지하철역에 도착한 셋은 G트레인을 타고 그린포인트로 향했다. 역에서 내려 케이의 집을 향해 걷는 동안, 댄이 길 양편에 늘어선 상점들을 바라보며 입을 열었다.

"신기하지 않아?"

"뭐가?" 케이가 물었다.

"여기 말이야. 불황이라고들 하잖아. 아랍에선 혁명이 일어났고. 월가에선 점거시위를 하고 있어. 근데 여긴 정말이지 아무것도 변한 게 없어. 아무 일도 없다는 듯이 매일 새로운 술집과 까페가 생겨나고 있잖아."

"어쨌든 커피는 마셔야 하니까. 죽지 않으려면 뭔갈 먹어야 하고 가끔은 술도 마셔야지 않겠어?" 써머가 커피잔에 꽂힌 빨대를 입에 문 채 우물거리며 대답했다. "그리고 겉으로는 멀쩡해 보여도 진짜 사정은 모르는 거야. 아빠가 그랬어."

"한국은 어때? 거기도 경제사정이 안 좋아?" 댄이 말을 돌렸다.

"그래, 나도 궁금해. 한국은 어때? 북한이 이번에 또 미사일을 쐈다던데 한국 정부의 입장은 뭐야?" 써머가 물었다.

"그래, 케이. 한국 사람들은 대체 북한에 대해서 어떻게 생각해?"

케이가 잠깐 생각한 뒤 입을 열었다.

"만약에 너희들이 외국으로 여행을 갔는데, 만나는 사람마다 꾸바하고 관따나모 수용소에 대해서 물으면 어떨 거 같아?"

써머와 댄이 동시에 무슨 소리냐는 표정을 지었다.

"답. 짜증난다." 케이가 말했다. "그리고 나랑 상관 없음."

"그건 다르지." 댄이 말했다. "꾸바랑 북한이랑은 다르지. 북한이랑 너희는 같은 나라였다가 쪼개진 거잖아. 그리고 나 관따나모 수용소에 대해서 관심 있어. 그건 중대한 범죄라고 생각해."

"하지만 요즘 한국 사람들은 북한을 별로 같은 나라라고 생각 안해. 솔직히 관심 없어. 아니, 신경 쓰기 싫어. 근데 그게 안되니까 골치가 아파. 자꾸 사고를 치는, 제발 좀 아는 척하지 말았으면 싶은 가난한 먼 친척 같은 거야."

"아." 댄이 고개를 끄덕였다. 하지만 여전히 뭔가 석연찮다는 표정이었다.

"근데 북한이든 뭐든 한국이 망한 건 확실해."

"그건 왜?"

"한국인으로 산다는 건 엄청나게 힘든 일이거든. 어려서는 죽도록 열심히 공부를 해야 돼. 졸업을 하면 죽도록 열심히 일을 해야 되고. 근데 옛날엔 그렇게 하면 희망이라도 있었거든. 부자가 된다거나. 근데 이젠 그런 것도 없어. 그냥 다들 죽지 않으려고 죽도록 열심히 사는 거야. 내가 졸업해서 취직한다고 해도 제대로 살 수 있을까. 결혼을 하는 데도 돈이 들어. 아이를 낳는 데는 더 많이 들지. 돈이 없으면 아무것도 할 수가 없어. 정말이지 지옥이야. 가난하면 혼자 외롭고 쓸쓸하게 죽는 수밖에 없어. 그게 한국이야."

써머와 댄은 예상 밖의 극단적인 대답에 당황하여 서로를 쳐다보았다. 하지만 정작 케이는 아무렇지도 않은 표정이었다.

"하지만 미국도 마찬가지야. 미국도 망했어." 한참 만에 댄이 말했다.

"아냐, 난 그렇게 생각 안하는데?" 써머가 말했다.

"그래도 너네는 미국인이잖아. 정 안되면 한국에 와서 영어강사라도 해. 돈 많이 벌 수 있을걸?"

"오, 그거 좋은 생각이다. 댄, 우리 한국에 가서 영어강사 해볼까?"

댄이 생각했다.

"그럼 한국어를 배울 수 있겠네. 그건 재밌을 것 같아."

"넌 아무래도 언어 수집벽이 있는 것 같아." 써머가 놀리듯 말했다.

"아시아 언어는 배워본 적이 없어. 중국어가 배워보고 싶은데. 케이, 너 중국어 할 줄 아니?"

"아니, 못해. 한자는 너무 어려워."

"하지만 아주 아름답게 생겼어."

케이의 집이 있는 거리에 도착했을 때 댄은 먹을 것을 좀 사오겠다며 슈퍼마켓으로 향했고, 케이와 써머는 먼저 집으로 들어갔다.

집에는 아무도 없었다. 거실은 여느 때처럼 적당히 지저분했고 열린 창으로 쏟아져들어오는 뜨거운 햇살 때문에 온실처럼 무더웠다. 케이는 써머가 불평을 늘어놓기 전에 얼른 창을 닫고 에어컨을 틀었다. 그리고 거실 가운데 놓인 카우치에 앉아 핸드폰을 들여다보며 어서 집 안이 시원해지기를 기다렸다. 하지만 써머는 웬일인지 불평 없이 가만가만 집 안을 돌아다녔다.

"선인장에 꽃이 피었네." 써머가 말했다. "예쁘다. 이거 봤어, 케이?"

"아니, 근데 우리 저녁으로 진짜 타코 만들어서 먹을 거야?"

"응, 그럼."

"그럼 재료를 사와야 하지 않아? 댄이 사오는 거야?"

"아니, 이따가 내가 사올게."

좁은 거실이 빠른 속도로 식어갔다. 케이는 핸드폰을 내려놓고 눈을 감았다. 그러자 떠날 준비를 해야 한다는 생각이 떠올랐고, 약간 우울해졌다. 다시 눈을 뜨자 양손에 비닐봉지를 든 댄이 케이를 내려다보고 있었다.

"어떻게 들어왔어?"

"벨을 누르려는데 마침 들어오는 사람이 있어서 따라 들어왔지."

"현관문은?"

"열려 있던데."

"아."

"털리기 쉽겠네."

"아냐, 혼자 있으면 잘 잠그고 있어."

댄이 부엌 탁자에 비닐봉지를 내려놓았다. 안에는 생수, 나초 칩과 치즈 쏘스, 그리고 거대한 부리또가 들어 있었다. 댄은 부리또를 꺼내 허겁지겁 입에 쑤셔넣었다. 그리고 생수를 한모금 마신 다음 바닥에 앉아 메신저 백에서 갈색 종이봉투를 꺼냈다. 종이봉투 안에는 커다란 지퍼백이 들어 있었다. 마리화나였다.

"돈은 누구한테 받으면 돼?" 댄이 물었다.

"내가 낼게." 써머가 대답했다. "내 선물이야. 남으면 한국에 가져가야 해."

"알았어." 케이가 웃었다.

"농담 아니야. 꼭 가져가야 돼."

"남을 리가 없지." 댄이 말했다. "모자라지나 않을까."

댄이 능숙한 솜씨로 조인트를 말기 시작했다. 순식간에 한대를 완성한 그가 조인트에 불을 붙였다. 케이가 부엌 탁자에 놓여 있던 맥북을 열고 음악을 틀었다. 댄이 조인트를 한대 더 말며 입을 열었다.

"슈퍼에서 나오는 길에 우리 동네 식품점 주인아저씨를 만났어. 어디 다녀오시냐고 물었더니 은행에 다녀오시는 길이래. 집이 넘어가게 생겼다고. 그래서 가게를 팔아야 할 거 같대."

"저런, 안됐다." 케이가 말했다.

"정부에서는 경기가 회복되고 있다고 하지만 다 거짓말이야. 그건 부자들 얘기지. 호텔 바에 앉아서 세상이 어떻게 돌아가느니 그딴 이야기를 지껄이는 사람들한테나 맞는 얘기야. 엄마는 연금이 삭감될지도 모른다고 걱정을 해서. 평생을 성실하게 일을 했는데 결과가 이거야. 이 나라는 평범한 사람들을 책임지지 않아. 근데도 사람들은 태평해 보이지. 매캐런 공원을 가봐. 잘 차려입은 애들이 나무 그늘에 누워서 스푼빌에서 떨이로 산 보르헤스나 읽어대고."

케이와 써머는 대답 대신 돌아가며 조인트를 한모금씩 피웠고, 댄이 계속 이야기했다.

"내가 진짜 슬픈 이야기 하나 해줄까? 우리 동네에도 드디어 양아치들이 몰려들기 시작했어. 집에서 한 블록 떨어진 곳에 오래된 식당이 있는데, 아주 근사한 커피를 파는 곳이야. 바삭바삭한 베이컨에, 푹신한 와플에, 먹음직스럽게 데친 계란에다가 신선한 오렌지 주스까지 배가 터지게 먹어도 육 달러밖에 안 나와. 근데 얼마 전에 바로 앞에 새 까페가 생겼어. 거기서는 이딸리아식 쎈드위치라느니 두부 오믈렛, 공정무역 커피 따위를 팔아. 맛? 더럽게 없지. 비싸기만 하고. 지난달에 그 까페가 더 엘 매거진인가 뭔가에 나왔대. 그리고 무슨 일이 벌어졌는지 알아? 그 오래된 식당은 망해가고 있어. 아무도 거기로 커피를 마시러 안 가. 요즘 우리 동네로 오는 애들은 그런 후진 식당에는 관심도 없어. 왜냐고? 거기는 공정무역 커피를 안 쓰니까. 유기농 달걀로 오믈렛을 만든다고 써붙이지 않았으니까. 채식하는 사람들을 위한 초콜릿 스프레드가 없으니까. 그리고 아저씨들이 땀 냄새를 풍기면서 아침부터 맥주를 마시며 야구 경기를 보는 데는 가기 싫다는 거지. 뭐가 뭔지도 모르는 양아치들이 우리 동네를 망치고 있어. 거기가 잘돼서 그 앞에 라면집이 생길지도 모르지. 유기농 슈퍼마켓이 들어올지도 모르고. 근데 그게 뭘 의미하는지 알아? 거기 사는 사람들한테 그게 뭘 의미하는지 알아? 집세가 오르는 거. 그럼 그게 뭘 의미하는지 알아? 거기서 쫓겨나는 거. 평생 살아온 집을 잃는 거."

　흥분한 댄이 빨개진 얼굴로 말을 멈추었다. 케이는 당황했다. 뭔가 문제가 있단 말이지? 여기 근사한 뉴욕에도? 하지만 자신이 모르는 복잡한 문제가 숨겨져 있는 것처럼 느껴졌기 때문에, 그녀는 숨을 죽이고 누군가 입을 열기를 기다렸다.

　"내 생각을 말해줄까?" 써머가 한 팔에 나초 박스를 껴안고 카우치에서 기어내려왔다.

　"첫째, 너는 문제를 너무 단순화시키고 있어. 그 새로 생긴 까페에 사람들이 두부 오믈렛을 먹으러 가는 게, 걔들이 그 오래된 와플 가게를 죽이려고, 니네 동네를 망가뜨리겠다고 그러는 게 아니야. 그냥 걔들은 근사한 게 좋은 거야. 그런 애들은 어느 시대에나 있었어. 단지 요즘의 문제가 아니라고. 둘째, 그 오래된 와플 가게. 그래, 맛이 있겠지. 하지만 시대가 변화했어. 그 와플 가게도 변화하는 시대에 맞춰서 변화해야 된다고 생각하지 않아? 커피, 그래, 맛이 중요하지. 하지만 요즘은 어떻게 파느냐도 중요해. 널린 게 커피집이라고. 남과 차별화된 전략이 필요해. 셋째, 네가 그렇게 욕하고 싫어하는 브루클린의 힙스터들에 너도 포함된다는 생각은 안 들어?"

써머가 힙스터라는 단어를 발음한 순간 댄의 얼굴이 딱딱해졌다. 그걸 본 써머가 마지못해 덧붙였다.

"그 표현이 싫다면, 그래, 니가 원하는 대로 양아치들이라고 불러줄게. 아무튼 너도 그 부류에 포함된다는 생각은 해본 적 없어?"

"무슨 말인지 모르겠어."

"나는 네가 무슨 말인지 모르겠다고 하는 게 무슨 말인지 모르겠어. 넌 지금 윌리엄스버그에 있는 아파트에 앉아서 제임스 블레이크를 틀어놓고 위드를 하면서 젠트리피케이션에 대해서 말하고 있어. 이거야말로 진짜 힙한 거 아냐?"

"난 힙해 보이려고 이러고 있는 거 아니야. 난 케이의 송별 파티 때문에 여기 온 거야. 그리고 젠트리피케이션은 중요한 문제야. 위드는 네가 구해달라고 했고, 음악은 케이가 틀었지. 난 저 음악이 누구 건지도 몰라. 단지 힙해 보이려고 하는 자식들이랑은 다르다고."

"걔들이 힙해 보이려고 그런다는 걸 네가 어떻게 확신해? 그리고 좀 힙해 보이고 싶으면 안돼?"

"힙해 보이려는 게 문제라는 건 아니었어."

"지금 네가 말하고 있는 게 바로 그건데? 그리고 사실 여기서 니가 제일 힙해 보여."

"써머, 농담하지 마. 나 지금 진지하거든."

"나 농담하는 거 아니야. 내가 너보다 더 진지할걸."

"넌 지금 내 이야기를 어린애 칭얼거림 취급하고 있어."

"네가 지금 어린애처럼 칭얼거리고 있잖아."

"내가? 어째서?"

"그건 너 스스로가 가장 잘 알지 않아?"

화가 난 댄의 얼굴이 수염까지 빨개진 것을 보고 케이가 슬그머니 자리에서 일어났다. 케이는 살금살금 맥북으로 다가가 음악을 끄고 시간을 확인했다. 다섯시가 넘어 있었다. 이제 진짜 짐을 꾸려야 한다는 생각이 들었다. 아니, 적어도 가방이라도 꺼내놓아야 하지 않겠는가. 케이가 그런 생각을 하는 동안에도 댄과 써머의 말싸움은 계속되었다.

"넌 항상 이런 식이야. 넌 네가 세상을 아주 잘 안다고 생각하지? 그래서 아무것에도 화가 안 나지. 뭐든지 슬쩍 보고, 아 그거." 댄이 말했다.

"너야말로 항상 이런 식이지. 솔직히 너는 내가 맘에 안 들잖아. 내가 돈 많은 부모 만나서 팔자 좋게 인생을 낭비하고 있다고 생각하잖아."

"네가 그 비싼 집에 집세도 안 내고 사는 건 맞잖아."

"그건 내 아빠가 결정한 일이야. 그리고 생활비는 내가 벌고 있다고."

"고작 티셔츠 몇장 팔아서 니 그 생활방식을 감당할 수 있다고? 정말이야? 우와, 나도 티셔츠나 만들어 팔아야겠다!"

"내 티셔츠 비싸! 인기가 높다구!"

"아, 그래? 얼마나 하는데?"

"싫어, 말 안해."

"왜? 얼만데? 말해봐!"

"싫어. 말 안할 거야. 들으면 또 화낼 거잖아. 고작 티셔츠 따위를 그렇게나 비싸게 판다고. 하지만 그게 바로 판매전략이라는 거야. 너랑 그 와플 가게에는 없는!"

"함부로 말하지 마. 넌 그 식당에 대해서 아무것도 몰라! 가본 적도 없잖아!"

"안 가봐도 다 알아!"

"어떻게 알아!"

"난 알 수 있어!"

둘의 말싸움은 점점 더 유치해져서, 그게 처음 어떻게 시작되었는지는 이제 아무도 관심이 없어 보였다. 케이는 바닥에 놓인 새 조인트를 집어들고 한 팔로 컴퓨터를 껴안은 채 방으로 들어가 문을 닫았다. 침대에 앉아 조인트에 불을 붙이고 몇모금 피우자 곤두섰던 정신이 가라앉는 것이 느껴졌다. 모든 것이 좋게 느껴졌으며 아무것도 신경 쓰이지가 않았다. 케이는 잠깐 동안 그 기분 좋은 냉담함을 즐겼다. 하지만 얼마 지나지 않아 쓰레기통 같은 방의 풍경이 눈에 들어왔다. 여기저기서 받아온 무가지와 팸플릿, 영화표, 영수증 따위가 쇼핑백과 뒤섞여 바닥을 뒹굴고 있었고, 의자에는 벗어놓은 옷이 산처럼 쌓여 있었다. 책상 위도 어지럽기는 마찬가지였다. 케이는 한숨을 쉬고는 일어나 벽장에서 가방을 꺼내 짐을 싸기 시작했다. 하지만 마리화나에 취한 케이의 움직임은 점차 흐느적거리며 느려졌고, 케이는 포기한 채 바닥에 주저앉고 말았다. 그러자 의자 아래 놓인, 얼마 전에 쏘호의 매장에서 싼값에 건진 알렉산더 왕의 가방이 눈에 들어왔다. 그녀는 멍하니 그것을 바라보기 시작했다. 얼마쯤 지났을까, 정신을 차린 케이는 바닥에 대자로 널브러져 있는 자신을 발견했다. 그녀는 가까스로 몸을 일으켜 침대 위로 기어올라갔다. 컴퓨터에서는 비치 하우스의 노래가 흘러나오고 있었다. 케이는 몸을 웅크린 채 눈을 감았다. 더이상 저항할 수 없을 정도로 몸이 나른했다. 음악 소리는 점점 더 또렷해졌고, 그 외의 모든 것은 안개가 낀 듯 흐릿했다. 잠들기 전에 케이가 마지막으로 생각했던 것은, 거실의 에어컨 소리가 너무 시끄럽다.

5

꿈에서 케이는 요거트를 사기 위해 홀푸드 마켓에 갔다. 그런데 아무리 찾아도 평소 케이가 사 먹던 요거트가 보이지 않았다. 한참을 냉장 진열대를 기웃거리던 케이에게 점원이 다가와 물었다. 뭘 찾아요? 케이는 찾는 것을 말했다. 그러자 점원이 이곳에서는 그 요거트를 팔지 않는다고 대답했다. 왜요? 우리는 유지방이 들어 있는 제품을 취급하지 않아요. 왜요? 하지만 점원은 더이상 대답하지 않고 바쁜 듯 사라졌다. 케이는 다시 진열대를 들여다보았다. 과연, 거기에 있는 모든 요거트는 유지방이 영 퍼센트였다. 우유도, 치즈도 마찬가지였다. 케이는 감탄했다. 그리고 문득 유지방 따위 신경 쓰지 않고 아무 요거트나 퍼먹어온 자신이 부끄러워졌다. 그때 어번 아웃피터스 풍으로 차려입은 날씬한 흑인 여자가 다가와 케이에게 작은 플라스틱 컵을 내밀며 말했다. 시식해볼래요? 케이는 컵을 받아들었다. 새로 나온 요거트인데요, 모든 것이 영 퍼센트예요. 지방, 단백질, 탄수화물, 아무것도 들어 있지 않아요. 케이는 컵을 들여다보았다. 거기에는 그냥 물이 담겨 있었다. 케이는 컵에 코를 살짝 대고 냄새를 맡았다. 희미하게 수돗물 냄새가 났다. 근데 이건 그냥 수돗물 같은데요. 케이가 고개를 들자 이미 여자는 사라져 있었다. 케이는 컵을 든 채 어리둥절하여 주위를 둘러보았다. 유제품 코너 옆에는 씨리얼들이 진열되어 있었는데 진열된 모든 씨리얼 상자에 커다랗게 숫자 0이 쓰여 있는 것이 보였다. 이 씨리얼에는 아무것도 들어 있지 않음을 보증합니다. 그러고 보니 그곳의 모든 것이 마찬가지였다. 구석에 쌓여 있는 과일 주스는 상표와 병의 디자인, 이름만 다를 뿐 하나같이 투명한 물이 들어 있었다. 곧 케이는 진열된 상품뿐 아니라 그곳에 있는 사람들도 모두 투명하다는 것을 깨달았다. 그리고 그건 케이도 마찬가지였다. 그녀의 몸이 빠르게 투명해지고 있었다. 으악. 케이는 비명을 지르며 잠에서 깨어났다.

방에서 나오자 써머와 댄은 보이지 않았다. 마리화나가 든 지퍼백만이 카우치 위에 덩그러니 놓여 있을 뿐이었다. 케이가 핸드폰으로 써머에게 메시지를 보내려는 찰나 문이 열렸다. 룸메이트인 레나였다.

"안녕, 레나."

"안녕."

레나의 표정에는 피곤이 가득했다. 케이가 물어볼 새도 없이 그녀는 곧장 방으로 들어갔다.

"왜, 레나, 무슨 일 있어?"

"응, 좀 피곤해. 근데, 케이, 오늘 사람들 몇시에 와?"

"아홉시쯤 오라고 했는데, 왜?"

"나, 오늘 좀 피곤해서. 마이크네 집에 가서 잘까 해."

"그래? 지금 가려고?"

"아니, 이따가 밤에."

"근데, 레나, 배고프지 않아? 나 뭐 좀 사다 먹을까 하는데."

"난 괜찮아. 아까 도넛을 먹었거든."

초인종이 울렸다. 써머와 댄이었다. 문을 열자, 둘은 언제 싸웠냐는 듯 신이 난 표정으로 집으로 들어왔다. 댄은 양손에 커다란 비닐봉지를 하나씩 들고 있었다.

"안녕, 케이. 잘 잤어?" 써머가 물었다. "너 진짜 잘 자는 것 같아. 부러워."

"아냐, 악몽 꿨어."

"무슨 악몽?"

"홀푸드에 요거트를 사러 갔는데, 수돗물이 든 컵을 주면서 이게 요거트래. 모든 게 다 영 퍼센트라고, 몸에 나쁜 게 하나도 없다는 거야. 그래서 황당해하는데 보니까 다른 것도 다 똑같은 거야. 씨리얼도 우유도 치즈도…… 심지어……"

"그거 되게 근사한 꿈인데."

댄이 그렇게 말하며 부엌 탁자에 비닐봉지를 내려놓았다. 케이는 찬장에서 컵을 꺼내 싱크대에서 물을 받았다. 그리고 마시려는 찰나, 꿈과 똑같은 수돗물 냄새가 느껴져 구역질이 일었다. 케이는 컵을 내려놓고 망설이다가 댄이 아까 마시다 남긴 생수병을 집어 들었다. 물을 한모금 마신 뒤 케이가 비닐봉지를 가리키며 물었다.

"이게 뭐야?"

"치킨이랑 맥앤치즈. 그리고 콩 쌜러드."

"콩 쌜러드는 내 거야." 써머가 말했다.

"뭘 그렇게 많이 샀어?"

"여기 치킨이 진짜 맛있어. 진짜 남부식. 너 가기 전에 제대로 된 미국 음식을 한번쯤은 먹어봐야 하지 않겠어?"

"살찔 텐데."

"홀푸드의 몸에 좋은 영 퍼센트 요거트보다는 나을 텐데. 안 그래?" 그렇게 말하며 댄이 윙크했다.

"하지만 너는 안 먹을 거잖아."

"하지만 난 고기를 안 먹는걸."

"언제부터?"

"고등학교 졸업한 뒤로."

"왜?"

"어려서부터 고기를 별로 안 좋아했어."

"그것 참 신기하군."

케이가 팔짱을 끼고 댄을 봤다.

"근데 너네 아까 싸우지 않았어? 화해한 거야?"

"싸운 거 아니야." 댄이 말했다. "그냥 얘기한 거지. 그렇지, 써머?"

"맞아. 근데 댄 너는 왜 얘기만 하면 화를 내?" 써머가 물었다.

"그거야 네가 자꾸 말도 안되는 이야기를 하니까."

"이것 봐, 케이. 이런 식이라니까."

써머가 보란 듯 과장되게 어깨를 으쓱했다.

케이는 치킨 상자를 열고 닭다리를 하나 집어들었다. 그리고 별 생각 없이 한입 베어문 그녀는 흠칫했다. 너무 맛있었던 것이다. 금세 닭다리 하나를 먹어치운 케이는 이번에는 닭날개를 먹기 시작했다. 맛이 있군, 맛이 있어. 케이가 넋이 나간 듯한 표정으로 닭날개를 뜯어 먹는 것을 발견한 써머가 다가와 그녀의 어깨를 흔들었다.

"케이, 왜 그래? 벌써 취한 거야? 아직 밤은 시작되지도 않았는데."

그러자 케이가 울상을 지으며 말했다. "돌아가기 싫어."

"응?"

"한국에 돌아가기 싫다고."

"왜? 나는 가보고 싶은데." 써머가 말했다.

"너는 내 맘 몰라."

"북한이 쳐들어올까봐 그래?"

"내가 그렇게 겁이 많았으면 총 맞아 죽을까봐 미국에도 못 왔겠지."

"하하, 써머 한방 먹었네." 댄이 휘파람을 불었다. 그리고 새 조인트에 불을 붙였다. 그때 레나가 방에서 나와 빨래 주머니를 현관 앞에 내려놓았다.

"안녕, 레나. 빨래하러 가?" 댄이 물었다.

"아니, 밤에 남자친구네 갈 건데. 걔네 집에 세탁기가 있거든."

"세탁기가 집에 있다구? 우와, 대단한데. 근데 너도 한모금 피울래?" 댄이 레나를 향해 조인트를 내밀었다. 그러자 레나가 머리를 절레절레 흔들면서 다가와 그것을 집어들었다.

"오늘 낮에 까페에서 진짜 짜증나는 일이 있었어. 한 마흔살쯤 돼 보이는 남자였는데, 진짜 미친놈, 온갖 말도 안되는 불평을 늘어놓는 거야. 쌜러드가 신선하지 않다는 둥, 물에서 이상한 냄새가 난다는 둥, 치즈가 썩은 것 같다는 둥, 아니, 블루치즈에서 뭘 기대해? 빵이 덜 구워진 것 같다, 나이프가 잘 안 든다…… 진짜 정신병자 같았어. 그래도 꾹 참고 친절하게 대해줬더니, 팁을 딱 일 달러를 내고 가는 거 있지? 택스가 이 달러가 넘게 나왔는데? 또 오기만 해봐. 복수할 거야."

"나도 옛날에 바에서 일한 적 있는데, 정말 이상한 사람들 많았어." 댄이 말했다. "한번은……"

"제이크가 오늘 밤에 촬영 있어서 집에 못 들어온대." 케이가 말했다. "방금 메시지 받았어. 아마 내 룸메이트들은 나를 싫어하나 봐." 케이가 슬픈 표정을 지으며 레나를 보았다.

"아냐, 케이, 내가 오늘 너무 피곤해서 그래. 그리고 나 바로 안 가. 놀다가 갈 거야. 그리고 내가 너 주려고 어제 와인도 한병 사다 놨어!"

"정말? 고마워!"

케이가 금세 신난 표정으로 두 팔을 높이 들었다. 그러자 레나가 무용 전공자다운 정확하고 우아한 자세로 다가와 케이를 살짝 껴안아주었다.

그리고 밤이 올 때까지 넷은 집 안 여기저기 늘어진 채로 시간을 보냈다. 케이는 짐을 쌌고, 써머는 페이스북을 했고, 댄은 스페인어로 된 로르까의 시집을 읽었다. 레나는 내내 방에 처박혀 전화 통화를 했다. 아홉시가 조금 넘은 시간 첫번째 손님이 왔다. 그는 케이와 퀸즈에서 잠깐 한집을 썼던 한국 남자였다. 맥주 두상자, 그리고 반짝반짝한 게이 친구들과 함께였다. 그것을 시작으로 사람들이 속속 도착했다. 대부분 케이 또래로 예술대학을 다니거나, 혹은 대학을 졸업하고 뉴욕의 문화예술계에서 일거리를 찾는 사람들이었다. 누군가는 맥주를, 누군가는 떼낄라를, 누군가는 아무것도 들고 오지 않았고, 또 누군가는 옅은 푸른빛의 가루가 든 작은 지퍼백을 주머니에서 꺼냈다.

그리고 시간은 빠르게 흘러, 집을 가득 채운 사람들 모두가 기분 좋게 취해가고 있었다. 지퍼백 가득 들어 있던 마리화나는 금세 바닥이 났다. 자정이 조금 넘어 레나는 빨래 주머니를 들고 조용히 집을 빠져나갔다. 음악 소리가 약간 더 높아졌다. 한 손에 떼낄라 병을 든 써머가 부엌 탁자로 기어올라가기 시작했다. 사람들이 환호성을 질렀다.

"케이, 우리 루이에 언제 갈 거야?"

정신이 나간 듯 춤을 추고 있는 케이에게 댄이 다가와 물었다.

"글쎄, 두시쯤?"

"지금이 두신데?"

"그럼 지금 가면 되지."

써머가 그렇게 외치며 한 팔에 케이를, 한 팔에 댄을 낀 채로 부엌으로 갔다. 야구모자를 쓴 남자가 탁자 앞에 선 채 지퍼백에서 꺼낸 옅은 푸른빛의 가루를 몇개의 긴 줄로 늘어놓고 있었다. 그때 한 손에 작은 유리 파이프를 든 남자가 다가와 야구모자가 만들어 놓은 줄 하나를 반으로 잘라 쓸어갔다. 그러자 야구모자가 욕을 하며 그를 노려봤고, 그러자 유리 파이프를 든 남자가 사과하며 흩트려놓은 줄을 제대로 해놓으려다가 옆에 있던 줄까지 망치고 말았다. 야, 이 멍청한 자식아. 야구모자가 외쳤다. 그러자 유리 파이프가 화가 난 표정으로 주먹을 쥐었는데, 그는 그걸로 야구모자를 후려치는 대신 다른 손으로 야구모자를 벗겨 달아났다. 야, 이 자식아, 뭐 하는 거야, 넌 죽었어. 야구모자가 소리쳤지만 사실 별로 상관없다는 표정이었다. 저 둘은 아는 사이인가보군. 케이는 생각했다. 하지만 나는 모르는데.

어느새 써머는 야구모자 옆에 자리를 잡고 코로 가루를 들이마시고 있었다. 댄이 그런 써머를 약간 걱정스럽다는 듯이 바라보았다. 케이가 써머에게 다가가자 어느새 돌아온 유리 파이프를 든 남자가 케이에게 파이프를 내밀었다. 케이는 파이프 끝에 입을 댔고 남자가 라이터를 켜 파이프를 달구었다. 곧 피어난 흰 연기가 파이프를 타고 케이의 입안으로 흘러들어갔다. 케이는 파이프를 놓고 남자를 빤히 바라보았다. 아무렇지도 않은데? 케이는 어깨를 으쓱하곤 다시 사람들 틈으로 섞여들어가 춤을 추기 시작했다. 그리고 얼마가 지났을까, 시끄럽게 울려퍼지던 음악이 조각조각 깨어지기 시작했다. 얇은 유리판을 망치로 내리친 것처럼, 말 그대로 소리들이 부서져나갔다. 놀랄 틈도 없이 사람들이 사라졌고, 케이는 이상한 어둠 속에 혼자 서 있었다.

다음 날 케이는 자신이 루이에 갔던 것을, 아니 그곳에 있었던 자신을 기억해냈다. 하지만 적어도 한시간 동안의 기억이 완벽하게 사라져 있었다. 그 사라진 시간 동안 케이는 이상한 어둠 속에서, 외계인으로 짐작되는 생명체와 대화를 나누었다. 케이는 그에게 그날 오후 꾸었던 요거트 꿈에 대해서 이야기했다. 그러자 그는 괴상하면서도 그럴듯한 논리로 그 꿈을 해석해주었다. 그리고 나서 둘은 지구 문명에 대해서 철학적인 대화를 나누었다. 대화를 통해 케이는 많은 것을 깨달았다. 아니, 적어도 그런 느낌을 받았다. 자세한 내용은 기억나지 않지만, 분위기는 그랬다.

약 기운이 조금 사그라들었을 때, 케이는 자신이 루이에 있다는 것을 깨달았다. 조명은 너무 번쩍거렸고, 육중한 베이스 소리에 온 몸이 죄어드는 것 같았다. 케이는 자신의 심장이 너무 빠르게 뛰는 것이 걱정되었고, 동시에 웃음이 멈추지 않았다. 케이의 옆에 서 있던 여자가 다가와 케이의 귀에 대고 속삭였다. 혹시 MDMA가 있다면, 여자는 말을 끝내지 않은 채 사라졌다. 정신을 차리지 못하고 있는 케이에게 써머가 다가와 조인트를 내밀었다. 케이는 그것을 몇모금 피웠고 그러자 발작적인 웃음이 느슨해지더니 천천히 잦아들었다. 댄이 케이의 팔을 쥐고 괜찮으냐고 물었다. 케이는 고개를 끄덕였다. 다시 고개를 들었을 때, 써머와 댄은 끌어안은 채

키스를 하고 있었다. 케이는 잠시 그런 둘을 바라보다가 플로어를 빠져나왔다. 바 앞에서 케이는 한 남자와 마주쳤다. 그는 케이에게 들고 있던 캔맥주를 잠시 들어달라고 부탁한 다음, 신발을 벗고 그 안에서 뭔가를 꺼냈다. 그건 흰 가루가 든 손바닥만 한 비닐봉지였다. 남자가 봉지를 열고 자신의 손등에 가루를 조금 쏟았다. 그리고 그걸 코로 들이마신 다음 케이에게도 손등을 내밀라는 시늉을 했다. 케이는 고개를 저으며 맥주캔을 돌려주었다. 남자가 맥주캔을 받아들며 케이에게 말했다. 뭐라고? 이름이 뭐냐고? 케이야. 너는? 뭐? 아, 난 그린포인트에 살아. 근데 내일 한국으로 돌아가. 뭐라고? 아니, 내일 돌아간다고! 뭐? 미안한데, 나 화장실에 가야 돼. 케이가 화장실을 가리켰다. 남자가 상관없다는 듯 어깨를 으쓱했다. 케이는 남자를 지나쳐 화장실로 향했다. 케이는 화장실 문을 열었고,

그리고 케이는 옥상에 있었다. 모르는 남자와 끌어안은 채였다. 얼마나, 왜, 어떻게 일이 그렇게 된 것인지 전혀 기억이 나지 않았다. 상대의 심장 소리가 규칙적으로 케이의 머리를 때렸고 그럴 때마다 머리가 터질 것만 같았다. 내 머리가 터지고 있어. 케이가 속삭였다. 남자가 웃었다. 왜? 왜 웃어? 들어가자. 어디로? 남자가 말없이 케이를 보았다. 케이도 남자를 보았고, 그러자 그가 얼굴을 들이밀고 키스를 하려고 했다. 케이가 남자를 밀치며 말했다. 하지만 나는 남자친구가 있는데. 케이가 말했다. 나도 여자친구가 있어. 남자가 말했다. 그래? 어디에? 케이가 물었다. 천국에. 남자가 대답했다. 천국이 어딘데? 여기가 천국이야. 그럼 내가 네 여자친구야? 남

자가 웃음을 터뜨렸다. 케이도 웃으려고 했으나 잘 되지가 않았다. 케이는 고개를 들고 하늘을 보았다. 구름에 덮인 어두운 하늘이 끄트머리부터 조금씩 밝아오고 있었다. 한참 동안 하늘을 바라보던 케이는 별안간 하늘로 떠오르는 듯한 느낌을 받았다. 으악. 케이가 휘청거리며 소리쳤다. 그러자 남자가 케이의 허리를 껴안으며 괜찮다고 속삭였다. 그러고는 천천히 케이의 몸을 쓰다듬기 시작했다. 케이는 여전히 거기가 어디인지 몰랐고, 세상이 갑자기 쪼그라들거나 아니면 터져버릴 것처럼 느껴졌다. 머리가 으스러지거나 아니면 으깨어지고 있는 것처럼 느껴졌다. 남자가 다시 한번 케이에게 키스하려고 했다. Sorry, but I'm not myself. 쥐어짜듯 간신히 그렇게 말한 케이는 자신의 목소리가 너무 이상하게 들려서 그게 자신의 것이라는 사실이 믿어지지 않았다. 남자가 깜짝 놀라며 케이의 몸에서 손을 뗐다. 미안, 몰랐어. 남자가 뒤로 물러섰다. 미안해. 진작 말을 하지 그랬어. 남자가 허공에 든 양손을 흔들었다. 하지만 나는 아무 짓도 안했어. 진짜야. 그리고 남자는 사라졌다.

혼자 남은 케이는 옥상 한가운데 선 채로 눈앞에 펼쳐진 풍경을 바라보았다. 옅은 푸른빛 하늘 아래로, 맨해튼을 향해 늘어선 철로가, 그리고 그 철로 아래로 펼쳐진 이스트 리버가 보였다. 햇살을 받은 물결이 수천개의 푸른 유리 조각처럼 반짝이며 빌딩들로 빽빽하게 메워진 맨해튼을 향해 천천히 밀려가고 있었다. 아름다웠다. 정말이지 아름다웠고, 하지만 그건 케이의 것이 아니었다. 그녀가 가지고 돌아갈 수 있는 건 아무것도 없었다. 여긴 천국이고, 그런데 나는 곧 이곳을 떠나야 한다. 케이는 울기 시작했다.

눈물이 멈췄을 때 비로소 케이는 거기가 루이의 옥상이라는 걸 깨달았다. 그런데 대체 여길 어떻게 올라왔지? 여전히 정상으로 돌아오지 않은 감각과 이른 새벽의 추위 속에서, 케이는 떨기 시작했다. 양팔로 몸을 감싼 채 한국어와 영어가 섞인 이치에 맞지 않는 말을 늘어놓으며 옥상 위를 빙글빙글 돌던 케이는 주머니에 핸드폰이 들어 있으며 그게 오래전부터 울리고 있다는 사실을 깨달았다. 케이는 핸드폰을 꺼내 귀에 댔다.

"케이, 어디야?"

그건 댄이었다. 댄의 목소리 뒤로 희미하게 음악 소리가 들려왔다.

"너 괜찮은 거야? 어디야? 어디에 있어?"

케이는 대답 대신 가만히 전화기 너머에서 들려오는 음악 소리에 귀를 기울였다.

"어디에 있는 거야? 듣고 있어? 무슨 일 있는 거야? 괜찮아? 써머가 한참 전부터 너를 찾……"

댄이 소리쳤다. 하지만 그의 목소리는 점점 더 커져가는 음악 소리에 묻혀 사라졌다. 케이는 그저 가만히 그 음악 소리에 귀를 기울였다. 다른 것은 아무것도 들리지 않았다.

6

 케이가 수속을 마치고 출국장에 도착했을 때는 여섯시가 조금 지난 시간이었다. 탑승 시간까지 삼십분 정도 여유가 있었다. 케이는 피자를 한조각 사 먹고, 남은 달러를 털어 비행기에서 읽을 가십 잡지와 초콜릿을 산 뒤 탑승구 근처 의자에 앉았다. 눈을 감자 부족한 잠과 숙취, 그리고 알 수 없는 서글픔이 엉겨붙은 감정 덩어리가 마음 한구석에서 떠올라 천천히 부풀어오르기 시작했다. 케이는 애써 그것을 무시하며 잠을 청해보았지만 그것은 물에 담가놓은 미역 줄기처럼 계속해서 부풀어오르며 케이의 잠을 방해했다. 결국 케이는 체념한 채 눈을 떴다. 그리고 멍하니 눈앞을 오고가는 수많은 여행객들을 바라보기 시작했다.

*

　케이가 잠에서 깨어난 것은 오후 한시가 다 되어서였다. 집 안은 빈 술병과 쓰레기로 가득했고 사람들은 없었다. 그녀는 카우치에 놓여 있는 치킨 상자를 열고 식은 닭날개를 베어물며 자신이 어떻게 집에 돌아왔는지를 기억해내려고 노력했다. 하지만 기억나는 건 해가 떠오르기 직전 푸른빛으로 가득한 루이의 옥상뿐이었다.
　케이는 핸드폰을 확인했다. 몇통의 메시지와 부재중 통화가 있었다. 케이는 욱신거리는 머리를 한 손으로 감싸쥔 채 써머에게 전화를 걸었다. 하지만 그녀는 전화를 받지 않았다. 전화를 끊고 잠시 고민하던 케이는 댄에게 전화를 걸었다. 한참 만에 전화를 받은 그는 잠에서 덜 깬 목소리였다.
　"니가 계속 전화를 안 받았어. 겨우 통화가 된 다음에 어디냐고 물었는데 니가 계속 헛소리를 늘어놓다가 전화가 끊겼어. 안되겠어서 클럽을 뒤지고 다녔는데 아무리 찾아도 없는 거야. 밖에도 없고 안에도 없고. 마지막으로 클럽 안을 한번 더 둘러보고 나오는데 네가 그 앞에 서 있더라. 어디 있었냐고 하니까 옥상에 있었대. 어떻게 들어갔냐고 하니까 자기도 모른대. 완전히 맛이 갔더라? 택시를 잡아서 널 먼저 집에다가 데려다주고 나는 써머랑 써머 집으로 와서 잤어."
　댄의 설명에도 불구하고 케이는 아무것도 떠오르지 않았다.
　"아무것도?"
　"어, 옥상에 있던 거밖에 생각 안 나."

"옥상에서 뭐 했는데?"

"별거 안했어."

"그래? 진짜 별일 없었어?"

"그런 거 같애."

"다행이다. 진짜 걱정했다니까. 그래서 말……"

그때 댄의 목소리가 멀어지더니 써머의 목소리로 바뀌었다.

"안녕, 케이. 우리가 그쪽으로 갈게. 한시간쯤 걸릴 거야. 그럼 곧 봐. 안녕."

케이는 끊긴 전화를 손에 든 채 한참을 멍하니 앉아 있었다. 해야 할 일이 산더미라는 것을 알고 있었지만 여전히 손 하나 까딱할 수가 없었다. 머리와 몸이 완전히 따로 놀고 있었다. 심지어 졸음이 몰려와 누우려던 찰나 가까스로 몸을 일으켜 그녀는 욕실로 들어갔다.

짐을 다 꾸린 케이가 인쇄한 보딩 패스를 들여다보며 커피를 사러 나갈까 고민을 하는데 벨이 울렸다. 써머와 댄이었다. 문을 열자 테의 색이 다를 뿐 똑같은 디자인의 레이밴 썬글라스를 걸친 둘이 피곤한 표정으로 걸어들어왔다.

"이상하게 보지 마. 이 썬글라스 써머 거야." 댄이 말했다.

"그래? 잘 어울리는데." 케이가 말했다.

"그렇지? 나만 그렇게 생각한 거 아니지? 댄, 그거 가질래?" 써머가 말했다.

"고마운데, 됐어."

"아냐, 가져. 어차피 나 그거 안 써. 근데 케이, 짐은 다 쌌어?"
케이가 고개를 끄덕였다.
"그럼 커피 마시러 갈까? 그럴 시간은 있지?"
셋은 매캐런 공원 근처에 있는 한 까페로 갔다. 그들은 테라스에 앉아 평화로운 공원 풍경을 바라보며 말없이 커피를 마셨다. 커피를 다 비우고 나서도 한참을 아무 말이 없었다. 그러다 불쑥 댄이 입을 열었고 그것을 시작으로 셋은 각자 머릿속에 든 것을 두서없이 늘어놓기 시작했다. 케이는 주로 한국으로 돌아가기 싫다는 푸념을, 댄은 미국 사회에 대한 비판을, 그리고 써머는 아버지에 대한 불평을 늘어놓았다. 아무 요점도 목적도 없는 이야기들이었다. 중요한 것은, 다섯시에 택시를 잡아야 한다는 것이었다. 그러고 나서 써머와 댄은 공항까지 택시가 나은지 지하철이 나은지를 가지고 다투기 시작했다. 댄은 써머가 택시를 자주 타는 게 마음에 안 들었다. 써머는 댄이 쓸데없이 궁상을 떤다고 생각했다. 둘이 다투는 동안 케이는 지난밤의 기억을 복원하기 위해서 애썼다. 그러는 동안 다툼은 맥없이 끝났고, 케이의 기억은 돌아오지 않은 채로 떠나야 할 시간이 되었다. 돌아온 집에는 여전히 아무도 없었다. 케이는 열쇠를 부엌 탁자에 올려놓은 뒤 레나와 짧게 통화한 다음 집을 나섰다. 여전히 날이 무더웠다. 케이는 자신이 내일 눈을 떴을 때 이곳에 없을 거라는 것이 실감이 나지 않았다. 멀리서 빈 택시가 다가왔고, 댄이 택시를 향해 손을 들었다. 기사가 트렁크에 가방들을 싣는 동안 케이는 택시에 올라탔다. 댄과 써머가 창 너머로 나란히 손을 흔들었다. 안녕, 잘 가. 도착하면 연락해. 응, 페이스북에서 보

자. 택시가 출발했다. 창 너머로 멀어지는 댄과 써머가 보였다. 다른 것들도 그들과 함께 멀어지고 있었다. 그린포인트가, 브루클린이, 뉴욕이. 케이는 문득 손에 넣은 뭔가를 너무 쉽게 놓아버렸다는 기분에 사로잡혔고, 속상한 마음으로 창에서 고개를 돌렸다.

*

비행기가 인천에 도착했을 때는 아직 해도 뜨지 않은 이른 아침이었다. 케이는 어머니와 짧게 통화를 한 뒤, 공항 안의 일식집에서 우동을 먹고 합정역으로 가는 급행버스에 올라탔다. 버스에는 사람이 드물었고, 대체로 피곤하고 지쳐 보였다. 케이는 이어폰을 귀에 꽂고 픽시즈를 들으며 창밖을 바라보았다. 공항을 빠져나온 버스가 인천대교를 건너기 시작했다. 옅은 안개에 덮인 서해의 풍경은 꽤 아름다웠다. 넓게 펼쳐진 갯벌을 감싸고 있는 낮은 산과 흐린 하늘 여기저기 솜사탕처럼 뭉쳐 있는 흰 구름이 특히 그랬다. 하지만 다리를 건너자 순식간에 풍경이 바뀌었다. 케이는 버스를 향해 끝없이 늘어선 아파트들을, 마치 처음 본 듯 호기심 가득한 눈으로 바라보았다. 마침내 버스가 서울로 진입했을 때 케이는 도시의 완벽한 무질서함에 감탄했다. 그 난장판 같은 특성이 심지어 매력적으로 느껴지기까지 했다. 하지만 똑같은 광경이 십분 넘게 이어지자 곧 모든 것이 지겹게 느껴졌다. 케이는 눈을 감고 뉴욕의 거리를 떠올려보았다. 슬프게도 잘 떠오르지가 않았다. 고작 하루밖에 지나지 않았는데. 양화대교를 건넌 버스는 곧 합정역 사거리에 도착했다. 사람들 틈에 섞여 버스에서 내린 케이가 짐칸에서 여행가방을 꺼내고 우왕좌왕하는 사이 버스도 함께 내린 사람들도 모두 사라져 있었다. 케이는 출근 행렬로 가득 메워진 거대한 합정역 교차로를 바라보았다. 어느새 해는 하늘 높이 걸려 있었고, 서늘한 아침의 공기가 빠르게 데워지고 있었다. 길 건너편, 케이가 한국을 떠날 때 공사를 시작했던 주상복합아파트가 완공된 채 햇살을 받아 번쩍이고 있었다.

 마침내 집에 도착했을 때, 거긴 케이의 동생뿐이었다. 그는 케이가 들어오는 것도 신경 쓰지 않은 채 방에 틀어박혀 온라인 게임을 하고 있었다. 케이는 소파에 앉아 집을 둘러보았다. 모든 것이 그대로였다. 그건 당연한 일이었는데, 그 당연함이 조금 놀라웠다. 아니, 자세히 살펴보니 모든 것이 조금씩 더 낡아 있었다. 케이는 텔레비전을 켰다. 케이와 동갑인 여자애들이 머리에 커다란 리본을 매달고 핫팬츠를 입은 채 노래를 부르고 있었다. 노래 가사는 한국어도 아니고 그렇다고 영어도 아니었다. 케이는 텔레비전을 끄고 소파에 누웠다. 눈을 감자 잠이 몰려왔다. 머릿속에서는 계속해서 픽시즈의 노래가 울려퍼졌다. 꿈속에서 케이는 여전히 뉴욕에 있었다.

2 부

1

 그 여름 케이가 뉴욕에서 경험한 것은 특별한 것이 아니었다. 그것은 경제적 자유주의의 확산과 인터넷의 발달로 인해 서양과 일부 아시아 국가의 중산층 젊은이들 사이에 퍼져나간 삶의 양식으로, 전후 부흥기가 남긴 마지막 한조각의 케이크였다. 즉, 케이를 포함한 이 젊은이들은 20세기에 대량생산된 중산층의 마지막 세대, 혹은 몰락하는 중산층의 가장 첫번째 세대였다.
 한세기 가까이 중산층은 시장의 제1타깃이었다. 그 규모와 개별 구매력의 측면에서 그들을 따라올 소비집단은 없었다. 그들은 낙관 속에서, 다시 말해 자신과 세상을 향한 긍정적 전망 속에서 아낌없이 소비했다. 그것은 그들이 나이를 먹어감에 따라 사회경제적 지위 또한 상승했기에 가능했다. 하지만 운 좋은 시기는 끝나가고 있었다. 20세기 후반 이후 간헐적으로 계속된 경제위기 속에서 부가 빠르게 재배치되었다. 중산층은 잘게 부서져 양극단으로 끌려가기 시작했다. 그것을 가장 빨리 눈치챈 것은 물론 시장이었다. 시장은 조심스럽게 부유층을 타깃으로 하는 사치 산업 쪽으로 눈을 돌렸다. 하지만 죽어가는 거대한 공룡에서 완전히 손을 뗀 것은 아니었다. 끝장이 나려면 아직 좀더 시간이 필요했다. 쥐어짤 수 있을 때까지 쥐어짜는 것, 마지막 한푼까지 뜯어내고 마는 것, 그건 전형적인 자본의 속성이 아니었던가.

60년대 청년문화의 탄생과 함께 형성된 젊은이들을 위한 시장은 아직까지 희미하게나마 가능성이 남아 있는 장소였다. 젊은이들은 확실히 매력적인 타깃이었다. 교육 수준이 높고, 인터넷을 포함한 최신 기술에 능숙하며, 민감하고 까다로운 취향을 가졌으며, 정치적으로는 중도좌파에서 자유주의자 사이의 스펙트럼에 걸쳐 있는 사람들. 하지만 이들의 가장 큰 특징은 전생애에 걸쳐 자본주의에 노출되어 있으며 그래서 뼛속 깊이 소비주의적이라는 데 있었다. 어려서부터 부모의 얼굴보다 상품광고 이미지에 더 친숙한 이 젊은이들을 통해 구글과 페이스북의 창립자들은 부자가 되었고, 스티브 잡스는 천재 사업가로 칭송받았으며, 패스트 패션 산업은 매해 규모를 경신했으며, 여행 산업은 황금알을 낳는 거위가 되었다.

여행에 대한 열광은 이 젊은이들의 가장 큰 특성 중 하나였다. 이들은 말 그대로 지구 어디에든 갈 수 있는 시대에 태어나 살고 있었다. 20세기 후반까지만 해도 여행은 한국을 포함한 많은 곳에서 매혹적인 금기에 가까웠다. 19세기 중반에서 20세기 초반까지 무자비하게 진행되던 세계화가 두차례의 전쟁으로 중단된 뒤, 자본주의와 사회주의 양 진영의 사람들에게 반대편의 세계는 상상만이 가능한 미지의 영역이었다. 하지만 마침내 자본주의 진영이 승리를 거두고 닫혀 있던 철의 커튼이 열렸을 때 모든 것이 달라졌다. 자본과 젊은이들은 동일한 이동경로를 따라 나아가기 시작했다. 먼저 중부 유럽이 무장해제되었다. 러시아가, 머지않아 중국이 커튼을 활짝 열었다. 이어 베트남이, 라오스가, 아랍 세계가 재발견되었으며 이제 남은 것은 북한 정도였다.

재발견은 가까이에서도 이루어졌다. 우리 곁의 지루한 대도시들이 하나둘 거대한 테마파크로 재탄생하여 사람들을 유혹하기 시작한 것이다. 이런 도시공간의 변화는 곧 거주자들의 삶의 양식의 변화를 의미했다. 여행지가 된 도시에서는 사람들도 여행자가 되어야 했다. 그런데 여행자가 된다는 것은 무엇인가. 그것은 무엇보다도 세상을 일련의 풍경으로 인지하는 것이다. 풍경이 된 세상은 아름답다. 거리에 가득 찬 쓰레기에서 고급 호텔에서 내려다보이는 스카이라인까지, 여행자의 시선 속에서 세상은 공평하게 아름답다. 이것이 가능한 이유는 여행자는 세상에서 한발자국 떨어져 있는 존재이기 때문이다. 여행자는 모든 것에서 한발자국 떨어진 채로 이미지로서의 세상을 경험한다. 이미지 너머의 세상을 발견하는 것은 불가능하다. 여행자는 풍경에 속해 있지 않기 때문이다. 세계는 여행자의 바깥에 위치한다. 즉, 세계와 나는 단절되어 있다. 나와의 연결고리가 끊어져버린 세계는 끝없이 펼쳐진 이미지들, 다시 말해 스펙터클로 환원된다. 이런 상황에서 여행자가 유일하게 집중할 수 있는 것은 유랑적 감각뿐이다. 그리고 그것은 끝없이 펼쳐진 외부세계에 압도되어 자아가 소멸에 가깝도록 해체되는 경험이라고 할 수 있다. 오직 이 경험만이 극단적으로 분리된 세계와 주체를 연결시키는 통로다. 잭 케루악은 소설 『길 위에서』에서 이런 여행자의 감수성을 탁월하게 형상화하고 있다. 생애 처음으로 서부로 향하는 주인공은 한껏 들뜬 상태에서 자신 앞에 펼쳐진 풍경을 신들린 듯이 묘사한다. 끝없이 펼쳐진 도로, 퍼붓는 비와 쓸쓸한 버스 정류장의 광경, 쌘프란시스코의 하얀 언덕들, 부랑자들과 반짝거리는 술집의 간판까지 모든 것들이 그를 흥분시키고, 그는 그 흥분을 지속시키기 위해 여행을 계속한다. 동부로 돌아와서도 그는 뭔가에 홀린 듯이 도시를 서성인다. 삼백 페이지가 넘는 책에 흘러넘칠 듯 빽빽하게 채워져 있는 이 열광은 서점을 가득 채운 여행 책들이 반복하는 문법의 핵심이다. 중요한 것은 여행이 아니다. 그것을 통해서 맛보게 되는 고양감이다. 세계와 연결되어 있다는, 누구보다 세계에서 소외된 자들이 갖게 되는 꿈. 이것에 한번 사로잡히게 되면 잊는 것은 거의 불가능하다.

　여행을 많이, 오래 한 사람들은 쾌락에 관한 까다로운 전문가들이다. 한마디로 그들은 즐거움이 뭔지 안다. 그리고 그것을, 오직 그것을 믿으며 반복해서 떠난다. 그런 삶은 고립된 정점들 간의 끊어질 듯 앙상한 줄 긋기로 표현할 수 있다. 흥미로운 것은 이것이 휴가와 또 휴가 사이의 위태로운 줄 긋기로 이루어진 사민주의 사회 노동자의 삶의 패턴과 일치한다는 것이다. 프랑스의 소설가 미셸 우엘베끄는 데뷔작 『투쟁 영역의 확장』에서 그런 삶이 필연적으로 도착하게 되는 막다른 골목을 인상 깊게 그려내었다. 탈출구가 없어 보이는 이 끔찍한 권태는 한때는 정신 나간 예술가들이, 이어 젊은 혁명가들이 파괴를 시도했으나 결국 실패하였고 마침내 자본의 흥미를 끌게 되었다. 그리하여 사람들은 권태의 최종 해결책을 갖게 되었다. 자본을 통해 관리되며, 소비를 통해 가능한, 한계 없는 쾌락. 감수성은 하나의 거대한 시장이 되었고, 여행 산업은 이 시장의 핵심에 위치한다. 여행자의 감수성은 끊임없이 찬미되고 번식하여 세계는 거대한 관광특구가 되었다. 문제는, 계속되는 불황 속에서 미래뿐만 아니라 현재 삶의 토대까지 불확실해져가는 가운데 어느 순간 이런 식의 삶의 양식이 해결책이 아니라 빠져나갈 수 없는 덫이 되어버렸다는 것이다. 정신을 차리자 찰나의 쾌락뿐 아니라 삶의 물질적 토대와 세계에 대한 사유까지 일회용이 되어 있었다. 사람들은 이제 자신의 선택과 상관없이 찰나를 살아간다. 모든 것이 불확실하고 가변적이다. 처음에 사람들은 호기심과 모호한 희망 속에서 삶이 일련의 놀라운 순간들로 쪼개지는 것을 받아들였지만, 그것만으로는 삶이 불가능하다는 것을, 자신들이 점차 고립되어가고 있다는 것을 깨닫기 시작했다. 하지만 오래된 습관을 버리는 것은 힘들다. 하여 무너져내리는 삶을 속수무책으로 바라보며 오래된 습관을 반복하는 것, 이것이 지금 몰락해가는 중산층의 삶의 풍경이었다.

 문제는 남은 날들이 정말로 얼마 되지 않는다는 것이다. 근미래의 파국은 이제 뉴스조차 되지 못하며, 실제로 몰락의 도미노는 중심부로 확산되고 있었다. 아직까지 오래된 습관을 반복할 수 있는 사람들은 운이 좋은 축에 속했다. 극소수만이 중산층적 삶의 양식을 감당할 수 있었다. 하지만 그것은 미래가 없는 전략, 다시 말해 아무런 전략도 아니었다. 하지만 미래란 무엇인가? 사람들은 더이상 미래라는 개념을 이해할 수 없었다. 삶은 이미 완벽하게 일회용이 되어 있었다. 사람들은 파산한 삶을 외면한 채 값싼 즐거움으로 도피했다. 여전히 사람들은 습관을 포기할 생각이 없었고, 차라리 자신의 미래를 은행에 저당 잡히는 것을 선택했다. 그러고는 여전히 자신에게 선택권이 있다고, 자신이 무언가를 선택했다고 믿었다. 하지만 사실 그들은 자본에 의해 세밀하게 계산된, 철저히 규격화된 컨베이어 벨트 위에 누운 채 이동하고 있을 뿐이었다. 여행 또한 마찬가지였다. 공항으로 들어가는 순간부터 다시 나오는 순간까지, 여행의 모든 과정은 쇼핑과 동일하다. 전세계의 유명 대도시들은 여행자들을 위한 관광 프로그램을 앞다투어 내놓았다. 기내 잡지에는 각광받는 클럽의 리스트, 최근에 재개발된 다운타운에서의 쇼핑 팁이 실렸다. 건물을 뒤덮은 낙서 또한 관광 정책의 일환이었다. 한편, 사람들에 의해 추천됨으로써 은밀한 매력을 잃은 장소들은 끊임없이 새로운 장소로 재포장되었다. 여행자들은 한편으로 트렌드를 쫓으며, 한편으로 가장 독특한 것을 찾기 위해 애썼다. 하지만 이제 더이상 탐험할 것이, 어떤 새로운 것도 남아 있지 않았다. 모든 것은 이미 발견되었고, 재발견되었다.

마침내 열광의 지속이 불가능해질 때, 즉 더이상 환상을 유지할 수가 없게 되었을 때, 하지만 여전히 사람들은 깨어나는 것을 거부한다. 그들은 깨달음 대신 냉소주의로 도피한다. 나는 다 안다. 다

해봤다. 그게 냉소주의자의 기본 입장이다. 여행이 인생을 바꾸어 놓는다는 것은 거짓말이다. 그리고 나는 내가 소비자에 불과하다는 것을 안다. 똑똑한 냉소주의자는 꿈을 꾸는 대신 세련된 소비자가 되는 것에 만족한다. 하지만 자세히 들여다보면, 그는 여전히 꿈을 버리지 못했다. 여전히 환상 속에 있다. 그가 소비를 지속하는 한, 포기하지 못한 꿈 또한 계속해서 거기에 있다. 물론 안다. 꿈을 사는 것이 꿈을 이루는 것과 다르다는 것을. 돈을 주고 산다고 해도 그것을 손에 넣을 수는 없다는 것을. 많은 사람들이 돈과 소유를 연결짓고 소유의 개념을 비난하지만, 사실 그건 틀렸다. 우리는 어떤 것도 소유할 수 없다. 우리가 소유하게 되는 것은 소유했다는 환상뿐이다. 그리고 사람들은 소비를 멈추지 않는 것으로 그 환상을 유지한다. 그렇게 환상이 유지되는 동안, 그것을 제외한 모든 것은 탕진되며 마침내 고갈에 이른다. 그리하여 마지막에 남는 것은 탕진의 기술이다.

케이가 뉴욕에서 배운 것이 바로 그것이었다. 미술관과 기념품점을 돌며, 카메라를 들고 다운타운을 배회하며, 빈티지 상점을 뒤지고 커다란 쇼핑 카트를 밀며, 화창한 독립기념일 오후 써머 아버지 소유의 스포츠카를 타고 롱아일랜드 섬을 가로지르며 그녀가 익힌 것이 바로 그것이었다. 그날 케이는 부드러운 카 시트에 기대어 시럽을 잔뜩 넣은 아이스커피를 든 채 창밖을 바라보고 있었다. 창 너머로 브루클린의 가난이 빠르게 밀려갔다. 곧 고급 주택가가, 그 너머로 흰 모래가 깔린 해안이 나타났다. 차는 멈추지 않고 해안도로를 따라 달렸다. 보이는 건 바다와, 그것과 같은 빛깔인 하늘뿐이었다. 그것은 이번 여행에서 가장 근사한 순간 가운데 하나였다. 케이는 저항하지 않고 그 근사함에 몸을 맡겼다. 커피는 아주 달았고, 너무 달아서 그외의 맛은 아무것도 느껴지지 않았다. 케이에게 뉴욕의 나날들은 그 커피의 맛과 비슷했다. 너무나도 달았고, 하지만 쓴맛은 그 단맛에 감추어져 있을 뿐 사라진 것은 아니었다. 그 달콤한 나날들을 지탱하는, 20세기에 발명된 멋진 삶의 양식은 결정적인 위기에 처해 있었다. 좋은 날은 다시 돌아오지 않을 것이다. 하나의 세계가 몰락하는 중이었고, 케이는 바로 그 안에 속해 있었다.

2

 샤워를 끝내고 방으로 돌아온 케이는 노트북을 켰다. 컴퓨터가 부팅되는 동안 그녀는 거울 앞에 선 채 토너와 수분 크림, 파운데이션을 차례로 얼굴에 바른 다음 컴퓨터 앞에 앉았다. 비밀번호를 입력하고 메인 화면이 뜨자 곧장 인터넷 브라우저를 열고 페이스북에 접속했다. 그리고 새로 도착한 알람과 메시지를 차례차례 확인한 뒤 뉴스 피드를 들여다보기 시작했다.
 써머는 가장 친한 친구인 제시가 여행에서 돌아온 뒤로 몹시 들떠 있었다. 제시는 뉴욕대에서 사진과 시각예술을 전공했고, 졸업 후 한동안 멕시코에서 지내다가 모마 PS1의 젊은 미술가를 위한 지원 프로그램에 최종 합격하여 뉴욕으로 돌아왔다. 그녀의 작업은 요즘의 젊은 미술가들의 작업이 그렇듯이 귀엽고 재치가 있었다. 굳이 뛰어난 점을 찾아보자면 평균보다 약간 더 재치가 있다는 것이었는데 실제로도 그녀는 유머 감각이 뛰어나고 옷을 아주 잘 입었다. 그래서 그녀는 아트 파티에서 인기가 좋았다. 요즘 써머의 페이스북은 각종 아트 파티에서 제시와 함께 찍은 사진으로 가득했다. 케이는 부러웠다. 사진을 넘기는 동안 점차 부풀어오른 그 부러움은 결국 분노로 이어졌고, 하지만 그러다 문득 그 모든 게 아주 먼, 자신과는 아주 먼 일로 느껴졌다. 하지만 다시 부러움이 되돌아왔고, 그것은 더 크게 부풀어올라 다시 분노로 이어져…… 이게 요즘 케이가 써머의 페이스북을 방문할 때마다 반복되는 심리 상태였다.

오늘도 써머의 페이스북 페이지에는 새로운 사진이 잔뜩 올라와 있었다. 사진 속에는 크리스털 잔처럼 눈부시게 반짝거리는 젊은이들이 가득했다. 부러움이 한껏 묻어나는 눈길로 사진을 넘기던 케이는 작게 한숨을 쉰 다음 댄의 페이지에 접속했다. 거긴 써머의 페이지와 정반대로 아주 썰렁했다. 이따금 올라오는 알림은 거의 써머와 관련된 것이었고, 그보다 더 뜸하게 올라오는 글은 짧고 의미가 불분명했다. 가장 최근에 올라온 글은 이틀 전의 것이었다. 아무 코멘트 없이 유튜브 동영상 하나가 링크되어 있었다. 에이펙스 트윈의 「Xtal」이란 노래였다. 케이는 플레이 버튼을 눌렀다. 노래가 시작되자 기쁘다고 해야 할지 무감각하다고 해야 할지, 어리다고 해야 할지 젊다고 해야 할지, 여자라고 해야 할지 소년이라고 해야 할지 알 수 없는 목소리의 흥얼거림이 시작도 끝도 없이 지속되다가 사라졌고 다시 되돌아왔다. 케이는 그 흥얼거림을 따라하며 자리에서 일어나 화장대로 갔다. 그리고 거울을 들여다보며 새로 자라난 눈썹 몇가닥을 족집게로 뽑은 다음 눈썹을 그렸다. 그러는 사이 음악이 멈추었고, 케이는 반복 재생 버튼을 누른 뒤 다시 거울 앞으로 돌아와 본격적으로 화장을 시작했다. 먼저 컨실러로 뺨의 주근깨를 가리고 미스트를 뿌린 다음 커다란 브러시로 피부 결을 정리했다. 그리고 눈가에 아이섀도우 프라이머와 베이지색 섀도우를 차례로 펴 바른 다음 심혈을 기울여 아이라인을 그렸다. 그리고 그 위에 오렌지색 펄 섀도우를 덧바른 후 뷰러로 속눈썹을 올리고 마스카라를 칠했다. 마지막으로 화이트 펄 섀도우를 눈 앞쪽과 아래쪽에 바르는 것으로 눈 화장을 끝낸 케이는 크림 블러셔를 손에 덜어 광대뼈를 따라 조심스럽게 펴 발랐다. 그리고 하이라이터로 이마와 콧대, 턱을 살짝 쓸어주고, 입술 화장까지 끝낸 그녀는 거울을 노려보며 컨실러가 뭉친 데가 없는지, 섀도우가 제대로 펴 발라졌는지, 하이라이터가 과하지는 않은지 확인한 다음 브러시에 파우더를 묻혀 얼굴 전체를 쓱쓱 쓸었다. 다시 한 번 주의 깊게 거울 속 자신의 얼굴을 들여다본 케이는 그럭저럭 만족스럽다고 판단을 내린 뒤 컴퓨터 앞에 앉아 페이스북으로 써머에게 짧은 메시지를 보냈다. '써머, 잘 지내? 보고 싶다. 뉴욕이 그리워. 댄도 잘 지내지? 안부 전해줘.' 뭔가 좀더 덧붙일까 고민하던 케이는 시간을 확인한 뒤 서둘러 보내기 버튼을 누르고 자리에서 일어났다.

    약속 시간까지는 딱 삼십분이 남아 있었다. 서두른다고 해도 제시간에 도착하는 것은 불가능했다. 하지만 시간에 맞춰 도착하는 사람은 없을 테니까 큰 문제는 아니었다. 그날의 약속은 펑크 밴드에서 베이스를 치는 L이 공익근무를 끝낸 것을 축하하기 위해 마련된 술자리였다. 케이는 삼년 전에 잠깐 그에게 관심을 가졌었다. 하지만 금세 마음을 접었는데, 그가 펑크 음악에 대한 허접스러운 철학과 신념을 끝도 없이 늘어놓았기 때문이다. 대신 케이는 그의 친구인 훨씬 더 과격한 아나키스트에게 관심을 갖기 시작했다. 케이는 그와 두달쯤 사귀었다. 그때 케이는 그에게 영향받아 아나키즘이 현존하는 가장 완벽한 정치사상이라고 믿기도 했다. 사실 그 아나키스트 때문에 케이는 오늘 술자리에 가는 것을 조금 망설였다. 그는 L과 가장 친한 친구라서 그 자리에 참석할 게 분명했기 때문이다. 케이는 그가 헤어질 때 보여준 몇가지 찌질한 행동 때문에 (줬던 선물을 되돌려달라는 등, 너한테 전화하느라 십만원이 넘게 나온 핸드폰 요금을 물어내라는 등) 그뒤로 가능한 한 그와 마주칠 만한 자리를 피하고 있었다.

하지만 그게 망설임의 가장 큰 이유는 아니었다. 솔직히 요즘 케이는 모든 것이 시시하게 느껴졌다. 그것은 뉴욕에 갔다 온 뒤로 시작된 증세였다. 돌아온 뒤 서울의 모든 것이 하나같이 어딘가 모르게 덜떨어지게 느껴졌다. 특히나 사람들이 그랬다. 세련되게 젊음을 탕진하는 귀여운 백인 여자애나 3개 국어를 할 줄 아는 어딘가 천재 같은 유대인은 서울에서는 기대할 수가 없기 때문이다. 물론 서울에서 만난 사람들도 좋은 점은 있었다. 하지만 나쁜 점도 그만큼 있었다. 한마디로 어정쩡했다. 돌아온 뒤, 모든 게 대체로 그런 식이었다. 하나같이 어정쩡했고, 그 점이 정말이지 짜증났다.

케이는 이 어정쩡한 상황에서 자신을 꺼내줄 뭔가를 간절히 원하고 있었다.

마침내 준비를 끝낸 케이는 방에서 나왔다. 주말을 맞아 케이의 부모님은 외가 친척들과 함께 송탄에 있는 오리구이집에 가고 없었다. 케이의 동생은 언제나처럼 방에 처박혀 게임을 하다 이제야 기어나와 라면을 끓이고 있었다. 양손을 주머니에 꽂은 채로 가스레인지 위의 냄비를 물끄러미 바라보는 동생을 보니 몹시 우울해졌다. 케이는 서둘러 집을 빠져나왔다.
9월이 되었지만 날은 여전히 후덥지근했다. 케이는 느릿느릿 아파트 단지를 빠져나와 마을버스에 올랐다. 주말이라 그런지 차가 몹시 막혔다. 케이는 몇번 더 시간을 확인하다가 포기하고 창밖을 바라보기 시작했다.
돌아온 지 한달 가까이 되었지만 케이는 여전히 홍대 앞이 낯설었다. 떠나 있는 동안 정말 많은 것이 바뀌어 있었다. 써머는 뉴욕을 미친 일회용 도시라고 불렀지만 뉴욕은 서울에 비하면 구석기 시대에 멈춰 있는 거나 마찬가지라는 생각이 들었다. 아니, 사실 문제는 변화가 아니었다. 변화에 아무런 규칙도 없다는 거였다. 아니, 규칙이 있기는 했다. 그건 하나였다. 새로 들어선 것이 모든 면에서 전에 있던 것을 압도해야 한다는 것. 레코드 가게가 있던 낮은 건물은 오층짜리 미국계 프랜차이즈 도넛 가게로 바뀌었고, 오래된 주택은 건물 전면이 유리로 된 나이트클럽이 되었다. 변화는 먼저 있던 것들에 대한 존중을 완벽하게 결여하고 있었다. 그런 뻔뻔함,

무조건 크고 새로운 것을 칭송하는 태도는 케이 윗세대 한국인들의 전형적인 특징이었다. 케이는 그런 특징이 자신의 세대에서는 제발 멸종하기를 바랐다. 물론 그것이 심오한 통찰에서 비롯된 것은 아니었고 그저 눈앞에 펼쳐진 촌스러운 광경이 참을 수가 없기 때문이었다. 문제는 윗세대도 정확히 그녀와 같은 이유에서 이 도시를 깨부수고 있다는 것이었다. 단지 그들은 크고 눈에 띄는 변화를 선호하고 케이는 소박하지만 섬세한 변화를 선호한다는 차이가 있을 뿐이었다.

홍대 정문 앞에서 케이는 마을버스에서 내렸다. 거리에 발을 내려놓자마자 그녀는 자신의 의지와 상관없이 엄청난 인파 속으로 빨려들어갔다. 평소 주말보다도 훨씬 붐비고 있었는데, 며칠 전 개장한 대형 유니클로 매장 덕분이었다. 처음에는 조심스럽고 예의 바르게 사람들을 피해 나아가던 케이는 곧 인내심을 잃고 양팔로 사람들을 밀치며 빠르게 걷기 시작했다. 케이는 짜증스러운 얼굴로 유니클로 건물 앞에 늘어선 사람들을 바라보았다. 사람들의 옷차림은 케이가 떠나기 전보다 훨씬 더 세련되어져 있었다. 뉴욕에 있는 젊은이들의 옷차림과도 별반 다르지 않았다. 이유는 단순했다. 전세계의 젊은이들이 같은 옷가게에서 옷을 사고 있는 것이다. 문득 그들의 겉모습이 자신과 거의 구별되지 않는다는 사실을 깨달은 케이는 한층 더 기분이 나빠진 채 필사적으로 사람들을 헤치며 나아갔다.

마침내 약속 장소인 양꼬치집에 도착했을 때 케이는 이미 반쯤 혼이 빠진 상태였다. 얼빠진 얼굴로 가게 안을 두리번거리던 케이는 구석에 모여 있는 낯익은 얼굴들을 발견하고 손을 흔들며 다가갔다.

"오랜만이야. 모자가 예쁘네."

케이가 자리에 앉으며 L이 쓰고 있는 모자를 가리켰다. 가운데 빨간 별이 그려진 카키색 모자였다.

"그치? 동대문에서 삼천원 주고 샀어."

"우와."

"중국 같지 않냐."

"요즘 사회주의풍 패션이 유행이래." 케이와 한때 사귀었던 아나키스트가 말했다.

"김정은처럼 입고 다니면 진짜 간지날 거 같지 않냐?" L이 말했다.

"그럼 니가 입고 다녀봐."

"일단 먼저 배가 나와야 할 것 같지 않아?"

"그럼 딱 됐네."

"어째서?"

"너 배 졸라 나왔잖아."

곧 케이의 친구 수진이, 그리고 J가 도착했다. J는 케이보다 한살이 많았는데 홍대를 졸업하고 한예종에서 미디어 아트를 전공하고 있었다. 그는 어려서 영국에서 살았던 적이 있는데, 그래서인지 어딘가 영국풍으로 세련되고 우수에 차 보이는 것이 근사하다고 일 년 전 처음 그를 봤을 때 케이는 생각했다. 다시 본 그는 그때와 별반 다르지 않았다. 단정한 머리에 몸에 잘 맞는 민트색 피케 셔츠,

워싱하지 않은 짙은 색의 일자 청바지, 프레드 페리의 흰색 단화와 적당히 낡은 프라이타그의 메신저 백까지, 흠잡을 데가 없었다. 하지만 지금 케이의 눈에 그는 뭔가 좀 모자라 보였다. 뭐랄까, 너무나 홍대풍이랄까. 그의 아이폰 아래에 놓여 있는 지갑은 꼼 데 가르송이었다. 가만히 그것을 들여다보던 케이는 J와 눈이 마주쳤다. 그는 해맑게 웃더니 왼쪽으로 꼰 다리를 풀어 다시 오른쪽으로 꼬았다. 케이는 그가 자신을 의식하고 있는 것을 느꼈다. 순간 케이는 우쭐해졌지만 곧 그것 또한 시시하게 느껴졌다. 케이는 꼬치를 한입 베어먹은 다음 허공을 향해 허탈한 표정을 지으며 소주를 마셨다.

"왜, 무슨 일 있어?"

수진이 약간 걱정스러운 표정으로 물었다. 케이가 고개를 흔들었다.

"꼬치가 생각보다 맛이 없네."

"그치, 여기가 좀 그래."

케이는 빈 꼬치를 내려놓고 가게를 둘러보았다. 벽과 천장이 온통 붉은색으로 치장되어 있었다. 주방에서 간간이 중국어로 소리치는 소리가 들렸다. 케이는 다시 소주를 한모금 마셨다. 조금씩 취해가며 그녀는 멍하니 사람들의 대화에 귀를 열어놓았다. L은 밴드를 그만둘 거라고 했다. 그리고 복학을 하고 돈을 모아 독립을 할 생각이다. 옥탑방을 구해서 거기서 쏠로 음반을 만들 거라고 했다. 좀 댄서블한 걸 해볼까봐. 그는 공익근무를 하는 동안 댄스음악에 관심을 갖기 시작했다. 같이 근무하던 남자가 광적인 아이돌 팬이었기 때문이다. 그는 걸 그룹에 대해서라면 모르는 게 없었다. 심지어 아직 데뷔 전인 각 기획사의 연습생들에 대해서도 빠삭하게 알고 있었다. 친해진 뒤 그는 집요하게 L에게 아이돌 음악을 권했고, L은 처음에는 완강히 저항했지만 오래가지 못했다. 그도 그럴 것이 요즘 걸 그룹은 너무 완벽했다. 심지어 나날이 더 완벽해져가고 있었다. 게다가 음악도 좋다니까. 요새 아이돌 음악 진짜 잘빠졌어. 믹싱도 장난이 아니야. 맞아, 요샌 아이돌이 제일 래디컬하다니까. L의 말에 아나키스트도 동의했다. 그의 말에 깜짝 놀란 케이는 저 과격했던 아나키스트에게 무슨 변화가 일어난 것인가 싶어 뚫어져라 그의 얼굴을 바라보았다. 하지만 얼굴을 바라보는 것으로 그의 변화를 이해할 수는 없는 노릇이었다.

사람들의 대화는 자연스럽게 걸 그룹 각 멤버들에 대한 품평으로 흘러갔다. 누군가 자기가 아는 여자가 요즘 한창 인기를 끄는 걸 그룹의 리더와 닮았다고 했다. 거짓말하지 마. 진짜야. 그럼 여기로 불러. 진짜로 부른다. 부르라니까, 아니기만 해. 진짜지, 나 지금 전화한다, 얼마 걸래? 진짜면 내가 오늘 술값 다 낸다. 너 딴말하기 없기다. 야, 됐어, 됐어…… 대화가 계속 그런 방향으로 흘러가자 참지 못하고 수진이 소리쳤다.

"너네 계속 그렇게 병신 같은 얘기 하면 나 간다."

"그럼 수진아, 너는 무슨 안 병신 같은 얘기를 하고 싶은데?" J가 물었다.

"차라리 음악 얘기를 해. 아, 넌 음악 안하지." 수진이 대꾸했다.

케이는 둘이 반말을 쓰는 것에 놀랐다. 내가 없는 동안 무슨 일이 있었던 거지. 케이는 호기심과 약간의 질투를 느끼며 그들의 대화에 귀를 기울였다.

"왜, 하진 않아도 나 음악 좋아해." J가 말하며 담배에 불을 붙였다.

"아, 그러세요?" 수진이 놀리는 표정을 지으며 J의 담뱃갑에서 담배를 하나 꺼냈다.

"피워도 되지?" J가 고개를 끄덕이며 라이터를 꺼내 불을 붙여주었다.

케이의 마음속에 놀라움이 퍼져나갔다. 말없이 담배를 피우는 수진과 J를 살피던 그녀는 곧 둘 사이의 미묘한 분위기를 눈치채고 조용히 일어나 반대편으로 자리를 옮겼다. 그곳에서는 논술학원 알바의 시급에 대한 이야기가 한창이었다. 케이는 말없이 꼬치를 뜯어 먹으며 수진과 J를 곁눈질했다. 뭔지 모르지만 잘되어가는 분위기였다. 마음이 좀 쓰렸다. 하지만 자신이 마음을 접은 시점이 더 빠르다며 스스로를 위안했다. 그리고 중요한 것은 친구의 행복이 아닌가. 그렇다, 우정이 먼저다. 케이는 둘을 보며 마음속으로 기원했다. 행복해라, 내 몫까지. 그러고 나서 케이는 살짝 풀이 죽은 표정으로 시간을 확인했다. 채 열시도 되지 않은 시간이었다. 그냥 집에 갈까. 케이는 한번 더 가게 안을 훑어보았다. 재밌어 보이는 건 아무것도 없었다. 케이는 핸드폰으로 페이스북에 접속했다. 뉴스피드를 훑다가 빨래가 지겹다는 누군가의 글에 좋아요 버튼을 눌렀다. 그리고 소주를 한모금 마시고, 양꼬치를 한입 베어문 뒤 멍하니 천장을 바라보았다. 천장에 걸린 등은 붉은빛이었다. 그 붉은빛이 아주 지겨워 보였다. 내 마음처럼. 케이가 깊게 한숨을 쉬었다.

그때였다.

"페이스북 하세요?"

케이는 놀라 옆을 보았다. 처음 보는 남자가 거기 앉아 있었다. 그는 턱까지 오는 덥수룩한 머리에 투명한 뿔테 안경을 쓰고 있었는데 나이는 이십대 후반에서 사십대 초반 사이 어디쯤으로 보였다.

"저 아세요?"

"아니요, 오늘 처음 봤어요."

"아, 저는 전에 뵌 분인가 하고……"

"뵌 적 없는데요." 남자가 그렇게 말하며 빙그레 웃었다.

남자는 나이뿐 아니라 뭘 하는 사람인지도 전혀 파악이 되지 않았다. 말을 안하고 가만히 있으면 한국 사람이 아닌 것 같기도 했다. 확실히 묘한 분위기의 남자였다.

"아, 페이스북 하냐고 물으셨죠?"

"네."

"네, 저 페이스북 해요."

그러자 남자가 고개를 끄덕였다. 케이는 반사적으로 미소를 지었는데, 그러자 남자도 미소를 지었다. 그런데 그건 어딘지 모르게 비웃는 것처럼 느껴졌다. 이상한 남자다. 굉장히 알 수 없다. 케이는 호기심을 느꼈다.

"오늘 여긴 어떻게 오신 거예요?"

"저 친구가 오자고 해서." 그가 반대편에 앉은 최윤수를 가리켰다.

"아, 음악 하시나봐요."

"아뇨, 저는 음악 안해요."

"그럼 뭐 하세요?"

"아무것도 안해요." 그는 그렇게 말하고는 웃었는데, 그 웃음소리가 마치 목이 졸린 새가 내는 비명처럼 들려서 케이는 깜짝 놀랐다.

"재현아, 언제 왔어? 거기서 뭐 하냐?"

최윤수였다. 그 소리에 그가 최윤수를 향해 말없이 고개를 끄덕였는데, 너무 느리고 흐느적거려서 슬로우모션으로 찍은 영화의 한 장면을 보는 것 같았다. 신기한 남자다. 어느새 모든 지루함이 사라져 있었다. 케이가 호기심에 반짝이는 눈으로 남자를 훑어보았고, 그러다 눈이 마주쳤다.

"안녕하세요."

당황한 케이는 얼떨결에 그렇게 말하고는 즉시 후회하여 얼굴이 빨개졌다. 그걸 놀리기라도 하듯 남자가 정색한 표정을 지으며 똑같이 말했다. "안녕하세요."

그리고 한참 동안 둘은 말없이 있었다. 그사이 케이의 머릿속에는 천개 정도의 문장이 스쳐 지나갔다. 하지만 입 밖에 꺼내놓을 만한 적당한 문장은 하나도 없었고, 동시에 자신을 바라보는 그의 시선을 느꼈고, 얼굴이 점점 달아오르는 것이 느껴졌다. 아, 망했다.

다행히 그때 최윤수가 둘의 앞에 앉았다. 그는 한동안 알 수 없는 미소를 띤 채로 재현과 케이를 번갈아 바라보다가 입을 열었다.

"재현아, 얘가 케이야. 내가 말한 적 있나? 얼마 전에 뉴욕에 갔다 왔대. 케이야, 너 재현이 만난 적 없지?"

"응, 처음이야."

"얘, 되게 또라이야." 최윤수가 재현을 가리키며 웃었다. 재현은 말없이 그저 부끄럽다는 듯 고개를 숙이고 미소를 지을 뿐이었다.

"맞다, 얘 뉴욕에서 태어났어. 그치, 맞지?"

"우와, 진짜요?"

"야, 너 그 얘기 하지 말라니까." 재현이 작게 손사래를 쳤다.

"왜, 맞잖아?"

"몰라, 나 뉴욕 잘 몰라."

"왜 몰라, 니 고향인데."

재현이 고개를 절레절레 흔들며 소주를 마셨다. 이 남자는 정말로 신기하게 움직인다. 케이는 생각했다.

"뉴욕, 다녀오셨다구요?" 재현이 물었다.

"네, 근데 그냥, 잠깐요. 어학연수 갔었어요."

"아아." 재현이 고개를 끄덕였다. "뉴욕, 어디 계셨어요?" 재현이 물었다.

"브루클린요."

"아, 브루클린 좋죠. 브루클린 어디요?"

"그린포인트요. 아세요?"

재현이 고개를 저었다. "아뇨."

"저기, 윌리엄스버그 있는 데. 매캐런 공원……"

"아, 매캐런 파크. 거기 좋죠." 재현이 고개를 끄덕였다. "이스트 빌리지에 가보셨나요?"

"네, 근데 저는 로어이스트사이드에 더 자주 갔어요. 친구가 있어서."

"아아, 로어이스트사이드. 좋죠. 바워리 볼룸 가보셨어요?"

"네, 거기서 플레이밍 립스 봤어요." 케이의 눈이 빛났다.

"아, 플레이밍 립스. 좋죠, 좋죠."

그때 최윤수가 자리에서 일어났다.

"왜, 어디 가게?" 재현이 물었다.

"담배가 떨어졌네. 금방 사가지고 올게. 그동안 얘기 좀 하고 있어, 응?" 최윤수가 재현의 어깨를 툭, 친 다음 사라졌다. 최윤수가 사라지자 분위기가 다시 어색해졌다. 이번에는 케이가 먼저 입을 열었다.

"뉴욕에서 태어나셨어요?"

"아, 네. 그때 아빠가 유학 중이셔가지고."

"와, 멋지다."

"아뇨, 뭐 그냥 태어나기만 하고 바로 한국 왔어요."

"저도 뉴욕에서는 몇달밖에 안 지냈어요. 보스턴에 더 길게 있었어요. 거기 이모님 댁이 있거든요."

"아, 보스턴. 그렇구나." 재현이 고개를 끄덕이며 꼬치를 집었다. 케이가 자신의 빈 잔에 소주를 따랐다.

"죄송해요. 잔이 빈지 몰랐네요." 재현이 말했다.

"아뇨, 괜찮아요."

"뉴욕 좋죠?"

"네, 좋았어요." 케이가 고개를 끄덕였다.

"뭐가 좋았어요?"

"그냥, 뭐……"

"흐흐흐." 재현이 웃었다. "정말 좋으셨나보다."

그리고 눈 깜짝할 새 시간이 흘러갔다. 뉴욕에서 돌아온 뒤 케이가 누군가와 그렇게 많은 말을 한 것은 처음이었다. 자리를 몇번 더 옮기며 계속된 술자리는 새벽 네시가 조금 넘어 끝났다. 사람들은 근처 감자탕집에서 해장을 하며 첫차를 기다리기로 의견을 모았다. 하지만 재현이 자신은 햄버거로 해장을 해야 한다며 고집을 부렸다. 그러자 케이도 오늘 밤은 문득 햄버거가 먹고 싶다며 재현을 따라나섰다. 자연스럽게 단둘이 남겨진 케이와 재현은 버거킹으로 향했다. 둘만 남게 되자 재현은 꽤 수다스러워졌다. 그가 그날 버거킹에서 한 말을 요약하자면 서울은 뉴욕에 비해 모든 면에서 삼십년이 뒤처져 있다는 것이었다. 그리고 서울이 뒤처진 그 삼십년을 따라잡는 것은 불가능했다.

"일반화하기는 조심스럽지만, 그리고 피씨하지 않게 들릴지도 모르지만 제 생각은 그래요. 저희 나라가 미국을 따라잡는 건 한국인의 본질적인 특성상 불가능해요. 그 본질적인 특성이란 바로 노예 근성이죠. 제가 생각할 때 한국인들은 평생 거기서 벗어나지 못할 거예요. 저희 아버지를 봐도 그래요. 저희 아버지가, 자랑하는 건 아니지만요, 굉장히 명예라든가 부라든가 남부럽지 않게 쌓아오신 분이거든요. 하지만 제가 확신하건대 그분은 절대 그 노예 근성에서 벗어나지 못하세요. 물론 열심히 사신 것은 인정하죠. 하지만 죽었다 깨어나도 문화라든가 예술이라든가, 취향과 같은 개념을 이해할 순 없을 거예요. 나름 한국에서 최고의 엘리뜨 교육을 받으셨다는 분인데도요. 그런데 그게 제 세대, 좀더 넓게 봐서 케이 씨랑 저, 우리 세대라고 해도 다를까요? 아뇨, 저는 그렇게 생각하지 않아요. 아마 몇몇 예외적인 개인들이 존재할 수 있겠죠. 케이 씨나 저처럼요. 하지만 그건 말 그대로 예외일 뿐이에요. 보편적 경향성의 측면에서 저는 굉장히 비관적이에요."

케이에게 그의 이야기는 한국사회에 대한 완벽한 설명으로 생각되었다. 물론 그건 여러모로 허술하며 비뚤어진 논평에 지나지 않았고 그 관점의 토대가 된 재현이 속한 세계는 케이의 세계와 매우 달랐다. 그는 케이보다 여덟살이 많았고 그의 부모와 케이의 부모는 한 세대 이상의 차이가 있었다. 케이의 부모는 그전 세대에서는 혜택받은 사람들만이 누리던 풍요를 보편적으로 맛보기 시작한 첫 세대로서 격차를 이해하지도, 받아들이려고 하지도 않았다. 반대로 재현의 세계는 폭력적 차별로 가득 차 있었고, 관대함이 결여되어 있었다. 언제나 이것 아니면 저것이었고, 그래서 차이는 곧장 증오로 이어지고, 결국 강한 쪽이 약한 쪽을 찍어누르는 방식으로 평화가 찾아왔다. 재현은 물론 약한 쪽이었다. 그는 아버지에게 맞설 엄두가 나지 않았다. 그래서 대신 그는 아버지가 원하는 것과 정반대 방향으로 자신의 인생을 몰고 갔다. 그러니까 아무것도 하지 않는 것. 그는 대학을 세군데나 거쳤고, 서른살이 넘었지만 아직까지 대학 졸업장이 하나도 없었다. 그는 아버지를 이길 수 없었지만 적어도 자신의 인생을 망칠 수는 있었고, 그러니 어쩌면 그에게는 그게 아버지를 이길 수 있는 유일한 길일지도 몰랐다.

이런 그의 유일한 즐거움은 연애였다. 별 노력 없이도 여자들이 잘 넘어왔다. 하지만 스스로도 왜 여자들이 잘 넘어오는지 몰랐다. 그렇게 잘생긴 편도 아니고, 키가 큰 것도, 옷을 잘 입는 것도, 말을 그럴듯하게 잘하는 것도 아니었다. 여자를 태울 외제차도, 근사한 저녁식사를 사줄 돈도 없었다. 대신 그에게 있는 것은 몇가지 로맨틱한 배경이었다. 성공한 아버지, 하지만 그에 반항하는 삶의 자세, 그리고 약간의 예술적 재능, 거기에 뉴욕 출생이라는 특이사항과 적당히 심드렁한 태도가 더해지자, 그것은 아직 세상을 잘 모르는 허영심 많고 순진한 젊은 여자들에게 커다란 매력으로 다가왔다. 물론 그게 어디서나 통하는 것은 아니었다. 대학교 강의실과 학원, 도서관을 왕복하는 일반적인 젊은이들의 눈에 그는 그저 한심한 양아치로 보일 뿐이었다. 그러니 어쩌면 그의 진정한 재능은 그가 가진 매력의 가능성과 한계를 일찌감치 간파하고 그 이상의 야망을 가지지 않았다는 데 있는지도 몰랐다. 그리고 케이는 그의 매력이 최대치로 발휘될 수 있는 상대였다. 케이에게 그날 밤 재현이 들려준 이야기는 일종의 계시와 같았다. 뉴욕을 다녀온 뒤 느껴지던 모호한 덩어리 같던 짜증이 재현의 언어를 통해, 비로소 명료한 형태를 띠기 시작했던 것이다. 한국에 오고 처음으로 모든 게 제자리에 놓여 있는 듯한 느낌, 그러니까 행복을 케이는 느꼈다. 그렇다. 그녀는 재현에게 반해버린 것이다. 그렇게 재현은 여자친구와 헤어진 지 한달 만에 새 여자친구를 갖게 되었다. 그는 또 한번 노력 따위 아무 쓸모 없다고 느꼈다. 그저 몸의 힘을 풀고 부드러운 물결 위에 자신을 올려놓으면 되는 것이다. 졸고 있는 사이, 흐르는 물이 그를 어딘가 근사한 곳으로 데려가줄 것이었다.

3

 안녕, 써머. 잘 지내고 있지? 그럴 거라 믿어. 너는 운이 좋으니까. 네가 그랬잖아, 항상. 넌 운이 좋은 거 같다고. 근데 너는 네가 운이 좋은 걸 어떻게 알아? 그게 느껴져? 솔직히 난 잘 모르겠어. 너는 언제나 너에 대해서 확신이 있잖아. 그게 참 멋있어. 나는 그렇지가 못하거든. 그래서 자꾸 그런 사람들한테 반하나봐. 그런데 그러다보니까 난 점점 더 확신이 없어지는 거 같아. 다른 사람들을 자꾸 따라가게 되니까. 근데 그게 내 운이 아닐까 하는 생각이 들기도 해. 왜냐하면 그렇게 따라가다보면 좋은 일이 생기거든. 너를 만난 것도 그렇고.
 뉴욕에서 너랑 진짜 재미있었는데. 돌아오고 한동안 정말 우울했어. 근데 이제 괜찮아. 어제 아주 좋은 사람을 만났거든. 멋있고 엄청 똑똑해. 너랑도 약간 비슷한 거 같아. 그도 운이 좋거든. 사실 나는 운이 좋은 사람들이 좋아. 그런 사람들이랑 같이 있으면 나도 운이 좋아지는 것 같거든. 맞다, 그는 영화를 찍고 싶어해. 제일 좋아하는 감독은 루이스 부뉴엘이야. 너네 집에서 같이 그 사람 영화 봤었잖아. 기억나? 네가 그랬어, 부뉴엘은 아편중독이었다고. 그러니까 그의 영화를 제대로 이해하려면 우리도 뭔가 아편 같은 걸 하고 봐야 된다고. 내가 그에게 그 얘기를 했더니 아니래. 부뉴엘은 아편 같은 거 안했대. 그는 천재라서 마약 같은 거 필요하지 않았대. 게다가 엄청 부자라서 뭐든지 할 수 있었다는 거야. 그런가? 나야 모르지. 하지만 맞는 말인 거 같애.

  댄은 잘 있어? 잘 지내는 거지, 너희? 사실 그게 조금 걱정이 돼. 그리고, 음, 아니야. 난 너희가 잘 지냈으면 좋겠어. 댄은 좋은 애라고 생각해. 조금 이상할지도 모르지만, 그건 걔가 너무 똑똑해서 그런 거야. 똑똑한 사람들은 다들 좀 이상한 데가 있거든. 그도 좀 그래. 어려서 몇년 동안 집에 처박혀서 게임만 했었대. 지금 내 동생처럼. 내가 동생 얘기 한 적 있나? 걔는 진짜 좀 이상해. 무슨 생각을 하고 사는지 모르겠어. 대화를 나누고 싶은데, 그러기엔 너무 늦어버린 거 같아. 어렸을 땐 귀여웠는데. 이젠 뭔지 모르겠어.

  사실 요즘 나는 많은 게 뭔지 모르겠어. 확실한 건 뉴욕에 돌아가고 싶다는 거야. 그가 내년에 뉴욕에 갈지도 모른대. 누나가 어퍼이스트사이드에 산대. 근데 뉴욕에 가려면 지금 다니는 학교를 졸업해야 된대. 그런데 그러기 싫대. 대학이 인생에서 무슨 의미가 있냐는 거야. 써머 너도 똑같이 말했었지. 나도 그렇게 생각해. 하지만 가끔은 뭔가를 끝낼 필요가 있는 거 같아. 내가 뉴욕을 떠나 한국으로 돌아온 것처럼. 슬프지만, 가끔은 그런 게 필요한 거 같아. 내 말은, 다시 보기 위해서는 어쨌든 헤어져야 하지 않느냐는 거지.

아, 내가 무슨 얘기를 하고 있는지 모르겠다. 왜냐하면 지금 너무 졸리고, 피곤하고, 그를 만났고, 너무 많이 이야기했고…… 근데 잠이 안 와. 위드를 한모금 하면 잠들 수 있을 거 같은데. 딱 한모금만. 근데 여기선 구할 수가 없어. 아니, 구할 수는 있지만 너무 비싸고 걸리면 복잡해져. 전에 내가 말한 적 있지? 그래서 한국 사람들은 술을 마셔. 그리고 술에 취해서 우울한 이야기를 끝도 없이 늘어놓지. 이 얘기도 내가 전에 한 적이 있지? 아, 난 언제나 같은 이야기만 하는 것 같다. 그만 써야겠다. 너무 횡설수설했어. 하지만 미워하지 말아줘. 안녕. 케이가.

메일을 다 쓴 케이는 처음부터 끝까지 죽 읽어보며 사소한 문법적 오류와 맞춤법을 고친 뒤 보내기 버튼을 눌렀다. 그리고 페이스북에 접속해서 뉴스 피드를 훑으며 컵라면을 먹고 있자니 재현이 메시지를 보내왔다. 둘이 이런저런 이야기를 나누는 동안 시간은 순식간에 흘러갔다. 새벽이 다 되어서야 둘은 아쉬워하며 컴퓨터를 떠났다.

돌아오는 주말 둘은 종로에서 만나 영화를 보았다. 영화가 끝난 뒤에는 인사동을 어슬렁거리다가 홍대로 갔다. 토요일 밤 홍대는 술자리들로 가득했고, 둘은 술자리를 여기저기 옮겨다니며 배를 채웠다. 새벽이 오자 둘은 타코벨로 가서 아침까지 시간을 때웠다. 새벽 다섯시가 조금 넘어 재현이 케이를 바래다주겠다고 나섰다. 둘은 케이의 아파트 단지 안, 놀이터의 텅 빈 미끄럼틀에 기대어 키스했다.

그러고 나서 둘은 하루도 빠짐없이 붙어다니기 시작했다. 낮에는 대체로 홍대 인근의 값싼 식당과 까페에서 시간을 때웠고 저녁에는 아는 사람들이 하는 공연이나 술자리에 끼어들어갔다. 사실 어디에서 뭘 하는가는 중요하지 않았다. 중요한 것은 재현이고, 재현과 함께 보내는 시간이었다. 날이 갈수록 케이는 재현이 마음에 들었다. 그는 케이가 아는 사람들 중 가장 세련된 취향을 지니고 있었으며 그러면서도 궁핍에 가까운 검소한 생활을 유지하고 있었다. 또래의 요즘 남자애들과 달리 패션에도 별 관심이 없었다. 그의 이런 검소함은 언뜻 댄을 생각나게 하는 데가 있었는데, 그 점이 특히 케이의 마음에 들었다. 물론 그 검소함 때문에 데이트 비용의 절반 이상을 케이가 부담했지만 햄버거나 떡볶이로 끼니를 때우거나 가끔 영화를 보는 정도였기 때문에 큰 부담이 되지는 않았다.

문제는 시간이었다. 학교에 복학한 케이는 갈수록 바빠졌다. 어찌 됐든 강의를 듣고 과제를 하고 조모임에 나가야 했다. 거기에 재현까지 만나려면 시간이 빠듯했다. 하지만 불평을 할 수는 없었는데 왜냐하면 주위의 모든 사람들이 그녀보다 조금씩 더 바빴기 때문이다. 어느날 문득 케이는 자신이 달리듯 걸으며, 작은 기다림에도 쉽게 화를 낸다는 사실을 깨달았다. 아, 뉴욕에서는 그러지 않았는데. 케이는 우울해졌다. 그러고 보니 뉴욕에 대한 기억도 차츰 희미해져가고 있었다. 케이는 기억을 되살리기 위해 이런저런 것을 시도해보았다. 먼저 아파트 옥상에 올라가서 맥주를 마셔보았다(하지만 옥상에 고추를 말리는 아주머니들 때문에 방해가 되었다). 혹은 일요일의 늦은 오후 이태원에 가서 뉴욕식 브런치를 먹기도 했다(하지만 한국인의 비율이 너무 높았다). 클럽에 가서 밤새 춤을 춰보기도 했다(하지만 외국인들이 자꾸 치근덕거려서 짜증이 났다). 그나마 가장 나았던 것은 코스트코에 가서 끝도 없이 쌓인 미국 상품들을 하염없이 바라보는 것이었다. 하지만 역시 뭔가 부족했다. 서울에 대한 불평불만을 늘어놓는 일이 잦아졌다. 반복되는 그녀의 이야기를 지겨움 없이 들어주는 상대는 물론 재현뿐이었다. 왜 서울의 베이글은 이렇게 맛이 없어? 왜 서울의 커피는 이렇게 싱거워? 왜 우디 앨런의 새 영화가 개봉을 안하는 거야? 왜 사람들은 눈이 마주치면 웃는 대신 노려보지? 왜 서울에는 쎈트럴 파크 같은 게 없어? 왜 동네 공원에서는 재즈 공연 같은 걸 안해? 왜 서울에는 스트랜드 같은 헌책방이 없어? 왜? 왜 서울은 이렇게 후진 거야? 그야 한국인들은 아무도 그런 데 관심이 없으니까. 뉴욕에선 말이야, 아, 내 말은 브루클린에서는. 이스트빌리지? 거긴 끝났어. 하지만 윌리엄스버그에서는 말이야. 아냐, 그건 앤트워프보다 뉴욕이 먼저라니까. 그래, 내가 봤다니까. 내가 거기 있었단 말이야. 그래, 뉴욕 말이야. 그래, 그러니까, 내가 말하고 싶은 건,

케이가 말하고 싶은 건 물론 자신이 뉴욕에서 굉장한 걸 경험했다는 것이었다. 그녀는 자신의 그 소중한 경험을 사람들과 나누고 싶었다. 자신이 아니라 사람들을 위해서 말이다. 하지만 듣는 사람들에게 그것은 비슷비슷한 이야기의 끝없는 이어짐에 불과했다. 그나마 뉴욕에 갔다 온 사람들과는 말이 조금 통했다. 하지만 그럴 때에도 케이는 상대보다 자신이 훨씬 더, 진짜인 뉴욕을 경험했다고 확신했다. 확신은 갈수록 높아져갔고, 급기야 한국 전체가 우습게 느껴지기 시작했다. 주위의 사람들이 어느 때보다 하찮게 보였다. 케이의 태도는 눈에 띄게 거만해졌고, 친했던 사람들도 그녀를 점점 멀리하기 시작했다. 그리고 그럴수록 케이는 자신이 이해받지 못하고 있다고 느꼈고, 외로워졌다. 그러나 다행히 재현이 있었다.

이해받고 있다는 느낌이 이렇게 근사하고 또 희귀한 것이었다니. 케이는 한숨을 쉬며 거울을 들여다보았다. 거울 속 케이는 그 어느 때보다도 자신이 경멸하는 평범한 여대생들과 닮아 있었다. 재영을 만나러 가는 길이었기 때문이다. 재영은 케이의 친구들 가운데 유일하게 '서울의 일반적인 여대생' 부류에 속했다. 그러니까 케이는 오늘 오랜만에 '서울의 일반적인 여대생의 주말'을 보낼 것이다. 방에서 나온 케이는 동생과 마주쳤다. 동생은 케이를 보고도 말없이 밋밋한 표정으로 그녀를 지나쳤다. 케이는 구부정한 그의 등을 바라보며 생각했다. 쟤는 연애는 하나? 길거리에서 몰래 여자애들 다리를 찍고 다니는 건 아니겠지?

케이는 어젯밤 인터넷에서 본 뉴스를 떠올렸다. 어떤 남자가 지하철에서 여자들 다리를 찍다가 걸렸는데 가방에 들어 있던 외장하드를 열어보니 그동안 그런 식으로 찍어서 모은 여자들 사진이 만장 가까이 되었다는 내용이었다. 그는 동생과 동갑인 대학교 휴학생으로 온라인 게임 중독이었다. 케이는 하이힐에 발을 구겨넣으며 동생이 집에 없을 때 그의 컴퓨터를 뒤져봐야겠다고 생각했다. 하지만 동생이 집에 없을 때가 대체 언제인가?

*

케이가 약속 장소인 가로수길의 까페에 도착했을 때 재영은 이미 그곳에 와 있었다. 창가에 앉아 커피잔을 내려다보고 있는 재영은 언제나처럼 완벽했다. 숱이 많은 짙은 갈색 머리는 어깨 너머로 가지런히 넘겨져 있었고, 살굿빛 블라우스 위로는 값이 많이 나가 보이는 가느다란 금 목걸이가 드리워져 있었다. 의자 아래로 보이는 신발 위에는 토리 버치의 금색 로고가 반짝거렸다. 케이가 손을 흔들며 재영에게 다가갔다. 케이를 발견한 재영이 환하게 웃었다. 케이는 자리에 앉으며 재영의 옆에 놓인, 이제는 꽤 낡은 티가 나는 발렌시아가의 모터백을 흘끗 본 다음 뉴욕에서 사온 자신의 알렉산더 왕 숄더백을 탁자에 올려놓았다.

"가방 샀어? 예쁘다." 재영이 말했다.

"응, 뉴욕에서. 쎄일하길래 샀어."

"부럽다. 근데 무슨 브랜드야? 알렉산……"

재영이 가방에 달린 버클을 들여다보며 중얼거렸다.

"알렉산더 왕이라고, 요즘에 뉴욕에서 뜨는 브랜드야."

"그래? 알렉산더 왕? 어디서 들어본 거 같은데……"

"아직 한국에는 안 들어왔을걸. 근데 재영 진짜 오랜만이다. 잘 지냈어?"

"나야 뭐 그렇지. 넌? 뉴욕에서 재밌었어?"

"응, 근데 나 주문 좀 하고 올게."

케이가 주문을 하러 간 사이 케이의 가방을 바라보던 재영은 뭔가 생각난 듯 핸드폰을 꺼내들었다. 그리고 주문을 마치고 돌아온 케이에게 활짝 웃으며 말했다.

"알렉산더 왕, 찾아보니까 이 브랜드 한국에 들어온 지 꽤 됐는데? 이것 봐."

재영이 검색 결과가 뜬 핸드폰을 케이에게 내밀며 말했다.

"그래? 언제 들어왔지?" 케이가 재영이 내민 핸드폰을 무시하며 말했다. "근데 한국에서는 엄청 비싸게 파는데…… 예쁜 건 잘 들어오지도 않고……"

"아냐, 여기 신세계몰에서 쎄일하는데? 네 거도 있어. 이거 맞지?"

"그런가……" 케이는 계속해서 핸드폰에서 시선을 피하며 주위를 두리번거렸다.

"왜? 뭐 떨어뜨렸어?"

케이는 대답 대신 어두운 표정으로 주위를 살폈다. 그러자 재영도 핸드폰을 내려놓고 걱정스러운 표정으로 함께 주위를 살피기 시작했다. 한참을 두리번거리던 케이가 고개를 떨구고 말했다.

"아냐, 됐어……"

"뭔데, 뭐 잃어버렸어?"

"아냐……" 케이가 고개를 저으며 앞에 놓인 에스쁘레소 마끼아또를 비웠다. "근데 우리 뭐 먹지? 배고프다."

"벌써 배고파? 점심 안 먹었어?"

둘은 까페에서 나와 근처에 새로 생긴 프랑스 가정식 레스또랑으로 자리를 옮겼다. 짙은 캐러멜 향이 나는 돼지 안심을 나이프로 썰며 케이는 언제나처럼 비슷비슷한 이야기들을 늘어놓기 시작했다. 학교 애들이 너무 멍청하다, 교수들은 죄다 싸이코다, 과제가 너무 많다, 서울이 너무 후지다…… 하지만 새롭게 추가된 내용이 하나 있었는데 그것은 재현에 대한 얘기였다.

"너무 좋아. 나랑 완전히 잘 통해."

케이가 꿈꾸는 듯한 표정으로 허공을 바라보며 말했다.

하지만 사실 그것도 익숙한 이야기였다. 케이는 새로 연애를 할 때마다 이번에야말로 완벽한 상대를 만났다고 말했고, 하지만 연애가 끝나면 다시는 이런 남자를 만나지 않겠다고 선언하고는 새로운 남자를 찾아 나섰다. 하지만 새로운 상대도 전과 별반 다르지 않았다. 가진 건 허세밖에 없는 변변찮은 남자들. 그런데 그중에서도 이번이 최악인 것 같았다. 하지만 재영은 내색하지 않은 채 잠자코 재현에 대한 케이의 낭만적인 묘사들을 들어주었다. 하지만 똑같은 이야기가 한시간 넘게 이어지자 지겨워지기 시작했고 그래서 적절한 타이밍을 노려 옷을 구경하러 가자고 제안했다. 쇼핑할 때 케이가 어느 때보다 집중한다는 걸, 다시 말해 쇼핑이 케이를 닥치게 하는 가장 좋은 방법이라는 것을 재영은 알고 있었다.
 예상대로 케이는 옷가게에 들어서는 순간 모든 것을 잊었다. 홀린 듯 사방에 걸린 옷들을 뒤적이는 케이를 따라 재영은 몇군데의 옷가게를 더 돌아본 뒤 오랜만에 만난 기념으로 줄무늬 양말을 두 켤레 사서 나눠 가졌다. 그리고 케이는 재현을 만나기 위해 홍대로, 재영은 학교 선배와의 저녁식사를 위해 청담동으로 향했다.

4

도산공원 방향으로 천천히 걸으며 재영은 케이에 대해서 생각했다. 뉴욕에서 돌아온 뒤 딱 한번 만났을 뿐이지만 확실히 케이는 변해 있었다. 재영은 초등학교 시절부터 그녀를 알아왔고 그동안 간간이 이상하게 변해서 충격을 안겨주었지만 그중에서도 이번이 가장 나쁜 것 같았다. 왜 그렇지? 뉴욕 때문인가? 하지만 재영도 뉴욕에 가본 적이 있었다. 사실 해외 체류 경험이라면 그녀가 케이보다 많았다. 하지만 그 경험들은 재영을 그닥 바꾸어놓지 않았다. 그녀는 태어나서 지금까지 대체로 일관된 삶을 살아왔고 그 과정에서 형성된 세계관 또한 별다른 위기 없이 굳건해져왔다.

재영은 케이의 어릴 적 '잠실 친구들' 가운데 하나였다. 재영의 어머니는 공립중학교 교사였고, 아버지는 대기업에 다녔다. 주말이면 근처의 백화점이나 대형 마트에서 장을 보고, 특별한 날에는 롯데월드에 가서 사진을 찍는 삶을 사는 전형적인 잠실의 중산층 가족이었다. 그녀가 사는 아파트 단지에는 사정이 약간 덜 좋거나 조금 더 나은, 하지만 대체로 크게 차이가 나지 않는 젊은 부부들이 모여 살았다. 그들의 아이들은 자라면서 자연스럽게 친구가 되었다. 평화가 깨어진 것은 IMF 경제위기가 닥치면서였다. 다행히 재영의 가족은 운이 좋았다. 잠시 살얼음판을 걷는 것 같은 시기가 있었지만, 그녀의 아버지는 회사에서 살아남았고, 심지어 고위 간부로 승진하는 데 성공했다.

한편 그녀의 어머니는 재영에게 어려서부터 투자를 게을리하지 않았다. 그것은 기대 이상으로 좋은 성과를 냈는데, 명문 외고에 진학한 데 이어 서울대에 합격하는 것까지 성공했던 것이다. 위기를 잘 넘기고 잠실에 남는 데 성공한 재영의 친구들은 그녀만큼 성공적이지는 않더라도 비슷한 삶의 궤적을 따라갔다. 그리고 그것의 토대는 많은 부분 2000년대 초 폭등을 거듭한 부동산 시장에 있었다. 국가적 차원에서 육성되던 IT와 문화 산업이 잠깐 거품호황을 만들어내며 주목을 끌었지만 한국의 경제는 이미 한계 없는 양극화의 길로 들어섰고 한국 중산층의 미래는 그때 이미 박살난 것이나 마찬가지였다. 갈수록 세련되어지는 도시의 풍경은 그들의 것이 아니었다. 그건 시한폭탄이 장착된 극장에서 상연되는, 세상에서 가장 길고 화려한 영화와 같았다. 끔찍한 결말이 다가오고 있지만, 관객들은 여전히 화려한 이야기에 매혹되어 있었다. 그 점에서 케이와 재영은 같았다. 하지만 언젠가부터 전혀 다른 극장에 속해 있다는 점에서 또 둘은 전혀 달랐다.

이런 둘이 어떻게 우정을 유지할 수 있는가? 그들 세대의 자폐적인 성향을 감안했을 때 그건 사실 기적에 가까운 일이었다. 실제로 케이는 재영을 제외하면 어릴 적 잠실 친구들 중 누구와도 교류가 없었다. 어쩌면 재영이 케이의 잠실 친구들 가운데 가장 성공적인 케이스라서, 그 독보적인 우월함 앞에서 케이가 마음 놓고 무릎을 꿇을 수 있다는 점이 둘의 사이가 지속될 수 있었던 이유인지도 몰랐다. 즉, 돌이킬 수 없는 격차가 둘 사이에 반영구적 평화를 형성했던 것이다. 실제로 둘은 아직 모든 게 불투명했던 고등학교 시절 가장 드물게 만났고 만날 때마다 사소한 이유로 다툰 다음 언짢은 마음으로 헤어졌다. 하지만 서로가 다른 곳에 있다는 것이 완전하게 확실해지자 아무려면 어떠냐는 생각이 들었다. 그것은 구체적으로, 재영이 남자친구인 같은 학교에 다니는 의대생에게 선물로 받은 이백만원이 넘는 가방을 들고 나온 날이었다. 그날 케이는 재영이 자신과 완전히 다르며, 앞으로도 완전히 다른 인생을 살게 될 거라는 걸 아무 억울함 없이 인정했다. 그러자 허탈함과 함께 마음의 평화가 찾아왔고, 심지어 이렇게 잘난 친구를 갖고 있다는 사실이 뿌듯하기까지 했다. 그렇게 재영이 이상적인 엄마 친구 딸이 되어버리자 특히 좋았던 점은 그녀 앞에서 케이 주위의 덜떨어진 사람들을 마음 놓고 욕할 수 있게 되었다는 것이었다.

케이는 서울 시내에 있는 한 사립여대의 국제학부에 재학 중이었다. 그곳 학생들의 공통점은 돈이 많고, 멍청하며, 영어를 잘한다는 것이었다. 한 손에는 마이클 코어스나 코치의 가방을 들고 다른 팔에는 전공서적과 영어 문제집을 안은 채로 종종걸음으로 캠퍼스를 오가는, 이제 갓 스무살을 넘긴 대체로 서울 출신의 여자애들. 스마트폰에 중독되었으며, 위시 리스트에는 옷과 가방과 화장품이 한가득 들어 있고, 종일 이어지는 수업과 학원 스케줄에 지겨워하는 여자애들. 스트레스를 풀기 위해 미친 듯이 달콤한 것을 먹고 방학에는 헬스장과 피부과, 성형외과를 전전하는, 주말이면 귀여운 남자애와 시내의 맛집이나 영화관을 헤매다니는 게 최고의 기쁨인 여자애들. 사실 그들은 혜택받은 부류였다. 그것은 일종의 세대적 특성이기도 했으며 따라서 넓게 봤을 때 케이도 그 그룹에 속했다. 물론 그 안에서도 상대적 격차가 있었고, 화려한 겉모습과 정반대의 실상을 가진 집도 많았다. 케이의 집이 바로 그랬다. 그동안 이어져온 부동산 가격의 상승 덕분에 아슬아슬하게 서울 중산층의 생활양식을 유지할 수 있었지만 이제 그것도 끝이었다. 아버지의 퇴직이 가까워오고 있었고, 하지만 저축보다 빚이 더 많았다. 상황은 점차 나빠지고 있었지만 대안은 보이지 않았다. 언제 회사에서 쫓겨나 닭을 튀기거나 커피를 팔게 될지 알 수 없는 상황이었다. 게다가 졸업이 한참 남은 케이와 동생에게 앞으로 얼마의 돈을 더 쏟아부어야 할지 알 수 없었다. 그렇다고 언젠가 케이와 동생이 그들의 부모에게 경제적 도움이 되어줄 것인가? 그 부분에 대해서 케이의 부모는 극히 비관적이었다. 물론 각종 보험과 적금, 펀드가 있었지만 그것이 평균수명이 90세를 향해가는 이 시대에 그들의 인간적인 노후를 보장해줄 수 있을 것인가. 이미 국가에 대한 기대는 접은 지 오래였다. 아니, 단 한번도 기대해본 적이 없었다. 이 나라가 나를 위해서 대체 뭘 해주었는가? 우리는 스스로 살아남았다. 케이의 부모는 그렇게 생각했고, 그래서 오래전부터 한국 정부보다 미친 듯이 날뛰는 국제금융시장을 신뢰했다. 적어도 자본주의적 카오스의 세계 앞에서 우리 모두는 평등하지 않은가. 하지만 금융위기 이후 그것 또한 사기임이 드러났다. 세상은 철저히 가진 자들의 편이었다. 그렇다면 이제 믿을 것이 무엇인가? 아파트도, 주식도, 보험도, 자식들도 더이상 믿을 수가 없다. 그렇다면 무엇을 해야 하는가? 케이의 어머니는 매일 밤 거실의 컴퓨터 앞에 앉아 온라인 가계부를 들여다보며 남편의 월급과 자신의 월급, 아파트 대출금과 케이와 동생에게 들어가는 돈, 앞으로 더 들어갈 돈, 예상되는 퇴직금과 질병, 남편의 퇴직 시기와 자신의 노동 가능 기간, 한국인의 평균수명 등으로 이루어진 복잡하기 이를 데 없는 수식을 머릿속에 그리며 삶의 전략을 세우고 수정하고 뒤엎고 변형한 뒤 발전시켰다. 그러다 문득 그녀는 중얼거린다. 아무리 생각해도 답이 안 나와. 당연하다. 거기 답이 있을 리 없다. 시작부터 잘못된 수식이니까. 케이의 어머니 또한 그 사실을 알고 있었다. 하지만 언제, 내 인생에서 답이 나오는 멀쩡한 수식이 가능했던 적이 있던가? 언제나 말도 안되는 상황을 말도 안되게 극복하며 살아왔지 않은가.

5

 스물다섯의 최은미가 네살 연상의 한진규와 결혼식을 올린 것은 1988년, 서울올림픽을 목전에 둔 무더운 여름날이었다. 고등학교를 졸업하고 명동에 있는 작은 공증사무소에서 경리로 일하던 그녀는 동료 직원의 소개로 근처 무역회사에 다니는 한진규를 만났다. 그녀나 한진규 모두 그 시기 한국의 정치운동에서는 멀리 떨어져 있었다. 하지만 87년의 화창한 봄날, 명동 거리를 가득 메운 대학생들을 바라보며 따뜻한 마음으로 응원하기도 했고, 절대권력을 향해 거리낌 없이 손가락질할 수 있게 된 사회 분위기에 통쾌함을 느끼기도 했다. 하지만 곧 실시된 대선이 야권 분열로 인해 최악의 결과를 냈을 때 그들, 특히 한진규는 독재자건 빨갱이건 친일파든 민주주의자든 결국 다 똑같은 놈들이라며 재빨리 냉소주의로 도피했다. 하지만 그뒤로도 선거철이 돌아올 때마다 혹시나 이번에는, 하는 근거 없는 희망과 저 썩어빠진 놈들을 싹 갈아치워야 한다는 평소 기득권에 대한 억눌린 분노가 뒤섞인 혼란스러운 심정으로 벽에 붙은 선거 벽보를 노려보았다. 하지만 언제나 결과는 실망스러웠다. 그리하여 이번에는 여당을 찍었다가 다음에는 야당을 찍는 등 명확한 정치적 입장 없이 오락가락한 끝에 누굴 찍어도 결과는 똑같다는 차가운 사실만을 재차 확인할 뿐이었다. 유일한 위안은 경제 사정이 나아지고 있다는 것이었다. 그리고 그것은 양편으로 나뉘어 싸움박질만 일삼는 저 고시 출신, 박사 출신, 운동권 출신 정치가들하고는 아무 상관도 없는 것이었다. 이 나라의 발전은 나같이 열심히 일하는 평범한 사람에 의해서 이룩된 것이다. 한진규의 이런 확신은 나이를 먹으며 점차 커져 그의 정치적 입장도 서서히 보수화되기 시작했다. 하지만 이제 좀 먹고살 만해진 만큼 체면을 좀 차려야 하지 않겠는가 하는 마음도 없지는 않아서 김영삼 집권 시기 깜짝쇼처럼 벌어진 일련의 개혁조치들을 관대하게 보아 넘겼다. 그 시기 한국인들의 관대함은 미래에 대한 긍정적 전망 속에서 가능했다. 다시 돌아오지 않을 한여름 밤의 꿈과 같은 시기였다. 새롭게 등장한 중산층들이 주말의 백화점을 가득 채웠고, 막 대학에 입학한 젊은이들은 정치 대신 문화에 관심을 쏟으며 세련된 인간이 되기 위해 노력했다. 벚꽃이 절정에 달하는 시기, 여의도는 신혼부부와 젊은이들로 발을 디딜 틈이 없었다. 여전히 더 급진적인 변화를 꿈꾸는 사람들 덕에 광화문은 주기적으로 매캐한 연기로 가득했지만, 평범한 사람들은 더이상 그런 것에 관심이 없었다.

풍요 속에서 사람들은 암울한 얘기에 흥미를 잃었다. 어쩌면 그렇다. 위기가 찾아올지도 모른다. 하지만 그것은 지금 보이지도 않을 정도로 멀리 있지 않은가? 물론 그건 오판이었다. 파국은 멀지 않은 곳에 있었고, 그것은 곧 현실로 닥쳐왔다.

결혼 이년 뒤 한진규는 회사를 그만두고 식품 수입유통 사업에 손을 댔다. 그는 특이하게도 부대찌개용 쏘시지의 수입에 관심을 가졌는데 그 시기 한국의 부대찌개 식당에서는 미군부대에서 유통기한이 지난 냉동 쏘시지를 구해다가 사용하는 게 상식이었기 때문에 그가 미국에서 부대찌개용 쏘시지를 수입하겠다고 했을 때 사람들은 그가 정신이 나갔으며 곧 알거지가 될 것이라고 생각했다. 하지만 그의 직감은 옳았다. 90년대의 초반, 그와 비슷한 나이대의 전후세대들이 그들의 생애 전반을 덮은 가난의 흔적을 지워내는 데 몰두하던 시기였다. 그들은 더이상 거지처럼 굴고 싶지 않았고 그렇다고 부대찌개의 맛을 포기하고 싶지도 않았다. 그러니까 제대로 돈을 지불하고 제대로 된 부대찌개를 먹겠다. 그것은 무엇보다도 그들의 아이들을 위해서였다. 자신의 아이들에게 가난의 흔적을 남기지 않는 것은 그들 인생의 가장 중요한 목표였다.

물론 처음에는 그의 쏘시지에 관심을 갖는 업체가 전혀 없었다. 훨씬 저렴한 가격에 정체불명의 쏘시지를 구할 길이 넘쳐났기 때문이다. 게다가 사업을 처음 시작하는 사람들이 그렇듯이, 크고 작은 시행착오가 줄을 이었다. 그 시기 최은미는 수없이 많은 밤을 눈물로 지샜고, 이혼과 자살을 차례로 결심하기도 했다. 결국 한진규가 사업을 접기로 결심하기 직전, 텔레비전의 사회고발 프로그램에서 대중음식점, 특히 부대찌개 식당의 충격적인 실태에 대해서 방영했다. 한국인들은 처음으로 음식의 양이 아닌 질에 대해서 생각하기 시작했다. 얼마 뒤 강남의 몇몇 대형 식당에서 연락이 왔다. 그게 시작이었다. 그의 사업은 마침내 흑자로 돌아섰다.

그는 자신이 수입하는 미국산 싸구려 쏘시지를 아이들의 건강에 좋은 영양식으로 홍보했다. 미국산이라면 뭐든지 환영받던 시절이었다. 그는 쏘시지 말고도 베이컨, 과일 음료, 과자 등으로 수입 품목을 넓혔다. 남대문시장의 불법 수입상가에서 훨씬 저렴한 가격으로 구할 수 있는 그런 상품들을 도대체 누가 훨씬 비싼 돈을 내고 사겠는가, 여전히 사람들이 의문을 가졌지만 결국 그가 옳았다. 사람들은 좀더 비싼 돈을 내더라도 환하게 불 켜진 백화점의 식품관에서 친절한 점원들의 도움을 받아 정식 통관된, 근사한 포장지에 담긴 수입 상품을 쇼핑 카트에 담아 백화점 지하주차장으로 이동하는 방식을 선호하기 시작했다. 얼마 뒤 그는 강남의 한 유명 백화점에 자신의 상품을 납품하는 데 성공했다.

그해 여름 한진규는 사업 파트너인 재미교포의 초청으로 가족들과 함께 로스앤젤레스를 방문한다. 그 방문은 그에게 깊은 인상을 남겼다. 무엇보다 캘리포니아의 압도적인 풍요와, 그 풍요로움에 익숙한 한인 2세들의 해맑은 태도가 그랬다. 그는 이 풍요가 반드시 한국에 도입되어야 한다고 생각했다. 하지만 자신과 아내가 영어로 변변찮은 인사조차 나눌 수 없다는 사실이 부끄러웠고, 영어로 인한 여러가지 크고 작은 곤경 때문에 상심에 빠지기도 했다.

무엇보다 가슴 아팠던 순간은 그를 초청한 재미교포의 아이들이 영어로 말을 걸자 자신의 두 아이가 당황해서 빨개진 얼굴로 아무 말도 하지 못했을 때였다. 그는 무슨 일이 있더라도 자신의 두 아이는 네이티브 수준으로 영어를 구사할 수 있게 만들고야 말겠다고 결심했다.

케이의 초등학교 입학에 맞춰 한진규의 가족은 잠실로 이사했다. 초등학교 학생들의 대부분은 인근 아파트 단지에 거주하는 아이들이었는데 입학 전에 영어를 선행학습하지 않고 온 아이들은 찾아보기 힘들었다. 물론 그들의 영어 실력은 무시할 만한 수준으로, 평범한 초등학생이 서너달이면 따라잡을 수 있는 정도였다. 하지만 몇몇 잘난 체하기 좋아하는 아이들이 그럴듯한 발음의 영어로 지껄이는 것은 익숙하지 않은 아이들을 주눅 들게 하기에 충분했다. 케이는 앞장서서 잘난 체하며 분위기를 몰아가는 아이는 아니었지만, 영어를 그럴듯하게 지껄일 줄 아는 게 굉장한 권력이 될 수 있다는 걸 알 만큼의 눈치는 있었다. 아낌없는 투자와 타고난 언어적 소질 덕에 남부럽지 않게 영어 실력을 쌓아온 그녀는 자연스럽게 반에서 가장 영어가 유창한, 상대적으로 부유한 집안 출신 아이들의 그룹에 들어가게 되었다. 아버지의 사업이 성공적이었던 그때, 그녀가 그런 아이들과 어울리는 건 자연스러웠다. 좋은 나날들이었다. 한달에 한번 온 가족이 백화점으로 나들이를 갔다. 쇼핑이 끝나면 백화점 꼭대기에 있는 중식집에서 이른 저녁을 먹은 뒤 집으로 돌아왔다. 그리고 텔레비전 앞에 둘러앉아 과일을 먹은 뒤 잠에 들었다. 그러나 얼마 안 가 그 꿈 같던 나날은 극적으로 중단되었다.

　IMF 구제금융에 대한 소식을 들었던 날, 최은미는 근처의 가구 가게에서 한진규의 회사에 가져다놓을 가죽 소파를 보고 있었다. 가게 구석에 놓인 텔레비전에서 아나운서가 심각한 얼굴로 IMF가 무엇의 약자인가에 대해 말하고 있었다. 그렇지 않아도 그해 들어서 크고 작은 회사들의 부도가 이어지고 있었다. 한진규 회사의 자금 사정도 눈에 띄게 악화되고 있었다. 그녀도 그것을 알고 있었지만, 그 뉴스 또한 여느 때와 같은 우울한 뉴스 중 하나에 불과하다고 믿었다. 하지만 불행하게도 그게 시작이었다. 곧 환율이 두배로 뛰었다. 당장 한진규 회사의 모든 거래가 중단되었다. 어음 회수 날짜는 다가오는데, 돈을 구할 길은 없었다. 일단 급한 불부터 끄면서 사정이 나아지기를 기다렸지만 상황은 더 나빠지기만 했다. 그는 주위 동료들이 하나씩 무너져내리는 것을 처음에는 얼떨떨함 속에서, 이어 곧 같은 일이 자신에게도 닥쳐올 거라는 공포 속에서 바라보았다. 나라 전체가 혼란에 빠진 가운데 역사상 최초로 정권교체가 일어났다. 대통령 당선자의 첫마디는, 나라에 돈이 하나도 없다는 것이었다. 신기한 일이었다. 수십년간 온 국민이 개같이 돈을 벌어왔는데 돈이 하나도 없다니? 그 많은 돈이 대체 다 어디로 갔단 말인가? 하지만 질문에 대한 답을 찾을 새도 없이 상황은 최악으로 치달았다. 사라졌다고 믿었던 부랑자들이 나타났다. 하지만 그들은 전후의 거리를 메웠던 넝마주이들과 달랐다. 대부분 어제까지만 해도 멀쩡하게 넥타이를 매고 집을 나섰던 가장들이었다.

놀랄 새도 없이 충격적인 일이 꼬리를 물고 이어졌다. 어떤 남자는 어린 딸을 한강 다리 아래로 던지고 자신도 뛰어내렸다. 어제까지 아무 문제 없던 부부가 세상에서 가장 증오하는 적처럼 돌아섰다. 아침에 어머니가 차려주는 밥을 먹고 잠들었던 아이는 밤에 고아원에서 눈을 감았다. 케이의 학교도 뒤숭숭했다. 누구 아버지가 회사에서 쫓겨났다, 누구 집이 망했다, 누구 어머니가 집을 나갔다, 흉흉한 소문들이 아직 채 열살도 되지 않은 아이들의 입을 오갔다. 어느날 소문의 주인공이 학교에 나오지 않기 시작하면 그 소문은 사실로 확인되었다.

그리고 드디어 케이의 차례가 왔다. 한진규가 아파트를 담보로 급전을 빌린 것이 화근이었다. 다행히 한진규는 부랑자가 되지 않았고, 최은미도 아이들을 고아원에 내다버리지 않았다. 대신 회사를 부도 처리하고 아파트를 경매에 넘긴 뒤, 가까운 친척들에게서 구걸하듯 빌린 돈으로 급한 빚을 갚고 쫓겨나듯 서울을 떠났다. 오갈 데 없어진 그들에게 손을 내민 것은 케이 외가 쪽의 먼 친척이었다. 인천 남동공단에서 작은 공장을 운영하고 있던 그는 공장 이층의 빈 사무실을 케이의 가족에게 내주었다.

갑자기 달라진 환경에 케이는 한동안 얼이 빠져 있었다. 케이의 동생은 운 좋게 챙겨오는 데 성공한 일제 건담 로봇을 꼭 안고 있는 것으로 불안을 달랬다. 케이는 종일 방에 틀어박힌 채 창밖을 내다보았다. 보이는 것은 끝없이 펼쳐진 공장들뿐이었다. 케이는 자신이 꿈을 꾸고 있는 게 분명하다고 생각했다. 그러니까 언젠가 깨어날 수 있을 것이다. 이게 현실일 리가 없다. 그럴 만도 한 것이, 하나부터 열까지 그전까지와 전혀 달랐다. 무엇보다 새로 다니게 된 학교가 그랬다. 그곳은 케이가 잠실에서 다니던 초등학교보다 작았고, 훨씬 더 낡아 있었다. 아이들 또한 전에 다니던 학교의 아이들보다 어쩐지 모자라 보였다. 누가 소문을 퍼뜨렸는지 그녀는 사립초등학교를 다니다가 사업이 망해서 쫓겨온 몰락한 부잣집 딸로 부풀려져 있었다. 그것은 영어수업 시간 케이가 그럴듯한 미국식 악센트의 영어로 교과서 한 바닥을 순식간에 읽어버렸을 때 확고한 진실이 되어 있었다. 케이는 그 소문을 부정하지도 긍정하지도 않았다. 그저 창밖을 바라보며, 어서 이 끔찍한 꿈에서 깨어나기를 기다릴 뿐이었다.

하지만 한진규 부부는 한가하게 불안에 시달릴 여유 따위 없었다. 한진규는 스무살 가까이 어린 여자들 틈에 끼어 종일 박스를 포장했고 최은미는 공장에 딸린 식당에서 일했다. 잠들기 전 그들은 자주 날 선 대화를 주고받았다. 한방에 있는 케이와 동생은 그 대화를 고스란히 들어야 했다. 황폐한 나날들이었다.

케이는 자신이 그곳의 아이들보다 우월하다는 자만심과 그런데 나날이 그 아이들처럼 후져지고 있다는 자괴감 사이에서 오락가락하며 사춘기에 들어서기 시작했다. 케이의 동생은 학교에 적응하지 못하고 매일같이 얻어맞은 채로 돌아왔다. 가뜩이나 내성적인 성격이 상황을 더 악화시켰다. 다시는 꾸고 싶지 않은, 더러운 꿈 같은 나날들이었다. 그 꿈은 삼년 칠개월 동안 지속되었다. 즉, 삼년 칠개월 후 케이와 그녀의 가족은 그 꿈에서 깨어날 수 있었다는 얘기다. 비슷한 악몽에 빠진 많은 사람들이 결국 영원히 깨어나지 못한 것과는 다르게 말이다.

　몇달 뒤 한진규는 공장주의 배려로 박스 포장 일을 그만두고 관리직으로 자리를 옮겼다. 그리고 삼년 뒤, 지인의 추천을 통해 강남에 본사가 있는 스위스산 등산용품 수입업체에 취직하게 되었다. 그 시기 한국의 경제위기는 표면상 해결된 것처럼 보였다. 물론 그것은 부동산 폭등에 의한 반짝 거품, 구체적으로는 한국의 경제구조가 이원화되는 과정에서의 착시현상에 불과했다. IMF를 기점으로 한국의 국가경제는 더이상 통합적으로 움직이지 않았다. 세계적 기업과 상품의 탄생, 매년 경신되는 무역 흑자와 같은 가시적인 지표는 더이상 중산층 이하 사람들의 삶을 대변하지 못했다. 소득은 제자리였고, 제대로 된 직업을 찾는 것은 갈수록 어려워졌다. 사람들은 아시아인들을 열광시키는 텔레비전 드라마, 전세계로 번진 케이팝의 유행, 천만명이 넘는 사람들을 동원한 한국 영화 따위를 통해 힘든 삶을 위안했다. 하지만 그건 평범한 한국인들의 현실과는 아무 상관도 없는 것들이었다. 그러나 사람들은 계속해서 환상에 머무르길 원했으며, 드라마는 재벌 3세와 가난한 여주인공을 다양한 방식으로 사랑에 빠지게 하는 것으로 그런 환상에 응답했다.

　한진규가 옮겨간 등산용품 수입업체의 사장은 명문대 출신의 열정적인 오십대 여자로, 앞으로는 부자들을 상대로 한 시장만이 살아남을 것이라는 사실을 일찍감치 간파하고 있었다. 회사는 학동사거리 근처에 있었다. 한진규는 처음 몇달간은 인천의 집에서 그곳까지 왕복 네시간을 지하철을 타고 다녔지만, 언제까지나 그럴 생각은 없었다. 그렇다. 그는 다시 서울로 돌아오기를 원했다.

처음에 그는 원래 살던 잠실의 아파트를 알아보았다. 하지만 집값이 말도 안되게 올라 있었다. 그는 잠실로 다시 돌아가는 것은 불가능하다는 것을 깨닫고 한동안 우울해했다. 하지만 그의 아내는 포기하지 않았다. 그녀는 가능한 모든 정보를 동원하여 강남은 아니지만 강남과 가깝고 교통이 편리하며 교육환경이 나쁘지 않은 동시에 저렴한, 한마디로 완벽한 주거지역을 찾아 헤맨 끝에 상수동 부근의 오래된 아파트 단지를 발견했다. 생각보다 값이 나가는 데다가 낡고 비좁았지만 투자가치가 있다고 했다. 그녀는 망설이는 한진규를 집요하게 설득하는 한편 턱없이 부족한 돈을 인맥을 총동원해서 구해내고야 말았다. 그렇게 그들은 서울로 돌아올 수 있었다. 2001년 말, 경제위기의 흔적을 씻어내기 위해 필사적이던 시기의 서울이었다.

서울로 돌아오고 맨 처음 케이가 한 것은 '잠실 친구들'에게 연락을 하는 것이었다. 초등학교에서의 마지막 겨울방학을 한주 앞둔 엄청나게 추운 토요일이었다. 케이는 약속 장소인 압구정동 갤러리아 앞 사거리에 선 채 바들바들 떨며, 한때 단짝처럼 몰려다녔던 친구들을 기다렸다. 마침내 기다리던 친구들이 나타났을 때, 케이는 반가운 마음보다 부끄러움이 앞서는 것을 느꼈다. 안 본 사이 그들은 엄청나게 세련되어져 있었다. 초등학생으로는 전혀 보이지 않았고 고등학생, 아니 대학생이라고 해도 믿을 수 있을 것 같았다.

케이는 잔뜩 주눅이 든 채로 친구들을 따라 근처의 생과일주스 가게로 향했다. 가는 동안 그녀는 온 거리가 자신을 비웃는 것 같은 느낌을 받았고, 지갑에 든 돈이 충분한지 알 수 없어 마음이 불안했다. 늘씬한 주스잔과 난해한 이름의 초콜릿 케이크를 앞에 둔 채로, 한때 가장 친했던 친구가 케이에게 어디로 이사를 왔느냐고 물었다. 케이가 아파트 이름을 댔을 때, 친구가 한 말은 그 동네의 부동산 가격이 저평가되어 있다는 말이었다. 엄마가 그랬어, 거기는 저평가되어 있대. 그러자 다른 친구가 잠실의 재건축 상황에 대해서 말했다. 케이는 무슨 말을 해야 할지 알 수 없었다. 돈에 대해서라면 집에 아직도 갚지 못한 빚이 많다는 것밖에 할 말이 없었다. 케이는 가만히 입을 다물고 서울시의 부동산 정책에 관한 친구들의 열띤 토론에 귀를 기울였다. 한참을 그렇게 시간이 흘러갔다. 그러다 갑자기 구석에 앉아 있던, 희미한 인상의 단발머리 여자애가 초콜릿 케이크로 화제를 돌렸다. 케이가 반사적으로 그애를 봤다. 여자애가 미소 지으며 말했다. 너 나 기억해? 나는 기억하는데. 나 재영이야, 임재영. 그렇게 재영은 케이의 유일한 잠실 친구가 되었다.

 그날 옛 친구들과의 만남은 케이에게 회복 불가능한 상처를 안겨주었다. 뜸하게 이어지던 연락은 재영을 제외하고는 모두 끊겼다. 하지만 새로 입학한 상수동의 공립중학교에서 만난 아이들이라고 해서 마음에 드는 것은 아니었다. 그곳의 아이들은 인천에서 봤던 아이들보다는 덜 후져 보였지만 멍청해 보이는 건 비슷했다. 그 시기 케이는 가끔 만나는 재영을 제외하고는 가까운 친구가 없었다. 케이는 외로움을 영어 공부로 승화시켰다. 그렇게 해서 바닥을 기는 다른 과목과 달리 영어 성적은 톱을 달리기 시작했다. 집에 돌아오면 언제나 아무도 없었다. 혹은 학교에서 돌아온 동생이 방에 처박혀 게임을 하고 있었다. 이사를 오고 집이 대충 정리되자 케이의 어머니는 근처의 대형 마트에서 일을 시작했다. 케이의 아버지도 거의 야근으로 밤을 지새웠다. 아무것에도, 아무에게도 마음 둘 곳이 없었다. 유일한 취미는 미드를 보는 것이었다. 그러던 어느날 케이는 텔레비전 채널을 돌리다가 우연히 「홍대 앞 24시, 젊음의 비상구」라는 다큐멘터리 프로그램을 보게 되었다. 그 다큐멘터리에 의하면 홍대 앞은 온갖 흥미로운 젊은이들이 모여드는 새로운 천국이었다. 호기심에 인터넷으로 홍대 앞을 검색해보자 엄청난 정보가 쏟아져나왔다. 케이는 흥분했다. 집에서 가까운 곳에 이렇게 멋진 곳이 있었다니!

2000년대 초, 홍대 앞은 많이 상업화되어 있었지만 그래도 여전히 한적한 변두리에 가까웠다. 하지만 자세히 들여다보면 아기자기하게 꾸며진 까페와 술집, 외국 잡지를 파는 작은 서점, 특이한 옷차림의 사람들이 우중충한 거리를 매력적으로 밝혀주고 있었다. 어린이들과 노인들, 그리고 할 일 없는 고등학생들이 뒤섞인 홍대 정문 근처의 놀이터를 케이는 특히 좋아했다. 매일 학교가 끝나면 그녀는 곧장 그곳으로 갔다. 그리고 가만히 앉아서 온갖 정체불명의 사람들이 정체불명의 짓을 하는 것을 바라보다가 집으로 돌아와 밥을 먹은 뒤 독서실에 가서 영어 문제집을 풀었다. 중학교 내

내 케이의 일상은 대충 그러했다. 학교에서 케이는 영어를 잘하는 좀 특이한 애로 통했다. 어딘가 이국적인 머리 스타일에 멍한 표정으로 이상한 음악을 듣는 애. 그래서 외국에서 태어났다는 소문이 떠돌기도 했다. 케이는 소문에 대해 긍정도 부정도 하지 않았다. 뭐라고 떠들든 상관없었다. 그저 한가지, 인천에서 지냈던 시간만은 들키고 싶지 않았다. 아니, 가능하면 없던 시기로 만들고 싶었다. 어차피 나쁜 꿈에 불과했지 않은가? 케이는 그 시간이 자신에게 아무런 영향도 미치지 못했다고 믿었고, 그것을 증명하기 위해 온갖 멋져 보이는 것들에 집착하기 시작했다. 펑크, 아나키즘, 아방가르드, 공산주의, 혁명, 마약, 히피, 섹스…… 물론 철저히 개념적인 차원에서였다. 서구의 청소년들과 달리 그 개념들을 실제로 현실에 적용해볼 자유는 한국의 청소년들에게는 존재하지 않았다. 그리하여 한국에서 개인에게 허용된 유일한 표현 방식인 패션을 통해 케이는 그것들을 실천하기로 결심했다. 고등학생이 된 케이는 용돈을 모아 일본에서 수입된 장례식장 같은 드레스들, 해골 반지와 커다란 십자가 목걸이, 찢어진 망사 스타킹과 십오 센티미터짜리 레이스힐 따위를 사 모으기 시작했다. 그리고 주말이 오면 반나절에 걸쳐 공들여 치장을 한 뒤 홍대 앞을 서성였다. 그러다보면 종종 사진을 찍겠다고 다가오는 사람들이 있었고, 카메라 앞에서 포즈를 취하면 뭔가 대단한 사람이 된 듯한 느낌이 들었다. 그 시기 케이는 오직 주말을 기다리며 지겨운 한주를 견뎠다. 좋지 않던 성적은 아예 바닥으로 떨어졌다. 고등학교 2학년 마지막 모의고사에서 외국어 영역마저 바닥으로 떨어졌을 때, 그녀의 어머니는 더이상 케이를 두고 볼 수 없다고 판단 내렸다. 어느날 케이가 학교를 간 사이 그녀는 케이의 고스 족 소품을 김장용 비닐에 담아 안방 옷장에 넣고 열쇠로 잠갔다. 학교에서 돌아와 상황을 파악하고 충격에 빠진 케이에게 그녀는 대학에 입학한 뒤에 돌려주겠다고 말했다. 케이는 애원해보기도 했고, 화를 내보기도 했고, 논리적으로 설득해보기도 하고, 통곡을 해보기도 했지만 결국 소용이 없다는 것을 깨닫고 저녁식사를 거부한 채 방으로 들어가 문을 잠갔다.

 케이의 소심한 반항이 며칠 더 이어졌지만, 어머니는 자신의 딸이 그렇게 끈기있는 인간이 아니라는 걸 잘 알고 있었다. 예측대로 케이는 곧 단념하고 수험생의 일상으로 돌아갔다. 영어는 얼마 뒤 원래 성적을 되찾았지만 다른 과목은 쉽지가 않았고, 결국 방학 동안 거금을 들여 대치동의 학원에서 집중 수업을 받는 것으로 최악은 면할 수 있었다. 케이는 학원에서 받은 조언대로 영어 성적에 가중치를 부여하는 서울 시내의 중하위권 사립대학 몇군데에 원서를 냈고, 한 사립여대의 국제학과에 합격했다. 하지만 기쁨도 잠시, 집으로 날아온 등록금 고지서는 케이를 주눅 들게 하기에 충분했다. 다행인 것은 그 시기 케이의 집이 중산층의 삶의 질을 되찾았다는 것이다. 2008년 초, 최은미는 가격이 두배 가까이 뛴 아파트를 팔아 IMF 시절의 빚을 청산하고, 남은 돈에 대출금을 보태서 근처의 좀더 넓고 새것인 브랜드 아파트로 집을 옮겼다. 한진규의 월급 절반가량이 대출금을 갚는 데 들어갔지만 최은미가 마트에서 일하는 것으로 살림에 보태고 있었고, 또한 새로 산 아파트의 가격도 계속해서 오를 예정이었다. 최은미는 케이의 학교 등록금을 두 학기 내주었다. 곧 대학생이 될 동생과 요즘엔 필수로 마쳐야 한다는 어학연수까지 고려하면 거기까지가 한계였다.

하지만 케이는 대학에 잘 적응하지 못했다. 동기들의 삼분의 일 가까이가 어려서 외국 생활을 하거나 특목고를 졸업한 덕에 영어가 유창한 것을 빼고는 별 특징 없는 중산층 출신이었고, 본격적으로 홍대 문화에 심취하기 시작한 케이에게는 그런 그들은 경멸의 대상이었다. 케이는 자신이 그런 존재들과 어울리기에는 너무 복잡하고 고상하며 섬세한 인간이라고 생각했다. 그렇다면 자신과 어울리는 사람들은 어디에 있는가? 물론 홍대 앞에. 케이는 홍대 앞 친구들이 좋았다. 그들은 잠실 친구들이나 학교 동기들처럼 속물도 아니었고, 인천에서 만난 아이들처럼 촌스럽지도 않았다. 그렇다고 재영처럼 저 먼 곳에서 혼자 빛나고 있지도 않았다. 확실히 그들은 케이와 비슷한 종류의 젊은이들이었다. 대체로 서울 시내의 대학에 재학 중인, 서울에 살거나 혹은 지방에서 상경한 중산층 젊은이들. 요약하자면 소시민 그 자체라고 할 수 있었다. 그들은 자신을 둘러싼 소시민들을 바라보며 그들과 똑같이 취급될까봐 불안해하면서도 한편으로는 그 안락한 소시민의 세계에서 탈락할까봐 조마조마해했다. 그 소시민적 불안을 잠재우기 위해 그들은 무엇을 했는가? 그들은 취향을 선택했다. 마치 속물들이 아파트와 자동차의 브랜드로 서로를 재듯이, 그들은 세련된 것들의 목록을 끝도 없이 늘리며 자신들을 방어하는 한편, 또한 벗어날 수 없는 자신들의 출신계급을 향해 무해한 공격을 시도했다. 촌스럽고 돈밖에 모르는, 하지만 그렇다고 부자가 될 재능도 용기도 없는 소심한 사람들의 세계. 모든 것을 타인의 눈을 통해 선택하는 사람들의 세계. 유행하는 노래를 듣고, 유행하는 텔레비전 쇼를 보고, 유행하는 정치적 입장을 지지하는 멍청이들. 그들은 바로 자신들의 부모였고, 형제이자 이웃이었으며, 결국 자신들이었다. 하지만 그들은 스스로가 속한 그 세계를 받아들일 수가 없었다. 하지만 그렇다고 해서 바꾸거나 박차고 나올 용기도 없었다. 그리하여 기껏해야 할 수 있는 것은 구석으로, 더 구석으로 숨어드는 것뿐이었다.

6

재현과 사귀게 된 뒤 케이가 가장 많은 시간을 보낸 곳은 최윤수의 집이었다. 최윤수는 홍대 디자인과를 졸업하고 유학을 다녀와 프리랜서 디자이너로 일하고 있었다. 그동안 모은 돈은 유학 자금으로 탕진했고, 요즘 버는 돈은 취미생활에 쏟아붓느라 통장 잔고는 바닥이었지만 부모님의 도움을 받아 연남동에 있는 방 세개짜리 신축 빌라를 전세로 구할 수 있었다. 화장실 배관이 잘못되어서 두달에 한번은 변기의 물이 역류했으며 밤에는 옆 건물에 있는 치킨집의 기름 냄새가 풍겨왔지만 그만하면 위치도 좋고 삼십대 중반의 남자가 혼자 쓰기에 나쁘지 않았다. 세개의 방 가운데 가장 작은 방은 음반과 책, 안 쓰는 악기 따위를 보관하는 일종의 창고로 쓰이고 있었는데 케이와 재현은 대개 그 방에서 시간을 보냈다.

케이는 그 방이 좋았다. 특히 한켠에 놓인 롤랜드 키보드가 근사하다고 생각했다. 재현은 틈틈이 독학으로 익혀서 그 키보드를 대충 다룰 줄 알았다. 그는 최윤수와 어울려 지내면서 음악에 관심을 갖기 시작했는데, 하지만 여전히 가장 큰 관심사는 영화였다.
"어떤 영화를 만들고 싶은데?"
케이가 물었다.
"주인공은 게이야."
재현이 말했다.
"게이?"
"근데 북한 사람이야."
"아아."
"북한에서 그는 김일성대학의 촉망받는 학생이었어. 근데 게이야."
"안됐네."
"그래서 북한을 탈출해."
"그래서 한국으로 와?"
"아니, 뉴욕으로 가."
"아아."
"뉴욕에서 존나 유명해지는 거야. 북한 엘리트 출신 게이. 간지 나지 않아?"
"그러네. 그래서 걔는 뉴욕에서 뭘 해?"
"뭘 하다니?"
"뭘 해야 할 거 아냐, 유명해지려면. 그냥 뉴욕 갔는데 유명해져?"

"북한에서 온 게인데 그걸로 부족해?"

"모르겠네."

"아 몰라, 아직 거기까지밖에 생각 안했어."

"음……"

"별로야?"

"아니, 재밌을 거 같아. 근데 그러면 뉴욕에 가서 찍어야겠네."

"응, 그게 문제지."

"뭐가 문제야. 가면 되지."

재현이 만들고 싶어하는 영화는 늘 바뀌었다. 하지만 뉴욕이 등장한다는 공통점이 있었다. 그리고 최근에 공통점이 하나 더 추가되었는데 그건 북한이었다. 북한의 게이, 북한의 아나키스트, 북한의 부자, 북한의 마약 딜러. 그들은 결국 뉴욕으로 향한다. 재현은 그 조합이 멋지다고 생각했다. 그는 결심했다. 그의 영화에는 북한과 뉴욕이 등장할 것이다.

어느날 그는 최윤수가 집을 비운 틈을 타 촛불을 켜놓고 빈 종이와 연필을 준비한 뒤 초현실주의자들의 자동기술법을 흉내내어 영화의 첫 장면을 쓰기 시작했다. 제목은 혁명적 게이 라영철 동지. 첫 장면에서 라영철은 김일성종합대학의 기숙사에 있다. 벽에는 김일성과 김정일의 사진이 나란히 걸려 있다. 그는 어디선가 구한 이탈리아 판 지큐 매거진을 펴놓고 자위를 한다. 격렬한 자위 끝에 사정하는데, 그의 정액이 벽에 걸린 지도자 김일성 동지의 사진 위에 튄다. 거기서 정지하고 오프닝 크레디트 등장.

씨발 존나 천재적인 장면이군. 재현은 생각했다.

씨발 이제 다음 장면이다. 이제 뭐가 나와야 되지? 고민하던 그는 문득 배가 고프다는 걸 깨달았다. 아침을 너무 조금 먹은 탓이다. 때맞춰 바닥에 놓인 핸드폰이 진동했다. 케이였다.

뭐 해? 어디야? 나 배고픔ㅜ

어, 나도 배고파. 재현이 답장했다.

어디? 윤수네?

응.

기다려. 바로 갈게. 수업 곧 끝남.

ㅇㅇ

ㅇㅇ

재현은 핸드폰을 내려놓고 지금까지 자신이 쓴 것을 죽 읽어보았다. 그러자 제목이 좀 마음에 안 들었다. 그리고 정액이 튀는 것은 지나치게 클리셰가 아닌가. 하지만 일부러 과장된 코미디 식으로 가는 것도 나쁘지 않을 것이다. 블랙코미디로 해야겠다. 약간 초기 우디 앨런 풍으로? 그래. 그는 고개를 끄덕였다. 그리고 다시 정신을 집중하여 다음 장면을 쓰려는데 전화가 왔다. 최윤수였다. 그는 깜빡 잊고 음식물 쓰레기를 베란다에 두고 왔다며 대신 좀 버려달라고 했다. 알겠다고 대답하고 전화를 끊자 케이가 보낸 메시지가 도착해 있었다.

뭐 먹고 싶어? 나가서 먹을까?

상관없어. 너 하고 싶은 대로.

재현은 메시지를 보내고 다시 연필을 들었다. 가만히 종이를 바라보던 그는 얼굴을 찡그리며 머리를 벅벅 긁었다. 집중력이 흐트러져버린 것이다. 그래도 없는 인내심을 쥐어짜 별 의미 없는 문장을 두어개 늘어놓은 재현은 곧 만사가 귀찮아졌다. 아무래도 첫 장면을 쓰는 데 너무 많은 에너지를 쏟아부은 것 같았다. 안되겠다, 오늘은 여기까지. 어쨌든 첫 장면을 썼지 않은가. 그는 하품을 한 뒤 바닥에 누워 핸드폰으로 페이스북에 접속했다.

그리고 얼마 안 가 케이가 도착했다. 둘은 날도 흐리고 나가기 귀찮다는 핑계로 짜장면을 시켜 먹었다. 그리고 노트북으로 영화를 보다가 섹스를 한 다음 인터넷 유머 싸이트를 둘러보며 시간을 때우다가 열한시가 조금 넘어 헤어졌다.

비슷비슷한 날들이 이어졌다. 중간고사가 다가오고 있었지만 관심 밖이었다. 이런저런 핑계로 학교에 빠지는 날이 늘어났다. 심지어 아직까지 케이가 복학했다는 것을 모르는 동기도 있었다. 뉴욕에 가기 전에 친하게 지냈던 한두명의 친구들과도 전혀 만나지 않았다. 케이는 모든 것을 가능한 한 밀쳐둔 채 재현과 꼭 붙어서 떨어지지 않았다. 하지만 이런저런 걱정거리들이 파고드는 것을 완전히 막을 방법은 없었다. 먼저 학교. 언제까지 이렇게 건성으로 학교를 다닐 수는 없었다. 그러다가는 졸업이 늦춰질 테고 그것은 학자금 대출을 한 학기 더 받아야 한다는 얘기다. 한국에 돌아온 뒤 케이는 집안 사정이 전반적으로 안 좋아진 것을 느끼고 있었다. 아버지가 다니는 회사는 설립 후 처음으로 매출 규모가 하락했고, 구조조정에 대한 이야기가 떠돌고 있었다. 마트에서 일하는 어머니는 갈수록 신경질적으로 변하고 있었다. 무엇보다, 몇달 만에 다시 본 그녀는 왜 그렇게 늙었는가. 케이는 태어나서 처음으로 일종의 책임감을 느꼈다. 그건 이상한 느낌이었다. 한창 아이스크림을 맛있게 먹고 있는데 갑자기 누군가 그것을 빼앗은 뒤 더이상 먹으면 안된다고 말하는 것 같았다. 거의 하루 종일 컴퓨터 앞에 앉아 움직이지 않는 동생도 걱정이 되었다. 제대로 된 이야기를 나눠본 게 언제인가. 케이는 조금씩 불안해졌고, 특히 잠이 오지 않는 밤에 그랬다. 유일한 위안은 재현과, 그의 친구들과 함께하는 홍대 앞 술자리뿐이었다.

홍대 앞 술자리의 좋은 점 가운데 하나는 '홍대 앞 유명인사들'을 마주칠 수 있다는 것이었다. 물론 그들은 텔레비전에 나오는 진짜 유명인사는 아니었다. 어디까지나 홍대 앞의, 그곳 문화에 익숙한 사람들 사이에서 유명한, 즉 '인디 유명인사들'이었다. 하지만 그 어정쩡한 유명세가 그들의 진짜 매력이었다. 그들은 텔레비전 속의 화려한 상품들, 그러니까 대중 스타들과 달랐다. 그들은 진짜였다. 진짜 예술가들 말이다. 케이가 그 세계에 끼어들 수 있게 된 것은 물론 재현 때문이었다. 재현에게는 그런 인디 유명인사들과 연결된 친구들이 몇 있었다. 그들은 그 인디 유명인사들이 머리에 올려놓는 모자 같은 존재였다. 비싸진 않지만 독특한, 하나쯤 재미 삼아 갖고 싶은. 물론 아무나 그 모자가 될 수 있는 건 아니었다. 거긴 눈에 보이지 않는 선이 있었다. 그리고 어느 순간 케이는 자신이 그 선 안쪽에 있다는 걸 깨닫게 되었다. 하나의 쓸 만한 모자로 인정받은 것이다. 확실히 그녀를 둘러싼 공기가 미묘하게 바뀌어 있었다. 전보다 모든 것이 조금 더 자연스러웠다. 사람들이 조금 더 친절하게 대해주었다. 자신의 말에 귀를 기울여주었다. 궁금해하고, 웃어주었다. 그건 근사한 일이었다. 따뜻한 세계가 자신을 향해 활짝 문을 열었다. 들어가지 않을 이유가 무엇인가?

케이가 술자리를 통해 만난 유명인사들은 대체로 나이가 많은 남자들이었다. 그들은 한줌의 유명세 속에 자신을 고립시킨 채 좁은 문화판에서 살아남기 위해 치열하게 경쟁 중이었는데, 케이 같은 여자애는 그들에게 피곤한 삶을 잊게 해주는 신경안정제 같은 기능을 했다. 그들은 즉흥적으로 쉽게 케이에게 호감을 표시하며 접근했다. 그녀에게 남자친구가 있다는 사실은 중요하지 않았다. 예를 들어, 한 삼십대 후반의 미술가는 자신의 새로운 작업을 위해서 상의할 것이 있다며 케이에게 연락을 해왔다. 그 상의는 금요일 밤 열시에 홍대 앞의 한 바에서 이루어져야 했다. 그리고 적절한 상의를 위해서 글렌피딕 15년산 한병이 필요했다. 그는 케이에게 끊임없이 술을 권유하며 작업과 관련 없는 쓸데없는 이야기를 늘어놓았다. 성공적이었던 지난 전시회, 젊은 시절 유학한 일본에 대한 그리움, 쇼팽이 미치기 직전에 했다는 말, 민중미술의 몰락, 한국 정치의 후진성에 대해 두서없이 이어지던 이야기는 한달 전 새로 얻었다는 스튜디오에 대한 것으로 이어졌다.

"크진 않지만 아늑해. 여기서 별로 멀지 않구. 사실 여기서 걸어서 오분 거리야. 언제 한번 구경 와."

"네, 그럴게요."

"내가 조금 있다가 뭘 좀 놓고 와서 들러야 하는데, 스튜디오에."
"아, 그러세요."
"그런데 너 집이 이 근처라며?"
"네, 상수동이에요."
"그래? 가깝네. 내 스튜디오에서는 더 가깝겠다. 내가 아까 굉장히 재밌는 영상을 하나 찍었거든."
"뭔데요?"
"응, 그게 설명하면 유치한데, 보면 진짜 재밌어. 잠깐만 보여줄게. 내 아이패드에 들어 있거든. (가방을 뒤적거리며) 아, 내가 아이패드를 작업실에 놓고 왔네."
한편 재현이 아까부터 계속 문자를 보내고 있었다. 뭐 하는 거야. 아직도 그 자식 만나? 늦었잖아. 얼른 집에 들어가. 내가 그리로 갈까? 케이는 곧 집에 갈 테니까 걱정하지 말라는 내용의 메시지를 보내곤 어서 남자가 상의할 내용을 꺼내놓기를 기다렸다. 하지만 차츰 술에 취해가며 얼굴이 빨개질 뿐, 그는 별로 할 얘기가 없어 보였다.
"근데요, 죄송한데, 제가 내일 아침 일찍 약속이 있어서요. 들어가봐야 할 것 같아요."
"그래? 집이 어디랬지? 차가 안 끊겼나?"
"걸어가면 돼요."
"얼마나 걸리는데? 내가 데려다줄게."
"괜찮아요. 혼자 갈 수 있어요."
"아니야, 데려다줄게. 위험하잖아."

남자가 계산을 하고 케이를 따라나섰다.

"저기 골목으로 들어가면 내 작업실이야."

"아, 네."

"심심하면 연락해. 맛있는 거 사줄게."

"네, 그럴게요."

그때 남자가 사야 할 것이 있다며 편의점에 잠깐 들르자고 했다. 순순히 따라나선 케이를 그는 인적이 드문 골목길로 잡아끌었다. 편의점 따위 전혀 있을 것 같지 않아 보이는 주택가의 좁은 골목길이었다. 그때쯤 케이는 남자가 자신에게 수작을 부리고 있다는 걸 확신했지만 취한데다가 귀찮기도 했고 무엇보다 남자가 뭔 일을 벌일 정도로 용기가 있는 것 같지는 않다는 느낌에 텅 빈 골목길을 휘청휘청 걸어들어갔다. 남자는 초조한 듯이 담배를 입에 물고 여기 편의점이 있는데, 여기 편의점이 있었는데, 중얼거리며 두리번거렸다. 그렇게 한참을 좁은 골목을 뱅글뱅글 돌다가 소득 없이 케이의 아파트 단지에 도착했을 때 그가 더이상 참을 수 없다는 듯 말했다.

"조금만 더 있다 들어가면 안되겠니?"

"아…… 근데…… 제가 진짜 좀…… 피곤해서요……"

"그래? 지금 시간이 몇시지? 아아, 시간이 벌써 이렇게 됐네. 내가 피곤한 사람을 오래 붙잡아두었구나."

"아뇨, 괜찮아요……"

"그럼 딱 오분만 더 있자. 나 담배 좀 피우고. 괜찮지?"

남자가 담배가 든 손을 들어 보이다가 실수로 그것을 떨어뜨렸다. 그는 바닥에 쪼그려 앉아 떨어진 담배를 찾기 시작했다.
"젠장, 어디 있지. 어두워서 잘 안 보이네."

쪼그려 앉아 바닥을 더듬는 남자를 물끄러미 바라보던 케이는 짜증이 치밀어올랐다. 도대체 이 남자는 왜 이렇게 찌질하게 구는 거지? 작업을 걸고 싶으면 적당한 사람한테 제대로 된 방법으로 걸어야 하는 거 아니야? 이렇게 해서 잘될 리가 없잖아? 아니, 혹시 있나? 하긴, 그럴 수도 있겠다는 생각이 들었다. 그는 나이가 많기는 했지만 꽤 유명한 미술가인데다가 집도 유복하며 3개 국어를 할 줄 안다. 그런데도 불구하고 친구가 없고 아직까지 결혼도 못한 것은 성격이 개 같기 때문이라고 재현이 말했다. 하지만 오늘 보니 찌질하기는 해도 개 같지는 않은 것 같은데? 아, 모르겠다. 믿을 수가 없다. 그런데 무엇보다도,

나 지금 뭘 하고 있는 거지.

핸드폰이 울렸다. 재현이었다. 남자가 담배 찾는 것을 포기한 채 일어나 케이의 눈치를 봤다. 그리고 케이는 오직 졸렸다. 자고 싶었다. 혼자서. 내 방에 누워. 아무 방해도 받지 않고. 제발. 케이가 그런 마음을 담은 눈으로 간절하게 남자를 바라보았다. 남자가 케이의 심정을 느꼈는지 순순히 그곳을 떠났고, 마침내 케이는 소원을 이룰 수 있었다.

*

꿈에서 케이는 삼청동의 갤러리에 있었다. 그날 밤 만난 미술가

의 전시회 오프닝 파티가 열리고 있었다. 탐탁지는 않지만 인사는 하는 게 좋을 것 같아 남자를 찾아 두리번거리던 케이는 갤러리 앞에서 담배를 피우고 있는 그를 발견했다. 그는 한 무리의 늘씬하고 예쁜 여자들한테 둘러싸여 있었다. 케이가 멀뚱히 선 채 그 무리를 뚫고 들어가 인사를 해야 하나, 과연 그럴 필요가 있는가 고민하고 있자니 어디선가 재현이 나타났다. 그는 갈 데가 있다며 케이의 손을 잡아끌었다. 곧 케이는 재현과 이태원 맥도널드에 있었다. 새벽 네시 이십분. 재현이 와퍼를 먹으며 핸드폰을 들여다보았다. 케이는 바닥에 놓인 자신의 가방에서 글렌피딕을 발견했다.

"이게 왜 내 가방에 들어 있지?"

"니가 들고 나왔잖아." 재현이 핸드폰에서 눈을 떼지 않고 말했다.

"내가? 언제?"

재현은 대답이 없었다. 어디선가 희미하게 음악 소리가 들려왔다.

"무슨 노래지?" 케이가 물었다.

"스미스."

재현은 계속해서 핸드폰을 들여다보았다. 문득 케이는 그의 핸드폰을 빼앗아 창밖으로 던져버리고 싶어졌다. 하지만 그러는 대신 똑같이 핸드폰을 꺼내 들여다보기 시작했다. 메시지가 와 있었다. 미술가였다. 어디예요? 아까 본 것 같은데? 케이는 핸드폰을 내려놓고 점점 커지는 스미스의 노래에 귀 기울였다. 찰랑거리는 기타 소리가 숙취로 흐물흐물해진 뇌에 그대로 흡수되는 느낌이 뭐라 말할 수 없이 짜릿했다. 케이는 가방에서 글렌피딕을 꺼내 한모금 마셨다. 그러자 더 강렬한 짜릿함이 머리를 가득 채웠다. 창밖으로 해가 떠오르고 있었다.

"기분이 이상해." 케이가 말했다.

"어떤데?"

"악몽을 꾸고 있는 거 같아."

"몰랐어? 여기 꿈속이야."

"몰랐어. 근데 너 이제 뭐 할 거야? 집에 안 가?"

재현은 대답이 없었다.

"근데 우리 오늘 뭐 했지? 기억이 안 나. 말해줘."

"아무것도 안했어."

"그래? 근데 이거 정말 악몽 맞아? 악몽치고 시시하네."

"원래 제일 무서운 게 시시한 거잖아."

"맞아. 나 가끔 무서워. 다 시시해져버릴 것 같아."

"그야 니가 시시하니까."

"내가 시시하다고?"

"응."

"근데 너는 왜 나랑 만나? 왜 시시한 사람을 만나?"

"난 원래 아무나 만나."

"그럼 내가 아무나야?"

"아님 너가 뭐야?"

"몰라. 하지만 아무나는 아니지."

"아무나 맞아."

"어째서?"

재현은 대답이 없었다. 케이의 눈에 눈물이 고이기 시작했다.
"이제 좀 악몽 같아?"
"응. 아니, 내가 꾼 악몽 중에 최악이야. 근데 우리 언제까지 여기 있을 거야?"
"몰라."
"계속 여기 있을 거야?"
"몰라. 근데 걱정하지 마. 별일 없을 거야. 너는 시시한 애니까, 이 악몽도 시시하게 끝날 거야."
재현은 계속해서 핸드폰을 들여다보았다. 케이는 울면서 글렌피딕을 마셨다. 취해갈수록 점점 더 자신이 시시해지는 느낌이 들었다. 케이는 흐느끼며 계속해서 술을 마셨다.

잠에서 깨어난 케이는 시간을 확인했다. 꿈에서와 마찬가지로 새벽 네시 이십분. 바깥은 아직 어두웠다. 꿈에서 느꼈던 우울한 감정이 가슴속에 고스란히 남아 있었다. 케이는 손을 뻗어 핸드폰을 집었다. 전원을 켜자 재현의 메시지가 도착해 있었다. 연락이 안되어 화가 난 듯했다. 케이는 재현에게 전화를 걸어 내가 정말 시시하냐고 묻고 싶었다. 하지만 그럴 용기가 나지 않았다. 진짜 그렇다고 할까봐.
이게 다 아까 만난 거지 같은 미술가 때문이야.
케이는 생각했다. 그래서 악몽을 꾼 거고, 꿈은 꿈일 뿐이지. 하지만 그것은 별로 위안이 되지 않았다. 그 꿈은 케이가 가장 두려워하는 것을 건드리고 있었기 때문이다. 자신이 하찮고 시시한 사람일지도 모른다는 것. 다른 평범한 사람들과 다를 바 없을지도 모른다는 것. 그리고 그 사실을 사람들에게 들키게 될지도 모른다는 것.

물론 케이가 지극히 평범한 인간이라는 것은 너무나도 확실한 사실이었다. 물론 평범한 인간에게도 미덕은 있다. 그를 통해 그가 속한 시대의 리얼리티를 이해할 수 있다는 점이 그것이다. 그리고 지금 시대 케이를 통해 이해 가능한 리얼리티는 몰락이라는 단어로 요약 가능했다. 이제 막 시작된 몰락기가 시대 전체를 혼란에 빠뜨리고 있었다. 아직 개인들의 정신이 시대의 변화를 따라잡지 못했기 때문이다. 그리하여 내용과 형식의 불일치는 만성적 특성이 되었고, 그것이 케이와 같은 평범한 부류가 스스로를 특별하다고 오인하게 된 진짜 원인이었다. 사실 이런 특성은 케이보다도, 약간 앞서 태어난 재현에게서 전형적으로 나타났다. 그는 경제적으로 하층계급에 가까웠지만 정신세계는 확고하게 중산층의 것이었다. 그는 쉽사리 자신이 처한 상황을, 다시 말해 몰락을 받아들일 수 없었다. 그의 정신은 이미 완성되었다. 그는 다른 세계에, 이미 존재하지 않는, 사라져버린 어느 좋은 시대에 살았다. 그것이 그가 백수건달로 지내면서도 당당할 수 있는 이유였다. 그렇다면 케이는 어떤가. 그녀는 아직 아무것도 선택하지 못한 채 닫히는 문 앞에서 망설이고 있었다. 망설일 수 있는 시간이 얼마 남지 않았음을 알고 있었다. 하지만 대체 뭘 선택할 수 있단 말인가. 나에게 선택권이 있기는 한가. 그녀는 초조해하며 그저 문이 닫히지 않기를 바랐다. 준비가 될 때까지. 결심이 설 때까지. 그때까지, 막연히, 하지만 간절하게 행운이 계속되기를 바라며 케이는 중간고사가 사흘 앞으로 다가온 학교를 휴학했다.

7

케이와 재현은 태어나서 한번도 광주에 가본 적이 없었다. 그런 둘에게 광주는 뭐랄까 멀리 땅 끝에 있는 신비의 오지처럼 느껴졌다. 서울에서 태어나거나 자라나 거의 벗어나본 적이 없는 둘에게, 세계에 대한 인식은 고대인의 것과 비슷했다. 지도 한가운데 커다랗게 서울이 있다. 그리고 그 바깥에, 그러니까 관측도 측정도 불가능한 혼돈과 야만의 지역에 서울을 제외한 나머지 한국의 지방이 있다. 뉴욕과 런던, 토오꾜오와 홍콩 같은 해외 유명 도시는 하늘에서 별처럼 빛나고 있다. 이라크나 시리아, 북한 같은 곳은 지도 밖에도 없으며 오직 관념으로서만 존재한다. 물론 세계에 대한 이런 무관심은 전세계적인 경향이었다. 걱정할 것이 무엇인가. 구글 맵과 스마트폰이 있지 않은가. 이런 이유로 케이는 도착하는 순간까지 광주의 위치를 목포로 착각했고 그것은 서울로 돌아와서도 수정되지 않았다.

사실 이번 광주 여행은 최윤수 덕분에 가능했다. 그는 오년 가까이 몸담고 있던 밴드가 최근 해체된 뒤 새로운 밴드를 시작했는데, 그게 예상외의 호응을 얻고 있었다. 반응이 좋자 최윤수의 학교 선배가 지방 공연을 주선해주었고, 그중 하나가 이번 광주 공연이었다. 문제는 키보드를 치는 멤버가 열흘 전 계단에서 발을 헛디뎌 넘어지는 바람에 팔에 금이 가 한동안 키보드를 칠 수 없게 된 것이었다. 급한 대로 재현이 키보드를 맡게 되었고, 그러자 휴학 후 어느 때보다 한가해진 케이 또한 자연스럽게 여행에 합류하게 되었다.

10월의 마지막 주말 이른 아침, 케이는 약속 장소인 용산역으로 향했다. 최윤수의 밴드 외에도 두 밴드가 함께했다. 다른 한 팀은 결성한 지 십년이 넘은, 홍대 앞에서는 꽤 유명한 '팩토리'라는 이름의 밴드였고, 또다른 팀은 결성된 지 일년쯤 된, 케이보다 어린 대학생들로 이루어진 '멍청이들'이라는 이름의 아방가르드 팝 펑크 밴드였다. 터미널을 서성이는 세 밴드 멤버들의 태도는 각자가 속한 밴드를 상징하듯 전형적이었다. 먼저 팩토리는 키보드를 치는 여자를 제외한 멤버가 모두 삼십대 후반의 남자들이었는데 하나같이 우중충한 옷에 붉게 충혈된 눈, 숙취에 시달리는 표정으로 시시한 농담을 주고받다가 농담거리가 떨어지면 몰려나가 담배를 피운 다음 다시 돌아와 같은 짓을 반복했다. 반면 최윤수가 속한 밴드의 세 남자는 유니클로 풍의 단정한 옷차림을 한 채 의자에 못

박힌 듯 앉아 아이폰과 아이패드 그리고 맥북을 번갈아 들여다보았다. 마지막으로 멍청이들은 여자 셋에 남자 하나로 구성된 밴드였는데, 온통 웃음을 터뜨리고 꺅꺅대는 것이 여자 중학교의 쉬는 시간처럼 시끄럽고 정신이 없었다.

이윽고 출발 시간이 되어 케이 일행은 기차에 올라탔다. 재현은 자리에 앉자마자 맥북을 펼쳤고, 케이는 그에게 간밤에 마트에서 사온 과자와 음료수를 이것저것 권하다가 반응이 시큰둥하자 뒷자리에 앉은 멍청이들의 멤버이자 최윤수의 여자친구인 한별과 수다를 떨기 시작했다. 한별은 시내의 한 예술대학에서 무대 디자인을 전공하고 있었는데 그래서인지 옷도 세련되게 잘 입었고, 또 엉뚱한 말을 늘어놓는 것이 약간 괴짜처럼 보이기도 했다. 어딘지 모르게 써머가 생각나기도 했다. 한국말을 쓰며, 마약을 안하고, 착해 보이는 써머. 그녀는 밴드 활동 외에도 영화 씨나리오를 쓰거나 동화책을 만들기도 한다고 했고, 시인이자 불문과 교수인 어머니를 따라 프랑스에서 살았던 적도 있다고 했다. 확실히 그녀는 또래의 한국 여자애들하고 좀 달라 보였고, 그 점이 케이의 마음에 들었다. 한창 신나게 수다를 떨던 둘은 하지만 평소보다 일찍 일어난 탓에 얼마 안 가 곯아떨어졌다. 잠에서 깨어났을 때, 기차는 이미 광주역으로 들어서 있었다.

공연장은 전남대 근처에 있는 오층짜리 상가 건물의 지하에 있었다. 90년대 중반에 문을 열었다가 경영난으로 닫게 된 것을 지금의 공연장 주인인 박씨가 인수하여 다시 연 것이다. 그가 적자를 면하지 못하는 공연장을 십년 넘게 운영할 수 있는 것은 부유한 아내 덕이었다. 그의 아내는 금남로에 건물을 하나 갖고 있었고 그 건물 일층에 있는 이딸리아 식당을 직접 운영했다. 박씨는 주로 아내의 건물을 관리하며 남는 시간 취미로 공연장을 운영했다. 철이 바뀔 때마다 그는 아내와 일본으로 여행을 갔는데 여행 중 우연히 만나 친해진 실험음악가와 그의 레이블을 초청하여 공연을 한 적도 있었다. 난해한 내용에도 불구하고 그 공연은 흥행에 성공했는데 그는 그 이유를 광주 시민들의 예술 사랑에서 찾았다.

"솔직히 말해서 저는 광주 시민들의 취향이 서울 시민들보다 세련되다고 생각합니다. 광주극장에 가보셨나요? 프로그램이 아주 훌륭해요. 이건 제가 여기 출신이라서 드리는 말씀이 아니라……"

그는 광주에서 태어나 광주에서 자랐고, 대학 시절부터 서른 중반까지 서울에서 지내다가 다시 광주로 내려와 자리를 잡았다고 했다.

"아무래도 고향이 좋죠. 서울은 너무 척박해요. 여기는 음식도 맛있고, 사람들도 여유롭죠. 서울이 좋고 세련되었다지만 솔직히 뜨내기들의 도시잖아요?"

그는 그렇게 한바탕 자신과 광주에 대한 자랑을 늘어놓은 뒤 공연장을 구경시켜주었다. 생각 외로 인테리어도 세련되었으며 싸운드 시스템도 훌륭했다. 하지만 뭐가 불안한지 그는 거듭 괜찮지요? 나쁘지 않지요? 서울에 비해서도 뒤지지 않지요? 하고 물어댔고 그러면 케이의 일행은 반복해서 같은 칭찬을 늘어놓았다. 박씨는 이 생각 없는 젊은이들이 단지 서울에서 왔다는 이유로, 마치 서울시에서 보낸 사절단이라도 되는 양 눈치를 살피고 있었다. 하지만 그러다가도 사실 진짜 멋을 아는 것은 광주 시민이고 서울은 잡탕 같은 도시라면서 폄하하기를 반복했다. 점차 케이 일행은 그의 서울과 광주에 관한 모순적인 논평이 지겨워졌고, 그리하여 서둘러 리허설을 시작했다.

공연은 저녁 여덟시에 시작되었다. 첫번째 팀은 최윤수의 밴드였다. 자신들의 소심한 옷차림과 닮은 소심한 무대였다. 물론 그 뿌리는 암울하고 절망적인 70년대 후반에서 80년대 초반 영국의 포스트 펑크에 닿아 있었지만, 결과물은 그 암울하고 거친 싸운드를 건조기에 넣고 돌려 너덜너덜하게 만든 다음 엉성한 보컬을 추가한 것에 가까웠다. 관객들의 반응도 별로 좋지 않았다. 다행히 만들어놓은 곡이 몇개 없었기 때문에 공연은 금방 끝이 났다. 이어진 공연은 멍청이들이었다. 그들은 여러가지로 최윤수의 팀과 정반대였는데, 최윤수의 팀이 우울하고 예민한 에고이스트적 인상을 준다면 멍청이들은 밴드의 이름처럼 정말로 아무 생각이 없어 보였다. 각자 악기를 건성으로 두드리며 되는대로 소리를 질러댔는데, 그래서 언뜻 과격해 보이는 인상과 달리 자세히 들으면 지극히 대중적인 문법을 지니고 있었고, 바로 그 점 때문에 관객들의 즉각적인 호응을 이끌어냈다. 마지막 팀은 팩토리였다. 그들이 나타나자 어느새 꽉 들어찬 관객들이 열렬한 환호를 보냈다. 사실 그날 관객의 대부분이 팩토리를 보기 위해 온 것이라고 할 수 있었다. 팩토리는 80년대 후반에서 90년대 초반의 미국에 기반을 둔, 이제는 지루한 전통이 되어버린 '실험적인 록 음악'을 구사하는 팀이었다.

천국에서

그래서 투박하고 얼마간 촌스럽게 느껴지기도 했지만 사실 공들인 정공법만큼 사람들의 마음을 무장해제시키는 것도 없지 않은가. 케이는 그들의 음악이 자기 취향이 아니라고 생각하면서도 꽤 감동을 받은 것을 인정해야 했다. 관객들의 뜨거운 반응에 밴드는 앙꼬르 곡을 세곡 연달아 하고 내려갔다. 성공적인 공연이었다. 관객과 밴드, 그리고 주인 박씨까지 소박하지만 꽉 찬 기쁨을 느꼈다. 그들은 오랜만에 느끼는 꽉 찬 행복감 속에서 뒤풀이를 하러 고깃집으로 향했다.

공연장 주인 박씨는 만취한 채 관광 가이드라도 된 양 끊임없이 광주의 숨은 명소들을 추천했다. 그러는 동안 사람들의 목소리는 계속해서 더 높아지다가, 모두가 몸을 가눌 수 없을 정도로 취한 뒤에는 오히려 낮아지기 시작했다. 박씨가 자리에서 일어나 미소라 히바리의 「흐르는 강물처럼」을 부르기 시작했다. 구석에서는 팩토리의 한 멤버가 처음 보는 여자와 묘한 분위기 속에서 이야기를 나누고 있었다. 한별이 그녀를 가리키며 공연을 보러 온 광주 여자라고 속삭였다. 어느새 팩토리 남자의 손이 그 광주 여자의 어깨에 올라가 있었다.

"저 오빠는 지방 공연에만 오면 저런대." 한별이 말했다. "곧 둘이서 사라질 거라는 데 오백원 건다."

케이는 힐끗 여자를 훑어보았다. 자기 또래로 보였고, 옷차림은 서울에서 작년에 유행한 스타일에, 살짝 통통하지만 꽤 귀여운 여자였다.

새벽 한시가 조금 넘어 케이 일행은 근처의 막걸리집으로 자리를 옮겼다. 그리고 과연, 팩토리 남자와 광주 여자가 사라져 있었다.
"내 말이 맞지? 오백원 내놔."
한별이 그렇게 말하며 케이의 팔뚝을 살짝 꼬집었다. 케이가 낄낄거리며 한별의 손목을 잡았다.
"뭐가 그렇게 웃겨? 나도 좀 알자."
재현이 케이의 허리에 팔을 감으며 말했다.
"헐, 비밀."
한별이 입술에 검지를 대며 말했다.
"쳇."
재현이 과장되게 뾰로통한 표정을 지어 보였다.
"히히히."
케이가 웃었다. 모두가 기분 좋게 취해가고 있었다. 때맞춰 누군가 외쳤다.
"나, 광주 너무 좋아!"
"맞아, 광주 이즈 퍼킹 쿨!"
"어, 퍼킹 어썸!"
"광주!"
"광주, 씨발, 광주!"
술에 취한 사람들이 모호한 발음으로 울부짖었다.
"야, 씨발 나 지금 기분 진짜 좋다!"
"그래! 우리 오늘 한번 죽어보자!"
세시가 조금 넘어 사람들은 다 함께 정신을 놓았다. 그뒤의 두시간이 어떻게 지나갔는지 기억하는 사람은 없었다.

8

 다음 날 케이는 끔찍한 숙취 속에서 잠에서 깨어났다. 주섬주섬 짐을 챙겨 일행과 함께 숙소에서 나온 케이는 공연장 박씨가 추천한 광주에서 제일 맛있다는 해장국집으로 갔다. 가게에는 세군데 공중파 방송국에서 취재해갔다는 내용의 광고판이 덕지덕지 붙어 있었고 평일 아침인데도 사람들이 가득했다. 하지만 전날 마신 술로 혀가 마비된 케이는 그저 허기를 채우기 위해 허겁지겁 해장국을 퍼먹었다. 해장국집에서 나온 그들은 근처 커피숍으로 가서 다음 행선지를 의논했다. 며칠 더 광주에 머물겠다는 사람도 있었고, 곧바로 서울로 돌아가겠다는 사람도 있었다. 누군가는 무등산을 등반하겠다고 했고, 누군가는 고등학교 동창을 만나러 간다고 했다. 가장 주목을 끌었던 것은 5·18국립묘지를 참배하러 가겠다는 멍청이들의 드러머였다. 그녀는 여전히 술에서 덜 깬 듯 보였다.
케이는 최윤수 일행과 함께 충장로로 향했다. 드러머가 충장로 뒷골목에 있다는 전설의 레코드 가게를 방문해야 한다고 주장했기 때문이다. 하지만 두시간 가까이 헤맨 끝에 그 레코드 가게는 이 년 전에 문을 닫았고 지금은 프랜차이즈 냉면집이 들어섰다는 것을 확인한 뒤 실망한 채 궁전제과에 가서 빵을 사 먹었다. 빵을 먹으며 이런저런 이야기를 나누는 동안 시간은 훌쩍 흘러 어느새 저녁이 되었다. 그들은 최윤수가 스마트폰 검색으로 찾아낸 통닭집에 가기로 했다. 번화가에서 한참 벗어난 좁은 골목길 한 귀퉁이에 있는, 간판도 없는 작은 가게였다. 일행이 조심스럽게 가게로 들어서자 구석 탁자에 앉아 있던 덩치 큰 남자가 환하게 웃으며 그들을 반겼다.
"어서 와요. 앉고 싶은 데 편하게 앉아요."
케이 일행은 자리를 잡고 가게 안을 두리번거리기 시작했다. 구석구석, 요란한 인상은 없으나 세련되게 꾸며져 있었다. 선반에 쌓여 있는 잡지를 훑어보던 최윤수가 입을 열었다.
"우와, 저 잡지들 어떻게 구하셨어요? 구하기 힘든 것들인데요. 혹시 잡지 쪽 일 하세요?"
"아아, 그거. 옛날에 좀 관심이 있었죠. 유학 갔다 오면서 들고 온 것도 있고. 근데 그쪽이야말로 신기하네. 저 잡지들을 알아요? 그쪽이야말로 저쪽 일을 하나?"
"아뇨, 저도 옛날에 관심이 있었죠. 흐흐……"
케이가 남자를 살폈다. 그는 평범한 통닭집 주인하고는 좀 거리가 멀어 보였다. 중견 예술가, 혹은 예술대학 교수처럼 보이기도 했다. 아니 회사원, 아니 백수건달처럼 보이기도 했다. 대충 마흔살에서 쉰살 사이로 짐작되는 그의 얼굴은 이마의 굵은 주름을 제외하면 지나치게 매끈했다. 게다가 갈색 스웨터에 청바지, 형광 노란색 비닐 앞치마와 맨발에 걸친 남색 크록스 신발까지 어딘가 괴상한 조합의 옷차림을 하고 있었다. 그는 케이 일행이 미처 주문을 하기도 전에 생맥주를 내려놓고 말없이 주방으로 들어갔다.

한참 뒤 다시 나타난 남자는 이번에는 커다란 쎌러드 그릇을 탁자에 내려놓았다.

"우와, 이거 정말 맛있네요." 어느새 쎌러드를 한입 가득 쑤셔넣은 한별이 감탄했다.

"응, 먹어봐."

남자가 씩 웃더니 다시 주방으로 들어갔다.

"야, 저 주인 좀 심상치 않지 않냐." 최윤수가 작게 속삭였다.

"난 잘 모르겠는데." 드러머가 말했다.

"재현아, 넌 어떻게 생각해?"

"그런 것 같기도 하고, 아닌 것 같기도 하고."

"아냐, 뭔가 있어. 분명해." 최윤수가 말했다. "말투도 완전 서울 말투잖아."

"야, 여기 사람들 다 서울말 쓰더라." 드러머가 말했다.

"아니야, 잘 들어보면 미묘하게 억양이 달라. 근데 저 사람은 안 그래. 진짜 서울 말투라니까."

케이는 호기심 어린 눈길로 주방을 들여다보았다. 그러다 남자와 눈이 마주치자 급하게 고개를 숙였다.

"나, 방금 저 아저씨랑 눈 마주쳤어." 케이가 속삭였다.

"진짜?" 최윤수가 물었다.

"응, 이쪽을 쳐다보고 있더라고." 케이가 말했다. "나도 저 아저씨 좀 뭐 있는 것 같애."

"그렇지?" 최윤수가 말했다. "야, 케이도 그렇다잖아. 케이 눈썰미 있는 거 너네도 알지?"

"그래? 난 모르겠던데." 재현이 말했다. 케이가 눈을 흘겼다. 그러자 재현이 케이의 팔을 쿡쿡 찌르며 장난을 쳤다.

"난 모르겠던데. 정말 모르겠던데."

"하지 마. 간지러워."

"간지러우라고 하는 건데."

"아우, 하지 마. 하지 마." 말은 그렇게 하지만 케이의 얼굴엔 미소가 떠올라 있었고, 재현은 계속해서 케이의 팔을 쿡쿡 찔렀다. 결국 케이가 참지 못하고 재현의 허벅지를 꼬집었다. 그러자 재현이 기다렸다는 듯 과장되게 소리를 질렀다. 둘의 그런 유치한 행각을 기가 차다는 듯 바라보던 드러머가 말했다.

"야, 너네 연애질은 딴 데 가서 해라. 방 잡아줄까?"

마침내 통닭이 나온 것은 거의 한시간이 지나서였다. 하지만 오래 기다린 보람이 있었다. 그들은 잠시 동안 세상의 모든 걱정을 잊고 먹는 데 집중했다. 얼마 뒤 최윤수가 신음하듯이 말했다.

"나 이렇게 맛있는 통닭 처음 먹어봐."

아무도 대답이 없었다. 모두가 정신 나간 표정으로 닭을 뜯고 있었다.

"맛이 있나? 나쁘지 않지?" 남자가 물었다.

"너—무 맛있어요. 어떻게 이렇게 맛있나요? 막 화가 나려고 해요." 최윤수가 말했다.

"하하하, 그 정도야? 고마워."

"근데 튀김옷에 들어간 허브가 뭔가요? 허브 말고 또 뭐가 들어가나요?" 드러머가 물었다.

"그걸 알려주면 안되지. 영업 비밀."

"여기서 일하면 가르쳐주시나요?"

"아니, 안돼. 내 아들한테도 안 가르쳐줄 거야."

"오, 아들이 있으세요?" 최윤수가 물었다.

"응, 내년에 초등학교 들어가."

"와, 귀엽겠네요."

"귀엽긴, 이제 돈 들어갈 일만 남았지."

"하하하, 근데 사장님 광주 분이세요? 아니시죠?"

"어떤 거 같은데? 아닌 거 같애?"

"아니시죠? 제 말이 맞죠?"

"자네 보는 눈이 예사롭지 않구만. 맞아, 나도 자네들처럼 서울에서 왔어."

"역시! 언제 여기로 내려오신 거예요?"

"응, 한 칠년 팔년 됐나. 아내 고향이 광주야. 그래서 내려왔지. 혼자선 힘들지. 뜨내기들은 살기 힘든 도시야."

"고향 떠나면 어디든 힘들죠."

"허허, 자네 참 말은 곧잘 하네. 자네는 고향이 어딘가. 서울인가?"

"아뇨, 저는 대구에서 태어났는데요, 태어나자마자 바로 서울에 와서 기억은 없어요."

"그래? 부모님이 대구 분들이신가?"

"네, 아버지가요."

그때 가게에 손님이 들어와서 대화가 끊겼다. 손님은 많지는 않지만 끊기지 않고 계속 이어졌다. 어느정도 배를 채운 케이 일행은 한숨을 돌리고 이야기를 나누기 시작했다. 광주에 대한 인상비평을 거쳐 음악 얘기, 학교 얘기, 직장 얘기, 연애 얘기, 친구 얘기, 부모님 얘기로 이어지던 이야기는 앞으로 뭘 해서 먹고살 것인가로 이어졌다. 몇시간 뒤 가게가 다시 한산해지자 남자가 맥주를 들고 케이 일행에게로 왔다.

"어, 저희 맥주 안 시켰는데요."

"알아. 이건 내가 사는 거."

그는 구석에서 의자를 끌고 와 앉은 다음 담배에 불을 붙였다.

"그래서 광주에 공연하러 오셨다?"

드러머가 고개를 끄덕였다. "네."

"팩토리도 같이 왔다며? 그럼 거기 김현우도 왔겠네?"

"그분을 아세요?" 드러머가 물었다.

"그럼 알지. 대학 후배야."

"그러세요? 그럼 제 선배님이시네요. 한잔 받으세요." 드러머가 말했다.

"너도 거기 나왔어? 이야, 세상 참 좁구만! 무슨 과야?"
"저는 사회학과 나왔는데요."
"나는 철학과 나왔어."
"이야, 철학과. 몇학번이세요?" 최윤수가 물었다.
"응, 나는 팔구야."
"우와, 그럼 운동권 같은 거 하셨겠네요?" 한별이 물었다.
"운동권? 으하하, 운동권. 그 말 무지하게 오랜만에 들어보네."
 남자가 과장되게 큰 소리로 웃었다. 그때였다. 가게 문이 열리고 한 여자가 들어왔다.
"죄송합니다! 오늘 장사 끝났어요!" 남자가 외쳤다.
"어머, 왜요? 여기 통닭 먹으려고 택시 타고 왔는데."
 몹시 실망한 표정이 여자의 얼굴에 떠올랐다.
"죄송합니다. 다음에 오세요. 제가 써비스 드릴게요!" 남자가 여자를 향해 손을 들어 보였다. "써비스!"
"아이참, 난 여기 통닭 아니면 싫은데……"
"진짜 진짜 죄송합니다!"
"아이참…… 알았어요. 근데 잊지 마세요, 써비스. 저 기억력 좋아요."
"당연하죠! 저도 기억력 좋습니다. 그리고 다시 한번 죄송합니다! 안녕히 가세요! 좋은 밤!"
 여자가 나가자 남자가 셔터를 반쯤 내리고 문을 잠갔다. 케이 일행이 얼떨떨한 표정으로 남자를 바라보았다. 남자가 두 팔을 높이 올리고 외쳤다.

"오늘 장사 끝! 오랜만에 후배님들을 만났으니까 그 기념으로 내가 쏜다!"

케이 일행은 환호했지만 그것은 누가 보기에도 어색했다. 그것을 눈치챈 남자가 배가 고프다며 라면을 끓이러 주방으로 들어갔다. 케이 일행은 핸드폰을 꺼내들고 카톡 채팅방을 만들어 어떻게 해야 할지 의논을 벌였다. 하지만 그날 밤 별다른 계획이 있는 것도 아니고, 돈을 안 내도 될지도 모르는데다가, 무엇보다 남자에 대한 호기심 때문에 좀더 머물기로 했다. 솔직히 통닭이 너무 맛이 있어서 관대한 상태이기도 했다.

돌아온 남자는 엄청나게 빠른 속도로 라면을 비운 뒤, 자신의 인생사를 들려주었다. 전형적인 이야기였다. 대학에 가자마자 운동권에 투신했다. 하지만 이미 열기는 식었고, 운동은 지지부진해져 있었다. 실망한 그는 운동권에서 떨어져나와 소설가가 되기로 결심, 밀란 쿤데라 풍의 짧은 소설을 몇개 끄적여봤지만 잘 되지 않았다. 시시한 연애를 반복하며 시간을 때우다가 학교에서 잘릴 위기에 처한 그는 얼떨결에 베를린으로 유학을 가게 된다. 그가 베를린을 택한 것은 단순히 그가 할 줄 아는 외국어가 독일어였기 때문이었다. 그리고 당시 베를린은 매력적인 도시이기도 했다. 베를린 자유대학 철학과에 입학한 그는 학교는 뒷전으로 미뤄두고 종일 도시를 헤매고 다녔다. 그러던 어느날 동베를린에 있는 무허가 술집에 갔다가 뮌헨에서 온 동갑내기 아나키스트를 만나게 되었다. 그는 그 아나키스트의 집을 방문하게 되었는데, 거긴 그 아나키스트와 동료들이 무단점거한 아파트였다. 입구에 도착하자마자 그가 한번도 상상한 적 없는 광경이 펼쳐졌다.

"좌우지간 뭔가 지독한 냄새가 났어. 대마초 냄새였는데 그땐 몰랐지. 그리고 오줌 냄새에 쓰레기 냄새에…… 또 음악 소리는 얼마나 시끄러운지. 길쭉길쭉한 백인 여자애들이 벗었는지 입었는지 모르겠는 차림을 하고 여기저기 돌아다녀. 완전히 넋이 나간 채로 걔가 산다는 방으로 들어갔는데, 아우, 거기는 방이랄 수도 없어. 그냥 구석에 침대가 하나 덩그러니 놓여 있는데, 하필 우리가 들어갔을 때 거기서 어떤 남자애 둘이서 떡을 치고 있더라고. 걔한테 물었지. 토비아스, 쟤들은 누구냐. 걔 이름이 토비아스였거든. 그랬더니 자기도 모른대. 아 씨발 돌아버리겠는 거야. 나 진짜 서울에서 독재타도 전두환 개새끼 이딴 거나 하다가 온 놈인데 갑자기 이게 뭐야. 충격이 너무 커서 충격인지도 모르겠어. 그냥 멍해. 내가 꿈을 꾸고 있나. 근데 걔가 갑자기 담배를 내밀었어. 어, 나는 그게 담배인 줄 알았지. 그래서 고맙다고 하고 그걸 담배처럼 피웠지? 근데 맛이 진짜 없어. 속으로 생각했지. 유럽 새끼들은 혀가 썩었나, 이딴 걸 담배라고 피우게. 근데 한 몇분 지나니까 갑자기 확, 응? 뭔지 알지, 응? 너네도 대마초 피워봤을 거 아냐. 음악 하는 애들이라며. 안 피워봤어? 에이, 뭐 그래가지고 음악을 하냐.

아무튼 그러고 나서 살짝 정신이 나갔는데, 뭐 별일이야 없었지. 아니, 있었어도 아무도 신경도 안 썼을 거야. 거기 워낙 지랄 같은 애들이 많아서. 그날 거기서 밤을 꼴딱 샜어. 그리고 다음 날 집으로 돌아가려는데, 토비아스가 나보고 맘에 든대. 난 놀라서 애도 게이인가? 나보고 지금 사귀자는 건가? 긴장했는데 다행히 그건 아니었어. 걔가 나보고 너 한국에서 왔으면 가난할 거 아니내. 그렇지, 그때 걔들 눈에 한국은 아프리카랑 별반 안 달라 보였겠지. 그러니까 결론은 여기 와서 살래. 공짜래. 대신 언제 쫓겨날지 모른대. 그런데 안 쫓겨날 거래. 걔가 그랬어. 베를린은 우리 거다. 아무도 우릴 내쫓지 못한다. 나야 좋지. 부모님한테 돈 부쳐달라는 것도 눈치 보이는데. 살던 집 계약도 안 끝났는데 당장 짐 싸들고 나와서 그리로 갔어. 아우, 다시 살라면 절대 안 살 거야. 돈을 주고 빌어도 싫어. 하지만 그때는 진짜 살판났었지. 걔들이랑 어울리면서 독일어도 엄청 늘었고. 그리고 내가 덩치가 좀 있잖아. 그땐 얼굴도 새까매가지고 애들이 나를 동양 애로 안 보더라. 무슨 라틴계 혼혈로 알아. 그래서 아마 더 어울리기 쉬웠는지도 몰라. 재밌었지. 다시 돌아가겠냐고 하면 싫지만. 유럽 애들 겉보기엔 그럴듯해 보이지? 같이 살아봐. 다 똑같애. 인간은 다 똑같다, 그게 내 결론이야.

  그때 내가 처음으로 반문화라는 것을 경험했어. 아마 내가 처음이었을 거야, 한국인으로서. 나중에 보니까 한국에서 먹물 새끼들이 잡지 몇권 구해다가 읽고는 반문화니 혁명이니 이딴 개수작을 부리고 있던데, 아주 웃기는 소리지. 반문화가 뭔지 알아? 그건 절대 책으로 배울 수 없는 거야. 새벽에 졸라 약에 취해서 펑크 클럽 바닥을 혀로 핥으면서 기어다녀봐야 알 수 있는 거라고.

  그렇게 지랄을 떨다가 94년도에 한국에 돌아왔지. 학교를 안 나가서 잘렸거든. 그랬더니 비자가 안 나오더라? 같이 살던 새끼들이 하나같이 무슨 비자냐고 개소리 말고 그냥 개기래. 그렇게 한 십년 개기면 너도 독일 국적 나온다고, 근데 뭐 안 나와도 상관없지 않나는 거야. 여기 있는 애들 반은 불법체류자라고. 근데 나 같은 엽전 샌님이 그럴 수가 있어야지. 부모님도 보고 싶고, 제대로 된 김치도 먹고 싶고. 그래서 아무 계획 없이 무작정 돌아왔어. 그랬더니 그새 나라가 아주 좆같아졌더라? 독재타도 미제국주의 반대 어쩌구 지랄하던 애들이 다 무슨 문화운동 한다고 육갑 떨고 있데. 페미니즘? 성정체성? 시민운동? 지랄하네, 그게 다 미국에서 수입된 거 아니야. 미제국주의 싫다매? 그새 좋아졌어? 뭐, 서태지? 그 새끼는 그냥 수완 좋은 장사꾼이지. 구석에서 아직도 맑스니 레닌이니 하는 애들은 무슨 문선명의 아이들 같더만? 맑스가 언제 자기를 섬기랬어? 뭐, 주체사상? 언제부터 김일성이 지 아버지야? 아주 지랄들을 하고 있어. 반년쯤 지내고 보니까 다들 꼴도 보기 싫어. 그래서 베를린에 다시 갈까 했는데 내가 사실 오버스테이를 조금 했거든. 그래서 다시 못 들어가. 씨발 그럼 어떡해. 군대 갔지. 제대한 다음에는 바로 IMF 맞고 우리 아버지 회사에서 짤리고 그래서 나도 이제 더이상 방황하는 아름다운 영혼일 수가 없게 된 거지. 그때 알 만한 대기업에도 잠깐 다녔는데, 못 견디겠더라. 출판사도 잠깐 다녔지. 근데 낙하산으로 들어온 사장 딸년이 개진상을 떠는데 결국 못 참겠어서 때려치웠지. 어떡하겠어. 타고난 성질이 개 같은 걸. 그러다 어떻게 문화판에 좀 엉겨붙어볼까 했는데 그것도 내 성질머리 때문에 안돼. 문화판 새끼들 구라 치는 걸 도대체 참고 들어줄 수가 있어야지. 그 새끼들 말하는 걸 듣고 있다보면 그런 생각이 들어. 지금 저 새끼가 자기가 하는 말이 말이 안된다는 걸 알고 하는 걸까 아니면 몰라서 하는 걸까? 물론 알고 그러는 거겠지.

자기들도 먹고살아야 하니까. 개새끼들.

그, 너네랑 같이 공연했다는 김현우 새끼랑 같이 친했던 정 뭐시기란 중앙대 교수 놈이 있거든. 그 새끼가 바로 그런 전형적인 사기꾼 새끼야. 우리가 학교 다닐 적에 같은 써클에 있었다? 그때 그 새끼 북한에 미쳐가지고 평양 가려고 했어. 주체사상이 옳대. 씨발 옳긴 뭐가 옳아? 새끼가 개념이 없어. 그러다가 내가 베를린 갔다 오니까, 문화판에 들어가서 약 팔고 있더라? 아마 그 뒤에 써포트가 있었을 거야. 박 뭐라는 다른 교수 새끼. 그 새끼가 개새끼 중의 개새낀데, 미국 유학 가서 시민운동에 심취해가지고 개지랄을 떨었지. 야, 미국 대학 캠퍼스촌이 어떤 줄 알아? 그냥 섬이야. 아무것도 없어. 거기서 무슨 시민운동이야. 대학 문화? 미국 대학 문화만큼 자폐적인 게 없지. 그나마 20세기 초 노동운동, 60년대 흑인민권운동 땜에 미국 좌파 새끼들이 체면 차리는 거잖아. 그거 빼면 뭐가 있냐? 근데 그 새끼는 미국 대학 캠퍼스에서 벗어난 적이 없거든. 그냥 도서관 기숙사 강의실 이거만 왕복하다 왔거든. 씨발, 미국 시민들이 하버드대 도서관에 있냐? 아무튼 이 새끼랑 정 뭐시기 이 자식이랑 죽이 맞아가지고 하고 다니는 짓거리가 아주 토가 나와요. 나도 알아. 그렇게 해서 서로 핥고 빨아주면서 카르텔 유지하고 초짜들한테 약 파는 게 생존전략이라는 거. 나도 적당히 숙이고 들어가면 한자리 꿰찼을 거야. 근데 성질이 지랄 같으니까 결국 여기 와서 이렇게 닭이나 튀기고 있는 거지."

남자가 흥분하여 벌게진 얼굴로 담배에 불을 붙였다. 한동안 거의 최면에 걸린 사람처럼 쏟아내는 그의 말에 케이 일행은 끼어들

틈도 없었다. 담배를 몇모금 피우고 나서야 그들의 존재를 깨달은 그가 다시 점잖아진 말투로 말했다.

"미안하네. 내가 말이 많았지. 오랜만에 동향 사람들을 만났더니."

"아뇨, 정말 재밌는데요. 저 완전히 빨려들어가서 들었어요." 최윤수가 말했다.

"하하, 그렇게 말해주면 늙은이들은 정말로 그런 줄 알아요."

"아뇨, 진심인데요. 그런데 사장님, 실례가 되는 질문인지 모르겠는데, 사장님께서 서울을 떠나 광주로 오신 진짜 계기가 뭔가요? 정말 사모님 때문인가요?"

"아, 그거. 그게 또 말하자면 길어지는데……"

"하하, 괜찮아요. 어차피 저희 시간 많은데요."

"하하, 자네 말 참 싹싹하게 잘하네. 사회생활 잘할 것 같아."

"아뇨, 거짓말 아니고 진짜로……"

"그러니까 일천구백구십칠년도에 IMF 벼락을 맞고, 그뒤로 죽전투적으로 살다가 조금 숨을 쉴 만해진 게 이천이년? 그때 지금 내 와이프도 만났고. 내 와이프 되게 똑똑한 여자야. 광주대 강의 나가. 아무튼 좀 먹고살 만해지니까 헛바람이 들어가지고 문화기획에 관심을 갖기 시작했어요. 90년대 들어서가지고 기업이든 정부든 문화적인 요소를 넣어서 이벤트를 기획하기 시작했잖아. 근데 문화적인 요소가 들어간 이벤트가 뭐야? 파티지. 근데 파티, 내가 베를린에서 좀 많이 해봤겠냐. 거기서 허구한 날 한 게 파티지. 그래서 도전을 한번 해보기로 했어. 이제 우리 한국인들도 제대로 좀 놀아볼 때가 되지 않았나. 마침 월드컵도 있었고. 사실 한국 사람들이 멍석만 깔아주면 잘 노는 사람들이거든. 근데 지난 백년간 역사가 좆같이 꼬여서 이 모양이 된 건데. 그래서 그때부터 문화기획을 하겠답시고 쑤시고 다녔어. 그러다 처음 손을 댄 게 홍대 앞에서 열린 무슨 아트 페스티벌이었는데, 그때 딱 보니까 이미 희망이 없더라고. 닫힌 판이야. 축제면 열린 판이어야 되는데 닫힌 판인 거야. 후배님들이 지들만 쏙 들어간 다음에 꽝 하고 문을 닫았네? 그게 뭐 하는 짓이야? 이렇게 말하긴 뭣하지만 참 가관이었어. 일단 그 후배님들도 다 명문대 출신 샌님들이라서 축제가 뭔지 아예 개념이 없어. 그래서 내가 축제라는 게 그런 게 아니요, 이렇게 이렇게 해야 되는 거요, 하면 어라 이 듣보잡 새끼가 나이 좀 많답시고 꼰대질을 하네, 이렇게 눈을 세모꼴을 하고 쳐다보는 거야. 아니, 내가 후배님들이랑 나이 차이가 많이 나기라도 하면 억울하지는 않지. 근데 뭐 이해해. 걔들한테는 내 말이 이해가 안되겠지. 자기들끼리 쭉 그렇게 해왔으니까. 그래도 어찌어찌 그건 잘 마무리 됐어. 그나마 내가 졸라 뻥이 치면서 콘셉트 잡아주고 해서 그 정도 된 거지. 그러고 나서 걔들이랑 다신 안 엮이겠다고 나와서 따로 사무실을 차렸어. 직접 시청에 구청에 대기업 홍보부 광고회사까지 다 내 발로 뛰어다녔어. 근데 이 판이 좀 좁아? 어딜 가도 그 후배님들이랑 마주치는데, 이것들이 또 엄청 방해를 하시더만. 그때 얘기를 다 하자면 책 한권으로 모자라. 암튼, 마침 그때 서울시에서 유스 페스티벌을 여는데 그해부터 콘셉트를 싹 바꿔가지고 제대로 좀 해보겠다고 적당한 사람을 물색하고 있었어. 그걸 내가 기획서 하나로 딱 수주를 받았지. 물론 전체 기획은 아니고. 그래도 그 안에선 제일 큰 거였어. 내가 거기에 아주 올인을 했지. 정말 열심히 했다. 알아주는 사람? 없어. 돈? 내 돈 안 꼬라박은 게 다행이지. 심지어 지금 내 와이프가 지 시간 쪼개서 도와줬어. 솔직히 나는 그랬어. 일한 사람들한테는 제대로 페이 줘야 한다. 자원봉사? 열정? 좆까지 마. 당장 주머니가 빵꾸났는데 무슨 열정이 솟아나와. 그건 그냥 악에 받친 거지. 그런 네거티브한 정신으로는 안돼. 근데 예산이, 시에서 나온 예산이 아무리 봐도 답이 안 나와. 그래도 어찌어찌 잘 끝났어. 결과도 나쁘지 않았어. 고생한 애들한테 적지만 돈 한푼씩 쥐여줬어. 솔직히 뿌듯했어. 그때 내가 데리고 있던 애가 하나 있었는데, 걔가 참 착했어. 예쁘고, 똑똑하고. 근데 가난해. 근데 미술을 하고 싶대. 순수미술. 집이 좆같이 가난한 애가 예술을 하겠대. 아주 답이 안 나오는 얘기지. 걔가 아마 고등학교도 지방에서 나오고 서울에서 무슨 전문대 다니다가 학비가 없어서 휴학을 했을 거야. 근데 어쩌다가 인생이 꼬여서 내 밑에 들어와 앉아 있었던 거지. 걔가 케테 콜비츠를 참 좋아했어. 무슨 놈의 어린년이 그렇게 다크한 걸 좋아해? 이해는 가. 아마 비슷한 정서를 느꼈겠지.

그때 내 밑에 애들이 한 일곱명쯤 있었어. 물론 그 밑에 자봉들도 붙고 다른 팀도 붙고 해서 규모가 상당했는데 처음부터 끝까지 나랑 같이 간 핵심 멤버는 그쯤이야. 나 걔들하고 아직도 연락해. 광주 내려오면 통닭 튀겨주고 잘 데 없음 재워줘. 아무튼 그때 내가 돈이 없어서 와이프한테 꾸는 한이 있더라도 걔 밥값만은 꼬박

꼬박 내췄어. 그리고 일 다 끝나고 걔한테 돈을, 정말 말도 안되는 그 쥐꼬리 같은 돈을, 겨우 밥값이랑 차비나 빠질까 말까 하는 그 돈을 내가 주려고…… 원래 그런 일 하면 돈이 빨리 안 들어오는데 내가 온갖 닦달을 해서 돈을 꽤 빨리 받아냈어. 그래서 이제 한명씩 계좌이체를 하는데 하필 걔만 계좌번호가 없는 거야. 전화를 해도 연락이 안되네? 어떻게 물어물어 걔네 집에 갔어. 그때 걔가 살던 그 집이…… 휴…… 이건 뭐 내가 베를린에서 지내던 그 다 허물어져가는 건물보다 더 심해. 솔직히 나 걔가 무슨 돈으로 어떻게 생활을 했는지 모르겠어. 나도 참 나름대로 여러가지 경제사정 속에서 살아봤거든. 근데 진짜 모르겠더라. 왕래하는 친구도 없는 거 같고 제대로 연애를 하는 것 같지도 않고. 이런저런 복잡한 생각 속에서 문을 두드렸는데 답이 없어. 그래서 어쩌나 돌아갈까 좀더 두드려볼까 고민을 하는데 마침 문이 열렸어. 걔가 나왔는데 얼굴이 아주 죽을상이야. 배탈이 나서 어제부터 뭘 못 먹었다는데, 내가 봤을 때 돈 없어서 굶은 거 같애. 이것 참. 2003년에 대한민국 서울 한복판에서 스물한살짜리 여자애가 그러고 사는 걸 봤다? 남자애였으면 당장 멱살을 잡아가지고라도 내 집에 데려다가 놓는 건데, 여자애잖아. 근데 그 꼴을 보니까 차마 그 잔돈 몇푼 든 돈봉투 떡 던져주고 갈 수가 없더라. 그래서 기다리라고 하고 편의점에 가서 통장에 들어 있던 얼마 안되는 돈, 내 피 같은 생활비 싹 긁어서 쥐여주고 왔어. 그리고 무슨 문제 생기면 나한테 전화하라고, 꼭 전화하라고, 그렇게 말했어. 걔가 고개를 끄덕이는데, 내가 알지. 걔는 전화할 애가 아니야.

그리고 돌아오는데 마음이 참 안 좋아. 너무 안 좋아. 참 이걸 어떻게 해야 되나. 내가 학교 들어가서 운동권 새끼들 지랄들 하는 거 보고 정치에서 마음을 끊었어. 대통령이 누가 되건 신경도 안 써. 근데 걔 그러고 있는 걸 보니까 맑스 바짓가랑이라도 붙잡고 싶네? 근데 솔직히 이런 애들이 한둘이겠냐고. 보이지가 않아서 그렇지. 나도 그렇게 안 찾아가봤으면 몰랐을 거 아니야. 보는 거랑 듣는 거랑은 또 다르니까. 이걸 어떻게 해야 되나, 그날 와이프랑 밤새 그런 얘기를 했어. 우리 와이프, 되게 착해. 근데 걔는 가난이 뭔지 몰라. 유복한 집에서 곱게 자랐거든. 근데 걔가 내 얘기를 듣고 너무 안타깝대. 자기가 직접 만나보고 싶대. 그렇게 할까 이렇게 할까, 고민만 존나 했어. 걔랑 친한 애가 있나 하고 찾아봤는데, 없더라고. 아니, 무슨 새끼들이 세달 넘게 같이 일을 했는데도 친해지지가 않아. 아주 잘났어들. 개인주의의 화신들이야. 그래서 그렇게 시간이 흘러갔지. 그때 마침 어머니가 쓰러지셔가지고 정신이 하나도 없었어. 그렇게 나는 걔를 까먹었지.

그리고 한참 지나서 밑에 있었던 남자 새끼 중 하나가 전화를 해왔어. 반갑다, 웬일이냐 했지. 애가 술을 좀 마셨더라. 무슨 일이냐니까 대답을 안해. 몇번을 캐물었더니 겨우 대답을 하더라. 걔가 자살했대. 듣자마자 딱 그런 생각이 들더라. 씨발, 너 이럴 줄 알고 있었지? 알면서도 그냥 수수방관한 거지? 바쁘다는 핑계로? 좋았겠네, 맘 편하고. 에라이 이 병신 새끼⋯⋯ 전화 끊고 장례식장으로 튀어갔어. 내가 장례식 처음부터 끝까지 다 지켰어. 장례비용 모자란 것도 다 내 카드 긁었어. 모르는 사람들은 내가 걔 친오빠나 되는 줄 알았을 거야. 씨발, 나 할 수 있는 거 다 했다. 근데 그럼 뭐해. 나는 가장 중요한 걸 못했어. 걔 죽는 거 못 막았어. 나, 걔 죽을 거 알고 있었어. 본능적으로. 근데 그 본능 무시했어. 나 살길 찾겠다고. 성공한 문화기획자 되겠다고. 근데 문화기획자? 한국에서 문화기획자? 굶어 뒈지지나 않으면 다행이지. 근데 나 솔직히 그 타이틀 탐났어. 존나 말도 안되는 기획 하면서 사기 치는 새끼들한테 보여주고 싶었어. 기획이라는 게 이런 거다. 나 그때 씨제이에서 큰 거 하나 따서 하고 있었거든. 그거 최종승인 나면 걔 부르려고 했어. 돈도 제대로 주고. 나, 꿈 있었어. 진짜야. 근데 그럼 뭐해. 자살했대. 그 예쁘고 착한 애가. 욕실에서 목매달아 죽었대. 씨발 겁도 없지, 왜 목을 매고 지랄이야. 차라리 나한테 전화를 하지. 내가 그렇게 못 미더웠어? 늙은 놈이 수작 부리는 걸로 보였어?

나중에 보니까 걔 집에 가본 사람이 나밖에 없더라. 걔가 어떤 꼴을 하고 사는지 아무도 몰랐던 거야. 아주 편한 세상이지. 더러운 꼴 볼 필요 없잖아. 안되겠다 싶으면 깔끔하게 자살해버리면 되잖아. 씨발 얼마나 편리해.

그러고 나서 일년을 술독에 빠져 살았어. 와이프랑도 거의 헤어질 뻔했어. 진짜 삶의 의미를 모르겠더라. 와이프가 걔 좋아했냐고, 사실 걔 짝사랑한 거 아니냐고 그러더라. 씨발, 나도 그런 거면 좋겠지. 근데 나 진짜 걔한테 아무 마음 없었어. 한마디로 나, 걔한테 관심 없었어. 그래서 그렇게 죽게 놔둔 거야. 좋아했으면 내가 걔를 그렇게 놔뒀겠냐? 그래, 나도 알았어, 내가 억지 쓰고 있다는 거. 내 탓 아니지. 왜 걔가 죽은 게 내 탓이야? 근데 아니면 뭐가 달라지냐? 밖에를 못 나가겠어. 길 가다 차가 오면 뛰어들고 싶어지니까. 누가 날 때려줬으면 좋겠어. 욕해줬으면, 아니 죽여줬으면 좋겠어. 나의 이 고통을 끝내줬으면 좋겠어. 근데 다들 내 탓 아니라고 위로만 해. 제일 날 미치게 만들었던 게 뭔지 알아? 사람들이 이해를 못해. 내가 그런 일로 혼이 나갔다는 걸. 네 가족도 아니잖아? 애인도 아니잖아? 아니 씨발, 너는 인식능력이 지렁이 수준이냐? 너랑 관련 없으면 못 슬퍼해? 너랑 피를 나누거나 떡을 친 상대가 아니면 공감능력이 발휘가 안돼? 너는 그래? 그렇게 모자란 새끼냐 너는? 추상적 차원의 사고능력이 없어? 그런데 인간이야? 개새끼야, 인간이면 생각을 해보라고. 근데 진짜 다들 이해를 못하더라고. 물론 그것도 이해해. 나도 내가 그러는 게 이해가 안됐으니까. 하지만 어떡해?

어느날 와이프가 그러더라. 자기 더이상은 못 참겠다고. 지금 내가 그러는 거 다 이해한대. 다 견딜 수 있대. 근데 문제는, 자긴 더이상 우리 관계에서 미래를 못 보겠대. 맞는 말이지. 나도 내 미래가 안 보이는데. 아니 미래 같은 게 있어? 그런 게 존재해? 미래가 뭔데? 우리가 추구해야 할 미래가 뭐야? 개같이 벌어서 강남에 아파트 사는 거? 마누라 명품 백 사주는 거? 애새끼 낳아서 미국에 유학 보내는 거? 그리고 결국 한국말도 제대로 못하는 양아치 만드는 거? 그런 거 아냐? 그게 아니면 뭐야? 씨발 그래 좋다, 어차피 인생 좆같고 아무 의미도 없으니까 지금부터라도 돈이나 졸라 벌어서 부르주아가 되자, 그럼 되나? 그럼 이 고통이 해결이 되나? 그렇다면 그렇게 해주마. 아주 인식의 붕괴, 아노미의 현장이었지. 그렇게 산 지 일년째 되는 날 아침에 눈을 떴는데 머리가 핑 도는 거야. 막 어지럽고 헛구역질이 나. 그래서 변기에다 토했는데, 빨개. 완전히 그냥 피바다야. 그걸 보는 순간 아, 이제 뭔가 결단의 순간이 왔구나, 깨달았지. 문제는 뭔지 알아? 아직 나는 아무 준비가 안 됐다는 거야. 결단이고 나발이고 시간이 갈수록 점점 더 혼란의 도가니야. 근데 결단의 순간은 찾아온 거지. 나의 의사랑은 아무 상관도 없이. 어쩌겠냐? 하루 동안 술 한방울도 입에 안 대고, 싸우나 가서 목욕재계하고 와이프한테 연락을 했어. 내가 술 안 마실려고 와이프한테 스타벅스로 오라고 했어. 커피 한잔씩 앞에 두고 아무 말 없이 그냥 앉아 있는데, 결국 와이프가 울더라. 씨발, 나도 울고 싶었어. 하지만 나는 남자니까, 울음을 참고 말했지. 먼저 일년간 이런 나 견뎌준 거 고맙다. 정말 너 아니면 나는 이 세상 사람이 아니었을 거다. 근데 내가 아직도 정신을 덜 차렸다. 솔직히 언제 제대로 정신을 차릴지 모르겠다. 하지만 니가 나를 조금 더 봐줄 정이 남아 있다면 내가 오늘부로 이 몇가지는 꼭 지키겠다. 술 끊겠다. 니가 나 술 다시 마셔도 된다고 할 때까지 안 마시겠다. 그리고 나 서울 뜨겠다. 서울 뜨고, 내가 제정신으로 할 수 있는 일 찾아보겠다. 와이프가 말을 안해. 한참 있다가 그럼 어디로 갈 거내, 생각해봤내. 나는 광주로 가고 싶다고 했어. 너랑 같이 광주 내려가서 살고 싶다. 우리 결혼하자.

씨발 내가 생각해도 돌았지. 남자친구란 놈이 일년간 폐인 짓 하다가 불쑥 나타나더니 결혼하재. 근데 와이프도 제정신은 아닌 게, 그러자고 하더라. 솔직히 이해가 안됐어. 지금 이 여자가 나를 놀리

나, 아님 돌았나. 근데 나중에 와이프한테 들었는데, 자기가 거기서 거절하면 자살할 것 같았대. 그래서 일단 그렇게 말해준 거래더라고…… 근데 솔직히 난 자살 못할 위인이거든. 보기보다 겁이 졸라 많아. 아무튼, 에, 그리하여…… 보다시피 이렇게 오늘날 내가 광주에서 닭을 튀기며 살게 된 것이라네."

말을 끝낸 남자가 목이 탔는지 앞에 놓여 있던 맥주를 단숨에 비웠다. 케이 일행은 말이 없었다. 이야기가 처음부터 끝까지 극적인 요소로 가득 차서 어떻게 반응해야 할지 알 수가 없었기 때문이다. 남자도 어색함을 느꼈는지 말없이 화장실로 들어갔다.

"우와, 저 아저씨 인생 진짜 영화 같다." 화장실 문이 닫히자 한별이 조심스럽게 말을 꺼냈다.

"솔직히 좀 뻥 같지 않냐." 드러머가 씨니컬하게 말했다.

"어, 몇몇 부분은 확실히 과장이 섞여 있지. 근데 많은 부분 진실되게 느껴지는데. 특히 그 자살한……" 최윤수가 말했다.

"응, 사실 나 그 부분에서 좀 슬펐어." 케이가 말했다.

"그치, 나도." 한별이 말했다. "재현 오빠는 어땠어?"

뭔가 말하려던 재현이 화장실에서 나오는 남자를 보고 입을 다물었다. 최윤수가 벽에 걸린 시계를 확인했다.

"미안하네. 내가 너무 말이 많았지. 지루한 늙은이 얘기 듣느라 고생이 많았어. 그런데 자네들 숙소는 어디인가?"

최윤수가 아파트 이름을 댔다.

"거긴 여기서 꽤 멀지. 곧 버스가 끊어질 텐데."

"택시 타고 가면 돼요."

"그렇군. 다시 한번 미안하네. 오랜만에 후배님들을 만나다보니까……"

"아뇨, 이야기 너무 재미있었어요. 그리고 참, 한동안 힘드셨겠어요." 최윤수가 애틋한 눈길로 남자를 보며 말했다.

"나야 뭘. 와이프가 고생했지."

"그럼, 이제 마음은 많이 정리가 되신 거예요?"

"정리? 글쎄, 정리라는 게 될 수 있는 건가? 인생이라는 게 그런 거다, 요즘은 그냥 그런 정도로 생각해. 아니, 사실 요샌 별생각 없어. 아이도 쑥쑥 크고, 정신이 없거든. 돈 벌어야 돼, 돈." 남자가 웃었다. "언제나 돈이 문제지."

"닭이 너무 맛있어서 곧 부자 되실 거 같아요." 케이가 말했다.

"고마워요, 아가씨."

남은 맥주를 비우고 처음보다 조금 더 어색해진 분위기 속에서 케이 일행은 가게를 빠져나왔다.

9

 숙소인 박씨의 아파트에 도착한 일행은 피곤하다는 재현과 가벼운 감기 기운이 있던 케이를 제외하고 근처 꼼장어집으로 2차를 갔다. 재현은 집에 들어서자마자 노트북을 안고 소파에 누웠다. 샤워를 끝낸 케이가 거실로 나오니 재현은 여전히 노트북을 들여다보고 있었다.
 "피곤하다며. 괜찮아?"
 재현은 말없이 노트북을 들여다보며 웃었다.
 "뭐 재밌는 거 있어?"
 "아니, 별로."
 케이가 소파에 비스듬히 기대어 앉아 물었다.
 "공연장 주인아저씨는 언제 온대?"

"몰라."

케이는 텔레비전을 켰다. 끝없이 이어지는 광고를 멍하니 바라보던 케이는 다시 텔레비전을 끄고 재현을 보았다. 그는 여전히 노트북을 보고 있었다.

"재현."

"어?"

"노트북 나중에 하면 안돼?"

"왜? 뭐 할 거 있어?"

"아니, 그냥. 너가 노트북만 하니까 심심해서."

"심심하면 윤수 거 아이패드 해. 내 가방에 있어."

"됐어. 그런 거 할 기분 아니야."

그제야 재현이 노트북에서 얼굴을 떼고 케이를 보았다.

"왜? 무슨 일 있어?"

"그렇잖아, 넌 여기까지 와서 컴퓨터만 하잖아. 피곤하다며. 그럼 차라리 자든가."

재현은 대답이 없었다. 살짝 짜증이 난 표정이었다.

"그렇잖아, 맨날 만나면 핸드폰만 보고 아님 컴퓨터."

"뭐 딱히 딴 거 할 거도 없잖아. 그리고 그동안은 아무 말도 안하다가 갑자기 왜 그래?"

"아니 그게……"

"왜 나한테 이래라저래라 참견이야. 니가 내 엄마냐?"

"야, 여기서 엄마가 왜 나오냐." 케이가 장난스레 눈을 흘겼. "내 말은, 너랑 나랑 둘이 같이 있……"

"니가 내 엄마냐고!"

"야, 왜 소리를 질……"

"니가 빡치게 하잖아!"

"야…… 난 그냥 너가 계속 컴퓨터만 하고 있으니까……"

"아, 됐어. 알았어. 안하면 되잖아."

"왜 화를 내고 그래? 그리고 너 컴퓨터 하지 말라는 얘기가 아니잖아."

"그럼 뭐야? 하라는 거야 하지 말라는 거야? 장난해 지금?"

케이가 대답 대신 재현을 쏘아보았다.

"왜? 뭘 봐?"

"해. 그래, 해. 너 맘대로 해."

"뭐?"

"컴퓨터 하라고. 하고 싶다며."

"야, 너 진짜 왜 이래? 생리하냐?"

"뭐?"

"됐어. 너가 하고 싶은 말 뭔지 알아. 내가 한심하다 이거잖아."

"아니야, 그런 거."

"뻥치지 마."

"아니라고! 아니라니까! 왜 멋대로 앞질러가고 난리야!"

케이가 꽥 소리를 질렀다. 그러나 이내 미안한 얼굴로 재현을 향해 입을 열었다.

"미안해…… 난 그냥…… 오랜만에 너랑 둘이 있는데 너가 계속 노트북만 보고 있고 그러니까. 아까 그 아저씨 얘기도 생각나고……"

"무슨 아저씨?"

"아까 그 치킨집 아저씨 있잖아."

"아."

"왜? 넌 그 아저씨 어땠어?"

"어…… 그게……" 재현이 슬쩍 케이의 눈치를 봤다.

"왜, 뭔데?"

"넌 그 아저씨 말 믿냐?"

"응?"

"솔직히 나는, 그냥 딱 봐도 이 아저씨가 구라 치는구나, 느낌이 오던데."

"글쎄, 윤수 말대로 좀 과장된 부분이 있긴……"

"좀 과장된 정도가 아니지."

"그래?"

"결국 인생 꼬이니까 그 자살한 여자애 핑계로 여기로 튄 거 아냐. 여자 하나 잡아서."

"………"

"왜? 아닌가? 아님 말고."

케이가 살짝 얼굴을 찌푸렸다.

"신기하다."

"뭐가?"

"그 얘기를 듣고 그런 식으로 해석하는 게."

"무슨 뜻이야, 그게?"

"음, 그러니까, 그런 식의 해석은 너무 한 사람의 진심을 비하하는 거 아니야?"

"진심을 비하한다고?"

"근데 생각해보니까 넌 항상 좀 그런 거 같아. 넌 너가 되게 잘났다고 생각하지? 그래서 다 별로인 거지? 맞지, 그런 거지? 넌 니가 왕이라고 생각하지? 아니야? 아님 말고."

말을 끝낸 케이는 부엌으로 갔다. 그녀는 냉장고에서 오렌지 주스를 꺼내 식탁에 앉았다. 그리고 핸드폰을 꺼내 메시지를 확인하다 문득 고개를 들어보니 재현이 앞에 서 있었다. 케이는 놀랐다. 그의 얼굴이 빈 종이처럼 텅 비어 있었기 때문이다. 아니, 뭔가 있긴 했는데 그건 일종의 악의 같은 거였다.

"왜?"

"그게 무슨 뜻이야?"

"뭐가?"

"내가 나를 왕으로 생각한다고? 근데 아니라 이거지? 사실 병신이라 이거지? 그래, 맞아. 나도 알아. 니가 말한 거 나도 이미 다 알고 있거든? 우리 아버지가 맨날 하는 말이 그거야. 근데 그 얘기를 여자친구한테까지 들을지는 몰랐네. 씨발, 김재현 인생 왜 이렇게 좆같아졌냐. 근데 그런 너는? 너는 잘났냐? 너도 나랑 똑같잖아. 아니, 넌 나보다 더 심하지. 게다가 너는 멍청하잖아."

케이가 말없이 재현을 쳐다봤다.

"뭘 봐?"

"그래서?"

"그래서는 뭐가 그래서야, 이 멍청아."

"그러니까 결국 똑같은 얘기네. 나는 한심하지만 그래도 너보단 덜 한심하다. 그러니까 내가 더 잘났다. 결국 내가 제일 잘났다. 내가 왕이다. 그래, 니 맘대로 생각해. 그래, 나 멍청하다. 됐냐?"

"구라 까지 마. 너 니가 존나 잘났다고 생각하는 거 다 알아. 맨날 뉴욕 얘기만 하고. 겨우 몇달 갔다 온 주제에. 요새 뉴욕 안 가본 사람도 있냐?"

"맞아. 누가 뭐래."

"근데 왜 그렇게 잘난 척해? 백인 루저 새끼들하고 몇번 어울려 논 거 가지고 너 되게 잘난 척하는 거 알아?"

"응, 알아. 잘난 척해서 미안해."

"그렇게 빈정거리지 마. 짜증나."

"누가 먼저 빈정거렸는데?"

"내가 먼저 빈정거렸다고?"

"어! 니가 먼저 그 통닭집 아저씨 비웃었잖아. 이 대화의 흐름이 분석이 안돼? 너 나보고 멍청하다며? 근데 멍청한 나보다도 이해가 안 가니?"

말문이 막힌 재현이 분한 듯 케이를 노려봤다.

"왜? 뭐 더 할 말 있어? 있음 해봐!" 케이가 소리쳤다.

"너 근데 왜 나보고 너라고 불러? 내가 너보다 나이가 몇살이나 많은 줄 알아?"

"우와, 할 말 없으니까 별걸 다 트집 잡는다. 알았어. 미안해. 나이도 많은 분한테 분수도 모르고 맞먹었네. 죄송하네요. 그래, 이제부터 꼬박꼬박 오빠라고 불러줄게. 아니, 오빠로는 부족하지. 선생님이라고 해줄까? 그래, 그게 좋겠다. 선생님, 근데요 제가 오늘은요 피곤해서요 더이상요 선생님이랑요 말 섞기 싫거든요?"

말을 끝낸 케이가 자리에서 일어나 방으로 향했다. 그런 그녀를 재현이 막아섰다.

"왜 이래? 나 잘 거야."

"그렇게 니 말만 끝내고 가는 게 어딨어?"

"난 더이상 할 말 없거든?"

"그러니까 그런 게 어딨냐고!"

둘은 그렇게 마주 선 채로 한동안 옥신각신했다. 하지만 결국 케이가 재현을 따돌리고 방으로 들어가는 데 성공했고, 뒤늦게 방 앞에 도착한 재현은 난처한 표정을 지은 채 잠긴 문을 바라보았다. 한동안 그렇게 서 있던 재현은 결국 포기하고 거실로 돌아가 다시 노트북에 고개를 박았다.

*

케이는 공연장 주인과 통화를 하고 있는 최윤수를 물끄러미 바라보았다. 광주 너무 좋아요, 꼭 다시 오고 싶어요, 네, 그럼요······ 최윤수는 사회생활의 스트레스를 밴드 활동을 통해서 풀고 있다고 하는데 몸에 완전히 익어버린 접대하는 습관을 버릴 수는 없는 것 같았다. 그런 그가 조금 가엾게 느껴졌는데, 그러나 곧 쓸데없는 걱정이라는 생각이 들었다. 왜냐하면 그는 업계에서 꽤 인정받는 디자이너였기 때문이다. 재현같이 대책 없는 후배들을 챙겨주어서 평판도 좋았고 게다가 한별같이 귀여운 여자친구도 있지 않은가. 한편 재현은 의자에 기댄 채 핸드폰을 들여다보고 있었다. 솔직히 케이는 이해가 되지 않았다. 어젯밤의 재현이 말이다. 그런데 생각해보면 재현은 항상 그런 식이었다. 뭐든지 삐딱하게 보고, 무엇에도 감동하지 않는 씨니컬한 태도. 바로 그런 재현의 모습에 케이는 반했던 것이다. 그런데 어젠 그게 정말 싫었다. 그러고 보면 왕으로 생각한다는 둥 어젯밤에 화가 나서 아무렇게나 내뱉은 말이 재현에게 꼭 들어맞는 말인 것 같았다. 멍청이. 헛똑똑이. 문득 케이는 자신이 재현보다 똑똑할지도 모른다는 생각이 들었다. 어, 무의식적으로는 그런 거 같애. 의식이 멍청해서 그렇지. 재현은 반대. 응, 의식적으로는 굉장히 똑똑한데 무의식은 바보 같아. 아, 어쩌면 나는 재현과 아주 다른 사람인지도 모르겠다. 좀더 정확히 말해서 재현은 생각보다 훨씬 후지고, 나는 생각보다 훨씬 괜찮은 사람일지도. 하지만 그럴 리가 없잖아. 재현은 아는 것도 많고 나보다 뉴욕에도 더 자주 가봤을 텐데? 학교도 훨씬 좋은 데 다니고. 부모님도 훌륭하시고. 누나들도 완전 멋있고…… 그런데……

순간 엉뚱하게도 통닭집 남자가 떠올랐다. 그의 이야기, 그가 들려준 이야기 속 그의 삶. 베를린과, 한국의 90년대와, 그 자살한 여자애는 이름이 뭐였더라. 그의 오래되고 극적인 이야기를 천천히 되짚어보던 케이는 갑자기 자신의 인생이 아주 보잘것없이 느껴졌다. 하찮고, 시시하며, 싸구려인데다, 가짜. 어, 이태원에서 파는 가짜 명품 가방 같다. 왜냐면, 음, 왜냐하면, 끝나버렸으니까. 진짜들은. 내가 태어나기도 전에. 그럼 나는 뭐지? 어쩌면 나는 복제품에 불과할지도 모르겠다. 썩 잘 만들어진. 아니, 너무 그럴듯해서 진짜랑 잘 구분도 안 가는. 하지만 가짜. 가짜는 가짜.

그게 나, 내가 살아온 삶이 아닌가.

갑자기 케이는 자기 앞에 펼쳐진 삶을 손에 잡힐 듯이 볼 수 있었다. 가짜들, 끝없이 펼쳐진 모조품들의 세계, 그 길을 따라 나는 걷게 될 것이다. 그게 내 운명이다. 그렇게 생각하자 덜컥 겁이 났다. 그건 이따금 느끼던, 스스로가 아주 시시한 사람이 된 듯한 기분하고는 전혀 다른 종류의 것이었다. 훨씬 더 깊고, 닫혀 있으며, 막다른 감정. 순간 그녀 앞에 펼쳐진 풍경이 색을 잃었다. 그리고 점점 쪼그라들어 핸드폰만하게 작아지더니 툭 하고 꺼져버렸다. 케이는 당황했다. 아니, 이게 뭐지. 이럼 안되는 거잖아. 오늘 아침에 백 퍼센트 충전된 것을 봤다고. 그러나 케이는 느낄 수 있었다. 정말로 끝이 났다는 걸. 뭔지 알 수 없지만 뭔가가. 나와는 전혀 상관없이. 아주 오래전에. 벽에 머리를 세게 박은 듯한 느낌이었다. 이게 도대체 뭐지? 대체 난 왜 여기 있는 거지? 여기서 뭘 하는 거지? 아니, 대체 여긴 어디지? 거긴 광주역이었다. 그리고 그녀는 대합실 의자에 앉아 있었다. 한 손에 아이폰을 든 채. 이어폰에서는 애니멀 컬렉티브의 「My Girls」가 흘러나오고 있었다. 맞은편에 앉은 재현은 노트북을 들여다보고 있었다. 재현과 자신의 사이로 한 무리의 중국인들이 캐리어를 끌며 지나갔다. 벽에 걸린 스피커에서는 안내방송이 흘러나왔고, 전광판에서는 출발 예정인 기차의 목적지가 반짝였다. 게이트 너머로 열차들이 늘어선 승강장이 보였다. 멀리 최윤수와 한별이 보였다. 한별이 케이를 향해 손을 흔들었다. 하지만 케이는 움직일 수 없었다. 어느새 머릿속에는 하나의 문장이 떠올라 있었다.

왜 나는 살아 있나.

모든 게 끝났는데.

태어나서 처음으로, 케이는 자신이 살아 있다는 사실이 견딜 수가 없었다. 그런데 왜? 대체……

"죄송한데요, 혹시 경희…… 한경희 씨 아니신가요?"

케이는 목소리가 들려온 쪽을 바라보았다. 낯이 익은 얼굴의 젊은 남자가 케이를 내려다보고 있었다.

"맞는데요." 케이가 멍하게 대답했다.

"맞구나, 한경희! 나 이지원이야. 기억 안 나? 우리 같은 반이었잖아. 연의초등학교 4학년 3반. 기억 안 나?"

케이는 이마를 찌푸리며 뭔가를 기억해내기 위해 애썼다.

"글쎄……"

그때 남자가 미소를 지었고, 순간 안개가 걷히듯 뭔가 떠올랐다.

"혹시……"

"기억나?"

"혹시 너…… 너…… 나한테 지우개 따먹기 연속 세판 져가지고 지우개 뺏기고 울었던 걔야? 맞지? 맞아, 이지원! 기억나!"

"야, 넌 뭐 그런 걸 기억하고 있냐." 남자의 얼굴이 약간 붉어졌다.

"야, 나 그때 진짜 당황했잖아. 니가 막 엉엉 울어가지고. 뭘 그런 거 가지고 우냐?"

"그거 내가 진짜 좋아하던 지우개란 말이야. 그리고 비쌌어. 천삼백원이나 주고 산 거야."

"뭐? 지우개가 뭐가 그렇게 비싸?"

"내 말이! 근데 내가 아까 전에 들어오자마자 너 봤는데 계속 잘 모르겠는 거야. 쟤가 맞나? 아닌가? 맞는데? 근데 멍 때리고 있는 거 보니까 맞더라. 왜 그렇게 넋을 놓고 앉아 있냐?"

"내가? 그랬나? 아 그게…… 근데 너 광주에 무슨 일이야? 여기 살아?"

"아니, 나 인천 살지. 잠깐 고모님 댁 왔다가 이제 다시 올라가. 너는? 너 그때 서울로 전학 갔잖아. 지금도 서울 사는 거지?"

"응응. 야, 근데 진짜 반갑다. 키 많이 컸네? 너 어려서 나보다 작았잖아?"

"아냐! 나 안 작았어. 근데 너는 그대로다. 키도 땅꼬마 같네?"

"야, 죽는다."

"성질도 그대로네."

케이가 웃음을 터뜨렸다.

"근데 너 내가 옛날에 인터넷으로 찾아본 적 있는데 아무리 찾아도 없더라? 그래서 이민이라도 갔는 줄 알았어. 대체 뭐 하고 지낸 거야……"

문득 이상한 느낌에 케이가 고개를 돌려 반대편을 보았다. 재현이 뚫어져라 케이를 바라보고 있었다. 케이는 얼른 고개를 돌리고 보란 듯 지원을 향해 크게 미소 지었다. 좀 전까지 그녀를 사로잡고 있던 감정을 케이는 까맣게 잊고 있었다. 그녀는 들뜬 채 지원과 그동안 밀린 이야기를 나누기 시작했다. 하지만 얼마 지나지 않아 용산행 열차의 탑승을 알리는 안내방송이 흘러나오기 시작했고, 아쉬운 마음으로 지원과 연락처를 교환하고 서둘러 게이트로 향했다. 어느새 최윤수가 옆에 있었다.

"케이야." 최윤수가 그녀의 어깨에 살짝 손을 얹으며 말했다.

"응, 왜?"

"아니……"

"아, 드디어, 돌아간다." 케이가 기지개를 켰다.

"하하. 왜, 광주 별로였어?"

"아니, 그냥 좀 피곤해서."

"나도 피곤해 죽겠다. 근데 아까 얘기하던 남자 누구야?"

"누구? 아아, 걔. 나 초등학교 동창. 우연히 여기서 만난 거 있지. 십몇년 만에."

"정말? 우연히 만난 거야?"

"응, 신기하지? 초등학교 다닐 때 잠깐 내 짝이었어."

"우와, 신기하다. 근데 귀엽게 생겼더라. 얼굴도 완전 하얗고." 한별이 그렇게 말하곤 슬쩍 최윤수의 눈치를 살폈다.

"그치? 어려서도 하얬는데 더 하얘진 거 같애."

"우와, 부럽다. 비결이 뭐래? 썬크림을 한통씩 바르나."

"그래서? 또 만나기로 했어?" 최윤수가 물었다.

"응, 시간 되면 만나자고. 근데 바쁜가봐. 고등학교 졸업하고 군대 갔다 와서 바로 취직했대."

"아."

천국에서 201

기차에 올라탄 케이는 자리에 앉자마자 잠이 들었다. 꿈에서는 모르는 남자가 케이의 손에 감자를 쥐여주었다. 이걸 잃어버리면 안돼. 거기는 광주의 통닭집이었다. 주방에서는 주인 대신 재현이 닭을 튀기고 있었다. 케이는 감자를 꼭 쥐고 앉아 재현을 보았다. 갑자기 감자가 뜨거워지기 시작했다. 하지만 케이는 감자를 놓을 수가 없었다. 감자는 계속 뜨거워졌다. 계속해서, 그리고……

10

 집에 도착한 케이는 놀랐다. 동생이 거실에 나와 있었기 때문이다. 어머니와 아버지까지 한자리에 모여 있었다. 케이를 본 아버지가 다짜고짜 소리를 질렀다.
 "넌 왜 이렇게 늦게 오냐! 연락도 없이!"
 "왜 쟤한테 화를 내요?" 어머니도 버럭 소리를 질렀다.
 "죄송해요. 뭐 좀 먹고 오느라고. 그런데 무슨 일 있어요?"
 소파에 앉은 동생이 핸드폰을 들여다보고 있었다. 아버지가 다시 소리를 질렀다.
 "너 이 새끼, 핸드폰 못 집어넣어? 너 손모가지를 확!"
 동생이 핸드폰을 주머니에 넣더니 분한 듯 아버지를 노려보았다.
 "허, 이놈 봐라? 지금 나 노려본 거냐? 너 돌았냐? 눈에 뵈는 게 없지? 이 자식이 보자 보자 하니까……"
"무슨 일인데요?" 케이가 물었다. "근데 아빠 목소리 좀 낮춰요. 밖에 다 들리겠어요." 케이가 말했다.
"아 진짜 미치겠네!" 아버지가 머리를 쥐어뜯으며 거실을 서성거리기 시작했다.
"머리 뜯지 마요. 가뜩이나 탈모 때문에 걱정하는 양반이." 어머니가 말했다.
"뭐라고?"
"왜요? 내가 틀린 말 했나? 요즘 머리 많이 빠진다고 불평한 게 누군데."
"아니, 이 사람이……"
케이는 고개를 흔들며 방으로 들어갔다. 가방을 내려놓고 침대에 앉아 집에 오는 길에 사온 맥주캔을 꺼냈다. 차가운 맥주 한모금을 입에 흘려넣자 긴장이 풀리며 몸이 노곤해졌다. 아, 좋다. 케이가 그대로 침대에 누우려는 찰나 다시 아버지의 목소리가 들려왔다.
"그래서 너 어떻게 할 거야? 니가 합의금 낼 거야? 어? 너 돈 많아? 아버지는 없어! 아니면 진짜 감방 갈 거야? 어? 대답을 해봐!"
합의금, 감방 같은 단어에 잠이 확 달아난 케이가 벌떡 일어나 방에서 나왔다.
"뭐? 무슨 합의금? 얘 사고 쳤어요, 엄마? 야, 한경진 너 뭐야. 너 뭔 일 저질렀어?"
하지만 동생은 여전히 입을 꾹 다문 채 바닥을 내려다볼 뿐이었다.

"아, 뭔데? 말을 해야 알지!"

"아니, 얘가 무슨 게임을 했대. 아니, 하는 게 있대. 뭐 리니지? 몰라, 몇번을 들었는데 뭔 소린지를 도통 모르겠어. 아무튼 얘가 그걸 해서 뭘 만들어? 키워? 아무튼 뭘 팔아먹었대. 진짜 돈을 받고 팔아먹었대. 그게 사실 불법인데, 근데 니 동생이 그걸 아주 많이 팔아먹었댄. 이번에도 또 뭐 하나를 중학생 애한테 팔아먹었는데 걔가 돈을 깎아달라고 했대요. 그래서 안된다고 했더니 걔가 욕을 했대. 한번이 아니고 몇번 전화하고 괴롭히고 문자로 욕하고 그랬대. 그래서 얘가, 만나자고, 직접 만나서 거래하자고, 그럼 깎아주겠다고, 그래가지고 만났는데, 만나서 글쎄 걔를 쥐어팼대. 지금 걔 병원에 있어. 많이는 안 다쳤다는데, 삼촌이 변호사고 뭐 그냥 안 넘어갈 것 같다고······."

어머니는 더이상 말을 잇지 못하고 울먹이기 시작했다.

"뭐? 진짜? 그래서? 신고했대?"

"아니, 아직 신고는 안했는데······ 아주 싹싹 빌어가지고 막아놓기는 했는데······"

"내가 이럴 줄 알았어! 저 새끼가 방에 처박혀서 컴퓨터만 붙잡고 있을 때부터 뭔 일이 일어날 줄 알았어!" 아버지가 다시 소리쳤다.

"당신이 컴퓨터를 사주지 말았어야 했어요." 어머니가 말했다.

"요새 이런 놈들이 많다더라. 얼마 전에 신문에 난 거 못 봤어? 너 같은 놈을 새끼라고 낳아서 키우느라고 니 엄마랑 내가 얼마나 고생을 했는지 알아! 모르겠지! 뭘 해봤어야 알지!"

"아빠 목소리 좀 낮······"

"한경희, 너는 가만히 있어! 내가 화가 나서 참을 수가 없어! 소리라도 맘껏 질러야겠다! 그래서 너 어떻게 할 거야! 응? 너 어떻게 할 거냐고!"

그때 동생이 고개를 들었다. 그리고 아버지를 노려보며 말했다.

"감옥 가면 되잖아요."

"저, 저 새끼가."

아버지가 주먹을 휘두르며 경진을 향해 돌진했다. 그러자 어머니가 그를 막아섰다.

"여보, 때린다고 해결될 게 아니잖아요."

"저 새끼가 반성의 기미가 없잖아! 사람을 패놓고 반성의 기미가 없잖아!"

"그래서 어떻게 할 거래요? 합의금 주면 되는 거 아냐?" 케이가 물었다.

"모르겠어. 일단 입원비 치르고 왔어."

"많이 다쳤어? 어디가 다쳤대?"

"많이 안 다쳤어. 쟤를 봐라. 저렇게 삐쩍 말라가지고 누굴 때리겠냐. 그 중학생 아이가 애보다 덩치가 크더라고. 뭘 그렇게 잘 처먹었는지. 그냥 좀 멍 들고 코피 나고 살짝 찢어지고……"

"에이, 그럼 괜찮겠네."

"그렇다니까. 근데 걔도 정상은 아니더라. 병실에 누워서도 스마트폰으로 게임만 하던데."

케이가 경진에게 다가갔다. 그리고 그의 옆에 앉아 어깨에 손을 얹고 타이르듯 물었다.

"경진아, 왜 그랬어? 응? 솔직히 말해봐. 뭐라고 안할게."
"그래, 말을 해봐라. 대체 왜 그랬니?" 어머니가 물었다.
"그 새끼가 나한테 욕을 하잖아."
"그럼 너도 그냥 욕이나 좀 해주고 말지 그랬어. 때리긴 왜 때리냐? 중학생이라며?"
"그런 새끼들은 싹 쓸어버려야 돼. 그런 매너 없는 새끼들은 아주 완전히 뒈져버려야 된다고."

케이는 동생을 보았다. 아무것도 통과시키지 않겠다는 듯 굳어 있는 그의 표정을 보며 그녀는 대화가 불가능하다는 것을 깨달았다. 도대체 얘는 무슨 생각을 하면서 사는 거지? 이십년이 넘게 함께 살아온 동생인데, 생각해보면 제대로 아는 것이 하나도 없었다. 이게 정상인가? 하지만 지금까지는 아무 문제가 없었잖아? 잘 살아왔잖아? 근데 왜 갑자기 고장이 났지?

케이는 부모님을 바라보았다. 그들 또한 동생에 대해서 아는 게 하나도 없다는 걸 케이는 알 수 있었다. 어쩌다가 이렇게 된 거지? 왜? 옛날에는 괜찮았던 것 같은데? 우리가 뭘 잘못했지? 우린 그냥 남들처럼 똑같이······

아니죠, 그게 아니죠. 그냥 방치해놓은 거잖아요. 그래도 괜찮았으니까. 아니, 그런 것처럼 보였으니까. 이해해요. 그런 거 신경 쓸 여유 따위 없었잖아요. 두분 다 서울로 돌아오려고 정말 열심히 노력했잖아요. 이 아파트로 이사 오던 날 엄마가 정말 좋아했잖아요. 근데 알아요? 경진이는 안 좋아했어요.

케이는 생각했다. 차마 입 밖으로 뱉어낼 수 없는 것들을. 말해버리면 진짜 인정하는 게 되어버릴 테니까. 망쳐버렸다는 걸. 그럴 용기가 그녀는 없었다. 케이는 경진을 바라보았다. 그는 고개를 숙인 채 주머니에 든 핸드폰을 만지작거리고 있었다.
"경진아, 그러지 말고 가서 사과해. 죄송하다고, 그냥 잠깐 정신이 나갔었다고 해. 실수였다고 해. 반성한다고, 죄송하다고…… 그럼 받아주실 거야. 안 받아주시면 받아주실 때까지 그렇게 해. 그냥 잠깐 연기한다고 생각해."
"그래, 누나 말대로 하자. 엄마도 그게……"
"안 들어주면 바짓가랑이라도 붙잡고 매달려! 무릎 꿇고 불쌍한 놈 한번만 살려달라고 해! 너 이 새끼 너 이 새끼, 너 이 새끼 그렇게 안하면!"
아버지가 소리를 질렀다. 그러자 경진이 아버지를 노려봤고, 아버지가 주먹을 휘두르며 그에게 달려들었다. 그러자 어머니가 소리치기 시작했고……
겨우 아버지를 진정시킨 뒤 어머니는 중학생의 어머니에게 전화를 걸었다. 그리고 비굴한 말을 잔뜩 늘어놓은 다음 경진에게 전화기를 넘겼다. 그는 예상외로 순순히 죄송하다고 말했다. 아버지가 분이 덜 풀린 얼굴로 그런 동생을 노려보았다. 그는 그 나이대 한국 남자치고 덩치가 좋았다. 한편 어머니를 닮은 동생은 작고 마른 편이었다. 그런 동생을 기세등등하게 노려보는 아버지를 보자 케이는 문득 뭐가 문제인지 알 것도 같았다. 하지만 모든 문제가 신체조건에서 비롯된다면 그것은 동물의 왕국이 아닌가.
케이는 부엌 탁자에 기댄 채 맥주를 마시며 경진을 바라보았다.

어느새 다가온 아버지가 맥주가 더 없느냐고 물었다. 케이는 새 맥주캔을 그에게 건넸다. 그는 맥주캔을 든 채 터덜터덜 거실을 가로질러 베란다로 나갔다. 전화를 끊은 어머니는 침울한 목소리로 경진에게 내일 일찍 나가야 하니 어서 들어가 자라고 했다. 경진이 조용히 일어나 방으로 들어가 문을 닫았다. 닫힌 동생의 방문을 바라보던 어머니가 울음을 터뜨렸다.

케이는 욕실로 들어가 맥주를 마저 비우고 샤워기를 틀었다. 피곤함과 술기운이 뒤섞인 몽롱함 속에서 뜨거운 물을 맞으며 서 있자, 문득 대체로 몽롱했던 뉴욕의 날들이 생각났다. 어느 때보다 그 날들이 다시는 돌아오지 않을 거라는 것이 실감이 났다. 하지만 안타까워할 겨를도 없이 또다른 생각들이, 그리고 또다른 해결되지 못할 문제들이 머릿속을 헤집기 시작했다.

*

다음 날 아침 눈을 떠 핸드폰을 켜자 재현에게서 메시지가 와 있었다.

자?

새벽 네시 반에 온 메시지였다. 약간 한심하게 느껴졌지만 그래도 기분이 풀리는 건 어쩔 수가 없었다. 케이는 재현에게 전화를 걸었다. 그도 잠에서 깬 지 얼마 되지 않았는지 목소리가 가라앉아 있었다. 둘은 몇시간 뒤 홍대 앞 까페에서 보기로 약속을 잡고 전화를 끊었다.

케이는 느릿느릿 일어나 샤워를 한 뒤 가슴이 깊게 파인 검은 티셔츠에 스키니 진을 입고 젖은 머리를 풀어헤친 채로 약속 장소로 향했다. 까페에 도착했을 때 재현은 구석에서 아이패드를 들여다보고 있었다.

"아이패드 샀어?"

재현이 고개를 들어 케이를 봤다. 그리고 머리끝에서 발끝까지 그녀를 찬찬히 훑어보더니 말했다.

"너 미쳤냐?"

"뭐?"

"옷이랑 머리가 그게 뭐야. 미친년 같애."

순간 화가 치민 케이가 재현을 쏘아보았다. 며칠간 쌓인 피곤과 집안 문제 때문에 인내심이 한계에 달해 있었다. 그걸 아는지 모르는지 재현은 다시 아이패드를 들여다보고 있었다. 더이상 그곳에 있고 싶지가 않았다. 하지만 내가 돌아가버린다고 해도 넌 신경 쓰지 않겠지. 몇시간이고 앉아서 아이패드를 들여다보다가 배가 고파지면 집에 가서 라면을 끓여 먹고, 다시 페이스북을 하다가 침대에 누워 심심하고 잠이 안 오면 자냐고 메시지를 보내겠지? 그래, 너는 그런 인간이다. 아무 생각 따위 없는. 그게 김재현 너라고 이 오징어 같은 자식아.

자신을 노려보는 케이의 시선을 느꼈는지 재현이 슬그머니 고개를 들었다. 그의 눈빛은 언뜻 보면 아주 무심하여 아무 감정도 담고 있지 않은 것처럼 보였다. 하지만 자세히 들여다보면 볼 수 있었다. 무심함 깊숙이 감추어진 두려움을 말이다. 사람들이 자신을 어떻게 생각할까 전전긍긍하는 그의 마음을. 미움받지 않기 위해, 사람들의 마음에 차기 위해 애를 쓰는 그의 마음을. 그도 그저 평범한 인간인 것이다. 왜 난 지금까지 그걸 못 봤지? 케이는 허탈해졌다. 그러자 순식간에 화가 가라앉았는데, 문제는 재현에 대한 애정도 함께 식어버렸다는 것이었다.

"뭘 봐?"

"아니야, 아무것도." 케이가 고개를 흔들었다. "나 집에 갈래."

재현이 말없이 케이를 바라보았다.

"진짜 갈 거라고. 그러니까 가기 전에 할 말 있으면 해. 없어? 아니, 있는데 못하겠지? 그럼 하지 마. 안녕. 진짜 안녕."

케이는 돌아서 걷기 시작했다. 한발 한발 걸음을 떼며 케이는 예상을 하기는 했지만 정말로 재현이 자신을 잡지 않는다는 사실에 슬퍼졌다. 문을 열고 거리로 나서자 늦은 가을 오후의 햇살이 머리 위로 쏟아져내렸다. 참았던 눈물이 뺨을 타고 흘러내렸다.

케이는 천천히 한강 방향으로, 그러니까 집을 향해 걸었다. 얼마 뒤 아파트 단지에 도착했지만 케이는 집에 들어가지 못하고 망설였다. 아무래도 집에 있을 기분이 아니었다. 케이는 핸드폰을 꺼내 주소록을 훑었다. 묻지 않아도 지금쯤 홍대 근처를 어슬렁거릴 사람이 몇 보였다. 하지만 그들을 만나고 싶지도 않았다. 고민하던 케이는 아파트 단지를 빠져나와 편의점으로 갔다.

케이는 편의점 앞 파라솔에 앉아 맥주캔을 땄다. 때맞춰 묻지 않아도 지금쯤 홍대 근처를 어슬렁거릴 몇사람 중 하나가 케이에게 메시지를 보내왔다. 케이야, 뭐 하니? 케이는 답하지 않고 조용히 맥주를 마셨다. 고개를 들자 하늘이 눈에 들어왔다. 멀리서부터 어둠이 푸르게 번져가는 하늘은 아주 예뻤다. 빈 맥주캔을 흔들며 좀 더 마실까 말까 고민하던 케이가 딱 한캔만 더 마시기로 하고 일어서려는데 어머니에게서 메시지가 왔다.

경진이 문제 해결됐다.

정말요? 합의 본 거야?

백만원 주기로 했다.

헐, 뭘 그렇게 많이 줘요? 많이 다친 것도 아니라며?

아버지가 아는 법조계 분한테 여쭤보셨는데 경진이가 성인이고 상대는 중학생인데다가 잘못하면 그동안 게임 불법매매한 것도 들통나서 문제가 더 심각해질 수 있다고 그 정도 주고 합의하는 게 낫다고 하셨대.

ㅜㅜ

걱정하지 마. 이모한테 꾸기로 했어.

뭐? 우리 집 돈이 백만원도 없어요?

아니, 지금 돈이 다 묶여 있어서 그래. 잠깐 꾸는 거야. 그런데 경희 너 어디 있니? 집에 왔는데 없네?

아, 나 과외하러……

그래? 지난번에 그만뒀다며. 다시 구했어? 잘됐네. 너라도 정신을 차리고 있으니 엄마가 안심이 돼.

케이는 핸드폰을 내려놓고 한숨을 쉬었다. 사실 한달 전 과외가 끊긴 뒤 다른 일자리를 알아보지 않고 있었다. 재현과 만나거나 사람들과 술을 퍼마시느라 다른 것을 생각할 겨를이 없었던 것이다.

문득 얼마 전 학교 동기 하나가 과외 건수가 생겼다며 관심 있느냐고 물었던 것이 생각났다. 서둘러 그 동기에게 메시지를 보내고 나니 좀 전에 메시지를 보내온 사람에게서 또다른 메시지가 도착했다.

바쁜가보네. 나는 지금 합정역 근처에서 커피 마시는데.

"어쩌라고!"

케이는 핸드폰에 대고 버럭 소리를 질렀다. 마침 편의점을 나오던 남자가 그 소리에 놀라 멈춰 섰다.

"죄송합니다."

케이가 공손히 사과했지만 남자는 인상을 쓰고 케이를 위아래로 훑어보더니 고개를 저으며 사라졌다. 케이는 사라지는 그의 등에다 대고 조용히 가운뎃손가락을 들어준 다음 맥주를 한캔 더 사다 마시기 시작했다.

근데 내가 무슨 생각을 하고 있었더라.

아, 과외. 아, 모르겠다. 어떻게든 되겠지.

근데 나 앞으로 어떻게 살지?

전—혀. 아무 생각도 안 났다. 케이는 몇몇 학교 동기들을 떠올려보았다. 그들은 언제나 미래에 대해서 생각하고 있는 사람들처럼 보였기 때문이다.

그러니까 걔들은 성공하겠지. 그럼 나는? 사실, 나는 성공하기 싫은데. 아니, 그렇다고 실패하고 싶다는 건 아니고. 그냥 적당히. 어, 적당히 지금처럼 살면 안되나?

아, 뉴욕에선 즐거웠는데.

어.

근데 평생 그렇게 살 수는 없잖아?

어째서? 써머는 평생 그러고 살지 않을까?

걔는 부잣집 딸이니까. 그리고 미국인이잖아. 아니, 걔도 평생 그렇게 살 수는 없을지 몰라.

진짜 앞으로 뭐 해서 먹고살지?

김재현은? 걔는 이런 생각 하나? 안할 거 같애. 하긴, 모르지.

아무튼 난 어떡하지?

아, 몰라. 모르겠어.

맥주 또 다 마셨네. 돼지.

근데 이지원 걔는 뭐 하고 사나?

한캔 더 마실까 말까.

졸업하고 바로 취직했으면 돈 많이 벌었겠네?

더 마시면 진짜 돼지 될 텐데.

아, 중간에 군대 갔다 왔댔지.

아사히 말고 딴 거 마실까?

나도 고등학교 졸업하고 취직이나 할걸. 대학은 뭐 하러 왔냐. 돈만 많이 들고. 배우는 것도 없는데.

그냥 아사히 한캔 더 마실까? 작은 걸로.

그러게. 이지원 걔가 똑똑한 거야. 대학 나와서 뭐해. 요새야 개나 소나 다 대졸인데.

그치만 작은 거랑 큰 거랑 용량은 두배 차인데 돈은 팔백원밖에 차이 안 난단 말이야.

근데 이지원 걔는 어떤 애였지?

케이는 맥주를 보류하고 핸드폰을 꺼내 이지원에게 메시지를 보냈다.

뭐 해? 일함?

의외로 답은 빨리 왔다.

아니, 방금 끝났어. 근데 웬일이야? 반가워 ㅎㅎ

그래? 빨리 끝났네? 나도 반가워 ㅋㅋ

ㅎㅎ 오늘은 잔업이 없어서. 너는?

나는 집 앞 편의점에서 맥주 마신다.

우와, 부럽다. 나도 맥주 마시러 가야지.

누구랑? 친구들이랑?

아니, 집에 가는 길에 나도 편의점 들러서 한캔 할라고.

그래? 너도 나처럼 친구가 없구나 ㅋ 농담이야 ㅋ 근데 너 지금은 어디 살아?

나야 아직도 연수동 살지. 근데 니가 왜 친구가 없어? 그날도 보니까 친구 많던데.

에이, 아냐, 걔들은. ㅎㅎ 근데 홍대 앞에서 너네 집까지 얼마나 걸려? 지하철 타고 갈 수 있어?

홍대? 글쎄 나도 잘 모르겠는데. 대충 한시간쯤 걸릴 듯.

그래?

ㅇㅇ 지하철 타고 동막역에서 내려야 돼.

ㅇㅇ 넌 집에 언제 오는데?

나? 나는 지금 출발하면 대충 삼사십분 걸릴 듯. 막히면 한시간.

그래? 그럼 나 가는 시간하고 너 오는 시간하고 대충 비슷하겠네.

그런가? 근데 왜? 설마 올려고 ㅋㅋ

왜 안되냐 ㅋㅋ

헐 ㅋㅋ

왜? 안돼? 약속 있어? ㅋㅋ 근데 동막역이라고?

아니, 그런 건 아닌데 ㅋㅋ 동막역 맞아. 부평역에서 갈아타야 돼. 인천 지하철. 근데 너 진짜 올려고?

3부

1

케이, 나 지금 너무 기뻐. 나 지금 거기 없어. 어딘가 다른 데 있어. 나 진짜 너무 기뻐. 결국 여기 와버렸어. 여기 진짜 완벽해. 아름다워. 케이, 이게 내가 너한테 하는 마지막 말일 것 같아. 아니, 누구한테든. 그러니까 내가 아직 말할 수 있을 때. 나 여길 선택했어. 문이 열렸거든. 그가 반짝거리며 돌아가는 기둥에 대해서 말해줬어. 그가 문 안에 있어. 나 그리로 들어갔어. 너무 기뻐. 이 기분이 영원히 계속될 거야. 여기 있을 거니까. 나는 들어갔어. 문이 열렸거든. 아니 내가 열었어. 나를 향해 열렸어. 그 안에 있어. 알아, 들어가면 안된다는 거. 알아. 무서워. 공포가 있어. 공포가 나한테로 오고 있어. 느껴져. 내게로 와. 근데 기뻐. 안 무서워. 나는 엄청 기분이 좋아. 괜찮아. 공포가 더이상 나를 보호해

줄 필요가 없어. 문이 열렸거든. 나는 그리로 들어갈 거야. 그러면 영원해지는 거야. 이 기쁨이. 그래서 기뻐. 나 너한테 말하고 있어. 근데 솔직히 네가 누군지 기억이 안나. 나 중국어를 배우려고 해. 한국에서는 중국어를 사용하니? 전혀 모르겠어. 하지만 나 알아. 깨달았어. 근데 내가 열다섯살 때도 깨달았다고 말했던 적이 있니? 그때 나는 다 깨달았는데. 그런데 나는 지금 또 깨닫네. 이미, 아주 많이 깨달았는데, 그래서 더이상 깨달을 게 없을 것 같은데 나는 자꾸만 더 깨닫네. 내가 왜 자꾸 깨닫는 줄 알아? 그건 말이야…… 나 너무 무서워. 맞아, 믿을 수 있는 건 공포뿐이야. 그러니까 나 안 들어갈래. 바퀴벌레랑 쥐랑, 뉴욕에 있을래. 나 지하철이 정말 싫어. 너무 더러워. 그래도 나는 거기에 있을래. 어, 나는 지금 열린 문을 보고 있어. 그건 네가 볼 수가 없는 거야. 저 문은 내 거야. 오직 내 거. 있지, 내가 너한테 솔직하게 말해줄게. 왜냐하면 지금 나는 대단히 솔직하니까. 나는 한번도 말한 적 없어. 누구한테도. 내가 뭘 무서워하는지. 내가 뭘 무서워하지? 내가 지금 왜 저 문을 보는지 알아? 왜 저 문이 나한테 열린지 알아? 왜냐면 내가 지금 미쳤거든. 너는 내가 거짓말을 하고 있다고 생각할 거야. 미친 사람이 어떻게 자기가 미친지 아냐는 거지? 그걸 알면 미친 게 아니라는 거지. 근데 너 그 말을 믿어? 너는 네가 안 미친 걸 알아? 아니면 네가 미친 걸 알아? 너는 믿어? 뭐를? 미친 사람을 제대로 알아보는 건 정신과 의사뿐이야. 의사가 그랬어, 너는 안 미쳤다고. 단지 기분이 좀 오락가락하는 것일 뿐이다. 정말? 나 안 미쳤어? 괜찮아? 안심해도 돼?

아니, 지금 나는 안 괜찮아. 나는 지금 아무 약도 안 했어. 나는 멀쩡해. 그래서 나는 저 문으로 들어갈 수가 없어. 왜냐면 말을 시작했거든. 아니, 나는 거기 있었지. 거의. 하지만 나는 말하기 시작했고 그래서 나는 들어갈 수 없어. 이해할 수 있어? 아, 내가 한국말을 할 수 있으면 좋을 텐데. 근데 나는 배우는 데 소질이 없어. 나는 뭐에 소질이 있어? 내가 봤을 때 너는 소질이 많아. 너는 나한테 한국어를 가르칠 수도 있을 거야. 너는 좋은 애야. 나한테 잘해줬어. 나도 너한테 잘해줬지. 가끔 내가 짜증을 내기도 했는데, 그건 내 진심이 아니었는데, 그걸 너는 알지? 너는 똑똑하니까. 너는 좋은 한국인이야. 왜냐면 나는 아주 나쁜 한국인들을 만나봤거든. 그런 한국인이 뉴욕에 아주 많은데, 왜 그들은 나쁘게 굴어? 그들은 아마 트라우마가 있나봐. 그들은 돈만 생각해. 예술에 대해 몰라. 너는 알지. 어, 너는 게르하르트 리히터를 좋아하잖아. 우리가 봤었잖아. 뉴포트에 있는 갤러리에서. 그 갤러리 주인은 존나 부자야. 돈이 너무 많아서 창고에다가 게르하르트 리히터를 쌓아놓는단 말이야. 오직 쥐들이 그걸 본단 말이야. 멕시코인 청소부하고. 나는 그게 옳지 않다고 생각해. 내 꿈은, 아주 민주적인 갤러리를 운영하는 거야. 나는 그걸 가난한 중국인들한테 개방할 거야. 어, 중국에는 가난한 중국인들이 많대…… 케이, 보여? 이…… 여기 문이 닫히고 있어. 그가 사라졌어. 기둥들이 더이상 안 보여. 나는 거기에 있었는데. 그때 나는 무섭지 않았어. 공포가 나를 떠나갔는데. 그게 사라지고 나서야 그게 얼마나 완벽히 날 덮고 있었는지 깨달았어. 난 그저. 마지막으로 말하고 싶었어. 너한테. 아니 누구라도. 나를 기억해달라고. 거기 내가 있었다. 아직 문이 닫히지 않았어. 아직은. 나 들어갈 수 있어. 그런데 망설이고 있어. 왜? 나는 아무것도 안 무서운데. 완벽한데 저기는. 오직 나의, 내 거, 내 말, 내 이상한 단어들, 오직 나한테 들리는, 기둥, 빛이 나며, 돌아가는, 길고 단단한. 끝없이 늘어선. 나는 이제 이해할 수 있어. 미친다는 건 문을 열고 들어가는 거야. 그리고 문을 잠근 다음에 열쇠가 없는 거. 언제나 알고 있었어, 그런 세계가 존재한다는 걸. 그건 아주 평화롭고, 조용하고, 사랑이랑 아주 완벽한 마음이랑 아름다운 거. 그런 게 어떻게 존재하냐고? 내가 만들었으니까. 하지만 이제 안 돼. 문이 닫히고 있어. 이게 마지막일까? 아니, 시작이야. 문은 저기에 있어. 영원히. 그냥 살짝 고개를 들고 눈을 가늘게 떠봐. 그럼 문이 나타나. 언제든, 내가 원하는 때 열려. 그게 내가 깨달은 거야. 문은 언제나 저기 있다. 내가 원하는 때 열린다. 그러면 나는 들어가고, 그러면 모든 게 완벽해진다. 아무것도 무섭지 않고, 나는 영원해질 수 있다. 하지만 지금의 나는 완벽하지 않은 세계에 좀더 머물기로 했다. 아니, 이건 내 선택이 아니야. 그럼 누구의 선택이지? 내 것이 아니고, 두려움이 영원히 함께하는 슬픈 곳에 남기로 한 건 도대체 누구의 선택이지? 끝났어. 나는 이제 슬퍼지는 거야. 나는 슬프고, 엄청나게 외로워. 이 기분을 견딜 수가 없어. 나는 기쁘고 싶어. 그럴 수 있는데. 저 문으로 들어가면 나는 모든 걸 가질 수가 있는데. 모든 나쁜 게 끝날 거야. 난 더이상 울지 않을 거야. 나는 더이상 상처받지 않을 거야. 나는 아무것도 필요 없을 거야. 그리고 거기 들어가지 않는 나는 죽을 때까지 고통에 시달리고 외롭겠지. 나 댄과 헤어졌어. 별일 아니야. 끝나는 건 끝나는 거. 끝이 없는 건 없잖아. 그런데 그걸 나는 견딜 수가 없는 거 같아. 전혀 익숙해지지가 않아. 앞으로 나에게 남은 건 끝뿐이고, 그것에 대해 생각하는 걸 멈출 수가 없어. 언제까지 내가 이걸 견딜 수가 있을까? 그래서 저 문이 나한테 온 거야. 그건 행복이니까. 아프지 않으니까. 나는 아주 멀쩡해. 그러니 걱정하지 마. 나는 아직 천국에 있어. 근데 지금 문이 닫히고 있어. 두려움이 돌아와. 나 너무 무서워. 나 안 괜찮아. 죽을 것 같아. 나 천국에 있었는데. 미치고, 아주, 행복한. 미친 사람들은 좋은 사람들이야. 케이, 명심해. 문은 어디에나 있어. 그건 아주 쉽게 열려. 네가 들어가기로 마음을 먹기만 한다면, 오직 너를 위한 문이 열리는 걸 볼 수가 있을 거야. 노력은 필요 없어. 문은 저절로 열릴 거야. 들어가면 돼. 두려워하지 마. 더이상 안 외로워. 더이상 아프지 않아. 날 믿어. 열쇠를 삼켜. 아, 잠깐만. 계단이 나를 향해 굴러떨어지고 있어. 내가 이 문제를 해결하고 너에게

"컴퓨터 다 썼어? 나 써야 하는데."

지은이 방문에 몸을 기댄 채로 케이를 빤히 쳐다보았다. 물 빠진 갈색 머리를 높이 올려 묶고 몸에 딱 붙는 보라색 트레이닝복을 입은 지은의 손에는 헬로키티 케이스가 씌워진 삼성 갤럭시 핸드폰이 들려 있었다.

"앗, 죄송해요. 쓰세요. 저 다 썼어요." 케이가 서둘러 자리에서 일어났다.

"고마워." 지은이 생긋 웃었다. 하지만 지방을 넣은 지 얼마 안되어 탱탱하게 부어오른 그녀의 뺨은 미동도 하지 않았다.

"근데 너 팔 완전 날씬하다. 무슨 운동 해?"

지은이 방을 빠져나가는 케이를 아래위로 훑으며 말했다.

"에이, 언니가 훨씬 날씬하신데요."

"아냐, 안 보여서 그래. 씨발 내가 뱃살이……"

지은이 바지를 내리더니 양손으로 뱃살을 잡았다.

"봤지? 봤지?"

"에이, 그렇게 잡으면 당연히 잡히죠. 저는 뱃살이 너무 많아서 그렇게 하면 잡히지도 않아요."

"그래? 진짜? 어디 봐봐?"

"아니, 그렇다고 보여드릴 수는……"

"쳇, 됐어. 거짓말이지."

지은이 의자 위에 양반다리를 하고 앉아 심각한 얼굴로 컴퓨터를 들여다보기 시작했다. 방에서 나온 케이는 부엌으로 향했다. 냉장고를 열고 물을 꺼내는 찰나 지은의 비명 소리가 들려왔다.

"왜요? 언니, 괜찮아요?"

"이년이 샤넬 백을 받았어!"

"네?"

"이거 봐! 아주 입이 찢어지네, 씨발년! 너 샤넬 이번에 이십오 퍼센트 또 오른 거 알지? 와, 씨발 그럼 이게 얼마짜리야?"

천국에서 223

케이는 지은이 가리킨 컴퓨터 화면을 들여다보았다. 핑크색 꽃무늬로 알록달록 장식된 블로그 한가운데 사진 한장이 띄워져 있었다. 강남의 성형외과에서 찍어낸 듯한 얼굴의 여자가 까페에 앉아 웃고 있었다. 탁자 한구석에 문제의 샤넬 빈티지 핸드백이 놓여 있었다.

"오빠가 제 생일을 제대로 못 챙겨줘서 미안하다고, 주일날 아침 예배를 마치고 돌아오는 길 깜짝 선물로 안겨준 아이예여. 생각보다 훨씬 더 민감한 아이더라구여. 조심해서 써야겠어요. 헤헤. 씨발 뭐라고 지껄이는 거야. 오바이트 쏠려. 웩."

지은이 토하는 시늉을 하더니 케이를 향해 말했다.

"이년이 존나 내숭의 왕이야. 내가 지 고딩 때 어떻게 놀았는지 다 아는데. 확 불어버릴까."

지은이 답글 창을 클릭하여 메시지를 남겼다. 쌍년 존니 부럽다. 기념으로 양주 사라. 두번 사라. 그리고 비밀글에 체크한 뒤 확인 버튼을 눌렀다. 지은의 답글 위로 다른 답글이 열개쯤 달려 있었는데 말투가 하나같이 비슷했다.

그 아이가 참 이쁘져. 저도 그 아이 미듐으로 하나 가지고 있는데, 정말 질리지를 않아여. 오래 쓰세여.

그 아이가 좀 비싸지만, 제값을 하는 아이랍니다. 중요한 자리를 위해서 하나 구비해두면 좋져. 남친분이 센스 있으시네여^^

좋으시겠어. 저도 남편이 돌아오는 제 생일에 뭐 받고 싶냐고 물어서 이 아이랑 클래식 중에서 고민 중이었는데, 이 포스팅 보니까 이쪽으로 마음이 쏠리네여.

"미친년들 아주 단체로 지랄을 하고 자빠져 있네." 지은이 이마를 찡그리며 중얼거렸다. "아이씨 배 아파. 아 배 아파. 진짜 배 아파. 헐. 진짜네. 아싸, 똥 싸고 와야겠다."

지은이 벌떡 일어나 욕실로 뛰어갔다. 혼자 남은 케이는 컴퓨터 앞에 앉아 블로그를 살펴보기 시작했다. 남자친구와 해운대에 간 얘기, 남자친구와 시내 호텔에서 저녁을 먹은 얘기, 남자친구와 태국 여행을 간 얘기, 그리고 이번에는 남자친구와…… 하나같이 뻔한 내용이었다. 케이는 곧 흥미를 잃고 자리에서 일어나 방을 나왔다.

방에서 나가면 곧장 거실이었다. 하지만 그건 너무 좁아서 거실이라기보다는 짧은 복도에 가까웠다. 한쪽 구석에 낡은 브라운관식 텔레비전이 놓여 있었고 그 앞에 이부자리가 펼쳐져 있었다. 텔레비전에는 「1박 2일」 재방송이 흘러나오고 있었다. 강호동이 갯벌에 선 채로 커다란 조개의 내용물을 입에 쑤셔넣고 있었다. 케이는 텔레비전을 지나 부엌으로 갔다. 부엌도 거실만큼이나 비좁았다. 바닥에 놓인 작은 플라스틱 탁자 위에는 전기밥솥이 놓여 있었고, 그 옆에는 정체불명의 약이 가득 쌓여 있었다. 벽에 달린 찬장은 문짝에 금이 가 있었고, 서랍 또한 고장나서 반쯤 열린 채였다. 케이는 물을 한잔 마신 뒤 빈 물컵을 싱크대에 내려놓았다. 싱크대 안에는 설거짓감이 한가득 쌓여 있었다. 가득 쌓인 설거짓감을 물끄러미 들여다보던 케이는 싱크대로 다가가 고무장갑을 손에 끼고 물을 틀었다.

어느새 욕실에서 나온 지은이 유행가를 흥얼거리며 방으로 들어갔고, 설거지를 끝낸 케이는 욕실로 들어갔다. 좁은 욕실의 반은 구식 세탁기가 차지하고 있었고 샤워기는 중간쯤에서 끊어진 채로 수도꼭지에 감겨 있었다. 천장의 등은 덮개가 벗겨져 있었고 불이 제대로 들어오지 않았다. 이 집에는 뭔가 제대로 된 것이 없군. 케이는 생각했다. 그런데 다들 잘 적응하여 살아가고 있다는 점이 인상적이었다. 케이는 벽에 붙은 거울을 들여다보았다. 지저분하고 까칠해 보이는 게 딱 집 나온 여자애 같아 보였다. 샤워기를 들고 물을 틀자 끊어진 샤워기 끝에서 물이 새어나오기 시작했다.

　샤워를 끝내고 수건으로 젖은 몸을 닦으며 케이는 아까 읽던 써머의 편지를 떠올렸다. 도대체 무슨 말인지 알 수가 없었다. 보나마나 약에 취해서 쓴 거겠지. 근데 약을 안했다고 쓰여 있던데? 아무튼 제정신이 아닌 상태로 쓴 것은 확실했다. 케이는 저렇게까지 돌아 있는 써머는 본 적이 없었다. 그러니까, 메일 속 써머는 진짜로 좀 돈 것 같았다. 약간 걱정이 되었다. 하지만 그에 대해서 뭘 할 수 있단 말인가. 아니, 솔직히 지금의 케이에게 써머는 관심 밖이었다. 써머가 속한 세계, 그 반짝거리는 값비싼 도시, 누구의 방해도 없이 언제 어디까지라도 자기파괴를 거듭할 수 있는 그 멋진 세계는 케이에게서 너무나도 멀리 떨어져 있었다. 그건 더이상 그녀의 세계도, 그녀의 문제도 아니었다. 그녀에게는 다른 복잡한 문제들이 있었다. 마치 이 수건처럼. 수건은 얇고 축축했고 쉰 냄새가 났다.

*

케이는 이틀 전 지원을 만나기 위해 인천에 왔다. 막상 얼굴을 보자 어색함을 느낀 둘은 근처 호프집으로 가서 다짜고짜 술을 마시기 시작했다. 종일 먹은 거라곤 맥주 몇캔이 전부인 케이는 쉽게 취해버렸고, 헛소리를 잔뜩 늘어놓은 뒤 바닥에 주저앉아 울음을 터뜨린 다음 토하고 네 발로 기어다니는 등 다양한 추태를 부렸다. 다음 날 깨어난 케이는 몹시 미안해했는데 정작 지원은 아무렇지도 않은 듯했다. 그런 일에 익숙했기 때문이다. 누나인 지은이 자주 그런 식으로 인사불성이 되었고, 그런 그녀를 챙겨오는 건 남자친구 아니면 지원의 몫이었다. 특히 몇달 전 남자친구와 헤어지고 난 뒤에는 완전히 지원의 몫이 되어 있었다. 스펙은 변변찮지만 죽이 잘 맞던 남자친구와 좋지 않게 헤어진 뒤 지은은 더이상 변변찮은 남자는 만나지 않겠다고, 다시 말해 돈 많은 남자를 꼬셔보겠다고 주말마다 강남으로 갔다. 하지만 언제나 별 소득 없이 술에 잔뜩 취해 택시에 실려 돌아왔고, 그러면 지원은 택시비를 지불한 다음 지은을 부축해서 집으로 돌아왔다.

지원이 사는 아파트는 동막역에서 십오분쯤 걸어들어가야 하는 아파트 단지의 가장 외진 곳, 송도 신도시와 연수구의 경계에 걸쳐 있었다. 시에서 하층민을 위해 조성한 임대아파트 단지로, 십년 넘게 지원 가족의 보금자리였다. 지원의 아버지는 부평공단에 있는 자동차공장에서 이십년 넘게 일해왔다. 지원과 지은을 돌보며 틈틈이 부업으로 미싱 일을 하던 지원의 어머니는 동네 세탁소 여자에게 저축해둔 돈을 전부 사기 맞은 뒤 충격으로 쓰러져 이년이 넘는 투병생활 끝에 세상을 떠났다. 남은 것은 아직 어린 지원과 지은, 그리고 꽤 큰 빚이었다. 빚을 갚기 위해 지원의 아버지는 야근과 주말근무를 마다하지 않았다. 살림은 지은의 몫이 되었다. 하지만 그녀는 고등학교에 진학한 뒤 곁돌기 시작했고 그때부터 지원이 살림을 떠맡았다. 시간이 흘러 어머니가 남긴 빚은 겨우 정리가 되었지만 그것 때문에 많은 것을 잃어버렸다. 그러나 지원의 아버지는 그것을 원망하지는 않았다. 그는 천성적으로 순한 사람이었다. 그러니까 그 순하다는 표현을 케이는 지원의 아버지를 보고 이해할 수 있었다.

*

케이가 깨어났을 때 지원의 집에는 아무도 없었고 거실에는 밥이 차려져 있었다. 핸드폰에 지원의 메시지가 와 있었.

일어났어? 아버지가 너 먹으라고 밥 차려놓으셨어. 먹고 남은 거 냉장고에 넣고, 그릇은 싱크대에 넣어놓으면 돼.

케이는 깨질 것 같은 머리를 꾹꾹 누르며 간밤의 기억을 떠올리기 위해 애썼다. 무슨 큰 실수라도 한 건 아니겠지? 근데 왜 이렇게 온몸이 뻐근하지? 설마 지원이랑 싸웠나? 근데 이제 뭘 하지? 하지만 무엇보다 배가 고팠으므로 일단 밥을 먹기로 했다. 밥을 먹은 뒤 케이는 집에 전화를 걸어 사정을 설명했다. 길게 잔소리를 늘어놓던 어머니는 지쳤는지 한숨을 쉬며 전화를 끊었다. 재현에게선 아무 연락이 없었다. 케이는 지원에게 언제 돌아오는지 묻는 메시지를 보냈다. 곧 답이 왔는데 잔업이 있어 열시가 넘어야 집에 돌아갈 것 같다는 내용이었다.

"아아, 모르겠다아아아아아……"

케이는 알 수 없는 소리를 내며 바닥을 뒹굴었다. 한참을 그러고 있자니 졸음이 쏟아져 그대로 잠이 들고 말았다. 깨어나자 저녁이었고, 배가 고팠다. 돼지 년. 케이는 스스로를 비난하며 찬장을 뒤져 라면을 끓여 먹었다. 설거지를 하고 거실로 나와 텔레비전을 켜자「무한도전」재방송을 하고 있었다.「무한도전」이 끝나자 최근 새로 시작한 수목드라마의 재방송이 시작되었다. 평범한 소시민 가정에서 자란 남자가 사실은 대한제국 황실의 마지막 황손으로 밝혀져서, 결국 황실 복원을 이루어내고 훌륭한 황세자비도 만나서 잘 먹고 잘살게 된다는 내용의 드라마였다. 케이는 황세자비로 간택될, 역시 소시민 출신의 평범한 여자가 입은 셔츠가 맘에 들어 핸드폰으로 인터넷 패션 까페에 접속하여 질문을 남겼다. 그러자 일분도 안되어 답이 올라왔다. 그거 이퀍먼트예요. 케이는 고맙다고 답글을 단 뒤 다시 드라마에 집중했다. 드라마가 끝날 때쯤 지원과 지원의 아버지가 차례로 돌아왔다. 지원의 아버지는 거실에 자리를 펴고 누워 텔레비전을 보다가 잠들었다. 지원 또한 피곤한지 일찍 잠자리에 들었다. 지은은 그날 밤 돌아오지 않았고, 케이는 그녀의 방에서 잤다. 그리고 다음 날 눈을 뜨자 지은이 팔짱을 낀 채 신기하다는 듯이 케이를 내려다보고 있었다.

2

"뭐 해? 자는 거야? 또?"
케이가 눈을 뜨자 지은이 아침과 같은 자세와 표정으로 케이를 내려다보고 있었다.
"아…… 씻었더니 졸려서."
"근데 넌 여기 왜 있니? 집 나온 거야? 가출?"
"………"
"아무 생각이 없나보네. 무대책?"
"돌아가야 되는데……"
"왜? 엄마랑 싸웠어? 사고 쳤어?"
"아니, 딱히……"
"근데 왜?"

"자신이 없어서요." 케이가 한참 뜸을 들이다가 대답했다.

"뭐가 자신이 없어?"

"그냥, 다. 돌아가면 해야 할 것들이? 마주해야 할 것들이? 모든 게 다요. 자신이 없어요. 뭔지는 알겠는데. 아니, 모르겠어요."

지은이 케이를 빤히 쳐다봤다.

"왜요?"

"나 니가 무슨 말 하는지 하나도 모르겠어."

"그쵸? 저도 제가 무슨 말 하는지 모르겠어요."

"진짜 완전 무대책이네."

"그런가봐요."

"너 몇살이니? 지원이랑 동갑이랬나?"

"네."

"그럼 내가 너보다 조금 더 산 사람으로서 충고 하나 할게. 그냥 살어. 복잡하게 생각하지 마. 생각한다고 뭐 달라지냐."

"네?"

케이가 눈을 동그랗게 뜨고 지은을 봤다. 그러자 지은이 씩 웃으며 케이를 향해 몸을 기울였다.

"야, 너 쫌 귀엽다."

당황한 케이가 얼굴이 달아오르는 것을 느끼고 양손으로 뺨을 가렸다.

"어머, 이것 보게. 귀엽대니까 대놓고 귀여운 척을 하네. 너 지금 나 꼬시냐!"

그렇게 외치더니 지은이 케이의 가슴을 꽉 쥐었다. 케이가 비명을 질렀다.

"걱정하지 마. 안 잡아먹어. 그냥 얼마나 큰가 만져본거야. 글래머처럼 보였는데 생각보다 작네?"

케이가 경악한 얼굴로 지은을 봤다.

"야, 뭘 그런 걸 가지고 그렇게 놀라냐. 인생에 놀랄 일이 그렇게 없어? 근데 너 이제 뭐 할 거야? 나 해장하러 나갈 건데 같이 안 갈래?"

케이는 대답이 없었다. 그저 계속해서 경악한 얼굴로 지은을 바라볼 뿐이었다.

"뭐야? 진짜 충격 먹은 거야?" 지은이 약간 미안한 표정을 지었다. "야, 그냥 장난이었어. 미안. 이젠 안 그럴게. 약속."

"네, 앞으로는…… 좀……"

"미안하다고 이년아! 내가 사과의 의미로 해장국 산다니까."

지은이 케이의 팔을 잡아끌었다.

"근데 너 그 옷 며칠째 입고 있는 거냐. 냄새 안 나? 젊은 년이 그러면 안되지. 기다려봐. 내가 옷 하나 줄게. 맞을지 모르겠지만."

지은이 방으로 들어갔다. 그리고 잠시 뒤 옷 몇개를 들고 나온 그녀는 좀 난처한 표정이었다.

"깨끗한 건 좀 다 그지 같네. 근데 어쩔 거야. 내가 이따 빨래 걷으면 제대로 된 걸로 줄게." 지은이 케이의 손에 옷을 쥐여주고 자신의 방으로 밀어넣은 뒤 문을 닫았다. "셋 중에 제일 맘에 드는 걸로 입어!"

케이가 얼떨떨한 기분으로 손에 들린 옷을 살펴보기 시작했다.

지은의 말처럼 하나같이 난감했다. 하나는 가슴에서 배까지 요란한 셔링이 잡힌 타이트한 빨간색 미니 원피스였고, 두번째는 가슴에 무지막지하게 커다란 리본이 달린 도트 무늬 원피스였다. 마지막은 무난한 디자인의 검은색 시폰 소재 원피스였는데 문제는 빛을 받으면 속이 훤히 다 비친다는 거였다. 케이는 고민 끝에 두번째 원피스를 입고는 한층 더 얼떨떨해진 채로 문을 열었다.
"어머, 너 그거 짱 잘 어울린다!"
지은이 너무나도 진실되게 감탄을 하는 바람에 케이는 희망을 품고 한번 더 거울을 들여다보았지만 마찬가지였다. 고스 족 코스프레를 하고 다니던 고등학교 때 이후 최악의 옷차림이라는 생각이 들었다. 가슴에 달린 커다란 리본이 자신을 비웃고 있는 것 같았다. 하지만 더 생각할 틈도 없이 케이는 지은에게 이끌려 집을 빠져나왔다.

도착한 해장국집은 이른 시간이라 그런지 손님이 없었다. 주인 여자는 지은을 보자마자 호들갑스럽게 반가움을 표시하며 대뜸 소주 한병과 편육을 가져다주었다.
"써비스니까 부담 갖지 말고 먹어. 아까 점심때 어떤 손님이 남기고 간 건데, 손 하나도 안 댔길래 아까워서 안 버리고 남겨놓은 거야."
주인 여자가 그렇게 말하곤 소주잔을 늘어놓으며 케이를 아래위로 훑어봤다.
"이 아가씨는 누구야? 원피스가 아주 이쁘네."

"그쳐? 이쁘져? 제가 아끼는 동생이에요."

"응, 원피스가 아주 이뻐."

그렇게 말하곤 주인 여자는 주방으로 들어갔다. 지은이 능숙한 손길로 케이와 자신의 잔에 소주를 따른 다음 허공에 잔을 든 채 케이를 봤다.

"네?"

"짠 안할 거야?"

"아……"

케이가 급하게 자신의 잔을 지은의 잔에 부딪친 뒤 소주를 입에 털어넣었다.

"오, 잘 마시네. 주량이 어떻게 돼?"

"별로 안 세요. 기분 좋게 마시면 소주 한병 반, 두병 정도?"

"그저께는 얼마나 마신 거야? 아주 지랄을 하던데."

"아, 그날은요, 많이 마신 건 아닌데요, 빈속에 마셔가지고."

"왜, 무슨 일이 있었어? 지원이가 빡치게 했어?"

"아뇨, 아뇨. 지원이는 그날 첨 만난 거예요. 아니다, 두번째지."

"뭐야, 둘이 사귀는 거 아니었어?"

"아뇨, 아뇨. 저 남자친구 있어요. 아니, 있었어요."

"있다는 거야 없다는 거야?"

"있었는데, 헤어졌어요."

"언제?"

"음…… 그저께?"

"뭐야, 그럼 남친이랑 헤어지고 바로 지원이한테 갈아탄 거야?

이년 아주 무서운 년이네!"

"아니, 그게 아니라요, 그건 진짜 아니고…… 저 지원이랑 아무 사이도 아니에요. 진짜예요. 그냥 제가 연락할 데가 없어서……"

"뭐야, 그럼 우리 지원이한테 아무 관심도 없는데 남자친구랑 헤어지고 우울하니까 불러내서 술 마신 다음에 인사불성 돼서 막 집으로 쳐들어와서 개기고 있는 거야? 이거 이년이 무서울 뿐만이 아니라 아주 개념이 삭제된 년이네!"

케이가 갑자기 어두워진 얼굴로 소주잔을 바라보며 입을 열었다.

"그러네요, 듣고 보니까. 그쵸, 제가 진짜 나쁜 년이에요. 근데요…… 아, 내가 무슨 말 할라고 했지? 어, 갑자기 확 취하네요. 왜 그러지? 아, 맞다. 제가 그렇게 나쁜 년인가요? 제가 사실 요즘 좀 힘들거든요. 제 남자친구가요, 제가 첨에 걔가 진짜 멋있다고 생각했거든요? 근데 알고 봤더니 그냥 병신인 거예요. 그리고 제 동생이요, 제 동생이 게임에 진짜 미쳤거든요? 근데 얼마 전에 중학생을 팼대요. 그래서 합의금을 물어줘야 된대요. 근데 진짜 얼마 안 다쳤거든요? 전치 삼주 나왔대. 삼주 솔직히 별것도 아니잖아요. 근데 백만원이나 달라는 거 있죠. 근데 더 웃긴 건 뭔지 알아요? 집에 돈 백만원이 없대요. 그래서 이모한테 꿔야 된대요. 아 진짜, 어떻게 집에 백만원이 없냐…… 우리 집 망했나봐요, 그쵸? 근데 김재현 이 자식 진짜 연락이 없네. 진짜…… 완전…… 나쁜……"

케이가 양손에 얼굴을 파묻고 알 수 없는 소리를 주절거리기 시작했다.

"야, 너 벌써 취한 거야? 야! 정신 차려!"

"아뇨, 안 취했어요. 그냥 생각해봤더니 스스로도 너무 한심해서…… 제가 근데 또 학교를 휴학했거든요. 학고 또 맞으면 짤리니까. 아, 졸업을 해야 되는데. 제가 토플 점수는 좀 되는데요, 근데 한자능력시험을 봐야 된대요, 졸업하려면. 아, 나 한자 진짜 싫은데. 근데 제가 지금 이럴 때가 아니라 돈을 벌어야 되거든요? 제가 지금까지 받은 학비 대출금이 얼만지 아세요? 그게 벌써 이자가…… 맞다, 써머! 그래 너도 있었지…… 써머…… 아, 써머야, 넌 또 왜 그러니…… 도대체 뭐가 문제야……"

손에 얼굴을 파묻은 채 중얼거리던 케이가 매콤한 해장국 냄새에 고개를 들었다. 지은이 엄청 한심하다는 표정으로 케이를 바라보고 있었다.

"그러니까, 차근차근, 알아듣게 이야기를 해봐. 먼저 그 남자친구. 걔가 이름이 김재현이야? 뭐 하는 앤데?"

"네, 맞아요, 김재현. 나쁜 새끼. 근데 걔가 뭐 하냐고? 그러게? 나도 솔직히 걔가 뭘 하는지 모르겠네?"

"백수야?"

"아뇨, 학생이에요. 근데 명목상 그런 거고. 근데 걔가 지금까지 대학교를 세군데를 다녔거든요? 근데 졸업을 한군데도 못했어요."

"양아치구나. 나이가 많아?"

"서른? 서른하나?"

"나이도 먹을 만큼 먹었는데 개념이 없네. 집에 돈이 좀 있나봐. 서울 사는 애야?"

케이가 고개를 끄덕였다.

"서울 어디 사는데?"

"반포동요."

"반포동이면 강남이지? 강남 애구나. 그럼 그렇지. 그러니까 부모 돈으로 놀만큼 놀다가 나중에 부모가 빌딩 하나 주면 그거 관리하면서 집세 받아먹고 살고. 그런 거 아냐?"

"에이, 그렇게 부자는 아니고요. 강남이라고 다 부자 동넨가요. 진짜 부자 동네는⋯⋯"

"그래, 내가 인천 촌년이라 그런 걸 잘 모른다. 근데 너도 서울 산다며? 넌 어디 사니?"

"저요? 전 상수동 살아요."

지은이 고개를 끄덕이더니 담배를 끄고 해장국에 밥을 말아 퍼먹기 시작했다.

"배가 고프셨나봐요?"

"어, 좀."

"암튼 그래서요, 언니. 제가 걔랑 헤어졌어요. 애가 너무 비겁해. 근데 그럼 나는 안 비겁한가? 언니, 저는 있잖아요, 언니 말대로 무대책이에요, 완전. 아무 생각 없이 살았거든요. 그게 좋은 거라고 생각했어요. 근데요, 지금 보니까 거지 같애. 뭐가? 내가. 근데 저는요, 사실 긍정적이거든요. 아무 생각이 없다기보다는. 그래요, 근데 긍정적으로 사는 게 참 힘이 들어요. 근데 제가 이런 생각을 하게 된 게요, 그게 딴것도 있지만 제가 최근에 어떤 이야기를 들었거든요. 어떤 아저씨가요, 얘기를 해줬는데. 어떤 여자애가 자살했는데, 돈 없어서 자살했대요. 근데 그게 자기 탓이라고 생각을 했대요. 근데 아니거든요. 근데 하여튼 너무 슬퍼서 견딜 수가 없어가지고 술만 마셨대요. 일년이나. 내가 그 얘기를 듣고 좀 감동을 받았어요. 아, 저런 사람도 있구나. 세상에 저런 사람도 있구나."

"그 여자애를 좋아했나보네."

"에이, 아니래요."

"누가 그래? 그 아저씨가?"

"네."

"그걸 믿냐?"

"예?"

"내가 이제 좀 알겠다. 니가 이래서 무대책인 거야. 너 진짜 그 아저씨 말을 믿어?"

"하지만 그 아저씨는 그때 여자친구도 있었고."

"그러니까 그걸 믿냐고."

"그럼요?" 케이가 멍한 표정으로 지은을 보며 말했다. "사람이 말을 하는데, 믿어야지."

술기운에 빨개진 뺨 때문에 케이는 한층 더 멍해 보였다. 지은이 풋, 웃었다.

"야, 너 그 표정 좀 어떻게 안되니?"

"제 표정이 어떤데요?"

"됐어. 근데, 내가 보니까, 넌 문제가 딱 하나야."

"뭔데요?"

"그게 사실…… 이렇게 말하긴 뭐한데."

"왜요, 괜찮아요. 해주세요."

"넌 배가 부른 거야."

"아니에요, 언니! 나 배고파요. 진짜로. 아, 배고파. 저도 해장국에 밥 말아 먹을래요. 아주머니, 여기 밥 한공기 더 주세요!" 케이가 주방을 향해 소리쳤다.

지은이 케이를 한심하다는 듯이 바라보았다.

"왜요, 제가 한심해 보여요? 근데 있잖아요, 그게……"

"됐어, 닥치고 밥이나 처먹어." 지은이 말했다.

주인 여자가 케이 앞에 밥공기를 내려놓았다. 케이가 밥에 해장국을 비벼 크게 한숟가락 뜬 다음 입에 넣었다.

"우와, 이거 진짜 맛있다. 근데 언니, 언니가 방금 배가 부르다고 했죠? 맞죠? 그럴 줄 알았어. 내가 참 배가 부르다고, 사람들이 그렇게 생각하는 거 나도 알아. 아니, 알고 있었어. 왜냐면, 언니 말처럼 내가 무대책이잖아요. 그러니까 아 저렇게 무대책인 건 분명히 믿을 데가 있어서 그렇다. 어, 어딘가 믿는 구석이 있는 것이다. 그렇게 생각하는 거죠. 근데요, 아니거든요? 우리 집 별로 안 잘살아요. 그리고 한동안 진짜 엄청 힘들었는데. 어렸을 때 우리 집 완전 망해서 공장에 딸린 사무실에서 넷이 살았던 적도 있거든요? 근데 이런 얘기 해서 뭐해요? 텔레비전에 유명한 사람들 나오면 그러잖아요. 자기 어려서 진짜 힘들었다. 그럼 사람들이 아, 그랬구나, 막 감동하고. 근데 솔직히 웃기지 않아요? 그 정도 안 힘들었던 사람이 어디 있어요? 세상에 더 힘든 사람들이 깔리고 깔렸는데. 안 그래요? 그리고 힘들었던 때 굳이 떠올려서 좋은 게 뭐야. 구리잖아요. 나 그때 진짜 롯데리아 불고기 버거 먹고 싶었는데. 아, 나 왜 찌질하게 이런 얘기 하냐. 그러니까, 저도 배고픈 거 뭔지 안다고요. 근데 이런 거 꼭 다 구구절절 말해야 돼요? 안 그럼 내 고민이 배가 불러 보여? 아, 씨."

지은이 말없이 케이를 보며 빙그레 웃었다.

"왜 웃어요? 제가 그렇게 웃겨요? 내가 아직도 배가 불러 보여? 아니라니까! 근데, 언니."

"응?"

"언니는 왜 듣기만 해요? 언니도 말해보세요. 언니는 고민 없어요?"

"고민? 나야 말로 고민 존나 많지."

"뭔데요?"

"내 고민이 뭐냐면, 아 그러니까…… 됐고, 결국 하나야. 돈. 씨발, 항상 돈이 문제지. 나 진짜 돈 많이 벌고 싶어. 많이 벌어서, 아빠 이제 그만 고생하게 해드리고 싶어. 지원이도 공돌이 짓 그만하고 번듯하게 가게라도 하나 차려주고 싶은데. 나도 외제차 끌고 다니면서 마사지 받고 쇼핑이나 하면서 살고 싶어. 근데 어떻게? 나 학벌 존나 안 좋아. 그럼 공무원 시험을 볼까? 나 공부에 소질 없어. 얼굴? 야, 압구정 가니까 연예인보다 이쁜 애들이 널렸더라? 그런 애들 거의 다 텐프로라며? 걔들이 돈을 그렇게 많이 번다며? 난 뭐 거기 가면 오십 프로나 되겠냐? 그렇다고 내가 비위가 좋아서 가식이라도 부릴 줄 아나. 내 친구, 그 샤넬 백 받은 애, 걔는 비위가 좋아. 가식의 여왕이야. 근데 난 안돼. 가망이 없어. 그래도 요즘 세상에 고졸은 미래가 없다고 어떻게 억지로 대학이라고 오긴 왔는데 이건 뭐 고등학교보다 더 개판이더라? 교수 새끼들은 술 처먹으면 신입생들이나 후릴려고 하고. 등록금은 더럽게 비싸고. 그럼 나 어떻게 하지? 그래, 졸업하고 어디 중소기업 같은 데 경리나 운 좋으면 비서 같은 걸로 들어갈 수도 있겠지. 근데 거기 무슨 미래가 있냐? 사장 아들이랑 사랑에 빠져? 씨발, 그건 드라마지. 나도 알아. 요즘 돈 많고 괜찮은 남자들 완전 약았잖아. 걔들 나같이 머리 나쁘고 돈 없고 집안 볼 것 없는 여자, 아무리 이뻐도 그냥 잠깐 놀고 끝이야. 그럼? 나한테 남은 옵션이 뭐야? 뻔하지. 나랑 비슷한 양아치 만나서 또 나랑 비슷한 년 낳고 후회하겠지. 이런 생각 하면 밤에 잠이 안 와. 진짜 심장이 터질 것 같애. 내가 왜 맨날 술을 마시는지 알아? 생각하기 싫으니까. 취해서 정신 놓으면 생각이 안 되잖아? 니가 아까 그랬지. 어떤 여자애가 가난해서 자살을 했다고? 걔도 참 팔자 좋다. 난 자살도 못해. 내가 자살하면, 씨발 우리 가족은 어떡해? 알아. 나 우리 아빠가 진작에 내놨어. 근데 그 내놓은 딸 어떻게든 잘 키워보겠다고 우리 아빠가 얼마나 개고생을 했는데. 내가 자살하면 안되지. 존나 불효하는 거지."

지은이 말을 멈추고 담배에 불을 붙였다. 그런 그녀를 케이가 물끄러미 바라보았다.

"왜? 내 얘기가 너무 좆같애? 그래서 듣기 싫어?"

"아뇨, 전혀요. 왜 그렇게 생각……"

"그래, 내가 아까부터 너한테 좀 까칠하게 말했지. 근데 너무 기분 나빠하지 마. 솔직히, 너 배부른 건 사실 아냐? 딱 봐도 넌 곱게 자랐어. 니 동생, 방에 처박혀서 게임만 한다고? 까놓고 말해서 그래도 괜찮으니까 그러는 거 아냐? 우리 지원이도 게임 좋아해. 근데 우리 집에 있는 고물 컴퓨터, 성능이 안 받쳐줘서 걔가 좋아하는 게임 못해. 걔 일요일 날 게임방 가는 게 낙이잖아. 걔 솔직히 진짜 괜찮은 애다. 내 동생이라서가 아니라, 객관적으로 봤을 때. 아냐? 좀 숫기가 없어서 그렇지. 나 닮아서 생긴 거도 괜찮단 말이야. 근데 애가 공돌이라고 여자애들이 아주 좆으로 봐. 쌍년들. 물론 나도 이해는 가지, 그년들이 왜 그러는지. 그래도 우리 지원이한테는 그러면 안돼. 솔직히 말해봐. 너도 지원이 괜찮다고 생각하지? 그래서 연락한 거잖아?

결국 내가 하고 싶은 말은 한가지야. 내가 아까 말했지. 생각 같은 거 진짜 완전히 쓸데없어. 평생을 방에 처박혀서 생각해봐라, 답이 나오나. 중요한 건 하나야. 만질 수 있는 거. 손에 딱 잡히는 거. 현금. 아니면 아파트. 자동차. 그런 거. 너, 내가 완전 속물로 느껴지지? 알아. 너, 내가 처음 딱 봤을 때부터 느꼈어. 너 고상한 거 좋아하지? 그래서 내 얘기가 좆같지? 근데 결국 너라고 다를 줄 아냐. 그래, 알아. 너 나쁜 애 아냐. 곱게 자란 서울 년들 대체로 개쌍년들이던데 너는 안 그런 거 같애. 그래서 내가 너 귀엽다고 한 거 아니겠냐. 근데, 이렇게 말해서 미안한데, 솔직히 너도 내 말 다 인정하는 순간이 올 거야. 어느 순간. 아, 내가 참 쓸데없는 걸로 고민을 했구나. 참 한심한 년이었구나. 하지만 괜찮아. 넌 나보다 가능성이 많거든. 너도 그거 느끼지? 너 우리 집 봤잖아. 솔직히 말해봐. 너 그런 집에서 못 살겠지? 어떻게 그런 데서 사는지 모르겠지? 이해가 안되지? 우리 가족이 그 집에 십오년을 살았어. 근데 우리라고 이해가 되는지 아니. 하루하루 참 이해가 안돼. 씨발, 이게 집이냐. 나도 제대로 된 집에서 살고 싶어. 고등학교 때, 가끔 잘사는 친구네 집 갔다 오면 막 울었어. 씨발 왜 우리 집은 이런 데 살까. 너 사람들이 임대아파트 사는 사람들 존나 차별하는 거 알지? 바로 옆에 사는 애들이 더 심해. 우리 집 어딘지 알면 애들 표정이 바로 달라져. 근데 나라고 거기서 살고 싶어서 살까? 내가 뭐 죄지었어? 근데 그게 죄더라······."

지은이 소주를 한병 더 시켰다. 그리고 한동안 침묵이 이어졌다. 가만히 숟가락을 만지작거리던 케이가 입을 열었다.

"언니 얘기 들으니까······ 그런 생각이 들어요. 이거도 언니한테는 재수없게 들릴지 모르겠는데, 솔직히 저도 그 느낌 뭔지 알거든요. 저도 친구들 중에 진짜 완전 잘사는 애들 있는데요, 걔들은 완전 급이 달라요. 완전 다른 세상에 살아요. 그래서 만나면 진짜 위화감 쩔거든요. 근데 솔직히 걔들이 나한테 잘못하는 거 없거든요. 그렇잖아요? 여유로우니까 여유롭게 사는 건데, 어쩌라고? 근데 그게 참 아니꼽더라구요. 근데 솔직히 걔들이 무슨 잘못이에요. 그냥 각자 자기 분수 맞는 대로 사는 거죠. 저는 솔직히 명품에도 관심 없고, 돈 많이 버는 것도 별로 관심 없어요. 그냥 적당히 소박하게 살고 싶어요. 막 돈 벌어서 화려하게 막 세상에 대고 나는 부자다 외치고 싶지도 않고. 아니, 그런 삶을 딱히 비난하는 건 아닌데요, 그냥, 별로 그러고 싶지가 않아요. 그냥 저는 자유롭고 소박하게······."

"씨발, 이러니까 니가 욕을 먹는 거야. 차라리 돈 많은 년들이 명품 백 들고 외제차 타고 깝치고 다니는 게 나아. 솔직하잖아. 나 돈 많다, 부럽지? 그게 뭐가 나빠? 니 말대로 돈 있으니까 쓰는 거 아냐. 근데 너는 지금 그게 고상하지 못하다 이거지? 돈 많아도 없는 척 겸손하게, 그렇게 살자 이거잖아. 아우, 역겨워. 토 나와. 나는 그게 더 싫어. 훨씬 싫어. 제일 싫어. 존나 가식적이야. 진짜 싫어."

지은이 인상을 쓰며 손에 든 소주잔을 비웠다. 그런 지은을 케이가 빤히 쳐다보았다.

"왜? 뭐가 또 맘에 안 들어?"

"그러니까 언니 말은, 지금 제가 가식적이라는 거네요? 사실 알고 보면 하나도 고상하지 않은 애가 고상한 척한다, 그거 맞죠?"

"어머, 얘 화났나보네."

"그렇잖아요. 제가 한 말이 그렇게 가식적으로 들려요?"

"어."

"왜요? 저는 진짜 그러고 싶다니까요?"

"솔직히 가슴에 손을 얹고 생각해봐."

"솔직히 가슴에 손을 얹고 생각했을 때 그렇다니까요!"

"뻥 까지 마."

"진짜예요. 아니 그리고, 제가 지금 그런 돈 많은 사람들을 속물스럽다고 비판하고 있는 게 아니잖아요. 저는 그냥 성격상 그게 안 맞는다니까요?"

"성격상?" 지은이 웃음을 터뜨렸다. "성격상 안 맞는다고?"

"네에, 그렇다니까요!"

"씨발 오늘 진짜 놀라운 얘기를 듣는다. 돈이 성격상 싫다고? 부자가 성격상 안 맞는다고? 우와, 진짜 오늘 태어나서 제일로 병신 같은 이야기를 내가 듣는다! 씨발 이게 무슨 개소리야!"

"정말이라니까요! 저는 그런 욕심 없어요!"

케이가 소리쳤다. 지은이 웃음기가 사라진 얼굴로 케이를 노려봤다.

"뭐, 그런 욕심? 그런 욕심? 씨발 그래, 나는 그런 욕심 존나 많다. 가진 거 좆도 없으면서 온갖 추잡한 욕심만 많은 년이다. 됐냐?"

"왜 얘기가 그렇게 가요? 제가 그런 욕심이 없다는 게 어째서 언니를 욕하는 게 돼요?"

"그게 나 욕하는 거지 뭐야! 이해가 안돼? 너 나보다 머리 나쁘냐?"

"네, 저 머리 나빠요! 그래서 모르겠어요! 그게 어떻게 욕이에요! 내가 그런 욕심 없이 살겠다는 게 어떻게 욕이야!"

"야, 이 쌍년아, 얻다 대고 눈을 부라리고 지랄이야! 좆만한 년이 아주 겁도 없이 기어오르네!"

"언니, 제가 아까부터 참았는데요, 왜 자꾸 저한테 이년 저년 하세요? 하지 마세요. 기분 나빠요."

"헐, 이것 봐. 본심 나오는 것 좀 봐. 하마터면 속을 뻔했네. 너 아주 연기 쩐다?"

"제가 뭘요!"

"왜 지금까지 가만히 잘 있다가 이제 와서 지랄이야? 너 진짜 이중인격 쩐다. 뒤통수 완전 잘 치겠는데. 일본 년이냐?"

"그게 왜 이중인격이에요? 그냥 저는 예의를 지킨 것뿐이에요."

"예의 같은 소리 하고 있네."

"그리고 일본이 왜 나와요. 그렇게 특정 국가 사람들 비하하는 거 하지 마세요. 일종의 인종차별이에요."

"뭐? 인종차별? 인종차별? 씨발, 그래 너 잘났다. 유식해서 좋겠다. 야, 때려치워. 나 너가 늘어놓는 말이 너무 수준이 높아서 이해가 안 가기 시작했거든?"

"거짓말하지 마세요. 인종차별이 무슨 뜻인지 언니도 알잖아요."

"몰라!"

"그걸 왜 몰라요?"

"모른다니까!"

"거짓말하지 마세요! 안 믿거든요!"

"아니, 아가씨들이 왜 이렇게 시끄러워! 그만두지 못해!"

어느새 나타난 주인 여자가 호통을 쳤다. 그녀의 목청에 기가 눌린 케이와 지은이 동시에 입을 다물었다.

"아니, 이쁜 처녀 둘이서 왜 그렇게 꽥꽥거리고 지랄들이야! 해장국이나 처먹어!"

그때였다. 케이가 자리에서 일어났다.

"저, 저, 제가 흥분해서 지나치게 말한 부분이 있는 것 같은데 사과드릴게요. 근데요, 제가 지금 흥분된 상태라서 이 상태에서 계속 언니랑 얘기하면 싸울 것 같거든요. 그러니까 먼저 일어날게요."

"맘대로 해 이년아. 끝까지 가식적으로 잘도 지껄이네. 니 가식이 내가 아는 모든 가식녀들의 가식을 능가한다. 너, 그 가식 잘 개발해라. 나중에 시집 잘 가겠다."

"언니가 지금 하는 말들도 화가 나서 그런 거라는 거, 본심이 아니라는 거 잘 알고 있어요. 그러니까 나중에 화 가라앉은 다음에 저한테 미안하게 생각 안하셔도 돼요."

"뭐? 내가 왜 미안하게 생각해? 왜? 나 전혀 안 미안하거든?"

"아무튼요. 저 그럼 먼저 가볼게요. 안녕히 계세요."

"그래, 맘대로 해라 이년아. 알지도 못……"

지은이 계속 소리쳤다. 그러나 닫힌 문 너머로 더이상 들리지 않았다.

해가 사라진 늦가을의 거리는 싸늘했다. 케이는 어깨를 잔뜩 구부린 채 팔짱을 끼고 어둠이 깔린 동막역 사거리를 가로질렀다. 오른편으로는 아파트 단지가 끝없이 펼쳐져 있고 왼편으로는 창고형 쇼핑몰이 거대한 택배 상자처럼 놓여 있었다. 앞쪽에는 지평선에 아슬아슬하게 걸린 태양과, 오후의 마지막 햇살을 받아 빛나는 신도시의 풍경이 펼쳐져 있었다. 지극히 인공적이며 황량한 그 풍경은 묘하게 사람의 눈을 끄는 구석이 있었다. 케이는 홀린 듯 그쪽을 향해 나아가기 시작했다.

구시가지와 신도시는 작은 다리가 놓인 실개천을 경계로 나뉘어 있었다. 다리를 건너자 아파트 단지가 나타났다. 경기도의 여느 신도시와 다르지 않은 풍경이었다. 좀더 새것이고, 좀 덜 붐비는. 아파트 단지를 벗어나 좀더 서쪽으로 향하자 한순간 시야가 확 트이며 쭉 뻗은 거대한 차도가 나타났다. 완성된 지 얼마 되지 않아 보이는 빌딩들이 길을 따라 띄엄띄엄 늘어서 있었다. 그 길을 따라 걷자니 이상하게도 허망한 기분이 들었다. 문득 그와 비슷한 기분을 느껴본 적이 있다는 생각이 들었다. 아니, 지금 눈앞에 펼쳐진 풍경과 비슷한 걸 본 적이 있다는 생각이. 그건 한 일본 애니메이션에서였다. 주인공은 평범한 여자 중학생으로 사는 게 참 심심했다. 문제는 그 여자애의 심심함이 세상을 끝장낼 수도 있다는 거였다. 어떤 사정으로 그녀의 내면과 현실세계가 직접적으로 연결되어 있었기 때문이다. 그 여자애가 심심해할 때마다 도시에는 폐쇄공간이라고 불리는 일종의 카오스 공간이 생겨났다. 그 여자애가 심심해하면 할수록 그 공간은 더 크고 강력해지고, 그러다 결국 현실공간 전체를 집어삼키게 될지도 몰랐다. 바로 세계의 멸망인 것이다. 문제 해결의 열쇠는 그 여자애와 같은 반인 남자애가 쥐고 있었는데, 그래서 그 남자애는 여자애를 심심함에서 구원하려고 한다. 까맣게 잊고 있었던 그 애니메이션이 지금 떠오른 것은 거기 나왔던 폐쇄공간이 지금 케이가 있는 곳과 몹시 닮아 있었기 때문이다. 조용히 어둠 속에 가라앉은 신도시의 풍경은 정말이지 애니메이션의 한 장면처럼 비현실적으로 매끄러웠다. 케이는 횡단보도 앞에 멈춰 선 채 거리를 바라보았다. 도로 한복판에 걸려 있는 표지판에는 아무것도 씌어 있지 않았다. 케이는 뒷걸음을 치다가 뭔가와 부딪혔다. 그건 중학생쯤으로 보이는 여자애였다. 윤기나는 검은 생머리를 양 갈래로 묶은, 하얗고 통통한 여자애가 한 손에 스타벅스의 플라스틱 컵을 든 채 쌍까풀 없는 커다란 눈으로 케이를 올려다보고 있었다. 남색 교복에 빨간색 칸켄 백을 메고 흰색 하이톱 운동화를 신은 그 여자애는 여자 중학생이라는 관념이 그대로 현실로 걸어나온 것처럼 보였다. 신호가 바뀌자 여자애가 케이에게서 눈길을 거두고 길을 건너기 시작했다. 빨간 가방을 등에 멘 채 빠르지도 느리지도 않은 속도로 걷는 그 여자애의 뒷모습은 비현실적인 거리의 풍경과 너무나도 잘 어울렸다. 멍하니 그애를 바라보던 케이는 신호가 몇번 더 바뀌고 나서야 정신을 차리고 왔던 길을 되돌아가기 시작했다. 천천히 걸으며, 케이는 자신이 더이상 갈 데가 없다는 사실을 깨달았다. 집으로도, 재현에게도, 이제는 지원의 집으로도 갈 수가 없다. 케이는 울기 시작했다. 자동차가 지나갈 때마다 잔뜩 일그러진 채 울먹이는 케이의 얼굴이 불빛에 환하게 드러났다. 밤은 빠르게 깊어갔고, 바람은 그보다 더 싸늘해져갔다. 그런데 아까와 달리 아무리 걸어도 똑같은 길을 벗어날 수가 없었다. 당황한 케이는 급한 마음에 마침 나타난 편의점으로 들어갔다.

"안녕하세요."

문을 열고 들어서자 앳돼 보이는 여자 점원이 기계적으로 인사를 했다. 케이는 말없이 진열대를 기웃거리기 시작했다. 한참을 그러고 있자 점원이 다가와 물었다.

"뭐 찾으시는 거 있으세요?"

"그게……" 케이는 말을 잇지 못하고 점원을 봤다.

"네?"

"제가요…… 그게…… 지갑을 잃어버려서요…… 전화 한통만

쓸 수 있을까요?"

케이가 점원의 손에 들린 핸드폰을 바라보았다. 점원이 당황한 표정으로 케이를 봤다. 어색한 침묵이 꽤 길게 이어졌다. 결국 케이가 포기하고 편의점을 나서려는 찰나 점원이 케이를 불렀다.

"여기요, 쓰세요."

"감사합니다. 정말 감사합니다. 근데 이거 어떻게 켜는 거예요?"

"아, 비밀번호. 잠시만요."

점원이 비밀번호를 입력한 다음 핸드폰을 케이에게 건네주었다. 다이얼 패드를 열고 지원의 전화번호를 누르려던 케이는 그제야 자신이 지원의 전화번호를 외우지 못한다는 걸 깨달았다. 케이가 멍한 표정으로 점원을 바라보았다.

"왜 그러세요?"

"친구 전화번호가…… 기억이 안 나요."

"네?"

"친구 전화번호가 제 핸드폰에 있거든요. 근데 핸드폰을 그 친구네 집에 놓고 나와서……"

"아…… 그럼 다른 데 전화하시면 안돼요? 부모님이나."

"제가 집이 서울이거든요. 잠깐 친구네 놀러 온 거라서요."

"아…… 친구 집이 여기서 멀어요?"

케이가 지원의 아파트 이름을 댔다.

"거기 여기서 별로 안 먼데. 버스 타고 한 세 정거장? 정류장 바로 요 앞에 있어요."

"근데 제가 말씀드린 것처럼 지갑을 잃어버려서……"

점원이 케이를 봤다. 정말이지 안타깝다는 표정이었다.
"어쩔 수 없죠. 걸어가야죠."
점원이 걱정스러운 표정을 지었다.
"아무튼 감사합니다. 안녕히 계세요."
밖으로 나오자 거리는 아까보다도 더 어둡고, 더 싸늘하게 식어 있었다. 케이는 모든 의욕을 잃은 채 어둠에 덮인 거리를 바라보았다. 정말이지 막막했다. 그때였다. 누군가 케이의 등을 두드렸다. 방금 전의 편의점 점원이었다. 그녀의 손에 천원짜리가 두장 쥐어져 있었다. 그녀가 그걸 내밀며 말했다.
"저, 이걸로 버스 타고 가세요."
케이가 놀란 표정으로 그녀를 보았다.
"괜찮아요. 다음에 와서 갚으세요. 저 평일에 매일 같은 시간 일하거든요. 아니, 안 갚으셔도 돼요."
점원이 케이의 손에 돈을 쥐여주며 말했다.
"제가 가게를 오래 비워두면 안되거든요. 들어가봐야 돼요. 버스 정류장은 저쪽에 있어요. 8번 타시면 돼요. 8번요. 그럼 조심히 가세요."
말을 끝낸 점원이 서둘러 편의점으로 뛰어들어갔다. 그리고 여전히 케이가 자신을 바라보고 있는 것을 보고는 어서 가라고 손짓을 했다. 케이는 그제야 정신을 차리고 손에 쥐어진 돈을 봤다. 천원짜리 두장이 반듯하게 세번 접혀 있었다. 부끄러웠다. 너무나도 부끄러워 그대로 물거품이 되어 사라져버렸으면 좋겠다고 생각했다. 물론 그런 일은 벌어지지 않았고, 케이는 천천히 버스 정류장을 향해 걸어갔다.

　버스에 올라탄 케이는 창가 자리에 앉았다. 덜컹거리며 버스가 출발했다. 얼마 지나지 않아 익숙한 아파트 단지가 나타났다. 지원의 동네였다. 버스가 멈춰 서고, 문이 열렸다. 늙은 남자가 지팡이를 짚으며 버스에 올라탔다. 케이는 가만히 그 남자를 바라보았다. 문이 닫히고 버스가 출발했다. 케이는 움직이지 않았다. 천천히 지원의 아파트 단지가 멀어져갔다. 그리고 또다른 아파트 단지가, 계속해서 더 많은 아파트가 다가오고 멀어지는 사이 버스는 빠르게 앞으로 나아갔다.

　케이는 부평역에서 버스에서 내렸다. 그녀는 지하상가를 가로질러 의정부행 지하철에 무임승차했다. 지하철을 두번 더 갈아타고 상수역에 도착했을 때는 열한시가 넘어 있었다.

*

　다음 날 아침 케이가 아무 말도 없이 고약한 냄새를 풍기는 리본 원피스를 입은 채로 식탁에 앉았을 때, 가족 중 아무도 화를 내지도 놀라지도 않았다. 밥을 먹는 동안 어떤 대화도 이루어지지 않았다. 모두가 어두운 표정으로 각자의 밥그릇에 머리를 박고 있었다. 케이는 이제 가족 모두가 동생처럼 굴고 있다는 것을 깨달았다. 그건 아주 안 좋은 징조였다. 하지만 내가 뭘 할 수 있단 말인가. 밥그릇을 비운 케이는 조용히 일어나 방으로 들어갔다.

3

 그리고 한동안 시간은 평온하게 흘러갔다. 케이는 아침에는 한자 수험서나 전공 책을 들여다보고, 저녁에는 자전거를 타고 한강변을 달렸다. 남는 시간에는 밥을 차려 먹거나 설거지를 하고 빨래를 널거나 갰다. 그러고도 남는 시간에는 아무것도 하지 않았다. 침대에 누워 라디오에서 흘러나오는 음악을 듣는 시간이 많았다. 써머의 편지를 거듭해서 읽었으나 답하지 않았다. 어느 오후, 밀린 빨래를 끝낸 케이는 벽에 걸린 달력을 봤다. 딱 이주일이 지나 있었다. 14일, 길지도 짧지도 않은 시간이었다. 케이는 옷을 갈아입고 가방을 챙겨 집을 나왔다. 가방에는 세탁소에서 찾아온 지은의 원피스가 들어 있었다.
 지원의 아파트 앞에 도착했을 때는 꽤 이른 시간이었다. 케이는 편의점에서 커피와 영화 잡지를 사들고 나와 단지 입구의 벤치에 자리를 잡았다. 영화 잡지를 펴고 개봉작 리스트를 살펴보던 케이는 이렇게나 많은 영화가 상영 중이라는 사실에 새삼스레 놀랐다. 그러고 보면 영화를 본 지도 오래되었다. 마지막으로 본 영화는 최윤수의 집에서 재현과 함께 본 쏘비에뜨 시기 러시아 영화였다. 핍박받는 민중의 삶과 승리를 다룬 영화였는데, 줄거리는 유치했지만 중간중간 초현실적인 이미지들이 매혹적이었다. 주인공인 가난한 꼬마가 쓰고 있던 베레모 또한 귀여웠다. 그 꼬마의 엄마가 입고 다니던 스웨터랑 코트도 좋았고, 또 다른 아가씨가 입었던 주름치마와 구두도 멋있었다. 그런데 결말이 뭐더라? 모르겠다. 아, 생각나는 건 옷뿐이군. 케이는 한숨을 쉬며 잡지를 덮었다. 시계를 보니 여섯시가 겨우 지나 있었다. 언제 오려나. 케이는 턱을 괸 채로 단지 입구를 바라보았다. 바로 그때 입구에 지원을 엄청 닮은 남자가 나타났다. 그는 한 손에 비닐봉지를 든 채 케이를 향해 걸어오고 있었다. 케이는 뚫어져라 그를 바라보았다. 그도 마찬가지였다. 곧 그가 케이 앞에 멈춰 섰다.

"어……"

"안녕, 핸드폰 찾으러 왔구나."

지원이 말했다. 피곤한 표정이었다.

"일찍 왔네?"

"좀 다쳐가지고 조퇴하고 병원 갔다 왔어." 지원이 오른손을 들어 보였다. 넷째 손가락에 커다란 붕대가 감겨 있었다.

"진짜? 어쩌다가? 많이 다쳤어? 괜찮아?"

"프레스에서 나사 쪼가리가 튕겨나와가지고. 좀 찢어졌어. 세 바늘인가? 꿰맸다."

"헐, 아프겠다."

"진통제 먹어서 괜찮아." 지원이 그렇게 말하고 주머니에서 담배를 꺼내 불을 붙였다.

"나 담배 한대만 피우고 들어가자. 그래도 돼? 아님 여기서 기다릴래? 내가 가져다줄게."

"아니, 같이 들어가자. 나 지갑도 놓고 나왔거든."

"그래, 그럼."

담배를 피우는 지원을 케이가 물끄러미 바라보았다. 케이의 시선을 느낀 지원이 그녀를 봤다. 케이가 어색하게 웃었다.

"그날, 말없이 가서 미안해. 근데 그게……"

"알아. 누나가 얘기했어. 누나가 너한테 뭐라고 했다며. 우리 누나가 좀 그래. 나도 가끔 존나 빡쳐."

"아니, 너네 누나 잘못 아니야. 얘기를 했는데 의견이 잘 안 맞아가지고. 둘 다 술도 좀 취했었고. 별일 아니야."

"그럼 다행이고."

케이가 고개를 끄덕였다.

"들어갈까?"

"그래."

지원의 집은 케이가 왔을 때와 별반 다르지 않았다. 아니, 약간 더 지저분했다. 케이가 발 디딜 틈 없는 거실 한가운데에 어정쩡하게 서 있는 사이 지원이 핸드폰과 지갑을 가져왔다. 핸드폰은 꺼져 있었다.

"내가 꺼놨어. 문자 같은 게 계속 와가지고 소리 때문에."

"아, 미안."

"켜봐."

"아니, 이따가."

"경희야."

"응?"

"맥주 마실래?" 케이가 핸드폰에서 눈을 떼고 지원을 봤다. 그는 들고 온 비닐봉지에서 맥주를 꺼내고 있었다.

"다쳤는데 술 먹어도 돼?"

"그냥 살짝 찢어진 거라니까."

"그래도."

"싫으면 말아."

"아니야, 마실래. 딱 한잔만."

지원이 바닥에 맥주를 내려놓고, 펼쳐진 이불을 한구석으로 밀쳐놓았다.

"지금 아버지가 병원에 계셔. 이따가 거기 가야 돼." 지원이 케이에게 잔을 건네며 말했다.

"왜? 어디 아프셔?"

"아니, 그게, 아 씨, 말하기 쪽팔린데." 지원이 잔에 따른 맥주를 단숨에 비운 다음 다시 채우며 말했다. "아니 뭐, 쪽팔릴 건 없지. 아빠가 용역 새끼들한테 얻어맞았어."

지원이 케이를 봤다. 잘 모르겠다는 의미의 표정이 케이의 얼굴에 떠올라 있었다. 지원이 얼굴을 찡그렸다.

"아, 너 용역 뭔지 모르지? 공장에서 사람들 깝친다 싶으면 돈 주고 깡패 사서 겁주고 그러거든."

"아냐, 나 알아. 회사에서 노동조합 같은 거 만들고 그러면 깡패들 불러다가 해코지하고 그런다며. 아파트 재개발 같은 데서도 그런다더라. 근데 너네 공장에서 그랬다고? 그럼 너희 아빠 엄청 다치신 거 아냐?"

"아니, 그 정도는 아니고……"

"아니, 왜? 왜 사람을 때려? 너희 아빠가 뭐 노조라도 만드신 거야? 근데 그렇다고 사람을 때려? 진짜 개새끼들이다."

"씨발 돈 있는 새끼들 하는 짓이 그렇지. 걔들이 공장에서 일하는 사람들 사람 취급이나 하냐. 근데 뭐 노조니 뭐니 하니까 빡도는 거지. 그러게 아버지도 왜 거길 따라가가지고. 노조 새끼들이랑 엮여서 좋을 거 하나도 없는데. 걔들이야 그렇게 하면 얻는 게 있으니까 그런 거지. 걔들이 월급을 주냐 뭘 주냐. 뭐 도와준다는 새끼들 치고 제대로 된 새끼들을 못 봤어."

지원이 맥주를 한모금 마시고 말을 이었다.

"우리 공장이 공단 안에서도 꽤 크거든? 세번째로 큰 공장이야. 절반 이상이 하청인데 아빠는 아니야. 들어간 지 오래됐으니까. 근데 얼마 안 남은 정규직 어떻게든 빨리 다 정리하고 하청으로 돌리려고 요새 아주 난리야. 씨발, 퇴직도 얼마 안 남았는데 돈 몇푼이나 아끼겠다고. 그래도 우리 공장이 그나마 사정이 좀 나아. 왜냐면 근처 딴 공장들은 백퍼 하청 돌린 지 오래거든. 근데 왜 우리는 아직까지 왜 이러냐면, 사장이 좀 멍청해. 그래서 최근에야 감을 잡은 거지. 그래가지고 요새 들어서 근속수 높은 정규직 아저씨들 어떻게든 빨리 내보내려고 엄청 괴롭혀. 그래서 아빠도 요새 스트레스 완전 쩔었거든. 근데 그걸 또 노조에서 알아가지고 연락이 온 거야. 아빠는 원래 그런 데 관심 없었는데, 여러가지로 뒤숭숭하니까 혹한 거지. 술이나 한잔 하면서 얘기해보자길래 그래 얘기나 한번 들어보자 하고 따라갔다가 좆된 거지. 어떻게 얘기가 새나갔는지 용역들이 몰려와서 다 때려부수고 난리가 났대. 그러고 나서 아빠가 병원에 누워 있는데 사장 대리인인가 변호사인가 뭔가 하는 새끼가 와서 서류 내밀면서 도장을 찍으라는 거야. 보니까 뭐 퇴직 신청서랑 뭐 그런 거야. 알고 보니까 아빠랑 같이 일하는 아저씨들 몇명은 미리 알아가지고 회사랑 얘기를 했나봐. 그래서 그날도 온다고 해놓고 안 나오고. 아빠랑 그날 모인 다른 사람들 몇명만 본보기로 딱 걸린 거지. 아, 진짜 아빠도 바보 같애. 왜 거길 가? 분명히 조합 쪽에서 정보가 새나갔을 거야. 아니, 그 새끼들 일부러 그런 거 아니야? 회사랑 짜고? 암튼 내가 빡쳐서 뭐라고 했더니 아빠가 막 우는 거야. 아오, 아픈 사람한테 뭐라고 할 수도 없고."

지원이 말을 멈추고 머리를 긁었다. 유난히 하얀 지원의 뺨이 술기운 때문인지 화가 나서인지 분홍빛으로 달아올라 있었다. 귀엽다고, 케이는 생각했다.

헐, 나 지금 무슨 생각을 하는 거야.

케이가 주먹으로 자신의 머리를 때렸다.

"야, 왜 그래?"

"아, 아니, 아무것도 아니야. 근데 너도 같은 공장 일한다며. 너는 그럼 정규직이야?"

"나야 당연히 비정규지."

"그렇구나." 케이가 맥주를 한모금 마셨다. "근데 너네 누나는? 너네 누나는 뭐 해?"

"몰라. 그 쌍년이 어디 가서 뭘 하든 내 알 바 아니야."

"야, 누나한테 쌍년이 뭐냐."

"그렇잖아. 왜 가만히 있는 너를 갈궈서 쫓아내? 분명 누나가 술 처먹고 너한테 지랄했을 거야. 안 봐도 뻔해."

"야, 그런 거 아니라니까."

"누나가 너보고 아주 배가 불러서 한심하게 산다고 그랬다며."

"에이, 아니야. 비슷한 얘기를 안한 건 아닌데, 그것 때문에 싸운 건 아니야. 내가 먼저 한심한 얘기를 했어. 내가 생각해도 진짜 한심해."

"뭔데? 뭐라고 했는데?"

"그냥, 그런 거 있잖아. 졸업하고 뭐 하나, 뭐 해야 할지 모르겠다, 아니, 아무것도 하기 싫다, 그런 거."

"그게 뭐가 한심해. 존나 다 하는 고민이잖아. 나도 맨날 그런 생각 해."

"아니지, 그래도 너는 뭘 하고 있잖아. 근데 나는 지금 진짜로 아무것도 안하거든?"

지원이 뭔가 말을 하려다 말고 빈 잔에 맥주를 따랐다.

"그래서 아빠는 그때부터 병원에 계신 거야?"

지원이 고개를 끄덕였다.

"그 서류에 도장 찍으셨어?"

"아니, 아직. 근데 뭐 다른 방법이 있나."

"인터넷 같은 데 올려보는 건 어떨까?"

"뭐?"

"다음이나 네이트 같은 데 가끔 억울한 일 당했다고 올라오잖아. 그럼 사람들이 막 보고 이슈 되고 그래서 뉴스에 나오기도 하잖아. 아니면 트위터나."

"그렇지 않아도 누가 트위턴가 뭔가 봤다고 오늘 낮에 병원으로 찾아오고 그랬어."

"그래? 뭐래?"

"그냥 상황 어떤지 묻고, 음료수 놓고 갔어. 글고 또 무슨 시민단첸지 뭔지 그런 데서도 내일 올 거라고 그러던데."

"그래? 다행이다."

"다행인가? 난 씨발 모르겠어. 오면 뭐가 달라져? 도움이 돼?"

"솔직히, 난 그런 거 잘 몰라. 미안……"

"씨발 나도 몰라. 그냥 빨리 도장 찍고 대충 퇴직금 받고 정리하는 게 나은 거 같애. 근데 그럼 또 무슨 블랙리스튼가 뭔가 올라가서 공단 안에 있는 다른 공장에 취직 못한다? 씨발 그럼 어떡해? 아, 내가 좀만 수입이 괜찮으면 마음 편하게 그만두시라고 하는 건데. 누나라도 빨리 정신 차리고 취직했음 좋겠다. 아님 시집을 가든가."

지원이 양손으로 빨개진 얼굴을 비볐다. 케이가 잔에 남은 맥주를 비웠다. 오랜만에 마셔서 그런지 몇잔 안 마셨는데도 술기운이 올라오는 게 느껴졌다. 지원이 자리에서 일어났다.

"왜? 어디 가?"

"샤워하려고. 냄새나지 않냐?"

"아니, 별로. 모르겠는데."

지원이 살짝 웃더니 케이의 어깨를 두드리곤 욕실로 들어갔다. 케이는 다시 잔에 맥주를 따라 한모금 마신 다음 핸드폰을 꺼내 전원을 켰다. 신호가 잡히자 밀린 메시지가 차곡차곡 화면에 떠올라 쌓였다. 재현에게서 온 것은 없었다.

아, 진짜 끝이구나.

케이는 비로소 실감했다. 눈을 감자 커다란 먼지 덩어리 같은 것이 목구멍 속으로 꾸역꾸역 밀려드는 것 같은 느낌이 들었다. 아주 기분 나쁜 느낌이었다.

"취했어?"

눈을 뜨자 지원이 케이를 내려다보고 있었다.

"아니." 케이가 고개를 저었다. "그냥 생각 좀 했어."

"무슨 생각 했는데?"

"그냥. 맨날 똑같은 거."

"뭔데?"

"나 완전 구제불능."

"어째서?"

"몰라, 그냥. 나 진짜 겁쟁인가봐. 그래서 맨날맨날 쳇바퀴 속에서 빙글빙글 돌면서도 짜증만 부리고 도망도 못가."

"나랑 똑같네."

"응?"

"나랑 똑같다고. 나야말로 진짜 쳇바퀴 속이지."

케이가 지원을 봤다. 그의 얼굴은 여전히 달아올라 있었지만 취한 것 같지는 않았다.

"그냥 이제 더이상 나쁜 일만 안 일어났으면 좋겠어. 좋은 일 같은 거 바라지도 않아. 지금만큼만 했으면 좋겠어. 물론 지금도 좋은 건 아니지만. 이런 느낌 이해해? 그래도 지금까지는 잘 견뎠는데. 근데 갈수록 힘이 들어."

"………"

"아, 내가 지금 무슨 얘기 하는 거냐. 어제 잠을 제대로 못 자서 병신이 됐나봐. 됐다, 신경 쓰지 마. 근데 너 가야 되는 거 아니야? 차 끊기면 어떡해."

"아냐, 아직 약간 시간 좀 남았어."

"그래? 그럼 좀더 있다 가든지. 근데 나 너무 피곤해서 잠깐 누울게. 잠들지도 모르는데 그러면 신경 쓰지 말고 그냥 집에 가. 미안. 내가 좀 피곤하다, 오늘."

지원이 그렇게 말하고 방으로 들어갔다. 대충 이불을 펴고 누운 그는 하지만 잠이 오지 않아 뒤척이기만 했다. 그러다 문득 이상한 느낌에 눈을 뜨자 케이가 머리맡에서 그를 내려다보고 있었다. 그는 깜짝 놀라 몸을 일으켰다.

"헉, 뭐야? 언제 들어왔어? 가려고?"

케이가 고개를 흔들었다.

"그럼 왜? 뭐 필요한 거 있어?"

"아니, 그냥……" 케이가 지원의 옆에 앉아 다리를 쭉 펴고 흔들었다. "심심해서." 그리고 씩 웃더니 지원을 봤다.

"야, 왜 그래. 취했냐?"

"그런가?" 케이가 빤히 지원을 바라보았다. 지원이 당황하여 이불을 끌어당겼다.

"뭐야, 너……"

"내가 뭘……"

"………"

"야, 숨지 마. 나 아무 짓도 안했어……"

지원은 말이 없었다.

"야, 그러지 말고……" 케이가 이불을 끌어내리고 지원의 얼굴을 들여다보며 말했다. "근데 너 진짜 좀 잘생겼다."

"뭐?"

"니네 누나가 그랬거든. 너가 자기 닮아서 잘생겼대."

"뭐라고? 야, 그 미친년이 하는 얘기 듣지 마."

"야, 누나한테 미친년이 뭐냐."

지원이 흘끗 케이를 보더니 말했다. "말은 똑바로 해야지. 누나가 날 닮아서 예쁜 거겠지."

케이가 웃음을 터뜨렸다. "뭐야, 결국 자기들 예쁘고 잘생겼다는 거잖아. 푸하, 니네 가족 웃긴다." 케이가 혼자 한참을 깔깔거렸다. 그러다 멈추자 다시 분위기가 어색해졌다.

"야, 말 좀 해봐." 케이가 말했다.

"무슨 말."

"아무거나."

"아무거나 뭐."

"그냥." 케이가 어깨를 으쓱했다. "근데 너 여자친구 있어?"

지원이 고개를 흔들었다.

"왜? 헤어졌어? 언제?"

"몰라. 얘기 안할래."

"왜."

"됐어. 그런 넌? 넌 남자친구 있지?"

"헤어졌어."

"진짜? 너 핸드폰으로 계속 연락 온 거 남자친구 아니야?"

"아닌데?"

지원이 약간 복잡해진 표정으로 케이를 봤다.

"왜?" 케이가 물었다.

"아니야."

"아아, 그런 거구나."

"뭐가 그런 거야?"

"나 남자친구 있다고 생각해서 참은 거지?"

"그게 무슨 소리야?"

"아니, 그냥. 아닌가?"

"뭔 소리를 너……"

"야, 너 초등학교 때 나 좋아했지?"

"야, 너 진짜 무슨…… 아니야!"

"에이, 맞네! 너 지금 얼굴 빨개졌어!"
"십년도 지난 얘기를 왜 꺼내고 난리야!"
"헐, 그럼 너 인정하는 거야? 너 나 진짜 좋아했어? 진짜? 정말? 난 그냥 찍은 건데!"
"야, 너 왜 그래! 하지 마! 왜 자꾸 놀려!" 지원이 귀까지 새빨개진 채 목소리를 높였다. 케이가 터져나오는 웃음을 참지 못하고 바닥에 엎어졌다.
"야, 웃지 마."
"웃긴데 어떻게 안 웃어."
"됐어, 그만하자." 지원이 자리에서 일어났다.
"헉, 화났어? 미안……"
"아니야, 그런 거 아니야. 나 이제 병원 가야 돼서."
"………"
"그럼……"
"그래서 참을 거야?" 케이가 지원을 올려다보며 말했다.
지원이 말없이 케이를 봤다.
"응?"
"………"
"지원……"
"후회 안해?"
"후회? 야, 이게 뭐……"
케이가 말을 끝내기도 전에 지원이 케이를 덮쳤다. 그것을 시작으로 둘은 기다렸다는 듯 뒤엉킨 채 바닥을 뒹굴기 시작했다. 서두르지 않으면 모든 게 끝장나버릴지도 모른다는 듯, 둘의 움직임은 급했다. 대화는 없었다. 모든 것이 끝났을 때, 둘은 속옷도 채 다 벗지 않은 상태였다.

둘은 나란히 누워, 천장을 바라보았다. 정말이지 순식간에 벌어진 일이었다. 꿈을 꾼 것 같군. 케이는 생각했다.

"안 늦었어?" 한참 만에 지원이 말했다.

"그러네. 이제 정말 가야겠다."

케이가 몸을 일으켰다. 그런 케이의 손을 지원이 살짝 잡았다 놓았다.

"응? 왜?"

"아니……"

"뭐가 아니야?"

"이건 진짜 상상도 못했다."

"원래 인생이 그런 거야."

"그건 니 인생이고."

"니 인생도 그렇게 될지 모르지."

"싫어."

"왜?"

지원이 망설이다 대답했다. "무서워."

4

 다음 날 케이는 평소보다 일찍 잠에서 깨어났다. 지원과 짧게 메시지를 주고받은 다음 토스트를 입에 물고 앉아 컴퓨터를 켜는데 전화가 울렸다. 재현이었다.
 한시간 뒤 케이는 상수역 앞에서 재현을 기다리고 있었다. 건너편 골목길에서 재현이 나타났다. 그는 썬글라스를 쓰고 양손을 주머니에 찔러넣은 채 특유의 여유있는 걸음걸이로 느릿느릿 걸어오고 있었다. 그런 그는 꽤 근사해 보였다. 케이는 새삼 자신이 왜 재현에게 반했던가를 깨달았다. 문제는 그게 이제 과거형이라는 것이었다.
 "가자."
 재현이 말했다. 케이는 말없이 재현을 따랐다. 그의 발걸음을 쫓으며 케이는 재현이 여전히 얼마나 근사한지, 그런데 그것이 지금의 자신에게는 얼마나 무감동하게 느껴지는지에 대해 생각했다. 그러는 사이 앞서 걷던 재현이 모퉁이에 있는 라면집으로 들어갔다. 둘은 나란히 주방에 접한 바에 앉았다. 메뉴판을 뒤적이던 재현은 제일 싼 것을 골랐고 케이는 해물이 들어간 라면을 주문했다.

"여기 와봤어?" 케이가 물었다.

"어, 전에 한번. 윤수 형이랑." 재현이 핸드폰을 꺼내 들여다보며 말했다. "괜찮더라."

곧 라면이 나왔고 둘은 묵묵히 각자의 것을 먹었다. 라면을 거의 다 비웠을 때쯤 재현이 입을 열었다.

"아직도 화났어?"

"내가? 왜?"

"화난 거 아니었어?"

케이가 재현을 봤다. 썬글라스에 가려진 재현은 무슨 생각을 하고 있는지 알 수가 없었다. 그 너머에 있는 걸 보고 싶다고 케이는 생각했다. 어, 가려진 진짜 재현을. 그런데, 그런 게 있어? '진짜 재현' 같은 게 존재하냐구. 그래, 존재한다고 치자. 하지만, 그렇다면? 뭘 하지? 네 눈을 보면서 뭐라고 말하지? 케이가 그런 생각을 하는 동안에도 재현은 말없이 케이 쪽을 바라보았다. 분명히 저 안에서 무슨 생각을 하고 있을 텐데. 가려진 네 눈이 뭔가 말하고 있을 텐데. 케이는 뚫어져라 재현을 쳐다보았다. 그렇게 하면 썬글라스 너머 재현의 눈을 볼 수 있을지도 모른다는 듯이. 하지만 그런 일은 일어나지 않았고, 케이는 포기한 채 빈 라면 그릇 위로 시선을 떨어뜨렸다. 그리고 깨달았다. 비겁한 건 나도 마찬가지라고. 그러니까 이제 그만할래, 이런 거.

"왜? 할 말 있으면 해봐."

재현이 말했다. 케이는 말없이 젓가락으로 라면 국물을 휘저었다. 바닥에 가라앉았던 작은 새우가 젓가락에 걸렸고, 케이는 그것을 입에 넣고 천천히 씹어 삼켰다. 그리고 말했다.

"아무래도 우리는 여기서 끝나는 게 맞는 거 같아."

재현은 대답이 없었다. 케이 또한 말없이 젓가락으로 라면 국물을 휘저었다. 얼마쯤 그러고 있었을까, 재현이 지갑을 꺼냈다. 그는 계산대를 향해 외쳤다. "여기 계산요."

그는 순식간에 케이의 것까지 계산을 마친 다음 가게를 나섰다. 그제야 상황을 깨달은 케이가 재현을 쫓아 나섰다. 문을 나섰을 때 재현은 이미 골목 끝에 닿아 있었다. 케이는 감탄했다. 그렇게 빠르게 걷는 재현을 본 적이 없었던 것이다. 케이는 힘껏 달려 겨우 그를 따라잡았다.

"그렇게 가버리면 어떡해?"

재현은 대답 대신 더 빠른 속도로 걸었다. 케이가 재현의 팔을 붙잡았다.

"야……"

"끝내자며." 재현이 멈춰서 말했다.

"그렇다고 이렇게 막 가버리면 어떡해."

"그럼 어쩌라고?"

"아니, 어쩌라는 게 아니라, 나는 그냥, 마지막으로 인사 정도 제대로 하고 헤어지고 싶었어. 근데 내 방법이 잘못됐나보네. 미안해. 잘 가. 건강해."

말을 끝낸 뒤 케이는 반대 방향으로 걷기 시작했다. 그렇게 얼마쯤 걸었을 때였다.

"그래, 너 존나 쿨하다! 쿨해서 좋겠다! 근데 너 그거 알아? 넌 사실 쿨한 게 아니라 가식적이야! 너처럼 가식적인 인간 태어나서 처음 봐!"

케이가 멈춰 섰다.

"거짓말 같지? 아니야! 사람들한테 다 물어봐! 너 진짜 가식적이야! 재수없어! 위선자! 사기꾼!"

케이의 얼굴이 빨갛게 달아올랐다. 주위 사람들이 모두 그녀를 흘끗거리고 있었다. 하지만 재현은 멈추지 않고 더 크게 소리쳤다. 케이는 더이상 참지 못하고 도망치기 시작했다.

케이가 멈춰 선 곳은 합정역 부근이었다. 케이는 숨을 몰아쉬며 주위를 돌아보았다. 더이상 재현의 목소리도, 흘끗거리는 사람들의 시선도 없었다. 대신 도로 반대편 버스 정류장이 눈에 들어왔다. 마침 신호가 바뀌었고, 케이는 길을 건너기 시작했다. 멀리서 인천행 버스가 다가오고 있었다.

지원의 아파트 앞에 도착했을 땐 아주 이른 시간이었다. 케이는 근처 피시방에 가서 시간을 때우며 지원을 기다렸다. 열시가 다 되어서야 그는 돌아왔다. 함께할 수 있는 시간은 고작 한시간 반 남짓이었고, 그마저 순식간에 흘러갔다.

비슷한 식의 아쉬운 만남이 몇번 이어진 뒤 결국 지원은 잔업을 포기했다. 그것은 얼마 안되는 월급이 거의 반으로 줄어드는 것을 의미했다. 그리고 얼마 뒤 지원의 아버지가 퇴원했다. 공장에서는 퇴직 대신 다른 조건을 내밀었다. 조합원이 되어 조합 내부 동향을 사측에 정기적으로 보고해달라는 것이었다. 일종의 스파이 노릇을 해달라는 것이다. 몇몇 노동단체의 활동가들이 찾아와 도움을 주겠다고 했지만 지원의 아버지는 그들을 믿지 않았다. 사실 대형 공단 내 노조와 사측 간의 충돌은 흔한 일이었다. 그리고 흔한 일에 사람들은 흥미가 없었다. 나이 든 공장 노동자가 용역한테 몇대 얻어맞은 것이 무슨 뉴스거리가 되겠는가? 맞아서 죽은 것 정도는 되어야 하지 않겠는가. 결국 지원의 아버지는 사측의 요구조건을 받아들였다. 그것 또한 흔한 일이었다.

한편 케이의 집에서는 표면적인 평화가 이어졌다. 동생은 매일 아침 근처 도서관에 나가며 노력하는 시늉을 했다. 케이는 과외를 시작했다. 일주일에 두번, 국제중학교 입시를 준비하는 분당의 초등학생에게 영어를 가르치는 일이었다. 그렇게 해서 케이가 버는 돈이 지원이 벌어들이는 돈의 절반이 넘는다는 것을 알게 되었을 때 좌절한 지원은 며칠간 연락을 끊기도 했다. 미안한 마음에 케이가 자신이 번 돈의 일부를 지원에게 주겠다고 했다가 둘은 심하게 다투었다. 결국 데이트 비용을 케이가 부담하는 것으로 둘은 합의했다. 이따금 케이는 과외를 하며 엿보게 된 돈 많은 사람들의 일상에 대해서 지원에게 말해주었다. 그들이 사는 집이 어떤지, 어떤 대화를 하는지, 냉장고에는 뭐가 들어 있는지, 어떤 옷을 입고 무엇에 어떻게 돈을 쓰는지. 지원은 처음에는 놀라워했고, 그다음에는 화를 냈고, 그리고 체념한 채 우울해하며 다시는 그런 이야기를 하지 말기로 약속했으나 그 약속은 잘 지켜지지 않았다.

처음에 둘은 지원의 동네에서 만났다. 하지만 차츰 서울에서 만나는 횟수가 많아지다가 결국에는 완전히 서울에서 만나게 되었다. 대부분 홍대 앞에서 만났고, 가끔 명동이나 삼청동, 이태원에 가기도 했다. 케이는 지원에게 그가 잘 모르는 세계를 보여주는 게 좋았다. 지원은 처음에는 약간 어색해하기도 했지만 결국 잘 적응한 듯 보였다. 지원이 좋아하자 케이도 좋았다. 케이는 들뜬 채로, 연애 초기면 항상 그렇듯이 지원과의 관계를 이상화하기 시작했다. 갑자기 세상의 모든 것이 둘의 관계를 상징하는 것처럼 느껴졌다. 싸구려 유행가의 가사와 텔레비전 연속극의 말도 안되는 사랑 얘기까지도 모두 지원과 자신의 관계를 축복하는 것처럼 느껴졌다. 이렇게 근사한 연애는 처음이라고, 케이는 생각했다. 언제나처럼 같은 것을 반복하고 있었지만 또한 언제나처럼 케이는 그 느낌에 의심 없이 몸을 실었다.

이렇게 케이가 자신만의 행복에 푹 잠겨 있는 동안, 한편 지원은 하루에도 몇번씩 환상과 현실 사이에서 오락가락했다. 그는 둘의 관계에 미래가 없다는 사실을 알았다. 그러니까 잠깐의 재밌는 놀이 같은 거라고. 하지만 내가 이런 놀이를 할 때인가. 사실 그는 아직까지 진지한 연애를 해본 적이 없었다. 몇번의 연애 경험이 있었지만 그것들은 한결같이 미지근했고 비슷한 패턴으로 진행됐다. 항상 여자들, 대체로 좀 노는 여자들이 먼저 접근을 해왔다. 하지만 그들은 얼마 안 가 지원에게 싫증을 냈다. 혹은 지원이 더이상 그 여자들을 견디지 못했다. 끝에 닿는 데는 많은 시간도 깊은 감정 소모도 필요하지 않았다. 한마디로 시시한 만남이었다. 하지만 그는 거기에서 벗어나려고 노력하지도, 그 이상의 뭔가를 원하지도 않았다. 그런 것들은 사치라고, 그리고 사치는 자신에게 허용되지 않는다고 생각했다. 그러니까 나는 그런 걸 원하지 않겠다. 그는 오래전에 모든 것을 그렇게 정리하고 단념했다. 공장에 취직한 뒤로는 어차피 연애를 시작할 시간도, 그걸 지속할 시간도 없었다. 그는 쉽게 세상에 순응했다. 사실 그게 지원과 주위 사람들의 가장 큰 차이점이었다. 주위의 비슷한 처지의 친구들, 혹은 누나인 지은은 그와 달랐다. 그들은 탈출을 꿈꿨다. 그래서 나이트에 가서 돈 많은 유부녀를 꼬시기도 했고, 혹은 압구정동을 헤매고 다니거나, 소득의 대부분을 자신을 좀더 비싸 보이게 하는 데 쏟아부었다. 하지만 물론 그런 노력은 별 소용이 없었고, 그래서 번번이 좌절하여 술에 취해 울분을 삭였다. 지원은 그들을 한심하게 생각하기도 했지만 또 한편 누구보다 그들을 이해했다. 같은 욕망을 그도 가지고 있었기 때문이다. 단지 단념했을 뿐이다. 닿을 수 없는 것에 손을 뻗었다가는 손가락을 잃고 만다. 얼마 안되는 가진 것마저 잃을지도 모른다고 생각하면 너무나도 무서웠다. 어쩌면 주위의 한심한 친구들과 자신을 차별화하고 그것에 위안을 삼는 것인지도 몰랐다. 케이와의 관계가 깊어질수록, 그래서 자신이 정말로 그녀를 좋아하는지도 모른다고 생각될 때마다, 이런 억눌려 있던 문제들이 하나씩 수면 위로 떠올랐다. 지원은 혼란에 빠졌다. 도대체 내가 뭘 하고 있는 거지? 가장 무서운 것은 이 혼란을 누구에게도 털어놓을 수가 없다는 것이었다. 케이에게는 절대 말할 수 없었다. 자신이 남자라는 것, 그런데 모든 면에서 케이에게 모자란다는 점이 그 고집을 부추겼다. 그렇다고 친구들에게 털어놓을 수도 없었다. 지원이 요새 케이와 만나는 것을 아는 친구들은 그가 서울에 사는 여대생을 만난다며 부러워하고 놀려대기 바빴다. 조금씩 그는 케이가 미워졌다. 하지만 공장이 끝날 때쯤이면 습관처럼 케이에게 메시지를 보내고 있는 자신을 발견했다. 함께 있으면 시간은 순식간에 흘러갔다. 그리고 집으로 돌아와 자리에 누우면 자신이 너무 미웠다. 지원은 태어나서 처음 겪는 강렬한 감정 속에서 허우적거리고 있었다. 하지만 그 강렬함이 깊어질수록 그는 불행해졌다. 그는 끝을 생각하기 시작했다. 그리고 그게 다가오고 있다고, 매일 밤, 모호한 두려움에 시달렸다.

    물론 케이는 좋은 애라고 지원은 생각했다. 똑똑하고 재미있으며 귀여운 면도 있고 지원의 말도 잘 들어주었다. 그런 여자가 맛있는 것을 사주고 심지어 자주기도 한다니 나는 얼마나 행운아란 말인가. 그러니까 심각하게 생각할 필요가 없다. 그냥 행운을 즐기자. 하지만 지금 내가 그럴 처지인가? 지원의 이런 고민이 깊어졌을 때쯤, 둘은 사소한 이유로 다투었다. 너무나도 사소한 이유라서, 둘 다 자존심 때문에 상대방이 먼저 연락해오기를 기다리기만 했다. 그렇게 주말이 왔다. 둘이 사귀기 시작한 뒤로 처음으로 함께 보내지 않은 주말이었다. 주말을 지원과의 만남으로만 채워온 케이는 가벼운 공황 상태에 빠졌다. 하지만 둘이 다투었을 때마다 자신이 먼저 연락했던 것을 떠올리며 이번에는 무슨 일이 있어도 먼저 연락하지 않겠다고 결심했다. 가까워지고 보니 지원은 엉뚱한 부분에서 황소처럼 고집이 셌다. 그래서 언제나 자신이 먼저 고집을 꺾고 사과했던 것을 생각하자 좀 언짢아졌다. 이번엔 절대 그러지 말아야지. 내가 그렇게 만만한 여자가 아니라는 것을 보여주겠다. 케이는 다짐하며 컴퓨터 화면에 캘린더를 띄웠다. 그리고 그동안 미뤄왔던 다이어트 계획을 세우기 시작했다. 한창 집중하여 식단을 짜고 있는데 전화가 울려서 보니 지원이었다. 케이는 핸드폰을 쥔 채 화면에 뜬 이지원 세 글자를 바라보며 혹시 이것이 꿈이 아닐까 생각했다. 그런데 아니었다. 현실이었다. 예스! 이겼다! 케이는 하늘 끝까지 신이 났으나, 흥분을 가라앉히고 아직도 화가 난 척 살짝 가라앉은 목소리로 전화를 받았다.

"여보세요."

"경희야, 잠깐 나올 수 있어? 나 상수역인데."

5

유현자는 쉰다섯의 나이에 위암으로 세상을 떠났다. 죽기 사흘 전까지도 그녀는 거리에 나가 폐지를 모았다. 영하의 새벽 아파트 단지 앞 재활용품 수거함 앞에 쓰러져 있던 그녀를 발견한 것은 출근길의 아파트 상가 경비였다. 구급차에 실려간 그녀는 끝내 깨어나지 못한 채 사흘 뒤 세상을 떠났다.

그녀는 지원의 아파트 아래층에 살았다. 그녀의 고향이 어디인지는 아무도 몰랐다. 고아원 출신이라는 이야기가 돌았으나 소문에 불과했다. 그녀는 오랜 동안 남동공단 부근 식당가의 해장국집에서 일했다. 서른 넘은 두 아들과 같은 집에 살았는데 둘 다 직업은 없었다. 그녀의 월급은 매달 아파트 관리비와 두 아들의 생활비 그리고 이혼한 남편이 남기고 간 빚을 갚는 데 쓰였다. 돈을 안 주면 첫째 아들은 그녀를 때렸고, 둘째는 집의 살림살이를 부쉈다. 그런 사정을 아는 식당의 주인이 월급을 나눠서 주기도 하고, 통장에 넣어주기도 하고, 월급날을 바꾸기도 했지만 소용이 없었다. 돈을 안 주면 그녀의 얼굴은 멍이 들었고, 벽에 걸린 시계가 부서졌다.

칠년 전 이혼한 남편은 유현자보다 스무살이 많았다. 그건 사실 결혼이라기보다는 팔려간 것에 가까웠다. 무능력한 늙은 남편과 두 자식을 먹여 살리기 위해서 그녀는 쉴 틈 없이 일해야 했다. 그녀가 거쳐간 식당을 다 모으면 번화가의 거리 하나 정도는 충분히 채울 수 있을 것이다. 그녀는 식당 일을 해서 힘들게 번 돈으로 두 아들을 키웠지만 첫째는 중학교를 겨우 졸업하고 동네 건달들과 어울리기 시작했고 둘째는 고등학교를 중퇴한 뒤 집에 틀어박혔다. 어느날 남편은 일방적으로 이혼을 요구했다. 이혼하고 보니 그녀 명의로 잔뜩 도박 빚을 지고 난 뒤였다. 뒤늦게 그를 찾아 나섰지만 헛수고였다. 그녀는 닥치는 대로 일하며 살아남기 위해 애썼다. 다행히 해장국집 주인 부부의 도움으로 오년 전 지원이 사는 임대아파트에 들어올 수 있었다.

고된 삶을 이겨내기 위해 언젠가부터 그녀는 종일 술에 취해 있었다. 젊은 시절 그녀가 처음으로 식당에 취직했을 때, 늙고 뚱뚱한 여자가 주방 한구석에서 술에 취한 채 설거지를 하는 것을 보고 깜짝 놀란 적이 있었다. 그런데 이제 같은 처지가 된 지금 그녀는 매사에 무덤덤해졌다. 놀랄 만한 일들을 이미 너무 많이 겪은 것이다. 남편이 자신을 처음 때렸을 때 그녀는 깜짝 놀랐다. 남편이 도박하는 것을 알았을 때도, 중학교를 졸업한 아들이 고등학교에 안 가겠다며 자신을 때렸을 때도, 술에 취한 손님이 자신의 가슴을 만졌을 때도. 처음에는 언제나 깜짝 놀랐다. 그녀에게도 그런 시절이 있었다. 깜짝 놀라고, 분해서 눈물을 흘리던 시절이 있었다. 물론 지금의 그녀를 본 사람들은 그녀가 깜짝 놀랄 만한 환경 속에서 너무나도 태연하게 살아가고 있다고 감탄할 것이다. 하지만 그녀에게도 그 모든 것이 너무나도 서럽고 견디기 힘들게 느껴지던 시절이 있었다. 하지만 점차 모든 것에 익숙해졌다. 아니, 익숙해져야 했다. 게다가 나이가 들어 신체적 고통이 다른 모든 것을 능가하기 시작하자 많은 것이 상관없어지게 되었다. 그녀는 술에 의지하기 시작했다. 일이 끝나면 몽롱하게 취한 채 집으로 돌아와 그대로 이불 위로 엎어졌다. 가끔은 술기운을 이기지 못하고 행패를 부리기도 했다. 처음에는 곧 후회했고, 한동안 사람들의 눈치를 보며 조용히 지냈다. 하지만 그 또한 점차 익숙해졌다. 일이 끝난 뒤에도 술을 사들고 집으로 돌아와 아침까지 마시다가 지각을 하거나 아예 빠지는 일도 잦아졌다.

　결국 사정을 봐주던 식당 주인 부부도 지쳤다. 술을 잔뜩 마시고 식당을 빠진 어느 다음 날 식당에 나가자 주인의 반응이 어딘가 이상했다. 주방에는 처음 보는 여자가 설거지를 하고 있었다. 그녀는 유현자보다 젊었고, 날씬했고, 건강해 보였다. 그리고 술에 취해 있지도 않았다. 그녀는 정말로 오랜만에 깜짝 놀랐다. 하지만 곧 평소의 벽돌같이 단단한 표정으로 돌아와 말없이 식당을 빠져나왔다. 며칠 뒤 그녀는 정산한 월급과, 퇴직금 대신 받은 세달치 월급을 받아들고 집으로 돌아왔다. 오는 길에 슈퍼에 들러 소주를 한병 샀다. 그녀는 소주를 마시며 통곡했다.

 그뒤로 그녀는 다른 식당 몇군데를 더 거쳤다. 하지만 매번 한달도 채우지 못하고 그만두거나 쫓겨났다. 곧 그녀의 생활은 바닥으로 떨어졌다. 그녀에게서 더이상 돈을 뜯어낼 수 없다는 것을 알게 된 두 아들은 집을 나갔다. 그리고 얼마 지나지 않아 그녀는 폐지를 주우러 다니기 시작했다.

 세달 전, 옆집 여자가 쌀과 밑반찬을 주려고 찾아갔는데 인기척이 없었다. 관리인을 불러 문을 따고 들어가보니 그녀는 의식을 잃은 채 욕실 앞에 쓰러져 있었다. 곧 응급차가 도착했고, 실려간 그녀는 위암 말기라는 진단을 받았다. 사람들은 그녀의 아들들을 수소문했지만 헛수고였고, 우여곡절 끝에 그녀는 무연고자로 지정된 뒤 수술을 받았다. 하지만 결과는 좋지 않았다. 퇴원 뒤 그녀는 복지사의 도움으로 간신히 끼니를 때우며 한달을 더 버텼다. 유령처럼 홀쭉해진 그녀는 이따금 술에 취해 자신이 살아 있다는 것을, 여전히 쓸모있는 인간이라는 것을 주장이라도 하듯이 폐지를 주우러 나갔다. 쓰러진 그 새벽도 마찬가지였다.

 "곧바로 화장되셨어. 무연고자로 지정되어 있어서 그렇대. 살던 아파트는 원래 식당 주인 명의였으니까 그쪽으로 넘어갔고. 세 놔서 다음 주에 이사 온대. 가구랑 그런 건 이미 다 뺐고."
 "그래서 그 아들들은 아직도 안 나타났어?"
 "한번 식당에 왔었다고 하더라."
 "그 아주머니 일하시던 식당? 거긴 왜?"
 "살던 집 전세금 내놓으라고."

"우와."

"개새끼들."

커피잔을 내려놓던 케이는 스피커에서 낯익은 노래가 흘러나오고 있는 것을 깨달았다. 「아이티」라는 노래였다. 아케이드 파이어의 노래 가운데 케이가 제일 좋아하는 노래였다. 근데 앨범 제목이 뭐더라? 케이가 궁금한 표정으로 지원을 봤다.

"왜?"

"아니…… 뭐더라? 뭐지?"

"뭐가 뭐야?"

"아, 생각났다. 퓨너럴."

"뭐? 퓨너럴?"

"아니, 장례식이라고."

"장례식 당연히 못했지. 바로 화장했다니까."

"응? 뭐가? 아, 그 아주머니……"

"응? 그 얘기 아니었어?"

"아니…… 지금 나오는 노래 앨범 제목이 장례식이라고……"

아주 잠깐, 지원이 이해가 안 간다는 표정을 지었다. 그러다 어디선가 음악이 흘러나오고 있다는 것을 깨닫고 귀를 기울였다. 태어나지 않은 내 사촌의 유령이 뒤발리에의 밤을 배회하네. 한 여자가 적당히 몽롱한 음악에 맞춰 프랑스어로 노래하고 있었다. 지원이 얼굴을 살짝 찌푸렸다.

"미안, 난 모르는 노래라서."

"아이티라고, 내가 진짜 좋아하는 노래야. 아케이드 파이어라는 밴드가 부른 건데, 이 노래가 들어 있는 앨범 이름이 퓨너럴이거든. 그때 그 밴드 가족들이 막 죽고 그랬대. 그래서 제목도 그렇고 노래들이 다 좀 우울해. 근데 이 앨범이 완전 성공해가지고 짱 유명해졌어. 팔리기도 많이 팔리고, 상도 많이 받고."

"지 가족 죽은 거 팔아서 성공했구나."

"에이, 그건 아니지."

"왜 아니야. 지 가족 죽은 거 가지고 노래 만들어서 장례식이라고 제목 붙여서 앨범 낸 거라며."

"그렇긴 한데 그래서 팔린 건 아니야. 노래들이 진짜 좋아."

"하긴, 장례식도 간지가 나야 사람들이 많이 오지. 연예인 장례식 봐. 사람들 존나 많이 오잖아. 이 아줌마는 장례식 해봤자 누가 오겠냐. 아들들도 안 오는데. 씨발, 안한 게 다행이지."

"에이, 뭘 그렇게까지 삐딱하게 생각해."

"뭐가 삐딱해? 난 그냥 사실을 말하는 건데? 지금 니가 날 삐딱하게 보는 거 아니야?"

감정이 실린 지원의 목소리에 케이는 당황했다. 뭐지? 왜 이렇게 화를 내지? 케이는 딱딱해진 지원의 얼굴을 보며 생각했다. 솔직히 잘 이해가 가지 않았다. 그가 왜 이렇게 화를 내는지, 아니 무엇보다 그 아랫집 아주머니 얘기를 왜 그렇게 길게 했는지. 굳이 이걸 말하려고 만나자고 한 거야? 화해하자고 온 거 아니었어?

"경희야, 있잖아, 내가 궁금한 게 하나 있는데."

"응? 뭔데?"

"너 왜 나랑 만나냐?"

"응?"

"아 씨발, 이런 거 맨정신으로 할 말이 아닌데. 여기 술 안 파냐?"

"너랑 왜 만나냐니 그게 무슨 뜻이야?"

"아니, 생각을 해봐. 너랑 나랑 진짜 달라. 너도 알지? 그러니까…… 그래, 여기도 그래. 여기 너 단골이라며? 근데 솔직히 나 이런 데 별로야. 아니, 나랑 안 맞아. 커피, 이런 거 몰라. 너가 좋아하는 음악도 나 하나도 몰라. 솔직히 관심도 없어. 아니, 뭐 그런 건 그렇다 치고, 학교, 사는 동네, 가족, 살아온 환경…… 하나도 너랑 비슷한 데가 없어. 너랑 인생 자체가 다르다고. 너 방금 내가 해준 아줌마 얘기 듣고 무슨 생각 들었냐? 불쌍하다, 안됐다, 슬프다, 그런 생각? 아니, 솔직히 말해봐. 이해가 안 가지? 완전 다른 세계 같지?"

"야, 내가 뭐 바보냐? 초딩이냐? 안 겪는다고 어떻게 아무것도 이해 못하냐. 야, 그리고 우리 집도 쫄딱 망했던 적 있었다니까. 내가 말 안……"

"이것 봐. 넌 이해 못해. 망했던 적? 그니까 지금은 안 망했다는 거 아냐. 있잖아 경희야, 난 망해본 적이 없어. 망하는 게 뭔지 몰라. 왜냐면 처음부터 망했거든. 난 태어날 때부터 인생이 쭉 이런 상태였어. 무슨 말인지 이해가 돼? 그런 느낌 알아? 계속, 계속, 계속, 좆같을 거라는 느낌. 빠져나갈 구멍이 안 보이는 그런 거 너 모르잖아."

"왜 내가 모를 거라고 생각해? 나도 알아. 너만큼은 아닐지도 모르지만. 너야말로 나를 너무 순진하게 보는 거 아냐?"

"그래? 근데 왜 나는 아닌 거 같지? 너 그런 거 전혀 모르는 거 같아. 그래서 너가 나 만나는 거 아니야?"

"무슨 뜻이야, 그게?"

"모르니까. 신기하잖아. 궁금하잖아. 저기 뭐 신기한 게 하나 있네. 우와, 저게 뭘까? 그래서 나랑 만나는 거 아냐? 무슨 여행 가서 신기한 원시인 관찰하듯이. 그런 거 아냐?"

지원이 말을 멈추고 케이를 봤다. 그녀의 얼굴이 어두워져 있었다.

"그러니까, 내 말은…… 그러니까, 그게……"

"아냐, 이해했어. 무슨 말인지 알아."

"그래?"

"어, 근데 너 지금 이 얘기를 나한테 왜 하는 거야?"

"어?"

"지금 이 얘기를 나한테 하는 이유가 뭐냐고."

"어…… 그건……"

"그래, 너랑 나랑 달라. 진짜 많이 다를지도 몰라. 호기심? 당연히 있겠지. 근데? 호기심이 어때서? 호기심 없이 어떻게 사람을 만나? 나는 너 말고도 다른 사람들한테도 호기심 느껴. 사람들은 다 다르잖아. 그래서 궁금한 거잖아. 만나고 이야기하고 친해지는 거잖아? 넌 안 그래? 넌 내가 지금 너 구경 온 거 같아? 그래 보여? 근데 당연한 거 아냐? 지금 나는 너를 잘 모르니까. 하지만 알면 달라질 거야. 원래 처음엔 그런 거잖아. 너도 홍대 처음 왔을 때 몰라서 기웃거렸잖아. 나도 처음엔 그랬어. 근데 이젠 안 그래. 이젠 잘 알거든. 그리고, 그래서 더 좋아. 더 좋아졌다고. 그러니까 내 말은, 너랑 나랑도 그럴 수 있지 않을까?"

"넌 정말 좋겠다." 한참 만에 지원이 입을 열었다.

"니가 방금 한 말들, 그런 생각. 그런 거 뭐라고 해야 하지. 어, 교과서에 적혀 있는 말들 같애. 맞아, 되게 이상적이야. 근데 문제가 뭔지 알아? 현실은 교과서대로 안 생겼거든? 니 현실은 그렇게 생겼는지 모르겠는데, 내 건 전혀 안 그렇거든? 생각해봐. 세상이 교과서대로 생겼으면 아랫집 아줌마는 왜 그렇게 불쌍하게 살다 돌아가셨냐? 우리 아빠는 왜 용역한테 얻어맞아?

아, 모르겠다. 솔직히 너 보고 있으면, 가끔 되게 쪽팔리거든? 그렇잖아. 니 말대로 나 존나 삐뚤어졌어. 근데 왜 내가 삐뚤어졌는데? 인생이 이따위니까 그런 거 아냐…… 근데 넌 나랑 달라. 너는 안 삐뚤어졌어. 너, 착해. 좋은 사람이야. 근데 가끔 그런 생각이 들어. 씨발 너도 나처럼 살았어도 똑같이 착할까? 알아, 이거 존나 삐뚤어진 생각이야. 그래서 미치겠다고. 너 때문에, 너랑 있으면 나 삐뚤어진 걸, 평소에는 까먹고 있던 그걸 자꾸 확인하게 돼. 나 존나 초라한 거, 좆도 없는 거, 그런 거 자꾸 생각이 나. 그래서 존나 싫어. 미치겠어. 열등감이라고 해도 상관없어. 아니, 열등감 맞아. 나 열등감 존나 많아. 씨발, 가진 거 많은 새끼들 다 죽여버리고 싶어. 근데 참는 거야. 그래봤자 나만 손해잖아.

근데…… 그래서 말인데…… 나 더이상 못하겠어. 너랑 있으면, 참는 게 너무 힘들어져. 진짜…… 나 더이상 그런 개 같은 기분 느끼기 싫어. 씨발 그럼 너는 또 말하겠지. 니가 그런 식으로 생각하니까 그런 거라고. 긍정적으로 생각해봐. 씨발 근데 그게 말이 되냐? 내가 초라한 게 사실인데 안 초라하다고 생각한다고 안 초라해져? 씨발 정신승리하냐.”

지원이 주머니에서 담배를 꺼냈다. 그것에 불을 붙이려던 지원이 고개를 들어 주위를 살폈다. 맞은편 벽에 영어로 된 금연 표지판이 붙어 있었다. 지원이 한숨을 쉬고 담배를 내려놓았다. 그리고 내려놓은 담배를 멀뚱히 쳐다보다가 그것을 손에 쥐고 살짝 힘을 주었다. 손을 풀자 으스러져 형체를 잃은 담배가 탁자 위로 툭 떨어졌다. 지원이 놀란 표정으로 그것을 보았다.

“아……”

그는 고개를 들어 케이를 봤다. 그녀가 뭔가를 말해주기를. 뭔가, 제대로 된 뭔가를. 그는 케이를 바라보며 생각했다. 케이 또한 그것을 찾고 있었다. 제대로 된 뭔가를, 그러니까 답을. 하지만 찾을 수가 없었다. 그 뭔가가 전혀 보이지 않았다.

“경희야……”

“니가 하는 말 무슨 말인지 알겠어.” 케이가 지원의 말을 가로막았다. “어, 무슨 말인지 이해했어. 진짜야. 아니, 니가 한 말 다 맞아. 근데, 근데 나 그거 무시할래. 듣기 싫어. 니 말 이해하는데, 무슨 말인지 알겠는데, 근데 그러기 싫어.”

케이가 커피잔을 향해 손을 뻗었다. 손이 떨리고 있었다.

“경희야, 근데……” 지원이 말했다. “근데 미안한데.” 그는 케이의 시선을 피해 바닥을 보며 말했다.

“미안한데, 나도 마찬가지거든. 나도, 너 이해하는데, 무슨 말인지 알겠는데, 근데 싫어. 아니, 안될 것 같아. 안되겠어. 그러니까 우리 그냥 여기서, 이만 끝내는 게 좋을 거 같아. 미안. 진짜 미안해."

지원이 자리에서 일어났다. 놀란 눈으로 케이가 지원을 보았다. 지원은 계속해서 시선을 피했다.

"나 먼저 갈게. 내일 출근해야 되거든. 넌 천천히 나와. 계산 내가 할게."

지원이 천천히 계산대를 향했다. 계산을 끝낸 그는 머뭇거림 없이 밖으로 나갔다. 그가 사라지고, 그러고도 한참이 지나서야 케이는 가까스로 몸을 움직일 수 있었다. 소파에서 등을 뗀 순간 마른 기침이 터져나왔다. 케이는 한 손으로 목을 잡고 다른 손으로 탁자에 놓인 물컵을 집어들었다. 그리고 천천히 마치 구겨넣듯이 힘겹게 물을 들이켰다.

문을 열고 나왔을 땐 이미 지원은 보이지 않았다. 거리로 발을 한발 내디딘 순간 머릿속에 방금 전 벌어진 일이 쫙 펼쳐졌다. 순간 멎었던 기침이 다시 시작되었다. 콜록거리며 걷던 케이는 곧 자신이 집과 정반대 방향으로 걸어가고 있다는 것을 깨달았다. 하지만 방향을 바꾸지 않은 채 계속 걸었다. 그녀가 멈추어 선 곳은 신촌역 로터리 앞 횡단보도에서였다. 신호가 바뀌었고, 버려진 애완동물 같은 표정으로 거리를 바라보던 케이는 결국 울음을 터뜨렸다.

술에 잔뜩 취해 집으로 돌아왔을 때는 새벽 세시가 넘어서였다. 얼마나 걸었는지, 어디서 누구와 술을 마셨는지, 뭘 했는지 전혀 기억이 나지 않았다. 케이는 추위로 빳빳해진 코트를 걸친 채로 이불속으로 기어들어갔다. 눈을 감았지만 잠은 오지 않았다. 아주 이상한 기분이었다. 비행기를 타고 가는데 중간에서 내리라는 요구를 당한 듯한 기분이었다. 하지만 여기는 하늘 한가운데잖아요? 여기서 내리면 나는 죽잖아요?
 케이는 베개에 머리를 박은 채 신음하며 멈춘 듯 느리게 흘러가는 시간에 괴로워했다. 하지만 어쨌든 시간은 흘러갔고, 천천히 날이 밝아왔다. 하지만 햇살이 방을 비추기 시작하자 더 절망적인 기분이 되었다. 온몸의 모든 세포가 괴로움으로 터져버릴 것만 같았다. 그런데 빠져나갈 방법이 없었다. 마침내 도망칠 방법이 전혀 없다는 것을 깨달았을 때, 그러니까 모든 것을 포기한 순간, 잠긴 문을 부수듯이 잠이 케이를 덮쳤다.

*

 잠에서 깨어난 케이는 가만히 천장을 바라보았다. 온몸이 얻어맞은 것처럼 욱신거렸다. 코트 주머니에서 핸드폰을 꺼내 시간을 확인했다. 겨우 두시간 남짓 잠들었을 뿐이었다. 케이는 남은 힘을 모두 쥐어짜 몸을 일으켰다. 그리고 신음하며 바닥으로 기어내려가다 몇번째일지 모를 울음을 터뜨렸다.
 한시간 뒤 케이는 지원의 집 앞에서 초인종을 누르고 있었다. 몇번을 눌렀지만 기척이 없었다. 어떻게 해야 하나 고민하는데 벌컥 문이 열렸다. 지은이었다.
 "뭐야? 꼭두새벽부터 뭔 일이냐?"
 지은이 하품을 하며 케이를 아래위로 훑었다. 케이는 대답 없이 쭈뼛거리며 안으로 들어갔다. 지원의 아버지는 이미 출근을 했는지 없었고, 지원도 보이지 않았다.

"지원이 샤워 중이야."

지은이 말했다. 케이는 어색하게 거실을 서성이기 시작했다. 지은이 뭔가 이상하다는 걸 눈치채고 물었다.

"뭐야? 니네 싸웠냐?"

케이가 흠칫 놀라 멈춰 섰다.

"맞네, 싸웠네. 그럼 그렇지. 니가 잘못한 거지? 그러니까 꼭두새벽부터 여길 왔겠지. 왜? 뭘 잘못했는데?" 케이는 대답이 없이 난처한 표정으로 지은을 보았다. "아 몰라, 싸우든지 말든지. 난 다시 자야겠다."

지은이 방으로 들어가고 얼마 뒤 지원이 욕실에서 나왔다. 그는 케이를 발견하고 놀란 듯했지만 아무 말 없이 방으로 들어갔다. 케이도 그를 쫓아 방으로 갔다. 지원은 말없이 옷을 갈아입기 시작했다. 옷을 다 입은 그는 순식간에 준비를 끝내고 방을 나갔다. 그런 지원을 쫓아 케이도 집을 빠져나왔다.

"야, 이지원……"

아파트 입구를 빠져나가는 지원을 케이가 붙잡았다. 멈추어 선 지원이 케이를 쏘아보았다.

"아, 미안……"

무안해진 케이가 지원의 팔을 놓았다. 지원이 한숨을 쉬더니 담배를 꺼내 입에 물고 벤치로 향했다.

"나도 한대만." 케이가 지원의 옆에 앉아 손을 내밀었다. 지원이 담뱃갑과 라이터를 케이에게 넘겼다.

"그래서 왜 온 건데?" 지원이 말했다. 케이는 말없이 손에 들린 담배를 바라보았다.

"할 말 없음 나 간다."

"모르겠어. 나는, 그냥." 케이가 바닥을 보며 말했다. "이건 좀 좀 아닌 것 같아서."

"이게 뭐가 아닌데?"

케이가 대답 대신 지원을 봤다. 그는 라이터를 찾아 주머니를 뒤지고 있었다.

"야, 라이터 여기 있어." 케이가 라이터를 내밀었다.

"아." 지원이 건네받은 라이터로 담배에 불을 붙이고는 말했다. "넌 차라리 고아였으면 좋겠다고 생각해본 적 없냐?"

"어?"

"가족 따위 인생에 아무 도움도 안되니까 차라리 처음부터 없었으면 좋겠다고."

"당연히 있지. 가끔 내 동생 진짜 어디다가 갖다버리고 싶어."

"아니, 그런 수준이 아니라, 진짜로 말이야. 진짜 간절하게. 다 뒈져버렸으면 좋겠다고." 지원이 한숨을 쉬듯 담배 연기를 내뿜었다.

"뭐 그래서 어쩌겠다는 게 아니라, 그냥 그렇다고. 가끔 진짜 그런 생각 해. 내가 얘기했었나? 우리 할아버지가 진짜 양아치였대. 술 먹고 존나 맨날 할머니 패고. 우리 아빠는 그런 건 없거든. 할아버지 보면서 난 절대 그렇게 안 살겠다고 결심했대. 그래서 아빠는 착해. 근데 가끔 짜증나. 착하기만 해서 뭐해? 착한 게 무슨 쓸모가 있냐? 씨발, 근데 내가 왜 너한테 이런 얘기를 하고 있냐."

"난, 니가 좋은 애라고 생각해." 케이가 말했다.

"씨발, 좋기는."

"생각해봤어…… 어제 너랑 헤어지고 나서…… 그래, 너랑 나랑 달라. 인정해. 근데? 그게 그렇게 큰 문제야? 야, 너랑 나랑 같은 한국 사람이야. 나이도 같고 같은 학교도 다녔었어. 찾아보면 너랑 나랑 비슷한 것도 많아. 생각보다 훨씬 더……"

"그렇게 따지면 온 세상 사람들이 다 비슷하겠네."

"그렇다니까!"

"그럼 왜 굳이 나야? 다른 비슷한 사람들도 졸라 많은데? 근데 굳이 왜 나를 만나?"

"그거야……"

"됐어. 얘기하지 마."

"왜?"

"필요 없어."

"뭐가?"

"다. 다 필……"

"그럼? 그럼 어떡해?"

"어떡하냐니? 뭘?"

"어떻게 해야 되냐고."

"뭘 어떻게 해?"

"어떻게 하냐고, 난……"

지원이 케이를 봤다. 그녀가 울 것 같은 표정으로 지원을 바라보고 있었다.

"니가 어떻게 해야 되냐고? 야, 그걸 내가 어떻게 알아? 내 일도 골치 아파 죽겠는데! 내가 그걸 어떻게 알아? 씨발 니 맘대로 해!"

지원이 버럭 소리를 질렀다. 놀란 케이의 얼굴이 하얗게 핏기가 가셨다.

"아, 미안…… 그냥 내 말은…… 아, 몰라, 됐어. 그냥…… 하지 마, 아무것도."

"……하지 말라고?"

"어, 하지 마. 아니, 니 맘대로 해. 존나…… 내가 왜 이런 거까지 생각해야 돼? 암튼 난 안할 거야. 아무것도. 그러니까 너도 하지 마. 할려면 니 혼자……"

"그치만……"

"왜? 넌 뭘 하고 싶은데? 아니, 너 나랑 뭘 하고 싶어? 너랑 내가 할 수 있는 게 뭔데? 아, 됐어, 씨발 집어치워……"

지원이 얼굴을 찡그렸다. 정말이지 지긋지긋하다는 표정이었다. 그런 그를 보는 케이는 마음속에서 뭔가 툭 하고 끊어지는 것을 느꼈다.

아, 이제 진짜 끝이구나.

"미안."

케이가 조용히 벤치에서 일어났다. "진짜 미안. 여기까지 귀찮게 찾아와서. 다시는 안 그럴게. 근데……"

그때 멀리서 비명 소리가 들려왔다. 아주 낯이 익은 목소리였다. 케이와 지원이 놀란 눈으로 서로를 쳐다보았다. 이어 지원이 튕기듯 일어나 달리기 시작했다. 그건 지은의 목소리였다.

6

 화면 속에서 한 남자가 거대한 아치를 기어오르고 있었다. 점퍼를 입은 노동자들과 경비 서너명 그리고 양복을 입은 중년 남자 하나가 그런 그를 바라보며 주위를 서성였다. 그들은 이따금 외쳤다. 그러지 말고 내려와. 지원 아버지, 내 말 들어요. 내려오라니까. 다쳐요. 뭐 하는 거야. 떨어진다니까. 죽고 싶어? 지금 협박하는 거야? 그런 식으로 할 거야? 아, 일단 제 말을 들어보시라니까요…… 당장 안 내려와? 그 상황은 이십초가량 더 지속되었다. 이어 한 무리의 남자들이 나타났다. 그들은 사다리를 들고 아치 쪽으로 향했다. 그리고 몇번의 시도 끝에 아치에 사다리를 대고는 양복을 입은 남자에게 뭔가를 소리쳤다. 올라가, 올라가라고. 양복을 입은 남자가 외쳤다. 그때 지원의 아버지가 움직임을 멈췄다. 그는 사다리를 가리키며 뭔가 말했다. 사람들의 고함 소리가 커졌다. 지원의 아버지가 팔을 몇번 강하게 휘젓더니 균형을 잃고 넘어졌다. 사람들이 우르르 아치 쪽으로 달려갔다. 아슬아슬하게 아치에 매달려 있던 지원의 아버지는 결국 아래로 떨어졌다. 구급차! 구급차! 양복 입은 남자가 외치며 화면을 향해 다가왔다. 이어 화면이 크게 흔들리더니 영상이 끊겼다.

"그래서 이게 그 이지원인가 걔 아버지라고?" 통닭집 남자가 케이의 핸드폰에서 눈을 떼고 담배에 불을 붙이며 물었다.

"네."

"이게 다야? 다른 영상은 없어?"

"이게 다예요. 그나마 이것도 찍은 아저씨가 한시간 동안 배우셔가지고 유튜브에 올린 건데……"

"근데 이 아저씨 왜 이러는 거야? 민노총이야?"

"그건 아니고…… 말씀드린 것처럼 지원이 아빠가 회사 스파이 같은 거가 되어가지고요, 그것 때문에 요새 맨날 괴로워하셨거든요. 근데 이번에 새로 조합 위원장이 된 아저씨가 있는데 그 아저씨가 자살을 했대요. 위원장 되고 나서 회사에서 막 뒷조사하고 사람 붙여서 감시하고 진짜 막 심하게 괴롭힘을 당해서. 그리고 이번에 무슨 연대파업인가를 기획했었는데 그것도 무산됐고. 근데 그게 무산된 것에 지원이 아빠가 연관이 되어 있었나봐요. 그런데 그거를 그 위원장 아저씨가 알게 된 거 같아요. 그래서 더 충격받고 배신감을 느껴가지고 결국 자살까지 한 것 같다고. 그렇게 소문이 퍼졌대요. 그러니까 지원이 아빠가 견딜 수가 없으셨던 거죠. 회사에선 이참에 잘됐다고 노조 다 없애버리고 새로 어용노조 같은 거 만들겠다고. 지원이 아빠보고 또 거기 참여하라고 하고. 그래서 너무 견딜 수가 없어서, 뭐라도 해야겠다고."

"아우, 병신."

"네?"

"그렇잖아. 혼자 저런다고 뭐가 돼? 그래서 얼마나 다치셨대?"

"그래도 운이 좋은 게요, 요새 공장 환경 뭐 조성한다고 잔디를 깔려고 가져다놨는데 그 위로 떨어지셔가지고 많이 다치진 않으셨어요. 생명에 지장은 없으시다고."

"에휴, 그래서 이제 어떡하냐. 저 인간을 이제 회사에서 봐주겠냐 노조에서 봐주겠냐. 완전 좆됐네."

"그러게요."

"근데 그래서, 너는 그렇게 차이고도 병원까지 쫓아간 거야? 너 진짜 자존심도 없다."

"그럼 어떡해요. 다치셨다는데, 걱정되잖아요."

"그래서?"

"그래서 뭐요."

"걔가 고맙대? 병원까지 와줘서?"

"아니, 뭐……"

"아니 뭐가 뭐야?"

"저 신경 쓸 틈이 있나요. 아빠가 다쳤는데."

"쌩깠구나. 하긴 이해돼. 나 같아도 그랬겠지."

"왜요?"

"쪽팔리잖아."

남자가 냉장고에서 소주를 한병 꺼냈다.

"소주 괜찮지?"

"네, 저 소주 좋아해요."

"난 손님 없을 때 이렇게 라면에다가 소주 한잔 걸치는 게 인생의 낙이야."

"근데 오늘 이렇게 장사 일찍 끝내셔도 돼요? 저 때문에 그러시는 거면……"

"아니야, 오늘 손님도 별로 없고. 평일이잖아. 일찍 끝내려고 했어."

"집에는 안 들어가세요?"

"그게……" 남자가 약간 망설이다 말을 이었다. "나 사실 요새 집에 안 들어가고 여기서 지내. 사정이 좀 생겼어. 그렇게 됐어."

"아……"

"괜찮아, 별일 아니야."

"여기서 지내기 힘들지 않으세요?"

"아냐, 지낼 만해. 저기 뒤에 창고로 쓰는 방이 하나 있는데 거기 전기장판 깔고 자면 엄청 따듯해."

남자가 자리에 앉아 소주병을 따며 말했다.

"애니웨이, 우리가 무슨 얘기를 하고 있었지? 아, 지원이라고 했던가? 그래, 맞아. 솔직히 나는 걔가 참 이해가 돼. 나 베를린에 있을 때 독일 여자애 하나가 나 좋다고 따라다닌 적 있거든? 취향 정말 독특하지. 근데 걔가 그냥 평범한 독일 애가 아니었어. 집안이 완전 난리가 아니야. 거슬러 올라가다보면 합스부르크 제국의 몇 대 황제가 나온다는데, 딱 봐도 왕족처럼 생겼어. 정말 우아했지. 범접할 수가 없는, 그 뭐냐, 아우라 같은 게 있었어. 걔가 나랑 그 개판 아파트에서 같이 살았거든? 완전 골초에다가, 그땐 잘 씻지도 않아서 맨날 떡 진 머리로 다니고. 근데도 그 아우라가 있어. 느껴져. 암튼 걔가 뭘 잘못 처먹었는지 한참 동안 나를 쫓아다녔어. 근데 난 한국 촌놈이라 그런지 그게 참 부담스럽더라. 그 뭐냐, 영어로 gut이라고 하나? 어, 배짱이 없는 거지. 그때 걔랑 잘됐으면 지금쯤 유럽 어디 그림 같은 성에서 우아하게 살고 있었을지도 모르지. 와인 마시고 치즈 먹으면서. 근데 그게 뭐야. 난 성 싫어. 춥잖아. 난 여기 광주의 따뜻한 아파트에서 겨울에도 반팔 티 입고 바닥에 등 지지면서 뜨거운 찌개 먹고 그러고 사는 게 좋아. 고상한 거 싫어. 불편하잖아. 아무튼 그래서 내가 하고 싶은 말이 뭐냐 하면, 걔 눈에는 니가 너무 고상한 거야. 너 지금 아니라고 할라고 하지? 어이구, 눈 동그랗게 뜬 거 봐. 야, 근데 내 말을 일단 한번 들어봐. 너 고상해. 그래 보여. 뉴욕도 갔다 왔다며? 영어도 잘하겠네? 대학도 그만하면 괜찮은 데 다니잖아. 서울 살지, 부모님도 다들 나름 교양있는 분들이실 테고. 걔는 그게 감당이 안되는 거야. 까놓고 얘기해서 니가 걔랑 결혼한다고 하면, 니 부모가 그걸 허락할 거 같애? 돌았냐? 내가 니 부모래도 안하지. 걘 이미 그런 걸 다 알고 있는 거야.

여기 너 데리고 왔던 애 걔, 걔는 달라. 걔는 너랑 얼추 비슷해. 니가 좀 아깝다, 그지? 그래서 니가 걔 찬 거잖아? 이해가 가. 지루하지? 그지? 좀 뻔하지? 우리 같은 사람들이 또 뻔한 거 싫어하잖아?

 너가 아까 그랬지. 흘러가는 대로 살아왔다. 근데 그 결과가 나쁘지 않았다. 운이 좋았나보다. 그게 뭔 뜻인지 알아? 니가 평탄하게 살아왔다는 얘기야. 지원이 걔는 니 말이 아예 이해가 안될걸. 뭐? 흘러가는 대로 살아? 야, 생각을 해봐. 지원이 걔가 지 인생 흘러가는 대로 살았으면 지금쯤 뭐 하고 있을 거 같아? 교도소에 들어가 앉아 있을걸? 걔는 정말 이를 악물고 흘러가는 대로 살지 않으려고 발버둥을 친 거야. 존나 파도가 치고 쓰나미가 몰려오는데 안 쓸려가겠다고, 이빨 꽉 물고. 그런 애라고. 그 뭐냐, 폭풍우 한복판에서 살아가는 야생 물고기인 거야. 그럼 너는? 너는 이제 사람들이 휴식하려고 찾아오는, 바닥에 산호초 같은 거 쫙 깔린 그런 얕은 바다에서 파도가 살랑살랑 치면 거기에 맞춰서 살랑살랑 흔들리면서 살아가는 애고. 이런 평가가 억울해? 근데 어떡할 거야, 사실인데. 내가 너 이해 못하는 건 아니야. 맨날 살랑살랑거리니까 너 딴엔 그게 또 지겨운 거지. 폭풍에도 한번 휘말려보고 싶고 쓰나미도 한번 맞아보고 싶고? 근데 그것도 이해해. 원래 인간이 제일 못 견디는 게 지루한 거고 호기심이 사람을 죽인다잖아. 나도 그래서 베를린에서 몇번 죽을 뻔했지. 근데 인생 지루하다고 그렇게 막 쓰나미 속으로 달려들면 너 인생 아작난다. 니가 그런 인생을 안 살아봐서 그래. 생각해봐, 쓰나미가 호기심에 한번 맞아볼 거냐?"

 "아니요." 케이가 고개를 저었다. "하지만 아저씨, 제 생각에는요."

"그래, 니 생각을 말해봐."

"일단은, 일단은 제가 요새 만나는 사람들마다 이걸 설명하게 되는데…… 왜 그렇게 됐는지 저도 잘 모르겠는데요, 아무튼 제 인생이 그 정도로 온화한 휴양지 바다는 아니었다는 걸 꼭 말씀드리고 싶고요. 둘째로 지원이 만나는 게 제가 무슨 개 인생을 어쩌겠다는 게 아니잖아요? 아니, 그냥 만나는 거잖아요? 뭐가 그렇게 심각해? 좋으니까 보고 싶고, 보고 싶으니까 만나고. 안 맞으면 헤어질 수도 있는 거고. 그런 거 아닌가?"

"자네 말이 맞어. 자네 말하는 거 틀린 거 하나도 없어. 내가 그거 부정하겠다는 게 아니다? 그래, 너도 나름 니 인생에 있어서 폭풍과 쓰나미가 몰려오는 순간이 있었겠지. 그렇게 말하고 싶은 거잖아. 근데 솔직히 말해줄까? 내가 요새 케이 양 나이대 애들을 보면, 시기 질투가 아니라, 진짜 그런 게 아니라, 객관적으로, 아주 그냥 뭐냐, 수족관 속 물고기들 같아요. 온화한 열대 바다도 아니고 진짜 완전 수족관. 그래, 요새 수족관들 별거 별거 다 있더라. 진짜 바다 같애. 그래서 거기가 진짜 바다라고 믿어버리는 거지. 근데 그거 진짜 바다 아니다? 내가 진짜 바다에서 살아봐서 알거든? 자랑이 아니라, 우리나라가 옛날엔 좀 심하게 좆같았잖아? 그래서 다들 인생에서 한번씩 쓰나미 처맞고 기절하고 그랬어. 그래서 나이든 사람들 중에 싸이코가 많은 거야. 너 그거 이해해야 된다? 근데 아까도 말했듯이 지원이 걔는 안 그래. 걘 수족관 물고기가 아니야. 야생 물고기란 말이야. 근데 야생 물고기의 가장 큰 특징이 뭐냐면 좌우지간 존나 심각하다는 거야. 가볍게 연애 한번? 내가 말했잖아. 그 독일 여자애 내가 도망다녔다고. 그래, 걔 입장에선 그랬겠지. 아니, 뭘 그렇게 어렵게 생각해? 내가 결혼을 하자고 그랬나? 내가 너 한국 못 돌아가게 한대? 평생 김치 못 먹게 한댔어? 그냥 한번 만나보자니까? 근데 나는 그렇게 생각이 안되는 거야. 그래, 솔직히 걔랑 몇번 만났어. 근데 진짜 못해먹겠더라고. 걜 만나면 기분이 아주 드러워져. 그냥 같이 있는 건데, 그냥 같이 공원 벤치에 앉아서 얘기 몇마디 하는 건데, 내 세계가 무너져내리는 느낌이 들어. 걔랑 같이 있는 것만으로 내가 살아온 세계가 다 부서지고 깨진다고. 근데 걔는? 아무 일도 없어. 근데 나는 걔가 하는 말 한마디에, 걔 몸짓 표정 하나하나에 내 세계 전체가 위협을 당한단 말이야. 내 무의식이 말하지. 쟤한테서 떨어지라고. 더 가까이 갔다간 너 병신 된다고. 그러면 다시는 원래대로 못 돌아간다고. 야, 완전 겁나는 거야. 그래, 그때 이미 내 세계는 반쯤 아작이 났어. 거기 유럽 애들 한복판에서, 혁명이네 뭐네 밤새 마약에 프리섹스에 심심하면 불 지르러 다니고 부수고 다니는 판에 낑겨들어가서 내 세계는 완전히 깨져나갔어. 가끔 그런 생각이 들더라. 나는 저 한국의 평범한 사람들하고는 영영 달라져버렸구나. 히피 새끼들이 왜 평생 히피 짓 하는지 알아? 그게 좋아서? 구라 치지 마. 다시 평범한 세계로 돌아갈 수가 없으니까 그런 거야. 근데 내가 그 위험 알면서도 거기 들어간 거, 어려서 겁이 없었던 거지. 근데, 그러면, 왜 그 여자애는 안됐냐고? 아무리 지랄 같았어도 여럿이 어울려서 노는 거랑 한사람을 만나는 거, 만나서 사랑을 하는 건 또 완전히 다른 얘기거든. 내 말이 이해가 돼? 너도 뉴욕에 가서 나름 진하게 놀다가 왔다고 했지? 몰라, 요샌 애들이 어떻게 노는지. 하지만 대충 그림은 그려져. 그렇지만 너도 그냥 놀다가 온 거잖아. 물론 너도 거기서 또 무슨 비밀스럽게 깊은 관계가 있었을지도 모르지. 나도 거기서 길게 사귄 애도 하나 있었어. 홍콩 애였어. 좀 미친 애였는데, 집도 엄청 부자고. 근데 걔는 달라. 걔는 내 세계를 무너뜨릴 그런 애가 아니었어."

"하지만 꼭 사랑을 해야만 그렇게 세상이 무너져내리는 건 아니잖아요. 제가 작년에 공연을 하나 봤는데요, 그때 정말로 세상이 무너져내리는 느낌을 받았거든요. 그때……"

"그게 아마 여름이었지. 아니야, 5월이었어. 베를린에서 동쪽으로 두시간쯤 차 타고 존나 달리면 뭐가 나오는지 알아? 아무것도 안 나와. 그냥 허허벌판이야. 천막 치고, 끌고 온 발전차에 스피커 연결해서 음악 틀고. 거기서 며칠 동안 진짜 개판으로 놀았지. 밤새도록 춤을 추다가 드디어 해가 떠오르기 시작하는데 목이 너무 마른 거야. 그때 옆에 있던 애가 물컵을 주더라. 나는 물인지 알고 고맙다고 원샷을 했지. 그랬더니 그애가 실실 웃으면서 나를 보는 거야. 알고 보니까 LSD였어. 근데 한명이 다 마시기엔 좀 부담스러운 양이더라, 나중에 듣고 보니까. 걔가 낄낄거리면서 놀리더라고. 넌 이제 죽었다. 나는 영문도 모르고 그래 나 죽었다. 그리고 이십분인가 지났나, 약빨이 오는데, 진짜, 죽이더라. 그 기분이 아직도 손에 잡힐 듯 느껴져. 해가 떠오르는데, 음악은 멈추지를 않고, 애들은 다 땀에 절어 있고, 누가 누군지도 모르겠고, 내가 누군지도 모르겠고. 근데 갑자기 비가 쏟아지기 시작했어. 그 순간을 잊을 수가 없어. 심장이 터질 것 같았어. 그렇게 강렬한 행복감을 그뒤로 느껴본 적이 없어. 진짜 돌아버릴 것 같아서, 뭐라도 해야 할 것 같다는 생각에 옷을 훌러덩 벗어재꼈어. 그러니까 옆에 있는 애들도 다 옷을 벗어재끼고 다 함께 춤을 추기 시작했는데……"

남자가 양손으로 라면 냄비를 감싸쥔 채 허공을 응시했다. 그런 그의 얼굴엔 천진한 스무살 남자애의 표정이 떠올라 있었다. 아주 짧은 순간이었다.

"진짜 꿈 같은 날들이었지. 물론 듣는 사람한테는 지루한 옛날이야기겠지만. 겪어본 적도 없는 애들한테는 아예 이해가 안 될 거고. 그래, 어쩌면 난 그 기억에 매달려서 살아가는 거 같아. 근데 그럴 수밖에 없어. 너무나도 강렬했거든. 다 타버리고 껍데기만 남은 기분이야. 그런 거 알아? 성경을 보면, 어떤 사람이 갑자기 신의 계시를 받고 나서 완전히 돌변해서 남은 일생을 복음에 바치잖아. 나 그거 이해할 수 있어. 너무 커다란 게 사람을 때리고 지나가버리면, 평생 거기서 벗어날 수가 없어. 문제는 그런 건 평생 딱 한번뿐이라는 거야. 그래서 말인데, 저기 내가 아는 어떤 미국 작가가……"

남자가 말을 꺼내다 말고는 슬쩍 케이의 눈치를 살폈다.

"내가 말이 너무 많았나? 미안, 내가 평소에 이런 말을 할 기회가 없다보니 좀 오바를……"

"아니에요, 저도 평소에 이런 말을 들을 기회가 없거든요."

"그렇지? 참 제대로 된 이야기를 나눌 상대가 드물어, 그치?"

케이가 정말 그렇단 표정으로 고개를 끄덕였다.

"그래서 내가 하고 싶은 얘기는 말이다. 그렇다고 해도! 누군가와 사랑을 하는 건 완전히 다르다는 얘기야. 죽이는 공연을 보는 거, 죽이는 마약을 하는 거, 죽이는 섹스를 하는 거, 죽이는 영적 체험을 하는 거, 그런 건 한순간이야. 그런데 사람을 만나는 건 그런 게 아니잖아. 순간이 아니라고. 지속성이 있다는 말이지. 물론 아주 잠깐 확 타오를 수는 있어. 아, 오늘 어떤 새끼를 만났는데 필이 딱 꽂혔다. 그래서 같이 술을 막 처먹고는 떡을 쳤다. 그런데 그건 그냥 일회성 이벤트지. 간지럽지만 사랑이라는 건, 그런 죽이는 순간들의 합집합이 아니라고."

"그럼 뭔데요?"

"그건 말이지, 물론 그런 죽이는 순간들도 포함되지 당연히. 안 그러면 안되지. 하지만 중요한 건 뭐라고 하지…… 그러니까 사랑이라는 건, 그런 이벤트를 포함하지만 그 이벤트들의 총합 이상인 지속적인 작용이라고 나는 생각한다. 사랑이란 복잡하고 모순적인 거야. 단순하게 확 타오르는 불꽃 같은 게 아니야. 계속해서 절정에 있는 게 아니라고. 그건 불가능해. 생각해봐. 너가 봤다는 그런 죽이는 공연을 맨날 본다고 생각해봐. 그럼 어떨 거 같아?"

"음…… 좋을 것 같은데요? 그럴 수만 있다면?"

케이의 말을 듣고 남자가 생각하더니 말했다. "하긴, 그것도 그렇군."

"그렇죠? 문제는 불가능하다는 거죠. 불가능하니까, 지속이니 노력이니 그럴듯하게 갖다붙여서 위안하는 거 아니에요?"

"그래, 그건 또 니 말이 맞다. 맞는데…… 아, 그래, 내가 설명을 잘못한 거 같아. 사실 내가 말하고 싶은 건, 아니 내가 사랑에 대해 아는 단 한가지는, 그건 마약보다 훨씬 더 위험하고 부작용도 상상할 수 없이 깊고 광범위하다는 것이다."

"그런 게 사랑이면 안하는 게 낫겠네요."

"그렇지." 남자가 고개를 끄덕였다.

"근데 왜 해요? 사람들은 왜 사랑을 하나요? 아니, 왜 하려고 하나요?"

"요즘에도 사람들이 사랑을 하려고 하나?"

"안하나요?"

"그냥 지 외로움 해소하려고 발버둥 치는 거 아니야? 아니면 단순히 떡을 치고 싶다든가."

"아……"

"나도 알아, 내 이야기가 구닥다리로 느껴지는 거. 하지만 사실이 그렇지 않나?"

"그렇지만요, 사랑이 한가지 종류만 있는 건 아니잖아요?"

"또 무슨 종류의 사랑이 있지?"

"평화롭고, 정겹고, 그런 종류의 사랑은 없나요?"

"글쎄다."

"초여름의 싱그러운 풀밭 같은 그런 사랑은 없나요?"

"생각을 안해봤네, 그런 건."

"있을 것 같은데요?"

"근데 난 말이다…… 그런데 케이 양, 소주 한잔 더 할래?"

"아뇨, 저는 괜찮아요. 아저씨 더 드세요."

"그래? 나는 한잔만 더 해야겠다. 잠깐만."

남자가 소주를 꺼내러 간 사이 케이가 남자의 담뱃갑에서 담배를 하나 꺼냈다.

"저 담배 하나 피워도 되나요?"

"그럼, 얼마든지! 아, 좋다. 오랜만에 진짜 대화다운 대화를 나눠 본다. 자네에게 참 고마워. 이렇게 안 잊어버리고 찾아와주기도 하고. 정말로. 빈말이 아니라 너무 반가워."

"아니에요, 저두 여기 통닭이 너무 맛있어서 꼭 다시 오고 싶었어요."

남자가 소주를 잔에 따르고 담배에 불을 붙였다.

"근데 난 말이다, 사랑이라는 게 완전히 다른 두 사람이 만나서 정신적인 측면에서건 물리적인 측면에서건 부모와의 친밀한 관계조차 뛰어넘는 깊은 관계를 엄청나게 단기간에 형성하는 거라고 봤을 때, 그게 그렇게 평화롭고 정겨울 수가 있는지 의문이다. 아마도 그래서 사람들이 비슷한 사람을 만나려고 하는 거지. 피 터지게 싸우는 거 힘들잖아. 사실 또 그래서 내가 자네를 멋지다고 생각하는 거지. 완전히 다른 상대를 만나서 피 터지게도 싸워보고."

"에이, 아니에요. 저는 그냥 차인 거죠."

"꼭 물리적으로 피가 흘러야 피가 터지는 싸움인가? 지금 케이 양의 마음속에서는 피가 철철 흐르지 않아?"

"아우, 아니에요, 마음에 피는 무슨요…… 그리고 솔직히 모르겠는데요. 내가 한 게 사랑인가?"

"맞아, 그냥 둘이 안 맞았던 걸지도 몰라. 거창한 거 다 집어치우고 씸플하게, 본능적으로 생각했을 때."

"그니까 단순하게 본능적으로 지원이는 내가 싫었다는 거네요?"

"아, 얘기가 그렇게 되나. 하지만 내가 의도한 바는 아니야."

"솔직히 저는요, 지원이뿐만 아니라, 아까 말씀드린 것처럼 그냥 요즘 전반적으로 제 인생이 쫄딱 망한 거 같아요."

"예를 들어?"

"예를 들어…… 제가 작년에 공연을 보고 진짜 엄청나게 감동을 한 적이 있다고 했잖아요. 진짜 너무 좋아서 한동안 정신이 나가 있었어요. 정신이 나간 정도가 아니라 진짜 세상이 뒤집어지는 느낌. 근데 갑자기 그게 진짜 완전 엄청난 거였나? 그런 생각이 드는 거예요. 그리고 뉴욕에서 보낸 시간도 그렇게 좋았나 싶고. 모든 게 유치하게 생각되고요. 내가 참 어렸던 것 같고. 뭔가 다 끝나버린 기분이 들어요. 다시 그렇게 아무 생각 없이 막 좋고 신나고 그런 시절로 돌아갈 수는 없을 것 같아요. 그런 생각 하면 되게 슬퍼요. 근데 그러면요, 저는 이제 어떻게 살아야 되나요? 지금까지의 내가 정말로 한심하고 유치했다면, 그럼 앞으로 안 한심하고 안 유치해지려면 어떻게 해야 되지? 남들 사는 대로 살면 되나? 근데 남들은 어떻게 살지? 졸업하고 취직하고 결혼하고 뭐 그렇게 살면 되나요?

뭐 암튼 그렇게 살면 된다고 쳐요. 그러면 내가 지금까지 겪은 건 다 뭐가 되나요? 그냥 한때의 추억? 근데 나는 그러고 싶지 않거든요. 이것들을 그냥 그렇고 그런 추억이 되게 하고 싶지 않거든요. 유치하고 어렸다고 생각하지만 한편으로는 그게 다가 아니라는 생각이 들어요. 거기 뭔가 진짜가 있었다고. 솔직히 저 아직도 그거 믿어요. 적어도 그 순간에는 다 진심이었잖아요. 근데 그것들도 결국 다 흘러가버린다고 생각하면 슬퍼요. 더이상 안 흘러갔으면 좋겠어요."

어느새 케이의 눈에 눈물이 고여 있었다. "어머, 왜 이래. 취했나봐. 왜 울고 난리야." 케이가 빨개진 얼굴을 양손으로 부채질하며 부끄러워했다.

"아니, 뭐 울 수도 있지. 자, 휴지 여기 있다." 남자가 휴지를 내밀었다. 케이가 휴지를 뜯어 코를 풀었다.

"근데 내가 케이 양 말을 들으면 참 이런 생각이 들어."

"뭔데요?"

"참 예쁘다. 내 어린 시절이 생각이 난다."

케이가 어색하게 웃었다.

"참 예뻐. 그런 거 고민하는 거, 요즘 젊은이들로서는 참 드문 일이야. 얘기가 나와서 말인데 요즘 애들, 내가 여기서 장사를 하다 보니까 자주 보잖아. 걔들 여기 와서 닭다리 뜯으면서 하는 얘기들 듣잖아? 아주 한심해. 머리에 피도 안 마른 애들이 아주 계산적이고 속물적이야. 물론 이해는 가지. 요즘 애들은 태어날 때부터 가진 게 많으니까. 옛날이랑은 아주 다르지. 가진 걸 안 뺏기려면 약아져야겠지."

"맞아요. 근데 지원이는 안 그렇단 말이에요."

"그런데 왜 그렇게 훌륭한 애가 이렇게 멋진 케이 양을 뺑 차버렸나?"

"비겁해지기 싫어서 그런 거 아닐까요. 사람들이 여자친구로 덕 본다고 생각할까봐."

"걔가 케이로 덕을 봤어?"

"전혀요! 아, 제가 먹을 거 많이 사주긴 했어요. 근데 그건 걔가 나 만나느라 잔업 못해서. 잔업 못하면 월급이 엄청 깎인대요."

"자존심이 상했나보네."

"아니, 왜 그런 걸로 자존심이 상해. 솔직히 돈도 자기가 더 많이 벌면서. 그리고 나야 일 같지도 않은 일 하는 거고."

"그런 일에 자존심이 상하는 자신에 대해서 자존심이 상했나보지."

"뭐가 그렇게 복잡해요. 아, 됐어, 됐어. 됐어요. 세상에 좋은 남자가 걔 하나도 아니고."

"걔 하나면 어쩔 거야?"

"네?"

"세상에 좋은 남자가 걔 하나면 어떡하냐고. 다 찾아봤는데 걔밖에 없으면 어쩔 거야?"

케이는 잠시 생각했다.

"근데 걔는 나랑 만나기 싫다잖아요."

"그렇지."

"그럼 저도 됐어요. 쳇. 혼자 살죠 뭐. 그래, 까짓것."

남자가 웃음을 터뜨렸다. "하하하, 내가 이래서 케이 양이 좋다니까."

"좋긴 뭐가 좋아요. 솔직히, 제 탓인 점도 있어요. 결국 제가 단념한 거라고 봐요. 아뇨, 그게 맞아요."

"케이 양, 그건 그렇게 생각하면 안돼. 자네는 할 만큼 한 거야."

"아닌 거 같아요. 아니에요. 나 할 만큼 안했어요. 그거 내가 제일 잘 알아요."

"아냐, 할 만큼 했어. 아니, 안했다고 치자. 근데 진짜 할 만큼 했으면 결과가 달랐을까? 난 아니라고 생각해."

"왜요?"

"그렇잖아. 걔가 지금 그 상황에 연애 나부랭이 같은 걸 생각할 여유가 있겠어? 집이 다 풍비박산이 나게 생겼는데."

"그런가."

"아니면 진짜 단순하게, 걔가 케이 양을 별로 안 좋아한 거지. 히즈 낫 댓 인투 유."

"그런가."

"아냐, 농담이야. 우리 케이 양이 얼마나 매력이 있는데."

"아니에요, 아저씨 말이 맞을지도 몰라요. 그냥 나 혼자 걔한테 꽂혀서…… 어휴…… 근데 아저씨는 어때요?"

"뭐가?"

"그냥요. 이렇게 사는 거. 말 그대로. 이렇게 결혼하고, 아이 키우고, 치킨집 하면서. 이렇게 사는 삶이 만족스러우세요?"

"그럼, 지금이 내 인생에서 제일 평탄하고 평온한 시기야. 난 다시 젊게 해준대도 싫어. 이대로 주욱 평화롭게 늙어가고 싶어. 지금이 아주 딱 좋아."

"부럽네요."

"뭐가 부러워. 자네야말로 나보다 더 잘 살 거 같은데. 아주 야무지게 잘 살 것 같아."

"그런 말 들으니 부끄럽네요."

"뭐가?"

"전 참 아무 생각 없이 살아왔는데. 별로 노력도 안하고. 시간 아까운 줄 모르고 허송세월하고. 근데 앞으로 잘 산다니까 이상해요. 벌 받아야 할 것 같은데."

"그게 벌이야."

"네?"

"그게 벌이라고. 순탄하게 사는 거. 가끔씩 엄청 지겨워하면서 바깥 쳐다보면서 아, 나가고 싶다. 근데 나갈 방법은 없고. 아니, 나가기는 무섭고. 그래서 평생 그……"

"에이, 그건 아니죠. 혹시 제가 시답잖은 고민만 늘어놓는다고 해서 진짜 무슨 부잣집 딸 같은 거라고 생각하는 건 아니시죠? 저희 집도 진짜 상황 안 좋아요. 아버지 곧 퇴직하실 거고, 모아놓은 돈도 별로 없거든요? 하나 있는 남동생은 완전 게임 중독이에요. 그리고 저요? 솔직히 변변찮죠. 스펙이 좋길 하나. 학벌도 딸리고, 자격증도 없고, 그렇다고 막 예쁜 것도 아니고. 솔직히 졸업하고 취직이나 제대로 할 수 있을려나 몰라. 어른들은 우리보고 뭐 맨날 배가 불렀네 어쩌네 하는데, 진짜 우리 입장 되면 그런 말 안 나와요. 물론 진짜 아무 걱정 없는 애들도 있죠. 그런 애들이야 솔직히…… 솔직히 저 같은 애들요, 겉으로야 아무 문제 없어 보이죠. 문제 없으니까 그러고 있는 거 같죠? 근데 아니에요. 죽도록 불안해요. 고등학교 땐 진짜 대학 가면 뭔가 달라질 거라고 생각했지. 아니, 그렇게 생각해야 했어요. 안 그러면 그 빡센 고3 시절을 어떻게 견뎌요. 그러니까 자기최면을 거는 거죠. 대학 가면 다 해결될 거다. 그리고 마침내 대학에 왔는데, 입학식 날 딱 깨닫는 거죠. 깨달을 필요도 없어요. 그냥 보이거든요. 나랑 출발점이 완전 다른 애들. 물론 저보다 더 밑바닥에 있는 애들도 있겠죠. 걔들도 나보고 비슷한 생각 하겠지. 근데 저는 진짜 아무것도 아니에요. 제가 뉴욕에서 왜 미국 애들이랑 어울려 놀았는데요. 솔직히 절반은 돈 때문이에요. 거기 뉴욕에 어학연수 하러 온 한국 애들, 유학생들, 걔들이랑 저 못 어울려요. 나랑 같이 살던 미국 애들, 걔들 다 아르바이트 하고 학비 다 빚이고, 집도 코딱지만 한 집 몇명씩 셰어하면서 살아요. 제 또래 미국 애들 돈 펑펑 못 써요. 그러니까 그런 후진 동네 모여 살지. 어디 못 나가니까 집에서 모여 놀고 싸구려 맥주나 마시고. 물론 걔들도 남미에서 온 이민자들에 비하면 처지가 낫죠. 그런데 그런 식으로 생각하면 세상에 불평불만 할 수 있는 사람이 몇이나 있어요? 지원이 걔도 뭐 인도 이런 데서 하층민으로 사는 사람들에 비하면 배가 부른 거지. 안 그래요?"

"케이 양, 자네가 내 말을 오해했네. 배가 부른 자는 불평을 하지 말라는 게 아니야. 나도 그런 식의 논리는 반댈세. 불평할 수 있지. 불평할 게 있다면 불평해야지! 내가 주장하는 바는 그럼에도 불구하고, 자네가 수족관 속 물고기라는 사실은 변하지 않는다는 거야."

"무슨 말씀이신지 이해가 안 가요."

"그래, 나도 알아. 정말로 레벨이 다른 애들이 있겠지. 뭐 재벌 2세? 그런 사람들은 한줌이니까 논외로 하고. 뭐 부모 잘 만난 어퍼미들클라스 레벨의 애들이야 요즘은 널리고 널렸지. 그래, 걔들에 비하면 너는 정말 아무것도 아니라고 생각할 수 있겠지. 하지만 그렇다고 해서 너가 진짜 아무것도 아닌 게 되는 것은 아니라는 말이야. 넌 정말로 혜택……"

"저도 안다고요, 충분히. 아저씨 세대에 비해서 제 세대가 훨씬 여유로운 거 저도 안다고요. 근데, 그래서요? 저보고 어떡하라고요? 그게 제 탓이에요? 말씀하셨잖아요, 제 탓이 아니라고. 그럼 저보고 어떡하라고요?"

"잊어버려."

"네?"

"잊어버리라고. 생각하지 마."

"어떻게 잊어버려요? 이미 아는 걸 어떻게 잊어버려요? 어떻게 생각을 안해요?"

"하하, 그건 케이 양이 아직 어려서 그래. 나이가 들잖아? 그럼 다 잊어버리게 되어 있어. 대가리가 나빠지거든. 아니, 스스로 잊으려고 노력하게 될 거다. 때가 되면……"

"그러기 싫다면요?"

"뭐가 싫어?"

"잊기 싫다면요? 아니, 더이상 수족관 속에서 살기 싫다면?"

남자가 빙그레 미소 지었다. "그건 불가능해."

"진짜요? 왜요?"

천국에서 311

"케이 양은 나갈 수 있을 거라고 생각하나?"

"못 나가나요?"

남자가 말없이 미소 지으며 케이를 보았다.

"그럼 다 끝이네요. 아무것도 안되겠네요."

"원래 진실은 냉정……"

"아저씨도 똑같네요. 다를 줄 알았는데. 결국 다른 사람들하고 똑같아…… 저는 아저씨는 적어도……"

케이가 탁자에 고개를 박고 흐느끼기 시작했다.

"실망시켜서 미안하네. 하지만 결국 내가 얻은 결론이 그래. 젊었을 때 사람들은 환상을 갖지. 뭔가 멋진 게 자기 앞에 펼쳐져 있을 거라고. 자기는 특별한 사람이고 뭔가 대단한 걸 발견할 수 있을 거라고. 나도 젊어선 그랬지. 운이 좋은 사람은 그 환상을 만족시켜주는 일을 겪기도 하지. 하지만 결국 깨닫게 되지. 그런 건 없다고. 다 환상이었다고. 물론 그런 추억이 있다는 게 뿌듯할 때도 있어. 하지만 그것보다 더 자주 그 시절의 순진했던 내가 혐오스러워. 그런 순진함이, 그런 젊은이들의 철없는 꿈이 세상을 얼마나 망쳐놨는지 알아? 환상에 취한 젊은이들만큼 무서운 게 없지. 야심에 젖어서 세상을 바꾸겠다고 온갖 일들을 벌이지. 근데 결과가 뭔지 아나? 스딸린 아니면 할리우드야. 권력에 취하거나 돈에 취하거나. 아니, 대부분은 바보같이 젊음을 탕진하고는 나처럼 도망쳐서 닭이나 튀기게 되겠지만. 결국 인생이란 그런 거야. 시시하고 별게 없어. 아니, 그런 편이 좋아. 원대한 야망? 그런 건 아무짝에도 쓸모가 없어. 세상을 망치거나 아니면 자신을 망치거나 둘 중 하나지. 아니면 둘 다이거나. 근데 케이 자네 괜찮은가? 혹시 잠이 들었나?"
"아니요, 듣고 있어요. 계속하세요." 케이가 탁자에 고개를 박은 채로 중얼거렸다.
"아냐, 나는 말하려던 바를 다 전달했네. 그런데 케이 양 진짜 괜찮은가?"
"괜찮아요. 진짜 괜찮아요. 그냥 잠깐만 이러고 있을게요."
잠시 고민하던 남자가 정수기에서 물을 떠다가 케이에게 내밀었다. "자, 이거 마셔봐. 물이야."
몸을 일으킨 케이의 얼굴이 창백했다. 그녀는 남자가 건넨 물을 한모금 마시고는 고개를 숙인 채 작게 신음했다.
"정말 괜찮은가?"
남자가 그런 케이를 걱정스레 보다 망설이듯 그녀의 등에 손을 올렸다.
"네, 괜찮아요. 근데 그러니까…… 결국 결론은 아무것도 안된다는 거네요. 맞죠? 그래서 지원이가 아무것도 하지 말라고 했나. 결국 아무것도 안될 테니까. 아, 그러네. 지원이 걔가 똑똑하네. 나는 이렇게 한참을 생각해야 겨우 이해한 걸 걔는 이미 다 알고 있었네. 진짜네. 짱 똑똑하네. 근데 난 왜……"
케이가 뭔가 이상한 느낌에 말을 멈추었다. 그건 등이었다. 정확히 말해 케이의 등을 쓰다듬고 있는 남자의 손이었다. 그의 손길이 미묘하게 이상했다. 아니, 이상해져 있었다. 하지만 딱 꼬집어 어디가 이상하다고 말하기는 애매했다. 케이는 숨을 죽인 채 움직이지 않았다. 손길의 의미가 명확해지기를 기다리며. 곧 남자의 손이

천국에서 313

조금씩, 아주 조금씩 케이의 등을 벗어나기 시작했다. 하지만 케이는 기다렸다. 얼마 안되는 그 기다림의 시간이 거의 영원처럼 느껴졌다. 그리고 마침내 그의 손이 케이의 가슴께에 닿았을 때 케이가 말했다.

"아저씨."

"응?"

"안 그러셨으면 좋겠는데요."

"뭘?"

"아시잖아요. 손 떼세요."

남자가 손을 멈추었다. 하지만 움직임을 멈추었을 뿐 그의 손은 여전히 케이의 가슴 언저리에 얹혀 있었다.

"싫어?"

"네?"

"왜?"

"왜라뇨?" 케이가 자리에서 일어섰다. 남자가 케이의 손목을 잡았다.

"왜 이러세요? 취하셨어요?"

"자네도 기대한 거 아니었어?"

"제가 뭘 기대해요?"

"아니야?"

"제가 뭘 기대했는데요? 그렇게 빙빙 돌리지 말고 똑바로 말씀하세요."

케이의 말투가 단호해졌다. 남자가 슬그머니 케이의 손을 놓았다.

"아냐, 됐어. 내가 사과하겠네. 그런데 정말로 아니야?"

"그러니까 뭐가……"

"아닌데 여기까지 찾아온 거야? 그건 좀 말이 안되는데. 찾아왔을 땐 좋았는데 얘기해보니까 마음이 바뀌었어? 왜? 내가 너무 꼰대같이 굴었나?"

"무슨 말씀을 하시는지 모르겠네요. 뭐가 좋고 뭐가 마음이 바뀌어요? 저는 그냥 아저씨랑 얘기하려고……"

"에이, 그건 아니지. 그냥 단순히 이야기를 나누겠다고 서울에서 여기까지 오나? 그리고 지금 열두시도 넘었잖아. 차 끊겼을 텐데? 보아하니 잘 데도 없는 것 같고."

"찜질방 가서 잘 거예요."

"에이, 그건 아니지." 남자가 케이를 보며 미소 지었다. 그건 아주 비열한 미소였다. 케이는 덜컥 겁이 났다. 그녀는 조심스럽게 옆에 놓여 있던 가방을 손에 쥐며 말했다.

"제가…… 그러니까…… 아니, 오해하셨다면 죄송한데요. 저는 진짜 아무 의도 없이, 순수하게, 이야기하고 싶어서 온 거거든요? 그거 믿어주셨으면 좋겠구요. 그리고 지금 이 상황은 취해서 그러신 거라고, 그러니까 없던……"

"뭘 없던 일로 해?"

"네?"

"뭔 일이 있었나? 이제 보니 자네 좀 이상한 사람이네."

남자가 말했다. 그런 그의 얼굴엔 여전히 비열한 미소가 떠올라 있었다. 겁에 질린 케이가 문 쪽으로 뒷걸음질 치기 시작했다.

"가려면 가. 안 말려. 근데 지금 이 시간에 젊은 여자 혼자 돌아다니는 건 위험하지 않나? 아, 그리고 이 근처에 찜질방 같은 거 없어. 물론 그래도 가겠다고 고집을 부린다면야 난 말릴 권한이 없지."

말을 끝낸 남자가 물컵을 잡았다. 그가 아무렇지도 않다는 표정으로 물컵을 입을 향해 가져갔다. 남자의 입이 컵에 닿은 순간 케이는 가게를 박차고 나왔다. 그리고 무작정 달리기 시작했다. 인적이 끊긴 늦은 밤 광주 시내는 진공청소기로 모든 소리를 빨아들인 듯 고요했다. 케이는 계속해서 달렸다. 도대체 얼마나 더 달려야 할지, 언제쯤 멈춰도 괜찮을지 알 수가 없었다. 한참 만에 케이가 멈춰 섰을 때, 땀에 젖어 헐떡이는 그녀의 앞에 놓인 것은 환하게 불을 밝힌 이십사시간 찜질방 표지판이었다.

7

 다음 날 새벽 찜질방을 나온 케이는 버스 터미널로 향했다. 그녀는 김밥으로 아침을 때운 뒤 대기실에 앉아 서울행 버스를 기다렸다. 대기실 한가운데 놓인 대형 텔레비전에서는 도자기처럼 매끈한 얼굴의 여자 아나운서가 뉴스를 진행하고 있었다. 하나같이 절망적인 소식들이었다. 그리스에서는 연일 시위가 이어졌고 이집트도 마찬가지였다. 허리케인이 호주를 덮쳤고, 중국은 스모그로 인한 사망자가 늘어가고 있었다. 미국에서는 중학생이 인터넷으로 구입한 총을 들고 학교에 가서 사람들을 쏴 죽였다. 분당에서는 한 고등학생이 친구의 여동생을 성폭행했다. 토오꾜오에서는 최근 급증하는 임신부의 초기 유산이 방사선 때문이라는 한 전문가의 소견을 둘러싸고 논란이 일고 있었다. 하지만 케이에게는 그 모든 암울한 소식들이 자신과 아무 상관도 없는 듯 멀게 느껴졌다. 뉴스가 끝나자 광고가 시작되었다. 케이와 동갑인 여자 아이돌이 만화 같은 미소를 지으며 새로 나온 과일 주스를 선전했다. 다음 광고에서는 역시 그녀와 동갑인 남자 아이돌이 나와 노트북을 선전했다. 강아지같이 사랑스러운 미소를 짓는 그를 보며 케이는 방금 전까지 계속된 암울한 소식들을 깨끗하게 잊었다. 하지만 여전히 텔레비전 속 세상이 자신과 상관없이 느껴지는 것은 마찬가지였다. 텔레비전 바깥의 세상도 마찬가지였다. 버스 터미널 안을 바쁘게 오가는 사람들이, 그들의 소란스러운 목소리가, 창밖으로 보이는 광주의 풍경이, 그리고 무엇보다도 케이 자신이 너무나도 멀게 느껴졌다. 아니, 모든 것이 어느 때보다도 멀어져 있었다. 그리고 언제까지라도, 어디까지라도 멀어져갈 것처럼 보였다. 멍하니 의자에 기댄 채, 케이는 그것들이 그렇게 멀어져가게 내버려두었다. 모든 게 충분히 멀어져 더이상 보이지 않게 될 때까지. 그렇게 온 세상이 밀려나가 더이상 자신의 주위에 아무것도 남지 않을 때까지, 케이는 가만히 앉아 있었다.

4부

사진 속에서 다섯명의 백인 젊은이가 강가에 앉아 이야기를 나누고 있다. 브루클린의 서쪽 끝, 이스트리버 너머로 맨해튼 남부가 바라다보이는 곳이다. 전형적인 이른 가을의 화창한 오후 뉴욕의 풍경이다. 사진 한가운데에는 잘빠진 자전거가 있다. 젊은이들은 그 자전거를 중심으로 모여 앉은 채 강둑 오른편에 앉은 남자의 말에 귀를 기울이고 있다. 그 남자의 곁에 앉아 있는 곱슬머리 여자는 상반신을 비스듬히 젖히고 있어 티셔츠와 바지 사이로 맨살이 들여다보인다. 사람들의 표정에서 느껴지는 것은 평온한 즐거움이다. 그들을 둘러싼 풍경도 마찬가지로 지극히 평화로워 보인다. 딱 하나, 맨해튼 남부에서 피어오르는 거대한 회색 연기를 제외하면.

이야기를 나누고 있는 젊은이들 너머 맨해튼 남부 빌딩 숲이 손에 잡힐 듯 바라다보이는 가운데 거대한 회색 연기가 그 빌딩 숲을 덮고 있다. 사진 상단을 가득 덮은, 이미 브루클린에까지 닿아 있는 듯 보이는 그 연기는 너무나도 극적이라서 누군가 장난으로 합성해넣은 것처럼 느껴지기도 한다. 하지만 사진 속 사람들은 그것에 전혀 관심이 없어 보인다. 강둑에 나란히 앉은 두 남녀는 그 연기를 등진 채이며, 연기가 정면으로 보이는 위치에 있는 나머지 사람들의 시선 또한 이야기하는 남자의 얼굴을 향해 있다. 그 사진을 보는 사람이라면 누구나 손 닿을 곳에 펼쳐진 압도적인 재난의 풍경을 외면하고 있는 그들의 모습에 놀라고 말 것이다. 아니, 그들이 보이는 외면의 제스처가 너무나도 자연스러워서 오히려 연기를 하는 것처럼 보일지도 모른다. 혹은 진짜로 조작된 사진이거나. 저 압도적인 재난과 행복해 보이는 젊은이들이 어떻게 같은 장소에 양립할 수 있단 말인가. 하지만 사진은 그 불가능한 장면을 포착해낸 채 여기엔 어떤 거짓도 없음을 주장한다.

사진은 2001년 9월 11일, 브루클린의 윌리엄스버그 지역에서 찍혔다.

매그넘 소속의 사진가 토마스 회커는 사건 직후 맨해튼을 떠나 퀸즈에 도착한 뒤 남쪽으로 거슬러 내려가기 시작했다. 그리고 윌리엄스버그의 어딘가에서 사진 속 풍경을 발견했고, 망설이지 않고 셔터를 눌렀다. 사진은 놀라웠지만, 매그넘 측에서는 사진이 불러일으킬 오해와 논쟁을 염려하여 곧 펴낸 9·11테러 관련 사진집에서 그 사진을 제외했다. 2006년에 펴낸 테러 5주년 회고 사진집에야 겨우 포함된 그 사진은 그러나 곧바로 9·11테러에 관한 가장 문제적인 사진이 되었다.

　금융위기를 일년 남짓 앞둔 2006년의 미국은 거품 호황의 정점에 있었다. 대도시의 신흥 번화가를 배회하는 세련된 젊은이들은 그 호황 속 퇴폐의 상징으로 지목되고 있었다. 사진은 그 비난의 분위기에 결정적인 쐐기를 박았다. 사진이 공개된 뒤 뉴욕타임스의 한 칼럼리스트는 그 사진 속 젊은이들이 특별히 냉담한 게 아니라 그저 미국적일 뿐이라고 냉소했다. 그 칼럼이 화제가 되자 실제로 그 사진에 등장했던 사람 하나가 한 잡지에 반박문을 보내왔다. 그는 사진 속의 자신과 친구들이 냉소적이고 무감각한 요즘 젊은 미국의 상징으로 쓰이는 것에 항의했다. 글에서 그는 당시 자신들 또한 그 비극적인 사건 때문에 충격에 빠져 있었으며, 그 사진가가 자신들의 진짜 감정과 아무 상관도 없는 어떤 찰나를, 오해의 여지로 가득 찬 찰나를 포착하여 진실인 양 만들어버렸다고 말했다. 심지어 그때 나는 이미 그렇게 젊지도 않았다,고 그는 적었다.

　확실히 그 사진은 모종의 악의를 품고 있는 것처럼 보인다. 다들 이미 알고 있지만 모른 척 눈을 감는, 인생에 관한 어둡고 파괴적인 진실을 사람들 앞에 굳이 들이미는 행위를 악의가 있다고 표현한다면 말이다. 일상 속에서 사람들은 불편한 진실을 가능한 한 외면하기 위해 노력한다. 매 순간 진실을 응시했다가는 일상은 파괴되고, 제정신으로 삶을 유지해나가는 것은 불가능하기 때문이다. 그래서 사람들은 끊임없이 거짓말을 만들어내고 그 거짓말에 자발적으로 속아넘어간다. 하지만 가끔은, 혹은 궁극적으로, 그 거짓말은 들통이 나게 된다. 아마도 저 사진이 저지른 잘못이 있다면 그

달콤한 거짓말을 들통내버린 것이 아닐까. 오랜 동안 암묵적으로 동의되어온 거짓말이 갑자기 기능하지 않을 때, 사람들은 자신이 거짓말을 해왔다는 것을 인정하기보다는 화를 낸다. 그리고 드러난 사실에 대고 저것은 사실이 아니라고, 내가 아니라고 항변한다. 하지만 사실은 반대라면? 자신이라 믿으며 살아온 그 긴 시간들이 아니라 우연히 포착된 기괴한 장면 하나가 자신의 진정한 본질을 보여준다면? 물론 이것은 저 사진 속의 젊은이들이 본질적으로 한심하고 아무 생각이 없으며 그래서 미국의 미래는 없다는 식의 얘기가 아니다. 어떤 인간이라도, 그가 진정 훌륭한 인격을 갖고 있는 인간이라고 해도, 그 인간의 일상을 이십사시간 관찰한다면 남는 것은 혐오의 감정뿐일 것이다. 실제로 우리는 우리와 가장 가까운 인간, 같은 집에서 살을 맞대고 사는 인간들에게 종종 가장 강력한 혐오의 감정을 느낀다. 내 어머니의 장례식에서도 매초 침울한 표정을 짓고 있을 수는 없다. 인사를 해야 하고, 뭔가 먹어야 하며, 화장실에 가야 한다. 2001년 9월 11일, 삼천구 남짓의 시체가 썩어가는 냄새로 진동하고 있는 맨해튼 남부에서도 모든 것이 정지될 수는 없었다. 남은 자들의 삶은 지속되어야 했다. 아마 진짜 악의라는 게 있다면, 우리를 구역질나게 하는 삶의 본질적인 끔찍함이 있다면 바로 이것일 것이다. 남은 자들은 살아가야 한다는 것. 사진이 포착한, 사람들이 끝까지 외면하고 싶어하는 진실이란 바로 그것이다. 어떤 압도적인 재난도, 남은 자들 앞에 펼쳐진 삶을 빼앗아갈 수는 없다. 사진은 양립 불가능한 것들을 양립시킨 저 그로테스크한 풍경을 통해서 그 진실을 노골적으로 폭로한다.

문제는 하필 사진이 윌리엄스버그라는 장소와 젊은(적어도 그렇게 보이는) 백인들을 소재로 삼았다는 것이다. 그것은 풍요 속에서 자라난 중산층 젊은이에 대한 사회적 증오의 감정을 건드렸다. 혜택받은 젊은이들의 삶에 대한 무감각함과 그것 때문에 가능한 얄팍한 평온. 요즘 젊은이들에 대한 이런 이미지는 '젊은 혁명가'라는 이미지를 통해서 대표되는 지난 세기의 젊음에 대한 각종 담론, 예술작품, 개념을 깡그리 짓밟는다. 고작 한 세대 전만 해도 젊은이들은 대학을 점거했고 혁명을 원했다. 하지만 지금은 이게 뭔가. 젊은이들로 넘쳐나는 도시의 번화가에는 어떤 혁명의 기운도 보이지 않는다. 그들은 단지 소비하며, 상품을 통해 자신에 몰두한다. 물론 경제위기 이후 각국에서 젊은이들에 의한 새로운 형태의 정치적인 움직임이 나타나고 있기는 하지만 아직 지극히 일부에 한정되어 있을 뿐이다. 여전히 대다수의 젊은이들은 다가오는 위기에서 등을 돌린 채로, 마치 저 사진 속의 젊은이들처럼, 지속 불가능한 즐거움에 몰두하고 있다. 사람들은 한치 앞도 내다보지 못하는 그들의 멍청함을 비난한다. 하지만 엄밀히 따져봤을 때 그들이 다른 세대에 비해서 특별히 멍청한 것은 아니다. 일생을 미래에 대한 물질주의적인 비전에 동의했으면서도 그 비전의 결과로서 생산된 아이들 앞에서 당혹감을 감추지 못하는 사람들의 멍청함도 그에 못지않다. 결국, 이 아이들은 그저 동시대적일 뿐이다. 시대의 끝에 아슬아슬하게 매달린 채로, 하지만 그것을 자각하지 못한 채 낭떠러지를 향해 천천히 떠밀려가고 있는 평범한 사람들일 뿐이다.

십년이 지난 지금, 이 사진이 우리에게 말해주는 것은 기억은 빠르게 희미해진다는 것이다. 사진 속 사람들은 바로 우리다. 우리들이 바로 그들, 삶을 멈추지 않았던, 비탄에 빠졌으나 동시에 무감했던, 자꾸만 더 불어나서 건널 수 없게 되어버린 시간의 푸른 물에 가로막힌 채 비극의 핵심과 멀어져버린 그 사람들이다. 십년이 지나면 하나의 사건은 현재가 아니라 역사에 속하게 된다. 하여 지금 완전한 슬픔에 잠기려면 다큐멘터리를 봐야 한다. 하지만 곧 좀더 가벼운 볼거리를 찾아 채널을 돌리게 될 것이다. 왜냐하면 이 재난의 이름으로 너무 많은 양의 피가 온 세상에 흘러넘쳤다는 것은 더 말할 것도 없이 분명한 사실이기 때문이다. 또는 단순히 텔레비전의 채널을 돌리는 것은 우리 인간들의 습성이기 때문이다. 사진 속 사람들은 살아 있지 않을 수 없었으며, 바로 그 사실을 우리들에게 보여주고 있다.*

기사를 다 읽은 케이는 스크롤을 올려 다시 사진을 보았다. 케이는 그 사진 속 장소에 간 적이 있었다. 아니, 정확히 그곳은 아니지만 아주 가까운 곳, 이스트리버를 사이에 두고 남부 맨해튼이 바라다보이는 강가 공원에 간 적이 있었다. 늦은 봄이었는데, 사진 속처럼 근사한 날씨였다. 케이는 써머와 써머의 친구 하나와 베드포드 거리의 식당에서 점심을 먹고 강가를 따라 산책을 하는 중이었다.

* 조너선 존스 「9·11에 관한 가장 문제적 사진이 말해주는 것」, 『가디언』 2011년 9월 2일자.

간간이 자전거를 탄 사람들과 조깅을 하는 사람들이 주위를 스쳐 지나갔다. 사진과 달리 그날 그 풍경의 어디에도 부자연스러운 요소는 없었다. 모든 안 좋은 것들을 지우개로 싹싹 지워버린 것처럼 비현실적으로 사랑스러운 날이었다.

"내가 어렸을 때 여기서 이렇게 보면 쌍둥이 빌딩이 보였는데."

써머가 강둑에 기어올라가 맨해튼 쪽을 바라보며 말했다. "케이 너는 쌍둥이 빌딩이 있는 맨해튼을 본 적이 없지?"

"어, 하지만 사진에서는 본 적이 있어. 아니면 옛날 영화……"

"그 일이 있고 나서 뉴욕은 정말로 많이 달라졌어. 정말이지 끔찍한 날들이었어. 한동안 나도 완전히 얼이 빠져 있었다니까. 그때 뉴욕에 오면 그 지독한 냄새를 맡을 수가 있었어. 시체가 썩어가는 냄새……"

써머는 말끝을 흐린 채 이스트리버를 등지고 앉아 다리를 흔들며 핸드폰을 들여다보기 시작했다. 써머의 친구가 담배에 불을 붙였다. 케이는 바닥에 앉아 나무가 만들어내는 그림자와 하늘 위로 날아가는 커다란 바다새 따위를 바라보았다. 지극히 평화로운 순간이었다.

기억은 빠르게 희미해진다. 케이는 다시 스크롤을 내려 기사를 읽었다. 결국 시간의 푸른 물을 우리는 헤엄쳐 건널 수 없다. 왜냐고? 살아 있으니까. 그건 잔인한 얘기였다. 잠시 망설이던 케이는 마우스 오른쪽 버튼을 클릭하여 사진을 저장하고는 메일을 확인하기 위해 네이버에 들어갔다. 하지만 메인 화면이 뜨자 케이는 메일함 대신 화면 한복판에 뜬 최신 연예 뉴스를 클릭했다. 십분 뒤 케이는 한 개봉 영화의 시사회에 온 여배우의 사진을 뚫어져라 바라보고 있었다. 사진 옆으로는 이슈가 되는 소식들이 실시간으로 끊임없이 올라왔다. 케이는 그 가운데 흥미가 가는 소식을 클릭했고, 건성으로 스크롤을 내린 다음 다른 소식을 클릭했다. 그리고 다시 클릭하고, 클릭하는 사이 시간은 빠르게 흘러갔다.

결국 케이는 메일을 확인하는 것을 잊은 채 페이스북에 접속했다. 그리고 댄의 페이지에 들어가기 위해 친구 목록을 훑는데 그의 이름이 없었다. 검색창에 그의 이름을 검색해보았지만 아무 결과도 나타나지 않았다. 케이는 '검색 결과 없음'이 띄워진 화면을 멍하니 바라보다가 비로소 실감했다. 아, 그게 진짜였구나.

그러니까 댄에게 일어난 일이. 아니, 일어났다고 전해들은 모든 소식이. 진짜 사실이었다고. 하지만 여전히 어딘가 믿기지가 않았다. 아까 그 사진 속 어색한 회색 연기처럼.

그해 초, 미국 동북부의 소도시에서 사흘 간격으로 세차례의 총격 사건이 일어났다. 합쳐서 오십명에 가까운 사람들이 죽거나 다쳤다. 그 사건들은 그간의 온갖 사건 사고에도 불구하고 많은 사람들이 대놓고 이야기하기 꺼려하던 총기 규제에 대한 논의를 공적인 장으로 끌어내었다. 물론 논의는 생산적인 방향으로 흘러가지 못했다. 찬반 양측은 상대방이 얼마나 머저리 같은가를 주장하는데 시간을 보냈고, 총기협회와 공화당은 천문학적인 돈과 유명인사를 동원하여 총기 자유화를 지켜내기 위한 전국적 캠페인을 시작했다. 그러는 동안에도 계속해서 비슷한 사고가 이어졌다. 시간이 흘러 관련 논의가 큰 소득 없이 흐지부지해졌을 때쯤 권총 다섯자루와 기관총 두자루를 밀반입한 이십대 초반의 남자 둘이 브루클린에서 검거되었다. 그들의 계획에 대해서는 추측이 분분했는데, 돌아오는 월요일 시의회에서 연설 예정인 뉴욕 시장을 저격할 예정이었다는 설과 증권거래소에서 테러를 벌일 예정이었다는 설이 유력했다. 하지만 곧 밝혀진 바에 의하면, 두 공모자 사이에서도 확실한 의견의 일치가 나지 않은 상태였다. 물론 무엇이 되었든 그들의 엉성한 시도가 성공할 가능성은 제로에 가까웠다. 하지만 미국은 또 한번 충격에 휩싸였다. 그 둘은 최근 총기 사건의 주인공들과 마찬가지로 지극히 평범한 젊은이들이었다. 하나는 정신과 치료 경력이 있긴 했지만 완치된 것으로 알려졌고, 대학을 졸업하고 뉴욕의 한 잡지사에서 인턴으로 일하고 있었다. 나머지 하나에게도 그런 사건을 벌일 만한 반사회적인 측면은 발견되지 않았다. 둘 다 괜찮은 대학에 재학 중이거나 졸업을 했으며 주위 사람들 사이에 평판도 좋았다. 둘은 육개월 전 페이스북을 통해서 서로를 알게 되었고, 오직 온라인으로 연락을 했다고 한다. 검거되는 순간까지도 그 둘은 만난 적이 없었다. 그래서 검거 소식을 들은 그들의 지인과 가족은 오히려 경찰을 의심했다. 그들은 경찰이 무고한 사람들을 잡아갔으며 이것은 명백한 인종차별이라며(하나는 흑인, 하나는 유대계 혼혈이었다) 항의시위를 조직하기도 했다. 하지만 그들이 기관총의 대금을 지불한 신용카드 승인 내역서와 페이스북과 구글 메일을 통해서 주고받은 메시지의 일부가 공개됐을 때, 사람들은 입을 다물 수밖에 없었다.

케이는 처음에 네이버의 해외 뉴스 쎅션에서 그 소식을 발견했다. 검거된 남자 중 하나가 댄과 프로필이 일치했지만 그것에서 어떤 의미도 찾지 못했다. 브루클린에 사는 이십대 초반의 유대계 남자가 한둘인가. 하지만 페이스북에 접속하여 타임라인의 절반가량이 경악에 가득 찬 짧은 영어 문장들로 도배된 것을 발견한 케이는 뭔가 심상찮은 일이 벌어졌다는 것을 눈치챘다. 상황을 이해하는 데는 오랜 시간이 걸리지 않았다.

 사건과 관련된 여러가지 소문이 페이스북과 트위터를 떠돌기 시작했다. 케이는 사로잡힌 듯이 뉴스를 뒤졌다. 실시간으로 업데이트되는 모든 기사를 읽고, 써머에게 연락을 시도해보기도 했으며, 댄의 페이스북 페이지를 하루에도 몇번씩 들락거렸다. 하지만 시간이 흐르고 사건에 관련된 모든 정보들을 거의 외우다시피 하게 된 뒤에도, 케이는 도무지 이해를 할 수가 없었다. 아무리 생각해도 그녀가 만났던 댄은 그런 일을 벌일 인간이 아니었다. 사회에 대한 불평불만이 많긴 했지만 뉴스에서 드러나는 그런 격렬한 증오 같은 것을 가진 사람처럼은 전혀 느껴지지 않았다. 그동안 댄에게 도대체 무슨 일이 벌어진 것인가. 아니, 그 멀쩡한 모습 뒤에 무엇이 버티고 서 있었던 것일까. 케이는 알고 싶었다. 하지만 인터넷을 뒤지는 것 외에 그녀가 할 수 있는 것은 없었다. 그리고 케이의 주위에 그것에 관심을 갖는 사람은 하나도 없었다. 먼 나라에서 벌어진 사건에 사람들이 관심을 가질 이유는 없었다. 그리하여 케이는 이중의 소외감을 느꼈다. 그녀의 주위 사람들은 그녀의 관심사에 관심이 없었고, 그녀는 자신의 관심사를 전혀 이해할 수가 없었던 것이다. 무엇보다도 누군가를 죽일 결심을 한다는 것이 이해가

가지 않았다. 심지어 그 결심을 실행에 옮기려고 계획을 세우고 실행하기까지 하다니, 그렇게까지 구체화된 분노라는 건 대체 무엇인가? 그런 식의 증오와 분노는 도대체 어떻게 탄생하는 것인가? 대체 무슨 일이 벌어진 것인가?

얼마 후 한 타블로이드 신문이 댄의 노트북에 들어 있던 메모의 일부를 공개했다. 사적인 부분을 모두 제외한 채 발췌했기 때문인지 공개된 메모에는 특별한 내용이랄 게 없었다. 오직 방향을 알 수 없는, 아니, 모든 방향을 향한 순수한 분노와 적의만이 가득했다. 수십장 가득 단 한 문장만 쓰여진 일기도 있었다. 그 한 문장은 이것이었다.

모든 게 망가졌는데 왜 아무것도 무너져내리지 않지?

답을 얻지 못한 그 수십개의 물음표 앞에서 케이는 아찔한 무력감을 느꼈다. 하지만 그뿐이었다. 그 무력감은 케이를 어디로도 데려가지 않았다. 끊임없이 드러나는 사실들과 새로운 소문들 중 어떤 것도 케이를 이해시키지 못했다. 케이는 생각을 중단해야 한다는 결론에 도달했다. 하지만 덫에 걸린 듯 생각에서 벗어날 수가 없었다. 그러다 문득 궁금해졌다. 도대체 이해라는 게 뭐지? 케이는 깨달았다. 자신이 단 한번도 타인에 대한 이해를 시도해본 적이 없다는 걸. 그게 뭔지도 모르며, 관심을 가져본 적도 없다는 걸. 한심함보다 오싹함이 앞섰다. 한 인간이 타인에 대해 아무것도 이해하지 못한 채로 이렇게 오랜 동안 별문제 없이 살아올 수 있었다는 게. 심지어 그 사실을 깨닫지도 못한 채로 말이다. 하지만 그게 세상이라면, 내가 뭘 할 수 있을까.

케이는 페이스북의 창을 닫고 저장한 토마스 회커의 사진을 들여다보았다. 먼지로 자욱한 빌딩 숲을 들여다보며 케이는 생각했다. 저 거대한 빌딩 두개를 날려버릴 정도의 격렬한 증오란 게 대체 뭘까. 댄이 가지고 있었던 것도 바로 그런 것일까?

여전히 아무것도 알 수 없었다.

케이는 답답함을 느끼며 창밖을 바라보았다. 시리도록 파란 하늘 아래 새로 지어진, 혹은 지어지고 있는 아파트들이, 그리고 그 사이로 한강이 보였다. 햇살을 받은 강물이 눈부시게 반짝거렸다. 근사한 광경이었다. 약간 기분이 좋아진 채, 케이는 방에서 나왔다. 맞은편 동생 방은 웬일인지 문이 열린 채였다. 안을 들여다보니 동생은 잠들어 있었다. 케이는 조심스럽게 문을 닫고 거실로 향했다. 그리고 소파에 앉아 생각했다. 어쩌면 내가 틀렸을지도 모르겠다. 이해라는 건 애초에 불가능한지도. 시도를 하고 노력을 한다고 해서 뭐가 달라질 리가 없다. 하지만. 어, 언제나 거기서 막히고 말았다. 온갖 이유를 들어 스스로를 납득시키려고 애썼지만 언제나 같은 지점에서 케이는 멈춰 섰다. 불가능한 것을 요구하고 있는 거라고 스스로를 설득해봤지만 소득이 없었다. 이해를, 오직 그것을 그녀는 간절하게 원하고 있었다. 하지만 그러면 그럴수록 모든 것이 신비하게 보였고 가까이 다가갈수록 모든 것이 도망치듯 멀어지기만 했다. 그럴 때마다 케이는 커다란 수족관을 떠올렸다. 수족관 속에서 열심히 헤엄치고 있는 물고기 한마리. 투명한 유리 너머로 내다보이는 것들에 대해서 물고기는 어떤 생각을 가지고 있을까. 글쎄, 아무 생각도 없겠지. 하지만 생각을 한다면? 이해가 안되겠지.

어, 나랑 같겠지. 그런데, 그렇다고 해서, 자신이 결코 이해할 수 없다는 사실을 깨닫는다고 해서 한번 생각을 시작한 물고기가 그걸 멈출 수가 있을까? 생각이 여기까지 오면 기분이 끝도 없이 가라앉기 시작했다. 그런 상태는 견디기도, 빠져나오기도 힘이 들었다. 사방이 꽉 막힌 방에 갇힌 기분이었다. 산소가 떨어지고 있다. 곧 숨이 막혀 죽게 될 것이다. 하지만 나갈 방법이 없다. 아무것도, 할 수 있는 게 없다. 그저 숨을 쉬는 수밖에. 숨이 막혀올 때까지. 그러는 수밖에. 그래서 요즘 케이는 모든 방법을 동원해서 생각 자체를 피하고 있었다. 강박적으로 시간을 체크하고 온갖 쓸데없는 규칙들로 자신을 옭아매며 해야 할 일들의 목록을 끝도 없이 쌓아갔다. 한마디로, 케이는 평범하게 지내기 위해 노력하고 있었다. 그리고 그 노력은 성공하고 있었다. 아니, 그렇게 생각되었다. 적어도 그 메일을 받기 전까지는.

제목: 안녕

경희야, 나 지원이야. 오랜만이지.
이렇게 불쑥 메일 보내는 거 아닌 거 같긴 한데 그래도. 전화나 문자보다는 나은 거 같아서.
사과하고 싶었어.
그땐 내가, 변명인 거 아는데 암튼 상황이 좀 그랬다.
이미 다 잊은 거 내가 다시 얘기 꺼내서 괜히 너 다시 힘들게 하는 거 아닌지 모르겠다. 그렇지만 그때 내가 너한테 그렇게 군

거 사과하고 싶었어.

그럼, 건강히 잘 지내고. 안녕.

p. s. 우리가 다시 만날 일은 없겠지만 그래도 사람 일은 모르는 거니까, 그때처럼 우연히 마주치게 되면 피하지 말고 인사하자. 아니, 니가 피하더라도, 난 그렇게 할게. 그럼 진짜 안녕.

아슬아슬하게 유지되고 있던 균형 상태는 그 메일 덕분에 완전히 무너져내렸다. 케이는 그 짧은 메일을 수십번 거듭하여 읽었다. 메시지는 명확했다. 끝이라는 거. 진짜. 이제 안녕이라는 얘기. 시간은 흘러갈 거고, 결국은 희미해지겠지. 그럼 조금 견딜 만해지겠지. 그게 인생이라고 하니까. 어쨌든 인생이 뭔지 조금은 알게 되겠지. 그리고 니 말처럼 우연히 마주칠 수도 있겠지. 그때 우리는 인사할 수 있겠지, 웃으면서. 그래, 아마 그게 어른이 된다는 뜻인 것 같다.

케이는 부엌에서 물을 한잔 받아 방으로 돌아왔다. 노트북을 켜고 대학교의 재학생 전용 웹사이트에 접속하여 복학 신청 메뉴를 클릭한 뒤 신청서를 작성하기 시작했다. 작성을 마친 케이는 신청서를 한번 더 훑어본 다음 조심스럽게 확인 버튼을 눌렀다. '축하합니다. 복학 신청이 완료되셨습니다.' 팝업창이 떴다. 케이는 팝업창의 확인 버튼을 누른 뒤 노트북을 닫고 가방을 챙겨 집을 나왔다.

거리는 간밤에 내린 비 때문에 습기로 가득했다. 이른 봄의 투명한 햇살이 가로수 위로 쏟아져내리고 있었다. 숨을 들이쉴 때마다 달콤한 나무 향이 코를 가득 채웠다. 사거리에서 케이는 한강 쪽으로 방향을 틀었다. 그리고 몇 블록 거슬러 올라간 다음 한번 더 방향을 틀어 작은 골목길로 들어섰다. 골목 중간에 작은 까페가 하나 있었다. 케이는 그리로 들어갔다. 평일 이른 시간이라 그런지 주인을 제외하고는 아무도 없었다. 입구 난로 옆에는 베이지색의 커다란 개가 늘어져 있었다. 케이가 개를 향해 손을 흔들었다. 하지만 개는 귀찮다는 듯 그대로 몸을 누인 채 두어번 꼬리를 치켜들어 바닥을 내리칠 뿐이었다.

케이는 창가에 앉아 노트북과 한자 수험서를 꺼냈다. 주인이 커피를 내렸고, 순식간에 진한 커피 냄새가 까페를 가득 채웠다. 벽에 달린 스피커에서는 조용하고 따스한 음악이 흘러나오고 있었다.

곧 까페 주인이 케이의 탁자에 커피를 내려놓았다. 케이는 한자 수험서에서 고개를 떼고 커피를 한모금 마신 뒤 창을 내다보았다. 투명한 유리 너머로 보이는 골목길의 풍경은 영화 속 한 장면같이 평화로웠다. 천천히, 자전거를 탄 남자가 스쳐 지나갔다. 그가 사라지자 풍경은 다시 고요해졌다. 멍하니 그 풍경을 바라보고 있던 케이의 머리에 한 문장이 떠올랐다.

이해할 수 없다.

지긋지긋했다. 반복되는 그 생각이. 모든 것이 주위에서 천천히 멀어지는 듯한 그 느낌이. 혼자 남겨진 듯한 이 기분이. 정말이지 지겨웠다. 거기서 벗어날 수 있다면 뭐라도 할 수 있을 것 같았다.

아니, 뭐라도 해야겠다는 생각이 들었다.

저 평화로움을, 더이상 견딜 수가 없다고.

케이는 창밖을 노려보았다. 시간이 정지된 듯 고요한 바깥 풍경은 벽을 통째로 덮은 유리창에 의해 케이와 분리되어 있었다.

정말이지 더이상 참을 수가 없다. 저 평온함을. 저 고요함을. 하지만 뭘 어떻게 할 수 있단 말인가? 저 창을 부수기라도 해야 하나?

케이는 원망스럽게 창밖을 노려보았다. 하지만 달라지는 것은 아무것도 없었다. 케이는 힘없이 커피잔 위로 시선을 떨어뜨렸다. 내가 할 수 있는 일은 없다. 케이는 거듭 생각했다. 천천히, 무력감이 그녀를 사로잡았다. 이어 눈물이 뺨을 타고 흘러내렸다. 익숙한 순서였다. 그녀는 조용히 흐느끼기 시작했다. 흐느끼며, 케이는 지겹다고, 정말이지 지겹다고 생각했다. 거기까지도 익숙한 순서였다. 이 무력감에서 빠져나갈 방법이 없다. 탁자 위로 떨어진 눈물이 짙게 번졌다. 무력감은 더 깊어졌다. 거기까지도 모든 게 같았다. 그리고 케이는 더이상 견딜 수가 없었다. 그녀가 눈물에 흠뻑 젖은 얼굴로 고개를 들었다. 그리고 노트북을 연 뒤 천천히 뭔가를 적어내려가기 시작했다.

써머, 나 이제 알 수 있을 것 같아. 어, 이해할 수 있을 것 같아. 댄 말이야. 걔가 왜 그런 짓을 했는지. 걔는 나가고 싶었던 거야. 수족관 밖으로. 그래서 부수려고 했던 거야. 근데 왜냐고? 왜 나가고 싶었냐고? 이 고요함은 가짜니까. 어, 이 평화는, 진짜가 아니니까. 그렇지가 않다면 자꾸만 나를 모든 것에서 멀어지게 만들 리가 없어. 날 이렇게 외롭게 만들 리가 없어. 어, 이제 진짜 알겠어. 너도 알고 있었지? 아니, 사실 우리는 모두 알고 있었어. 근데 말할 수가 없었을 뿐이지. 아니, 말했을지도 몰라. 하지만 그뿐이었어. 말은 아무 힘이 없었어. 그래서 그냥 사라져버렸어. 그러니까…… 이 모든 게 대체 무슨 소용이지? 이미 모든 게 다 망가져버렸잖아. 근데 왜 아무것도 무너져내리지가 않아? 어, 댄이 궁금해하던 거, 그게 나도 궁금해. 이미 다 끝장이 나버렸다고. 다 망가졌고 다 무너져내렸어. 근데 왜, 아무것도 달라지는 게 없어? 왜? 계속 똑같은 건데? 왜?

써머, 기억나? 우리가 같이 영화를 봤었잖아. 되게 옛날 영화였어. 한 장면에서 여자가 말했어. 여기가 천국이야. 또다른 여자한테. 그 여자는 울고 있었어. This is heaven.

여기가 천국이야.
네가 항상 오고 싶어하던 곳.
근데 왜 너는 울고 있는 것처럼 보여?

그래, 거기는 천국이었어. 그런데 여자는 울어. 대체 뭐가 잘못된 거야? 여기는 천국이야. 근데 왜 나는 울고 있냐고? 나 이제 그 여자를 이해할 수가 있어. 그 여자도 이해할 수 없었던 거야. 여기는 천국이야. 그런데 왜 나는 울지? 이건 결국 같은 얘기야. 모든 게 망가졌는데, 왜 아무것도 무너져내리지 않아? 왜 다 무너져내렸는데 아무것도 끝장나지 않지? 왜 끝장이 났는데, 아무것도 달라지는 게 없는 거냐고? 분명히 뭔가 잘못된 거야. 뭔가 심각하게 잘못된 거라고. 그런데 여기가 천국이래. 근데 천국이 잘못되었을 리가 없잖아? 그러니까, 잘못된 게 있다면 그건 바로 너야. 행복해하지 않는 너라고. 슬퍼하고, 화가 나는, 이 천국을 부수고 싶어하는 너야. 이 천국을 의심하는 너야. 왜냐하면 여기가 천국이라니까! 너는 천국에 있는 거라고. 네가 이상한 거라고. 그래서 댄은 그럴 수밖에 없었던 거야. 걔한텐 그 방법밖에 없었다고. 그리고 그건 아무 방법도 아니었다고. 그건 어떤 방법도 될 수가 없었다고……

써머, 우리가 쏘호의 바에 갔던 적이 있었지. 네가 모스코 뮬을 마시고 싶다고 했잖아. 한잔에 이십 달러나 했지. 진짜 미친 가격이었어. 게다가 바텐더가 엄청 쌀쌀맞게 굴었어. 그래서 네가 오 달러를 팁으로 줬더니 바텐더가 엄청 친절해졌잖아. 너는 그날 모스코 뮬을 딱 네잔 마셨지. 한잔에 이십 달러, 팁까지 더해서 딱 백 달러를 쓰고 일어났어. 네가 바를 나오면서 엄청 싸늘한 표정을 지었던 거 기억나. 그건 업타운에 사는, 한 팔에 작은 강아지를 안고 다니는 부잣집 아가씨가 짓는 표정이었어. 집으로 돌아오는 길에 너는 지겹다고 했어. 투덜거리면서 담배를 피우는 넌 마치 대충 만든 할리우드 영화에 나오는 대충 만든 부잣집 딸 캐릭터 같아 보였어. 열쇠를 문에 꽂으며 네가 말했어. 뭔가를 찾고 있다고. 뭔데? 뭘 잃어버렸어? 그랬더니 너는 아니라고 했지. 아니 모른다고, 모르는 걸 찾고 있다고. 그게 뭔데?

하지만 보면 알 수 있을 거라고 했어. 그걸 찾을 거라고. In my life, I'm gonna find that shit. 네가 그 말을 몇번이나 반복했잖아. In my, in my fucking life……

그래서 말인데 너는 그걸 찾았어? 아직 못 찾았다면, 찾을 수 있을 거 같아? 난 어떨까? 모르겠어. 솔직히, 난 요새 아무것도 안 찾아. 아니, 그러려고 노력하고 있어. 아무 생각도 안하고 아무 기대도 안하고 그러니까 아무것도 안하려고 노력하고 있어. 누가 나한테 그런 적 있거든. 아무것도 하지 말라고. 뭐든지 할 생각이었는데. 그애가 원한다면. 근데 하지 말래. 아무것도 하지 말래. 그런 대답을 들으면, 얼마나 끔찍한 기분이 드는지 알아? 모르겠지. 네 주위엔 언제나 네가 하고 싶은 것을 하라고 격려하는 사람들뿐이잖아. 아마도 그래서 너는 언제나 하고 싶은 것만 하는 사람이었나보다. 어쩌면 그래서 너는 힘이 들었을지도 모르겠다. 그런 식으로 한번도 생각해본 적이 없는데, 지금 생각해보니까 그랬을 거 같아. 하지만 나는 부러웠어. 진짜 부러웠어. 근데 그래서 너는 그게 뭔지도 모르는 채로 네가 원하는 것을 끝도 없이 찾아 헤매고 있고 나는 반대로 아무것도 안하는 사람이, 아무 생각도 아무것도 안 찾는 사람이 되어가고 있나봐. 어, 나는 요즘 진짜 아무것도 안해. 사람들도 안 만나. 오직 한자능력시험 준비를 한다. 이렇게 동네의 까페에 앉아서 커피를 마시며 문제집을 풀면 아주 평온한 기분이 돼. 죽을 때까지라도 이렇게 살 수 있을 거 같아. 근사하지 않아? 물론 주의해야 할 게 있어. 그건 아무것도 하지 말아야 한다는 거야. 절대 손 하나 까딱해선 안돼.

그게 규칙이야. 너무 쉽지. 그것만 안 어기면 돼. 그러면 돼.
　나, 그래서 이러고 있는 거야. 솔직히 더이상 뉴욕에 대해서 생각하지 않아. 너에 대해서도 거의 잊었어. 댄도 곧 잊힐 거야. 또 누가 그러더라. 기억은 빠르게 희미해진대. 살아가야 하니까. 하지만 이게 살아가는 건가? 이렇게 살아가면 난 뭐가 되지? 아니, 아무것도 안하고 가만히 있는 거 그게 어떻게 살아가는 거야? 이해가 안돼. 모르겠어. 살아간다는 건, 좀 다른 거 아니야? 너도 그렇게 생각하지? 아니야? 이렇게 생각하는 내가 이상한 거야? 근데 나 진짜로 궁금한 게 있어.
　수족관 속에 있는 물고기가 수족관을 부수면 어떻게 돼?
　죽겠지. 뻔하지. 하지만 수족관 속에 있는 건 살아 있는 거야? 그래, 나는 이게 묻고 싶은 거야. 그러니까 내 말은,
　겁이 난다고. 모든 게 자꾸만 멀어지는 것 같아서. 근데 무서워. 무서워서 아무것도 할 수가 없어. 여기서 나가본 적이 없거든. 솔직히 여기가 안이라는 것도 몰랐어. 지금도 사실 잘 모르겠어. 바깥이라는 게 있어? 그래? 거기가 어딘데? 보이지가 않잖아. 그래서 여기에 있는 거야. 여기 되게 좋아. 무서워할 게 하나도 없거든. 모든 게 쉬워. 창밖 풍경은 평화로워. 나무로 만든 탁자가, 그 탁자 위로 비치는 햇살이 예뻐. 벽에 걸린 스피커에서는 근사한 노래가 나와. 커다란 개가 난로 옆에서 졸고 있어. 너무 평화로워. 모든 나쁜 것은, 해로운 것은 죄다 아주 멀리 있고, 좋은 것들만 나와 함께해. 아니, 그런 기분이 들어. 어, 여긴 요즘 내가 제일 좋아하는 수족관이야. 근데 나 더이상 여기 못

있겠어. 못 견디겠어. 나 망했나봐. 이 안에서 나 더이상 즐겁지가 않아.

여기는 천국이고 나는 울고 있어.

근데 써머, 여기가 진짜 천국이야? 써머 넌 그렇게 생각해? 정말? 진짜? 어떻게 여기가 천국이야? 내가 진짜 원하는 단 한가지가 빠졌는데? 아아, 나 이제 진짜 알겠어. 여기가 왜 이렇게 좋은지. 그건 제일 중요한 한가지가 빠져 있으니까. 내가 원하는 거, 내가 진짜 원하는 거, 그게 없으니까. 그래서 이렇게 평화로운 거야. 이 평화는 내가 원하는 그 딱 한가지를 버리고 얻은 거야. 그러니까, 여기는 천국이 아니야. 여기는 지옥이야. 여기는 지옥이야, 써머. 근데 문제가 뭔지 알아? 도대체 뭐가 빠져 있는지를 모르겠다는 거야. 완벽한데, 여기는 너무나도 완벽한데…… 어떻게 뭐가 빠져 있을 수가 있지? 난 진짜 모르겠어. 근데 그 뭔가가, 그 빠진 뭔가가 밖에는 있을까? 확실해? 그게 뭔데? 나가면 보여? 손에 넣을 수가 있는 거야? 모르겠어. 난 정말이지…… 뭐가, 대체 뭐가 여기에 없는 건지, 밖에는 대체 뭐가 있는지…… 어떻게 하면 여기서 나갈 수가 있는지…… 대체 뭘…… 어떻게 해야 하는지…… 난…… 나는……

어느새 빠르게 자판을 두드리던 케이의 손이 멈추었다. 그녀의 머리에 한 구절이 떠올라 있었다. '우연히 마주치게 되면.' 그건 지원이 보낸 메일의 마지막 부분이었다. 우연히 마주치게 되면. 어, 우연히. 우리가 다시 우연히. 만날 수 있게 된다면.

아니, 난 더이상 우연을 믿지 않겠다.

케이는 자리에서 일어났다. 더이상 믿지 않겠다. 아무것도, 흘러가도록, 사라지도록, 내버려두지 않겠다.

불어나는 저 푸른 물을 가만히 바라보고 있지 않겠다.

그녀는 까페를 둘러보았다. 모든 것이 믿을 수 없이 고요했다. 까페 주인은 창가 햇살 아래 앉아 아이패드를 들여다보고 있었고, 커다란 개는 난로 옆에서 졸고 있었다. 한참 동안, 마치 그림을 그리듯 찬찬히 자신의 주위에 펼쳐진 광경을 바라보던 케이는 입구를 향해 걷기 시작했다. 문 앞에 도착한 그녀는 밖을 바라보았다. 까페 안과 마찬가지로 평화로운 풍경이 펼쳐져 있었다. 영원히,라고 속삭이듯 따스하게 멈춰 선 풍경. 그것은 숨이 막힐 듯 매혹적이었다. 그녀는 주먹을 꽉 쥐었다. 유혹에 넘어가지 않겠다는 듯. 그리고 마침내 문을 열었다. 순간 밀려든 바람이 케이의 얼굴을 때렸다. 그건 생각보다 견딜 만했다. 그녀는 더이상 머뭇거리지 않고 바깥으로 걸음을 내디뎠다. 그리고 한걸음, 또 한걸음 이어지던 그녀의 발걸음이 조금씩 빨라지다 마침내 달리기 시작했다. 불어오는 바람을 맞으며, 문득 그녀는 수족관 따위 없다는 것을 깨달았다. 그녀는 더이상 두렵지 않았다. 기억의 푸른 물은 나를 익사시키지 못할 것이다. 헤엄쳐 그 강을 건널 거니까. 그렇다. 헤엄쳐, 저 너머에 닿을 거다. 거기에 한번도 본 적 없는 풍경이 펼쳐져 있을 것이다. 그것이 좋을지 나쁠지 모르겠다. 거기가 천국일지 지옥일지 모르겠다. 하지만 가겠다. 아니, 지금 간다. 케이의 붉게 달아오른 뺨 위로 이른 봄의 투명한 햇살이 내려앉았다. 그녀는 봄이 왔음을 느꼈다. 여름에서 깨어날 시간이었다.

발문

김사과를 어떻게 읽을 것인가

박가분

1

김사과의 소설은 명확하다. 대화와 서술은 깔끔하고 명확하다. 하지만 그렇다고 해서 쉽게 읽히는 것은 아니다. 그것들은 일관된 관점으로 정리가 되지 않는다. 김사과의 소설이 읽기 어려운 것은 그것에 '문학'으로서 어떻게 의미부여하면 좋을지 알 수 없기 때문이다. 과거 그가 썼던 『02』와 『미나』에 등장하는 학생 화자는 성적과 입시에 매몰된 몰이념적인 세상에 불만이 많다. 그 불만을 토해내는 화자의 언어적인 기지가 순간순간마다 반짝거린다. 하지만 거기에는 그것을 관통하는 일관된 '내면'이 결여되어 있다. 그것은 트위터나 페이스북에 올라오는 세상에 대한 불만들과 닮아 있다. 하나하나 보면 '리트윗'하고 '좋아요'를 누르고 싶은 충동이 느껴지지만, 전체로 놓고 보면 정확히 뭐가 불만이라는 건지 알 수가 없다.

　김사과의 소설은 '그런 세계 속에 구원 따위 있을 리 없다' '그런 세계를 벗어날 수 있을 리도 없다'는 생각을 천착한다. 몰이념적인 이 세상을 초월하고자 하는 시도들 역시 철저하게 몰이념적이라는 것이다. 발터 벤야민은 일관된 세계상에 저항하는, 그러한 파편화된 의미들로 부유하는 세계를 '아우라의 상실'이라는 개념으로 '예언'하고, 거기서 유토피아적인 가능성을 읽어냈다. 하지만 그것은 오늘날의 세계에 비춰봤을 때 어디까지나 외면적인 의미부여에 지나지 않는다. 내 생각에 벤야민도 오늘날의 SNS를 보면 별수 없이 혼란에 빠졌을 것이다. 그라면 오늘날 정반대로 파편화된 의미와 저항들을 묶어낼 수 있는 '이념', 그리고 그것을 가능하게 하는 '형식'을 고민하지 않았을까. 내 생각에는 소설의 내기란 바로 거기에 있다. 이를테면 오늘날의 단자화된 '세계'에 관한 '이야기'를 어떻게 풀어낼 수 있을 것인가? 그것을 어떤 '세계상'으로 그려낼 것인가? 김사과는 『천국에서』에서 정확히 이 방향으로 한 걸음을 내디뎠다.

2

　김사과의 소설은 문학적인 의미부여에 저항해왔다. 일관된 세계상이 그려지지 않는 세계를 그리며, 그 안에서 구원의 가능성을 철저히 부정했다는 점에서 그렇다. 소설의 사회적 영향력이 상실된

'근대문학의 종언'이라고 하지만 이러한 절망감을 담아낼 수 있는 것은 역시 소설이라는 형식뿐이라는 생각이 든다(누가 이제 소설을 진지하게 읽을 것인지의 문제는 차치하고서라도 말이다). 그렇다고 혹자가 말하듯 김사과를 한국 소설계의 '앙팡 떼리블'이라고 정리할 수 있을지는 모르겠다. 그도 점점 나이가 들고 있다. 언제까지나 환멸 속에서 의미를 파괴하기만 할 수는 없다. 소설가로서 컨스트럭티브한 무언가를 제시해야 한다.『천국에서』에서는 그런 초조감이 묻어나온다. 단, 이번 소설은 소설가로서의 그러한 욕망이 '소설 외부'를 향하고 있다는 점에서 특이하다.

  이번 그의 소설은 어떤 점에서 시사 평론이나 시사 르뽀에 더 가깝다. 작중의 대화와 이야기만으로 승부를 보는 것이 아니라 이야기를 가능하게 한 사회적 배경과 맥락을 조망하는 시점이 중간중간 튀어나온다는 점에서 그렇다. 소설의 구성도 어떻게 보면『자본론』과 닮아 있다. 뉴욕이라는 세련된 국제도시에 즐비한 (문화)상품들의 피상적인 현상형태를 향유하는 인물들에서부터 시작해서, 그 현상형태를 가능하게 한 사회적 관계들을 '이야기'들로 제시하고, 그 이야기들을 끝까지 전개함으로써 다시 그 이야기가 지닌 일면성과 피상성을 극복하는 식으로…… 소설에서 순수한 이야기는 주인공 케이가 뉴욕에서 한 경험밖에 없다. 그 이외에 댄의 이야기, 재현의 이야기, 지원과 지은의 이야기, 치킨집 남자의 이야기는 케이의 경험에 대한 일종의 '논평'의 성격을 지닌다. 케이와 그 배후의 화자는 이야기의 주체라기보다는 이야기를 듣고 정리하는 입장에 가깝다. 하지만 언제 소설이 순수한 '이야기'만으로 승부를 보았던가? 과거에도 오늘날에도 많은 소설들은 저널리즘의 형식을 취하고 있고, 무엇보다 도스또옙스끼의 소설에 등장하는 인물 하나하나가 자신이 사는 세계에 대한 장광설을 늘어놓는 저널리스트에 가까웠다. 이야기의 형식을 파괴하는 저 반형식적 이야기 자체가 소설의 형식인 셈이다.

3

한편, 그녀의 소설은 언제나 그렇듯이 타인지향적인 인물들로 넘쳐난다. 그들은 고독 속에서의 '강함'을 추구하지만 실제로는 타인의 눈에 어떻게 비칠지 전전긍긍한다. 『미나』도 그랬고 『02』도 그랬다. 하지만 그것을 도무지 인정할 수 없기에 더욱 괴로운 것이다.

내 생각에 김사과는 이런 점에서 한국 소설가들 중에서 (지난날 인구에 회자되었던) 소위 '88만원 세대'에 대한 가장 탁월한 문학적 형상화를 보여준다. 88만원 세대가 실제로 존재하는 사회경제적 계층인지는 여기서 무관하다. 그가 묘사하는 것은 지난날의 세대담론이 만들어낸 하나의 집단적인 상상계이다. 나는 다른 사람들과 다르고 나는 오직 나 자신이라며 타인과 다른 세대로부터 스스로를 문화적으로 구분 짓지만, 실은 그 구분 짓는 내용은 텅 비어 있다. 실제로도 소설은 88만원 세대라는 저 범주 자체가 사회학적으로 유의미한 내용을 지니지 않는다는 사실을 폭로한다. 오히려 여기서 구분 짓기의 성패 여부는 오로지 전적으로 타인에 비친

나에 대한 '표상'에 달려 있다. 그러나 이것은 과거 소설가들이 묘사한 인물들에 투영된 어떤 '문학적 내면'과 전혀 다르다. 과거 문학인들이 자신에 대한 표상과 자신의 실제 모습 사이의 괴리와 간극에 절망했다면, 그의 소설에 등장하는 인물들은 타인의 눈에 비친 자신의 표상의 '비루함'과 '진부함' 자체에 대해 절망한다. 이것은 자신의 내면적 진실을 추구하는, 기존 문학의 문법에 익숙한 사람들에게는 이질적으로 느껴질 것이다.

『천국에서』도 타인에게 비친 자기 자신에 대한 표상에 괴로워하는 인물들로 가득 차 있다. 하지만 이것은 소위 말하는 88만원 세대의 '황폐한 내면'을 드러내는 것과 다르다. 오히려 '황폐한 내면'과 같은 진부한 단어로 스스로의 처지를 묘사할 수밖에 없는 끌리셰적 상황에 인물들은 절망하고 있는 것이다. 소설 속의 인물들은 단독적인 '나'로 남아 있으려 할수록 더더욱 진부한 유형으로 비쳐지는 악순환에 붙잡혀 있다. 무언가 의미를 추구하며 방황하고 있지만, 사실은 자기가 정말로 방황하고 있는 건지, 방황하고 있는 척을 하고 싶어하는 건지 확정 지을 수 없는 곤경에 빠져 있다. 다만 여기에서 하나의 예외처럼 보이는 것은 주인공이 동경했던 써머와 그녀의 남자친구 댄이다. 그들의 방황과 자기파괴는 진실한 것처럼 보인다. 하지만 그것도 잠시이고, 그들의 그러한 모습도 어디까지나 페이스북을 통해서만 접할 수 있는, 하나의 '표상'에 지나지 않음이 드러난다. 주인공인 케이도 그 표상에 붙잡힌 채 혼란에 빠진다. 써머와의 세계에서 주인공은 '케이'였지만 한국에서 그녀는 어디까지나 '한경희'이다. 그리고 한경희로서 그녀가 겪는 방황은 뉴욕에서와 달리 어떠한 진정성의 표상도 얻지 못한다. 여기에 김사과만의 독특한 한국적 리얼리즘이 있다.

4

　김사과의 소설은 후기자본주의의 '관리되는 세계' 속에서 (처음에는 뉴욕에서의 반짝거리는 경험으로 제시되는) 진정한 미적, 도덕적 체험이 불가능하다는 것에 대한 아도르노적인 환멸감에서 시작된다. 치킨집 남자가 말하듯이, 설사 그러한 체험이 가능하다 해도 그것은 언어로는 전달 불가능하다. 언어로 전달할 때 그것은 곧바로 진부하고 비루해진다. 하지만 그 진부함이 자신의 내적 체험의 '진실'이다. 누구도 그것을 벗어날 수 없다. 다만 아도르노는 (그렇다면 불가능한 체험에 집착할 것이 아니라) 자신의 체험을 의심하는 고통스럽고 환멸 어린 '사유' 속에서만 구원의 섬광과도 같은 진정한 순간들을 붙잡을 수 있다고 말한다. 그는 그런 사유를 담고 있는 예술에만 높은 가치를 부여했다.
　이러한 사유는 소설에 등장하는 '수족관'의 비유와도 일맥상통한다. 바다와 똑같은 환경을 재현한 수족관에서 아무리 헤엄쳐봐도 수족관은 수족관이다. 누구도 수족관을 벗어날 수 없다. 하지만 김사과의 소설이 그러한 수족관의 서사시에 그쳤다면 그것은 아도르노의 그럴싸한 귀족주의적 태도를 되풀이하는 것에 불과했을 것이다. 그런 점에서 나는 이번 김사과의 소설이 마음에 든다. 예컨대 소설의 말미에 저 수족관의 비유를 주인공에게 인상적으로 각인시킨 치킨집 남자가 주인공에게 치근덕대면서 스킨십을 시도할 때, 저 비유 자체가 지닌 비장한 설득력은 어느새 무너져내린다. 무엇 때문에 자신이 저 사람과 수족관 이야기를 하며 상담했는지 알 수 없게 되어버린다. 내가 이 소설에서 가장 '소설다운' 재미를 느낀 부분은 거기에 있다.

  주인공은 문득 수족관 따위는 없다는 것을 깨닫는다. 있다 하더라도 그것은 역시 하나의 이야기에 불과하다. 그렇다면 자신의 환멸감과 방황 역시 하나의 이야기에 지나지 않는다는 결론을 피할 수 없다. 그러나 자신의 환멸감이 하나의 '이야기'에 불과했다는 것은, '더이상 환멸할 것도 없다'는 사이비 열반의 경지에 도달하는 것과 다르다. 그것은 오히려 소설=이야기가 지닌 컨스트럭티브한 힘을 음화된 형태로 보여준다. 소설은 하나의 이야기로 전달될 수 있는 것 이상의 세계상을 전달할 수 있다. 김사과는 하나의 이야기로 정리될 수 없는 세계를 형상화함으로써 '수족관'에 대한 저 냉소적이고 환멸 어린 비유를 넘어서는 지적, 도덕적 개선이 여전히 가능하다는 희망을 잃지 않는 것 같다. 수족관은 없다는 인식에서 소설은 끝난다. 하지만 거기서부터 김사과는 소설가로서 중요한 일보 전진을 내디딘다. 오늘날 우리에게 필요한 것은 일관된 세계상의 불가능성에 절망하는 또 한명의 아도르노가 아니다. 우리가 필요로 하는 것은 그것이 불가능한 세계에 대한 하나의 정확한 세계상을 그릴 수 있는 한명의 소설가이다.

박가분 | 자유기고가

천국에서

초판 1쇄 발행 • 2013년 9월 20일
초판 14쇄 발행 • 2022년 9월 2일

지은이/김사과
펴낸이/강일우
책임편집/이상술
펴낸곳/(주)창비
등록/1986년 8월 5일 제85호
주소/10881 경기도 파주시 회동길 184
전화/031-955-3333
팩시밀리/영업 031-955-3399 · 편집 031-955-3400
홈페이지/www.changbi.com
전자우편/lit@changbi.com

ⓒ 김사과 2013
ISBN 978-89-364-3406-9 03810

* 이 책 내용의 전부 또는 일부를 재사용하려면
  반드시 저작권자와 창비 양측의 동의를 받아야 합니다.
* 책값은 뒤표지에 표시되어 있습니다.